MUSTA POLKU

ÅSA LARSSON

MUSTA POLKU

Suomentanut
Katriina Savolainen

HELSINGISSÄ KUSTANNUSOSAKEYHTIÖ OTAVA

Nidotun laitoksen kolmas painos

Teos ilmestyi ensimmäisen kerran
Kustannusosakeyhtiö Otavan julkaisemana 2007

Ruotsinkielinen alkuteos:
Svart stig

Copyright © Åsa Larsson 2006
First published by Albert Bonniers Förlag, Stockholm, Sweden
Published in the Finnish language by arrangement with
Bonnier Group Agency, Stockholm, Sweden

Painopaikka:
Otavan Kirjapaino Oy
Keuruu 2010

ISBN 978-951-1-23152-3

Muistatko miten siinä kävi?

Rebecka Martinsson näki ystävänsä makaavan kuolleena hänen kotitalonsa pihalla Poikkijärvellä. Ja maailma repesi. He joutuivat pitelemään Rebeckaa estääkseen häntä menemästä jokeen. Tämä on kolmas kirja.

Ote potilaskertomuksesta 12. syyskuuta 2003 koskien potilas Rebecka
Martinssonia

Lähete: Potilas tuotu Kiirunan sairaalaan, haavoja kasvoissa kaatumisen ja
päähän sattuneiden iskujen seur. Sairaalaan tuotaessa akuutissa psykoottises-
sa tilassa. Kasvojen haavat vaativat kirurgista toimenpidettä, minkä vuoksi potilas
nukutetaan. Floridit psykoottiset oireet jäljellä narkoosista herättyä. Päätös pak-
kohoidosta LPT:n 3 § mukaan. Siirto St. Göranin sairaalan psykiatrisen klinikan
suljetulle osastolle Tukholmaan. Alustava diagnoosi: määrittelemätön psykoosi.
Hoito: Risperdal mix 8 mg/vrk ja Sobril 50 mg/vrk.

On viimeinen aika.

Katso, se tulee pilvien mukana, ja jokainen silmä on sen nä-
kevä.

On viimeinen hetki.

On tulenpunaisen hevosen aika. Se tulee pitkine miekkoineen,
niin että ihmiset teurastavat toisensa.

Ja täällä! Ne pitelevät minua käsivarsista! Ne eivät kuuntele!
Itsepintaisesti ne kieltäytyvät kääntämästä katsettaan kohti tai-
vasta, joka avautuu niiden yläpuolella.

On keltaisenkalpean hevosen aika.

Ja se kuopii terävillä kavioillaan. Se potkii maan radaltaan.

Tuli valtava maanjäristys, ja maa muuttui mustaksi kuin jouhi-
säkki, ja koko kuu oli kuin verta.

Minä jäin tänne. Monet meistä jätettiin tänne. Me lankeam-
me polvillemme ennen kuin lähdemme matkalle pimeyteen, ja
suolemme tyhjentyvät silkasta kauhusta. Me matkaamme järvelle
joka palaa tulesta ja rikistä, ja tämä on toinen kuolema. Aikaa on
vain muutama minuutti. Kaikki tarttuvat siihen mistä kiinni saa-
vat. He pitävät kiinni lähimmäisestään.

Minä kuulen seitsemän ukkosen äänen. Vihdoinkin sanat kuu-
luvat selvästi.

Se sanoo. Että aika. On tullut.

Mutta ei täällä kukaan kuuntele!

Ote potilaskertomuksesta 27. syyskuuta 2003 koskien potilas Rebecka
Martinssonia

Potilas kontaktikykyinen, vastaa puhutteluun, pystyy tekemään selkoa tapah-
tumista, jotka laukaisivat depressiivisen psykoosin. Osoittaa depression elimelli-
siä oireita: laihtumista, haluttomuutta, häiriintynyttä yöunta ja varhaista heräilyä.
Suisidiriski uhkaava. ECT-hoidot jatkuvat. Cipramil tablettina 40 mg/vrk.

Yksi hoitajistani (minulla on hoitajia, sekin vielä) on nimeltään
Johan. Vai onko hän Jonas? Johnny? Hän käyttää minua käve-
lyllä. En saa mennä yksin ulos. Emme kävele kauas. Silti väsäh-
dän nopeasti. Ehkä hän näkee sen kun kävelemme takaisin. Hän
ei ole huomaavinaankaan. Hän puhuu koko ajan. Hyvä juttu, mi-
nun ei siis tarvitse.

Hän kertoo mestaruusottelusta, jossa Muhammed Ali nyrk-
keili George Foremania vastaan vuonna 1974 Zairessa.

– Siinä vasta perusteellinen selkäsauna! Ali oli painautunut
kehäköysiä vasten ja antoi Foremanin hakata. Foreman oli kova
kaveri. Nyt puhutaan raskaasta sarjasta, vaikka useimmat ovatkin
unohtaneet sen. Silti ihmiset olivat huolissaan Alista ennen otte-
lua. He uskoivat että Foreman tappaisi hänet. Ja sitten Ali vain
seisoi siinä kuin mikäkin helvetin kivi! Ja otti turpaansa seitse-
mässä erässä. Hän psyykkasi Foremanin mielipuoliseen raivoon.
Seitsemännessä erässä Ali kumartui kuiskaamaan Foremanin
korvaan: "Is that all you got, George?" Sepä se! Kahdeksannessa
erässä Foreman tuskin pysyi enää tolpillaan eikä jaksanut suojata.
Ali iski kerran, ja Foreman kaatui kuin honka.

Kuljen hiljaa. Panen merkille että puut alkavat haista syksyl-
tä. Hän puhuu Kehäkuninkaista. I am the greatest. Thrilla in
Manilla.

Tai sitten hän puhuu toisesta maailmansodasta (saako hän puhua siitä minulle, mietin hiljaa mielessäni, eikö minun pitänyt olla herkkä ja hauras, mitähän ylilääkäri sanoisi?):

– Japanilaiset ne vasta ovat oikeita sotureita. Kun taistelulentäjiltä loppui löpö keskellä Tyyntämerta ja lähistöllä oli amerikkalaisten tukialus, he ajoivat suoraan päin. Tai sitten he tekivät tyylikkään mahalaskun mereen vain näyttääkseen miten uskomattoman taitavia lentäjiä he olivat. Sitten kun he olivat jääneet henkiin, he hyppäsivät veteen ja tuikkasivat miekan mahaansa. He eivät antautuneet elävinä vihollisvallalle. Sama juttu Guadalquivirin varrella. Tajuttuaan hävinneensä he hyppäsivät kallioilta alas kuin sopulilauma. Amerikkalaiset seisoivat siellä megafoneineen ja vaativat heitä antautumaan.

Kun tulemme takaisin osastolle, minua alkaa pelottaa että hän kysyy minulta käynkö mielelläni kävelyllä. Entä jos hän kysyy pidinkö siitä? Ja haluanko lähteä ulos uudestaan huomenna?

En pysty vastaamaan "joo" tai "mielelläni". Sama juttu silloin kun olin pieni. Jotkut kylän tädeistä kysyivät aina jäätelöä tai limsaa tarjottuaan: "Oliko hyvää?" Vaikka näkiväthän he että nuolin siinä hartaana ja hiljaa. Mutta heille täytyi antaa jotakin vastalahjaksi. "Oli" ja mieluiten "kiitos", voi tyttöparkaa kun sen äiti on hullu. Nyt minulla ei ole mitään annettavaa. Ei inahdustakaan. Jos hoitaja kysyy, minun on pakko vastata kieltävästi. Ilmaa tosin oli hyvä hengittää. Osastolla haisee lääkehieltä, savulta, lialta, sairaalalta, lattiavahalta.

Mutta hän ei kysy. Sen sijaan hän vie minut kävelylle myös seuraavana päivänä.

Ote epikriisistä 30. lokakuuta 2003 koskien potilas Rebecka Martinssonia

Potilas on vastannut hoitoon hyvin. Suisidiriskiä ei enää arvioida olevan. Kahden viime viikon ajan hoitoa terveydenhoitolain mukaan. Alavireinen mutta ei vakavasti masentunut. Siirretään asuntokotiin Kurravaaraan, Kiirunan ulkopuolella sijaitsevaan kotikyläänsä. Jatkaa tukihenkilön tapaamista Kiirunan psyk. polikl. avohoidossa. Lääkitys jatkuu Cipramil 40 mg/vrk.

Ylilääkäri kysyy minulta vointiani. Vastaan: voin hyvin.

Hän on hiljaa ja katsoo minua melkein hymyillen, kuin tunnustellen. Hän saattaa olla hiljaa miten pitkään tahansa. Hän on vaikenemisen asiantuntija. Hiljaisuus ei provosoi häntä. Lopulta sanon: tarpeeksi hyvin. Se on oikea vastaus. Hän nyökkää.

En saa jäädä tänne. Olen vienyt tilaa jo kyllin kauan. Jotkut tarvitsevat paikkaani enemmän kuin minä, on naisia jotka sytyttävät hiuksensa palamaan. He joutuvat osastolle ja nielevät vessassa peililasin paloja, ja sitten heitä kiidätetään ensiapuasemalle. Minä pystyn puhumaan, vastaamaan, nousemaan aamulla ylös ja pesemään hampaani.

Minä vihaan häntä, koska hän ei pakota minua jäämään tänne ikuisiksi ajoiksi. Vihaan häntä, koska hän ei ole Jumala.

Sitten istun junassa matkalla pohjoiseen. Maisema vilisee ohi nopeina välähdyksinä. Ensin isoja lehtipuita, punaisen ja keltaisen sävyisiä. Syysaurinkoa ja paljon taloja. Niissä ihmiset elävät elämäänsä. Jotenkin he kitkuttelevat eteenpäin.

Bastuträskin jälkeen on lunta. Ja sitten lopultakin: metsää, metsää, metsää. Olen matkalla kotiin. Koivut kutistuvat kokoon, ne sojottavat hentoina ja mustina valkoista vasten.

Painan otsani ja nenäni ikkunaan.

Minä voin hyvin, sanon itsekseni. Tältä tuntuu voida hyvin.

Lauantai 15. maaliskuuta 2005

Kevättalvi-ilta Tornionjärvellä. Jäätä oli paksulti, yli metrin verran. Joka puolella 70 kilometrin pituista järveä oli arkkeja, pieniä jalasmökkejä, neljän neliömetrin suuruisia. Kevättalvella kiirunalaiset vaelsivat Tornionjärvelle. Sinne ajettiin lumikelkalla ja vedettiin arkkia perässä.

Arkin lattiassa oli luukku. Paksuun jäähän kairattiin reikä. Muoviputki meni luukusta reikään, sillä tavoin estettiin jäätävää tuulta viemästä arkkia mennessään. Siellä sisällä sitten istuttiin pilkkimässä.

Leif Pudas istui arkissaan pilkillä pelkät kalsarit jalassa. Kello oli puoli yhdeksän illalla. Hän oli korkannut muutaman oluen, olihan lauantai. Kaasu-uuni humisi ja pihisi. Lämpöä riitti, mittari näytti yli kahtakymmentäviittä astetta. Kalaakin hän oli saanut, viisitoista pikkunieriää, pieniä sinttejä tosin mutta silti. Muutaman mateen hän oli säästänyt siskonsa kissalle.

Oli suorastaan helpotus huomata että hänellä oli vessahätä. Hän oli kuumissaan, tuntuisi hyvältä päästä vähäksi aikaa ulos jäähtymään. Hän veti ajokengät jalkaan ja astui pakkaseen pelkissä kalsareissa.

Heti kun hän avasi oven, tuuli tarttui siihen.

Päivällä oli ollut aurinkoista ja tyyntä. Mutta tunturissa sää muuttuu koko ajan. Nyt myrsky nyhti ja tempoi ovea kuin hullu koira. Ensin tuulta oli tuskin lainkaan, se ikään kuin väijyi hiljaa muristen ja keräsi voimia, sitten se kävi kimppuun täysillä. Saranat joutuivat lujille. Leif Pudas tarttui oveen kaksin käsin saadakseen sen kiinni. Ehkä hänen olisi pitänyt pukea vaatteet päälle. Höh, pikku juttu, äkkiäkös hän lirauttaisi kepillisen.

Myrskynpuuskat kuljettivat irtolunta mukanaan. Se ei ollut mitään pehmeää hienoa vitilunta vaan pyrylumen teräväksi hioutuneita kiteitä. Se pieksi maata valkoisen kissapiiskan lailla, rikkoi hänen ihonsa hitaaseen ja pahanilkiseen tahtiin.

Leif Pudas juoksi arkin taakse tuulensuojaan ja ryhtyi kuselle. Tuulensuojassakin oli helvetin kylmä. Pallit kutistuivat kivikoviksi mutta kusta ainakin tuli. Hän melkein odotti että se jäätyisi matkalla ilman halki, muuttuisi keltaiseksi jääkaareksi.

Siinä samassa kun hän oli lopettanut, hän kuuli tuulen läpi mylväisyn ja sai arkin päälleen. Se melkein kaatoi hänet nurin, ja seuraavassa silmänräpäyksessä se oli lentänyt tiehensä.

Kesti muutaman sekunnin ennen kuin hän tajusi mitä oli tapahtunut. Myrsky oli vienyt arkin. Hän näki ikkunan, pimeässä valaisevan lämpimän neliön, kiitävän pois.

Hän otti muutaman juoksuaskeleen pimeässä, mutta nyt kun kiinnitys oli irronnut, arkin vauhti kiihtyi entisestään. Hänellä ei ollut mitään mahdollisuutta saada sitä kiinni, kun se liukui jalaksillaan.

Ensin hän ajatteli vain arkkia. Hän oli itse rakentanut sen vanerista ja eristänyt ja kattanut alumiinilla. Huomenna se löytyisi päreinä. Sopi vain toivoa että arkki ei aiheuttaisi muuta vahinkoa. Siitä voisi koitua ikävyyksiä.

Sitten tuli voimakas tuulenpuuska, joka melkein kaatoi hänet maahan. Silloin hän ymmärsi olevansa vaarassa. Ja kaikki ne oluetkin elimistössä, veri tuntui olevan ihan ihon alla. Jos hän ei pian pääsisi lämpimään, hän jäätyisi kuoliaaksi alta aikayksikön.

Hän katsoi ympärilleen. Abiskon turistiasemalle oli ainakin kilometrin matka, siitä hän ei selviäisi, nyt oli kyse minuuteista. Missä oli lähin arkki? Lumisavun ja myrskyn takia hän ei nähnyt muiden arkkien valoja.

Ajattele, hän sanoi itsekseen. Nyt et ota askeltakaan ennen kuin olet käyttänyt päätäsi. Mihin suuntaan tästä on lähdettävä?

Hän käytti päätään kolme sekuntia, tunsi miten kädet kohmettuivat jo ja työnsi ne kainaloihinsa. Hän astui neljä askelta ja onnistui kävelemään suoraan päin lumikelkkaa. Avain oli karkuun päässeessä arkissa, mutta hänellä oli istuimen alla pieni työkalupakki, ja sen hän otti nyt esiin.

Sitten hän rukoili yläkerran isäntää että osuisi oikeaan ja lähti kävelemään lähimmän arkkinaapurin luo. Sinne ei ollut kuin kaksikymmentä metriä, mutta häntä itketti joka askeleella. Hän pelkäsi että ei ikinä pääsisi sinne asti. Silloin hän olisi kuoleman oma. Hän tähyili Perssonin lasikuituarkin suuntaan. Terävä lumi kirveli silmiä ja hän siristeli niitä. Luomien päälle kertyi hyyhmää, jonka hän joutui pyyhkimään pois. Eihän täällä pimeässä ja lumessa nähnyt mitään.

Hän ajatteli siskoaan. Ja hän ajatteli edellistä naisystäväänsä, sitä että heillä oli kuitenkin mennyt monella tapaa hyvin.

Hän melkein törmäsi Perssonin arkkiin ennen kuin huomasi sen. Ei ketään kotona, ikkunat pimeinä. Hän sai työkalupakista esiin vasaran, joutui käyttämään vasenta kättä, oikea oli aivan turta puristettuaan työkalupakin kylmää teräskahvaa. Hän haparoi pimeässä pienen muovi-ikkunan luo ja löi sen rikki.

Pelko teki hänestä vahvan, hän hilasi lähes satakiloisen ruhonsa ikkunasta sisään ja kirosi, kun maha raapiutui terävää metallireunaa vasten. Mutta mitä siitä. Näin läheltä kuolema ei ollut koskaan ennen huohottanut hänen niskaansa.

Sitten piti saada lämpö päälle. Vaikka arkin sisällä ei niin tuullutkaan, siellä oli jääkylmää.

Hän kopeloi laatikoita ja löysi tulitikkurasian. Miten voi pidellä mitään niin pientä, kun kädet ovat kohmettuneet käyttökelvottomiksi? Hän työnsi sormet suuhunsa lämmittääkseen niitä ennen kuin onnistui saamaan niihin sen verran tuntoa, että pystyi sytyttämään öljylampun ja lieden. Hän tärisi kuin horkassa, ei ollut eläessään palellut niin kuin nyt. Hän oli jäätynyt luita ja ytimiä myöten.

– Vittu kun paleltaa, saatana kun paleltaa, hän hoki itsekseen. Hän puhui kovalla äänellä, jotenkin se piti pakokauhun poissa, ja tuntui kuin hänellä olisi ollut seuraa.

Tuuli ujelsi kuin pahanilkinen jumala ikkunasta sisään, hän tempaisi seinustalta tyynyn ja kiilasi sen jotenkuten reiän tukkeeksi, survoi sen verhotangon ja seinän väliin.

Hän löysi punaisen untuvatakin, luultavasti se kuului rouva Perssonille. Laatikossa oli alusvaatteita, ja hän puki ylleen kahdet pitkät kalsarit, toiset jalkaan ja toiset päähän.

Lämpö palasi hitaasti. Hän ojensi raajansa kohti liettä, niitä pisteli ja särki, se teki helvetillisen kipeää. Toisessa poskessa ja korvassa ei ollut tuntoa ollenkaan, huono homma.

Laverilla oli pino täkkejä. Ne olivat tietenkin jääkylmiä, mutta hänen kannatti kuitenkin kääriytyä niihin, eristiväthän ne joka tapauksessa.

Minä selvisin, hän sanoi itsekseen. Mitä väliä vaikka korva menisikin?

Hän tempaisi täkin laverilta. Se oli sinisävyinen ja kukkakuosinen, reliikki 70-luvulta.

Ja sen alla makasi nainen. Naisen silmät olivat auki ja jäätyneet, valkoiset kuin huurrelasia. Leualla ja käsillä oli jotakin puuron tai oksennuksen näköistä. Naisella oli urheiluvaatteet päällä. Paidassa oli punainen tahra.

Leif Pudas ei huutanut. Hän ei edes hämmästynyt. Äskeinen kokemus oli vienyt häneltä voimat.

– Mitä helvettiä, hän vain totesi.

Hän tunsi ainoastaan samanlaista voipumusta kuin jos koiranpentu olisi pissannut sisälle sadannen kerran.

Hänen teki mieli panna täkki takaisin naisen päälle ja unohtaa koko juttu.

Mutta sitten hän istahti miettimään. Mitä helvettiä hänen pitäisi tehdä? Tietenkin hänen olisi pakko lähteä ensin turistiasemalle. Se ei erityisemmin houkutellut pilkkopimeällä. Mutta ei kai hänellä ollut valinnanvaraa. Ei häntä huvittanut jäädä tänne sulamaan naisen kanssa yhtä aikaa.

Hetken verran hänen oli kuitenkin pakko istua, kunnes häntä ei enää paleltaisi niin hemmetisti.

Heidän välillään vallitsi jonkinlainen yhteys. Nainen piti hänelle seuraa sen tunnin ajan, kun hän istui siinä ja kärsi kivuista lämmön palatessa raajoihin. Hän piteli käsiään kaasulieden yllä. Hän ei sanonut mitään. Eikä nainenkaan sanonut.

Rikoskomisario Anna-Maria Mella ja hänen kollegansa Sven-Erik Stålnacke tulivat löytöpaikalle varttia vaille kaksitoista sunnuntain vastaisena yönä. Poliisi oli lainannut Abiskon turistiasemalta kaksi lumikelkkaa. Toisen perässä oli reki. Yksi tunturioppaista oli tarjoutunut auttamaan ja viemään poliisit järvelle. Oli myrskysää ja pimeää.

Ruumiin löytänyt Leif Pudas istui Abiskon turistiasemalla, ja ensimmäisenä paikalle ehättänyt partioautoyksikkö oli jo kertaalleen kuulustellut häntä.

Kun Leif Pudas oli tullut turistiasemalle, vastaanotto oli kiinni. Kesti hetken ennen kuin pubin henkilökunta otti hänet tosissaan. Olihan lauantai-ilta ja turistiasemalla oli totuttu epäsovinnaiseen pukeutumiseen, ihmiset saattoivat riisua ajohaalarit ja jäädä oluelle pelkissä alusvaatteissaan. Mutta Leif Pudas oli saapastellut sisään yllään naisten untuvatakki, joka ulottui häntä vain navan alle, ja pitkät kalsarit turbaanina päässä.

Vasta kun hän purskahti itkuun, turistiasemalla ymmärrettiin että oli tapahtunut jotakin vakavaa. He olivat kuunnelleet häntä vältellen ja hälyttäneet sitten poliisin.

Hän sanoi löytäneensä kuolleen naisen. Hän toisti monta kertaa että se ei ollut hänen arkkinsa. Silti he olivat ajatelleet että siinä oli mies joka oli tappanut vaimonsa. Kukaan ei ollut halunnut kohdata hänen katsettaan. Hän itkeskeli omissa oloissaan ja ketään häiritsemättä kun poliisi tuli.

Oli osoittautunut mahdottomaksi eristää aluetta arkin ympäriltä, tuuli oli vienyt heti eristysnauhat mennessään. Niinpä kelta-mustaraidalliset nauhat oli sidottu arkin ympärille, se oli kiedottu ikään kuin pakettiin. Nyt ne paukkuivat kiukkuisesti tuulessa. Teknikot olivat paikalla ja työskentelivät valonheitinten ja arkin himmeän kaasuvalaistuksen loimotuksessa.

Arkkiin ei mitenkään mahtunut enempää kuin kaksi henkeä kerrallaan. Sillä välin kun teknikot tekivät työtään, Anna-Maria Mella ja Sven-Erik Stålnacke seisoskelivat ulkopuolella ja yrittivät pysyä liikkeessä.

Oli lähes mahdotonta kuulla puhetta myrskyn ja paksujen myssyjen läpi. Jopa Sven-Erikillä oli korvaläpällinen myssy, vaikka yleensä hän kulki paljain päin keskellä talveakin. He huutelivat toisilleen ja liikkuivat kuin paksut Michelin-ukot ajohaalareissaan.

– Katso, Anna-Maria huusi. – Eikö olekin hassua?

Hän levitti käsivartensa ja meni seisomaan kuin purje tuulta vasten. Hän oli pieni nainen, ei painanut paljon. Lumi oli sulanut päivän mittaan ja pakastunut sitten illalla liukkaaksi jääksi, niin että kun hän seisoi siinä, tuuli tarttui häneen ja hän alkoi hitaasti liukua poispäin.

Sven-Erik nauroi ja oli kiiruhtavinaan apuun tarttuakseen häneen, ennen kuin hän kulkeutuisi järven toiselle rannalle.

Teknikot tulivat arkista ulos.

– Tämä ei ainakaan ole murhapaikka, toinen heistä huusi Anna-Marialle. – Vaikuttaa puukotukselta. Mutta kuten sanottu, tuskin arkissa. Voitte viedä ruumiin pois. Me jatketaan huomenna, sitten kun täällä näkee jotakin.

– Eikä perse jäädy, hänen aivan liian kevyesti pukeutunut kollegansa ärähti.

Teknikot istahtivat moottorikelkan rekeen, ja heidät vietiin turistiasemalle.

Anna-Maria Mella ja Sven-Erik Stålnacke astuivat arkkiin.

Siellä oli ahdasta ja kylmää.

– Mutta ainakaan täällä ei tuule, Sven-Erik sanoi ja sulki oven.

– No niin, nyt voidaan jutella tavallisella äänellä.

Pieni seinään kiinnitetty pöytä oli päällystetty puukuvioisella kontaktimuovilla. Muovituolit, neljä kappaletta, oli pinottu päällekkäin. Arkissa oli keittolevy ja pieni tiskiallas. Lattialla pleksilasi-ikkunan alla lojui punavalkoruutuinen salusiini ja keramiikkamaljakko, jossa oli kangaskukkia. Ikkunan tukkeeksi sullottu tyyny piti jotenkuten ulkona tuulen, joka pyrki sisään.

Sven-Erik avasi kaapin oven. Siellä oli viinankeitin. Hän sulki oven.

– Vai niin, tuota me emme nähneet, hän tokaisi.

Anna-Maria katsoi laverilla makaavaa naista.

– Metri seitsemänviisi? hän ehdotti.

Sven-Erik nyökkäsi ja irrotti viiksistään pieniä jääpuikkoja.

Anna-Maria kaivoi taskustaan nauhurin ja joutui temppuilemaan sen kanssa hetken, paristot olivat jäätyneet eikä se suostunut käynnistymään.

– Toimi nyt, hän sanoi ja työnsi nauhurin kohti kaasuliettä, joka kamppaili lämmittääkseen sisätiloja rikkinäisestä ikkunasta ja jatkuvasti käyvästä ovesta huolimatta.

Saatuaan nauhurin käyntiin hän saneli nauhalle tunnusmerkit.

– Nainen, vaalea paašikampaus, nelissäkymmenissä... Hyvännäköinen, eikö olekin?

Sven-Erik hymähti.

– Minun mielestäni hän ainakin on hyvännäköinen. Noin 175 senttiä pitkä, hoikka, isot rinnat. Ei sormusta sormessa. Ei koruja. Silmien väriä on vaikea sanoa nykytilanteessa, ehkäpä oikeuslääkäri... Vaalea urheilutakki, jotakin tuulenpitävää materiaalia, mitä ilmeisimmin veren tahrima, samanväriset urheiluhousut, juoksutossut.

Anna-Maria kumartui naisen puoleen.

– Naamassa on meikkiä, huulipunaa, luomiväriä ja maskaraa, hän jatkoi nauhuriin. – Eikö se olekin vähän merkillistä, jos on menossa ulos treenaamaan? Ja miksi hänellä ei ole pipoa?

– Päivällä oli hyvin lämmintä ja kaunista, samoin eilen, Sven-Erik sanoi. – Jos vain ei tuule...

– Nythän on talvi! Vain sinä kuljet aina ilman hattua. Nämä vaatteet eivät ainakaan näytä halvoilta, eikä tuo nainenkaan. Hän on jotenkin hienostunut.

Anna-Maria sammutti nauhurin.

– Meidän on lähdettävä kiertämään ovelta ovelle jo tänä iltana turistiasemalta ja Abiskon itäpuolelta. Kysytään kauppiaaltakin tietäisikö hän jotakin. Luulisi että joku ilmoittaa naisen kadonneeksi.

– Minusta hänessä on jotakin tuttua, Sven-Erik sanoi mietteliään näköisenä.

Anna-Maria nyökkäsi.

– Ehkä hän on Kiirunasta kotoisin. Mieti vähän. Ehkä olemme nähneet hänet siellä. Hammaslääkäri? Ehkä hän on kaupassa töissä? Pankissa?

Sven-Erik pudisti päätään.

– Lopeta, hän sanoi. – Se tulee kun on tullakseen.

– Meidän on katsottava myös arkkien ympäriltä, Anna-Maria sanoi.

– Joo, tässä peevelin myräkässä.

– Silti!

– Niinpä niin..

He katsoivat hetken toisiaan.

Anna-Marian mielestä Sven-Erik näytti väsyneeltä, väsyneeltä ja alakuloiselta kuten niin usein nähtyään kuolleita naisia. Useimmiten kyse oli traagisista kuolemantapauksista. Naiset makasivat verissään keittiössä, puoliso kyynelehti makuuhuoneessa, ja saatiin olla iloisia, jos heillä ei ollut pikkulapsia näkemässä.

Anna-Maria ei ollut koskaan yhtä liikuttunut, paitsi tietenkin silloin, jos uhrit olivat lapsia. Lapsiin ja eläimiin ei ikinä tottunut. Mutta tällainen murha. Eipä silti että hän olisi tullut siitä iloiseksi tai ajatellut että hyvä kun joku murhattiin, ei se niin ollut. Mutta tällaisessa murhassa riitti pähkinää purtavaksi. Se saattoi olla hänelle tarpeen.

Hän naureskeli itsekseen Sven-Erikin märille viiksille. Ne näyttivät elukalta, joka oli jäänyt auton alle. Viime aikoina ne olivat päässeet rehottamaan valtoiminaan. Anna-Maria mietti miten yksinäinen Sven-Erik oikeastaan mahtoi olla. Tytär asui perheineen Luulajassa. He eivät varmaankaan tavanneet kovin usein.

Kaiken kukkuraksi Sven-Erikin kissa oli kadonnut puolitoista vuotta sitten. Anna-Maria oli ehdottanut että hän hankkisi uuden, mutta Sven-Erik ei suostunut. "Siitä on vain vaivaa", hän sanoi. "Se sitoo liikaa." Anna-Maria kyllä tiesi mitä se merkitsi. Sven-Erik halusi suojella itseään sydänsuruilta. Hän oli hätäillyt ja pohtinut Manne-kissaansa, kunnes oli lopulta luopunut toivosta ja lakannut puhumasta kissastaan.

Se oli sääli, Anna-Maria ajatteli. Sven-Erik oli hyvä tyyppi. Hänestä tulisi kunnon mies jollekulle naiselle ja kelpo isäntä mille tahansa eläimelle. Hän ja Anna-Maria tulivat hyvin toimeen keskenään mutta eivät seurustelleet vapaa-ajalla. Eikä se johtunut ainoastaan siitä että Sven-Erik oli paljon vanhempi. Heillä vain ei ollut kovin paljon yhteistä. Jos he törmäsivät kaupungilla tai kaupassa ollessaan vapaalla, juttu kulki aina nihkeästi. Töissä he sen sijaan höpöttivät ja viihtyivät keskenään mainiosti.

Sven-Erik katsoi Anna-Mariaa. Anna-Maria oli tosiaan hyvin pienikokoinen nainen, vain vähän yli 150-senttinen, melkein hukkui isoihin ajohaalareihin. Hänen pitkä vaalea tukkansa oli painunut litteäksi hatun alla. Eipä silti että Anna-Maria olisi välittänyt. Hän ei oikein perustanut meikkaamisesta eikä sen sellaisesta. Ei hänellä ollut siihen aikaakaan. Hänellä oli neljä lasta ja ukko, joka ei paljon evääntä heilauttanut kotona. Muuten Robertissa ei ollut mitään vikaa, heillä meni hyvin yhdessä, Robert vain oli niin laiska.

Miten paljon Sven-Erik sitten oli tehnyt kotitöitä ollessaan naimisissa Hjördisin kanssa? Hän ei oikein muistanut, muisti vain sen että oli tottumaton laittamaan ruokaa yksin jäätyään.

– No niin, Anna-Maria sanoi. – Lähdetäänkö kiertelemään arkkeja lumimyrskyssä ja annetaan muiden hoitaa kylä ja turistiasema?

Sven-Erik virnisti.

– Sama se, lauantai-ilta on kuitenkin pilalla.

Ei se mitään pilalla ollut. Mitä muutakaan hän olisi tehnyt?

Katsonut televisiota ja käynyt ehkä naapurin luona saunassa. Sama laulu aina.

– Niinhän se on, Anna-Maria sanoi ja veti ajohaalareiden vetoketjun kiinni.

Hänestä ei kuitenkaan tuntunut siltä. Ei tämä lauantai-ilta ollut pilalla. Ritari ei voi nyhjätä kotona perheen helmoissa, hulluksihan siinä tulee. Pitää päästä ulos seikkailemaan miekka ojossa. Sitten kun tulee kotiin seikkailuista väsyneenä, perhe on luultavasti jättänyt tyhjät pizzarasiat ja limsapullot olohuoneen pöydälle, mutta ei sillä ollut väliä. Juuri tällaisena elämä oli parasta. Ovelta ovelle kiertelyä pimeässä jäällä.

– Toivottavasti naisella ei ollut lapsia, Anna-Maria sanoi ennen kuin he astuivat ulos tuuleen.

Sven-Erik ei vastannut. Häntä vähän hävetti. Hän ei ollut edes ajatellut lapsia. Hän oli ajatellut vain sitä että kunpa naiselta ei olisi jäänyt kissaa, joka turhaan odottaisi kotona emäntäänsä.

Marraskuu 2003

REBECKA MARTINSSON kotiutetaan St. Göranin sairaalan psykiatriselta klinikalta. Hän lähtee junalla Kiirunaan. Nyt hän istuu taksissa isoäitinsä talon ulkopuolella Kurravaarassa.

Isoäidin kuoleman jälkeen talo siirtyi Rebeckalle ja Affe-sedälle. Se on harmaa mineriittitalo joen rannalla. Sisällä on kuluneet korkkimatot ja kosteusläikkiä seinillä.

Ennen talo haisi vanhalta mutta asutulta: märiltä kumisaappailta, navetalta, ruualta ja leivonnalta. Siellä oli isoäidin oma turvallinen ominaishaju, ja tietysti myös isän. Nyt talo haisee hylätyltä ja tunkkaiselta. Kellari on tungettu täyteen lasivillapaaleja kylmäeristeeksi.

Taksikuski kantaa laukun sisään, kysyy onko se menossa ylävai alakertaan.

– Ylös, Rebecka vastaa.

Yläkerrassa hän asui isoäidin kanssa.

Isä asui alakerrassa. Huonekalut uinuvat siellä oudon hiljaista ja ajatonta unta isojen valkoisten lakanoiden alla. Affe-sedän vaimo Inga-Britt käyttää alakertaa varastona. Sinne kertyy banaanilaatikoittain kirjoja ja vaatteita, siellä on vanhoja tuoleja, jotka Inga-Britt on saanut halvalla ja aikoo joskus entisöidä. Isän lakanoiden alla olevat huonekalut joutuvat väistymään yhä lähemmäs seiniä.

Ei auta, vaikka alakerrassa ei enää näytäkään samanlaiselta kuin ennen. Rebeckan mielestä asunto ei muutu miksikään.

Isä kuoli monta vuotta sitten, mutta astuttuaan ovesta sisään Rebecka näkee isän istuvan keittiön pinnasohvalla. On aika lähteä aamiaiselle isoäidin luo yläkertaan. Isä on kuullut Rebeckan tulevan portaita alas ja noussut nopeasti istumaan. Hänellä on punamustaruutuinen flanellipaita ja sininen Helly-Hansenin paita. Sinisten työhousujen lahkeet on työnnetty isoäidin neulomiin paksuihin korkeavartisiin villasukkiin. Isän silmät ovat vähän turvoksissa. Nähdessään Rebeckan hän sipaisee parransänkeään ja hymyilee.

Rebecka näkee nyt paljon sellaista mitä ei silloin nähnyt. Vai näkikö? Nyt hän näkee että isä sipaisee parransänkeään, koska on nolostunut. Mitä hän siitä välittää? Siitä että isä ei aja partaansa? Siitä että isä on nukkunut vaatteet päällä? Ei vähääkään. Isä on kaunis, kaunis.

Tiskipöydällä oleva oluttölkki on kulunut ja nuhraantunut. Siinä ei ole ollut pitkään aikaan olutta. Isä juo siitä muuta mutta haluaa naapurien luulevan että siinä on keskiolutta.

En minä ikinä välittänyt, Rebecka haluaa sanoa. Äiti siitä piti meteliä. Minä todella rakastin sinua.

Taksi on mennyt menojaan. Rebecka on sytyttänyt tulen takkaan ja kytkenyt pattereihin virran.

Hän makaa selällään keittiössä isoäidin kutoman räsymaton päällä ja seuraa katseellaan kärpästä. Se pörisee ärsyttävän äänekkäästi, törmäilee sokkona kattoon. Niin käy kärpäsille kun ne heräävät siihen että talossa on yhtäkkiä liian lämmintä. Ne pitävät tuskallisen kiihtynyttä ääntä ja lentelevät minne sattuu. Nyt kärpänen laskeutuu seinälle ja alkaa toikkaroida umpimähkään ympäriinsä. Se ei pysty reagoimaan lainkaan. Todennäköisesti Rebecka saisi tapettua sen paljaalla kädellä. Sittenpähän hän pääsisi tuosta äänestä. Mutta hän ei jaksa. Hän vain katselee kärpästä makuulta. Pian se kuolee kuitenkin. Sitten hän joutuu korjaamaan sen pois.

Joulukuu 2003

ON TIISTAI. Joka tiistai Rebecka ajaa kaupunkiin. Hän tapaa terapeuttinsa ja noutaa viikkoannoksen Cipramiliä. Terapeutti on nelikymppinen nainen. Rebecka yrittää olla halveksimatta häntä, vaikka ei maltakaan olla katsomatta hänen halpoja kenkiään ja huonosti istuvaa pikkutakkiaan.

Halveksuntaan turvautuminen on petollista. Se kääntyy yhtäkkiä itseään vastaan: Entä itse? Et ole edes töissä.

Terapeutti pyytää Rebeckaa kertomaan lapsuudestaan.

– Miksi? Rebecka kysyy. – En kai minä sen takia ole täällä.

– Miksi sinä sitten omasta mielestäsi olet täällä?

Rebecka on kyllästynyt ammattimaisiin vastakysymyksiin. Hän katsoo mattoa kätkeäkseen katseensa.

Mitä hän kertoisi? Vähäisinkin yksityiskohta on kuin punainen nappi. Kun sitä painaa, ei voi tietää mitä tapahtuu. Kun muistelee miten joi lasin maitoa, kaikki muukin vyöryy esiin.

Minä en aio jäädä tähän rypemään, hän ajattelee ja mulkoilee vihaisesti paperinenäliinapakettia, joka on aina valmiina pöydällä heidän välissään.

Rebecka näkee itsensä ulkopuolisin silmin. Hän ei kykene työhön. Hän istuu kylmällä vessanpöntöllä aamuisin ja painaa tabletit pakkauksestaan, pelkää mitä muuten tapahtuisi.

Sanoja on monia: kiusallinen, säälittävä, surkea, inhottava, vastenmielinen, taakka, hullu, sairas. Murhaaja.

Hänen täytyy olla herttainen terapeuttia kohtaan. Hyväntahtoinen. Paranemaan päin. Ei aina niin rasittava.

Minä lupaan kertoa jotakin, hän ajattelee. Ensi kerralla.

Hän voisi valehdella. Onhan hän valehdellut ennenkin.

Hän voisi sanoa: En usko että äitini rakasti minua. Eikä se

ehkä olekaan vale. Se on pieni totuus. Mutta tämä totuus kätkee ison totuuden:

Minä en itkenyt silloin kun äiti kuoli, Rebecka ajattelee. Olin kaksitoistavuotias ja jääkylmä. Minussa on jotakin perusteellista vikaa.

Uudenvuodenaatto 2003

REBECKA VIETTÄÄ UUDENVUODENAATTOA Sivving Fjällborgin Bella-koiran kanssa. Sivving on hänen naapurinsa, ja hän oli Rebeckan isoäidin ystävä silloin kun Rebecka oli pieni.

Sivving oli pyytänyt Rebeckaa mukaan tyttärensä Lenan perheen luo. Rebecka kiemurteli eikä Sivving painostanut. Sen sijaan hän jätti koiransa. Yleensä Bella kulki vaivatta mukana. Sivving sanoi tarvitsevansa koiravahtia, mutta oikeastaan vahtia tarvitsi Rebecka. Ei sillä ollut väliä. Rebecka iloitsi saadessaan seuraa.

Bella on eloisa noutaja. Se on herkkusuu niin kuin kaikki noutajat, ja se olisi lihava kuin makkara, jos se ei liikkuisi niin paljon. Sivving päästää sen juoksemaan joenrantaan ja antaa sen joskus kyläläisten mukaan metsälle. Sisällä ollessaan Bella juoksentelee edestakaisin, kieppuu jaloissa ja tekee kaikki hulluksi. Se säpsähtää ja haukkuu pienintäkin ääntä. Mutta jatkuva liikkeelläolo pitää sen solakkana. Kylkiluut piirtyvät selvästi nahan alta.

Yleensä makuulle joutuminen on Bellalle rangaistus, mutta nyt se kuorsaa täyttä häkää Rebeckan sängyssä. Rebecka on hiihtänyt joella monta tuntia. Aluksi Bella veti häntä. Sitten se sai juosta vapaana, ja se ryntäili innoissaan edestakaisin, niin että lumi tuprusi. Viimeiset kilometrit Bella lönkytteli tyytyväisenä Rebeckan jäljissä.

Kymmenen aikaan soittaa Måns, Rebeckan pomo toimistolta. Kuullessaan Månsin äänen Rebecka pöyhäisee hiuksiaan, niin kuin Måns pystyisi näkemään hänet.

Rebecka on ajatellut Månsia. Usein. Ja hän luulee että Måns soitti hänen peräänsä silloin kun hän oli sairaalassa. Mutta Rebecka ei ole varma. Hän muistaa niin huonosti. Hän muistelee sanoneensa osastonhoitajalle että ei halua puhua Månsin kanssa.

Sähkösokit saivat hänet sekaisin. Lähimuistikin katosi. Hänestä tuli kuin vanhus, joka saattoi sanoa saman asian monta kertaa viiden minuutin sisällä. Hän ei halunnut olla silloin tekemisissä kenenkään kanssa, ei varsinkaan Månsin. Måns ei saanut nähdä häntä sellaisena.

– Miten menee? Måns kysyy.

– Hyvin, Rebecka sanoo, hän tuntee itsensä idiootiksi kuullessaan Månsin äänen. – Entä sinulla?

– Mikäs tässä, eipä ihmeitä.

Nyt on Rebeckan vuoro sanoa jotakin. Hän yrittää keksiä jotakin järkevää, mieluiten hauskaa sanottavaa, mutta hänen päässään on tyhjää.

– Istun tässä hotellihuoneessa Barcelonassa, Måns sanoo lopulta.

– Minä olen katsomassa telkkaria naapurin koiran kanssa. Hän viettää uutta vuotta tyttärensä luona.

Måns ei vastaa suoraan. Hiljaisuutta kestää sekunnin. Rebecka kuuntelee. Myöhemmin hän märehtii sitä hiljaista sekuntia kuin murrosikäinen. Merkitsikö se mitään? Mitä? Mustasukkaisuuden häivähdystä tuntematonta naapurin miestä kohtaan?

– Mikäs heppu se on? Måns kysyy.

– Yksi Sivving vaan. Hän on eläkeläinen ja asuu tuossa tien toisella puolella.

Rebecka kertoo Månsille Sivvingistä. Sivving asuu talonsa pannuhuoneessa koiran kanssa. Niin on yksinkertaista. Siellä on kaikki tarvittava, jääkaappi, suihku ja keittolevy. Siivottavaakin on vähemmän, kun ei levittäydy joka puolelle taloa. Rebecka kertoo siitä miten Sivving sai nimensä. Oikeastaan hänen nimensä on Erik, mutta hänen äitinsä merkitsi ylpeydenpuuskassaan puhelinluetteloon hänen siviili-insinöörin tittelinsä: "civ.ing." Ja siitä seurasi heti rangaistus kylässä, jossa vallitsi Janten laki: "Vai niin, siinä tulee itse civ.ing."

Måns nauraa. Myös Rebecka nauraa. Ja sitten he nauravat vielä hetken, lähinnä siksi että heillä ei ole mitään sanomista. Måns kysyy onko siellä pohjoisessa kylmä. Rebecka nousee sohvalta katsomaan pakkasmittaria.

– Kolmekymmentäkaksi astetta.

– Hyi hemmetti!

Taas hiljaista. Sitä kestää hieman liian kauan. Sitten Måns sanoo nopeasti:

– Ajattelin vain toivottaa hyvää uutta vuotta... olenhan minä vieläkin pomosi.

Mitä hän sillä tarkoitti, Rebecka miettii. Soittaako Måns kaikille alaisilleen? Vai vain niille, joilla ei ole elämää? Vai välittääkö hän?

– Hyvää uutta vuotta itsellesi, Rebecka sanoo, ja koska sanat ovat lähes muodollisia, hän yrittää lausua ne pehmeällä äänellä.

– No, täytyy tästä lähteä katsomaan ilotulitusta...

– Minunkin pitää viedä koira ulos...

Kun he ovat lopettaneet puhelun, Rebecka jää istumaan puhelin kädessään. Olikohan Måns yksin Barcelonassa? Tuskinpa vain! Puhelu loppui vähän töksähtäen. Oliko Rebecka kuullut oven käyvän? Ehkä joku tuli sisään? Sen takiako Måns lopetti niin äkkiä?

Kesäkuu 2004

OLI ONNI että Rebecka Martinsson ei koskaan saanut nähdä miten pääsyyttäjä Alf Björnfot kerjäsi hänelle pestiä. Siinä tapauksessa hän olisi kieltäytynyt silkkaa ylpeyttään.

Pääsyyttäjä Alf Björnfot tapaa esimiehensä, kamaripäällikkö Margareta Huuvan, varhaisella päivällisellä töiden jälkeen ja valitsee paikan, jossa on oikeat pellavaiset servietit ja oikeita kukkia pöydässä.

Margareta Huuva tulee hyvälle tuulelle, lisäksi tarjoilija pitelee hänelle tuolia ja lausuu kohteliaisuuden.

Voisi luulla että he ovat treffeillä, pariskunta joka on tavannut kypsällä iällä, molemmat ovat yli kuudenkymmenen.

Kamaripäällikkö Margareta Huuva on lyhytkasvuinen, tukevahko nainen. Hänen hopeanharmaat hiuksensa on leikattu pukevan lyhyiksi, ja huulipuna sointuu vaaleanpunaiseen poolopaitaan, joka hänellä on sinisen pikkutakin alla.

Istuutuessaan Alf Björnfot panee merkille housunsa, jotka ovat kuluneet lähes puhki polvista. Pikkutakin taskujen läpät työntyvät aina puoliksi sisään ja ovat tiellä, kun hän panee tavaroita taskuihin.

– Älä pane niin paljon tavaroita taskuihin, tytär muistuttaa häntä yrittäessään silittää ruttuisia läppiä.

Margareta Huuva pyytää Alf Björnfotia selittämään miksi hän haluaa palkata Rebecka Martinssonin.

– Tarvitsen piiriini talousrikollisuuden asiantuntijan, Björnfot sanoo. – LKAB laajentaa toimintaansa entisestään urakointiin. Yrityksiä tulee lisää ja samoin taloussotkuja. Jos onnistumme saamaan Rebecka Martinssonin meille hommiin, saamme sillä rahalla uskomattoman pätevän juristin. Hän oli töissä yhdessä

Ruotsin parhaista asianajotoimistoista ennen kuin muutti takaisin tänne pohjoiseen.

– Tarkoitat ennen kuin hänestä tuli mielisairas, Margareta Huuva tokaisee. – Mitä hänelle oikein tapahtui?

– En ollut paikalla, mutta hänhän tappoi ne kolme miestä Jiekajärvellä reilut kaksi vuotta sitten. Se oli ilmiselvää hätävarjelua eikä syytteen nostaminen tullut kuuloonkaan… Niin, ja sitten kun hän alkoi toipua, sattui se juttu Poikkijärvellä. Lars-Gunnar Vinsa lukitsi hänet kellariin ja ampui sitten itsensä ja poikansa. Nähtyään pojan Rebecka pimahti.

– Ja joutui suljetulle osastolle.

– Niin. Hän sekosi.

Alf Björnfot vaikenee ja muistelee mitä rikoskomisariot Anna-Maria Mella ja Sven-Erik Stålnacke ovat kertoneet. Rebecka Martinsson oli kiljunut kuin mielipuoli ja nähnyt harhoja. He olivat joutuneet pidättelemään häntä, jotta hän ei olisi mennyt jokeen.

– Ja hänet sinä haluat minun nimittävän ylimääräiseksi syyttäjäksi.

– Hänhän on nyt terve. Tämä tilaisuus ei toistu. Jos tätä ei olisi tapahtunut hänelle, hän istuisi vieläkin Tukholmassa ja tienaisi tolkuttomia määriä rahaa. Mutta hän on muuttanut kotiin. Enkä usko että hän haluaa enää olla töissä asianajotoimistossa.

– Calle von Postin mukaan hän ei tehnyt kovin hyvää työtä Sanna Strandgårdin edustajana.

– Rebecka pyyhki von Postilla pöytää! Et saa kuunnella sitä miestä! Von Post luulee että aurinko nousee hänen saamarin perslävestään aamuisin.

Margareta Huuva hymyilee ja laskee katseensa. Hänellä itsellään ei ole vaikeuksia tulla toimeen Carl von Postin kanssa. Mies osaa olla miellyttävä ylemmilleen. Mutta pohjimmiltaan von Post on tietenkin itsekeskeinen pikku paskiainen, sen nyt tajuaa tyhmäkin.

– Puoleksi vuodeksi sitten. Noin alkajaisiksi.

Pääsyyttäjä Alf Björnfot ähkäisee.

– Ei, ei. Rebecka Martinsson on asianajaja ja ansaitsee yli kaksi kertaa enemmän kuin minä. En voi tarjota hänelle koeaikaa.

– Olkoon asianajaja tai ei. En tiedä onko hänestä juuri nyt edes lajittelemaan hedelmiä valintamyymälässä. Koeaika ja sillä selvä. Niin päätetään. He siirtyvät mukavampiin keskustelunaiheisiin, vaihtavat juoruja kollegoista, poliiseista, tuomareista ja paikallispoliitikoista.

Viikon kuluttua pääsyyttäjä Alf Björnfot istuu Rebeckan kanssa Kurravaaran talon portailla.

Pääskyt sujahtelevat taivaalla ja syöksyvät kuin heittoveitset navetan räystään alle. Sitten ne ampaisevat tiehensä. Poikaset piipittävät vaativasti.

Rebecka katsoo Alf Björnfotia. Kuusikymppinen mies, rumat housut, lukulasit riippuvat kaulasta. Hän vaikuttaa sympaattiselta. Rebecka miettii onko hän hyvä työssään.

He juovat kahvia mukeista ja Rebecka tarjoaa Digestive-keksejä suoraan paketista. Alf Björnfot on tullut tarjoamaan Rebeckalle ylimääräisen syyttäjän paikkaa Kiirunasta.

– Tarvitsen pätevän ihmisen, hän sanoo yksinkertaisesti. – Sellaisen joka jää.

Sillä välin kun Rebecka vastaa, Alf Björnfot istuu silmät kiinni ja kasvot kohti aurinkoa. Hänellä ei ole paljon hiuksia jäljellä, ikäläikät paistavat päälaella.

– En tiedä selviänkö sellaisesta työstä, Rebecka sanoo. – En luota omaan päähäni.

– Mutta eikö olisi tuhlausta olla kokeilematta, Alf Björnfot sanoo avaamatta silmiään. – Kokeile puoli vuotta. Jos se ei onnistu, niin ei sitten.

– Minä tulin hulluksi, tiedäthän sen?

– Joo, tunnen poliisit jotka löysivät sinut.

Taas Rebecka saa muistutuksen siitä että on kylän puheenaihe. Pääsyyttäjä Björnfot pitää vieläkin silmiään kiinni. Hän miettii sitä mitä on juuri sanonut. Olisiko hänen pitänyt sanoa jotakin muuta? Ei, tämän tytön kanssa on selvästikin puhuttava suoraan.

– Hekö sinulle kertoivat että olen muuttanut takaisin? Rebecka kysyy.

– Joo, eräällä poliisilla on serkku, joka asuu täällä Kurravaarassa.

Rebecka naurahtaa. Se on kuiva, iloton ääni.

– Minä olen ainoa joka ei tiedä mistään mitään.

– Se oli minulle liikaa, Rebecka sanoo lopulta. – Nalle makasi kuolleena keskellä pihaa. Minä todella pidin hänestä. Ja hänen isänsä... luulin että hän aikoi tappaa minut.

Alf Björnfot murahtaa vastaukseksi. Hänellä on vieläkin silmät kiinni. Rebecka tarkastelee häntä vaivihkaa. On helppo puhua nyt kun Björnfot ei katso.

– Sellaista ei kukaan ikinä uskoisi sattuvan itselleen. Alussa pelkäsin että se tapahtuisi uudestaan. Ja että joutuisin jäämään sinne. Elämään lopun ikääni painajaisessa.

– Pelkäätkö vieläkin että se tapahtuu uudestaan?

– Tarkoitatko koska tahansa? Kun kulkee kadun yli, niin yhtäkkiä: pam!

Rebecka puristaa kätensä nyrkkiin ja avaa sen, harittaa sormiaan kuin kuvatakseen hulluuden ilotulitusta.

– En, hän jatkaa. – Tarvitsin mielisairautta juuri silloin. Todellisuus kävi liian raskaaksi.

– Minä en ainakaan välitä siitä, Alf Björnfot sanoo.

Hän katsoo Rebeckaa.

– Tarvitsen taitavia syyttäjiä.

Hän vaikenee. Sitten hän puhkeaa taas puhumaan. Paljon myöhemmin Rebecka muistaa hänen sanansa ja ajattelee, että hän tiesi täsmälleen mitä teki ja miten Rebeckaa piti käsitellä. Rebecka sai huomata, että hän on ihmistuntija.

– Vaikka sinänsä ymmärrän, jos tunnet itsesi epävarmaksi. Virkapaikkahan on Kiirunassa. Se on hemmetin yksinäistä hommaa. Muut syyttäjät istuvat Jällivaarassa ja Luulajassa ja tulevat tänne vain rikosoikeudenkäynteihin. Tarkoitus on antaa sinun hoitaa useimmat käräjät. Syyttäjän sihteeri tulee tänne kerran viikossa toimittamaan haasteanomukset ja sen sellaista. Niin että joudut olemaan melko eristyksissä.

Rebecka lupaa miettiä asiaa. Mutta yksinäinen työ ratkaisee. Hänen ei tarvitsisi nähdä ihmisiä ympärillään. Kaiken lisäksi vakuutusyhtiön virkailija oli soittanut edellisellä viikolla ja alkanut puhua työkuntoutuksesta ja pehmeästä laskusta takaisin työelämään. Silloin Rebecka tunsi itsensä sairaaksi pelosta, että joutuisi muiden loppuun palaneiden ressukoiden sekaan suorittamaan tietokoneajokorttia ja käymään positiivisen ajattelun kurssia.

– Armonaika on lopussa, hän sanoo illalla Sivvingille. – Voin yhtä hyvin testata syyttäjänvirastoa.

Sivving on lieden ääressä paistamassa veripalttuviipaleita.

– Älä anna koiralle leipää pöydän alta, hän sanoo. – Minä näen sen. Entä asianajotoimisto?

– Ei koskaan enää.

Rebecka ajattelee Månsia. Nyt hänen on sanottava itsensä irti. Tavallaan se on ihanaa. Hänestä on tuntunut jo kauan, että hän on toimistolle taakka. Mutta samalla katoaisi myös Måns.

Se on vain hyvä, hän ajattelee. Mitä olisi elämä Månsin kanssa? Hän penkoisi Månsin taskuja sillä välin kun mies nukkuisi, etsisi kuitteja ja lappuja kapakkareissujen jäljiltä. Jäljet pelottavat, niin kuin on tapana sanoa. Voiko ihmissuhteissa epäonnistua pahemmin kuin Måns? Surkeat välit aikuisiin lapsiin, avioero ja vain lyhyitä suhteita.

Rebecka luettelee Månsin virheitä. Se ei auta pätkääkään.

Kun hän teki Månsille töitä, Måns saattoi joskus koskettaa häntä. "Hyvää työtä, Martinsson", Måns sanoi ja laski kätensä Rebeckan olkavarrelle. Kerran Måns oli silittänyt Rebeckan hiuksia.

Lakkaa ajattelemasta Månsia, Rebecka neuvoo itseään. Siitä menee sekaisin. Koko päässä ei pyöri muuta kuin se mies, hänen kätensä ja suunsa, ja edestäpäin ja takaapäin ja koko hoito. Voi mennä kuukausia ilman ainoatakaan järkevää ajatusta.

Sunnuntai 16. maaliskuuta 2005

KUOLLUT NAINEN TULI PURJEHTIEN pimeän halki rikoskomisario Anna-Maria Mellan luo. Hän leijui ikään kuin taikuri olisi heilauttanut sauvaansa hänen yllään ja saanut hänet nousemaan ilmaan selällään, kädet tiukasti kylkiä pitkin.

Kuka sinä olet? Anna-Maria ajatteli.

Valkoinen iho ja lasittuneet silmät saivat naisen näyttämään patsaalta. Hänen kasvonpiirteensäkin muistuttivat antiikin marmoripatsasta. Nenänvarsi alkoi korkealta kulmakarvojen välistä, otsa ja nenä muodostivat profiilissa lähes katkeamattoman viivan.

Gustav, Anna-Marian kolmevuotias kuopus, kääntyi unissaan ja potkaisi äitiään kylkeen. Anna-Maria tarttui hänen pieneen mutta lihaksikkaaseen pojanvartaloonsa ja käänsi sen päättäväisesti ympäri, niin että Gustav lopulta makasi selin. Anna-Maria veti lapsen lähemmäs ja silitti hänen vatsaansa pyjaman alta, painoi nenänsä Gustavin hien kostuttamaan tukkaan ja suuteli poikaa. Gustav huokasi tyytyväisenä unissaan.

Tämä pikkulapsiaika oli ihanaa ja aistillista. Pian lapset kasvoivat niin isoiksi, että hyväily ja suukottelu loppuivat. Anna-Mariaa ahdisti ajatella, että pian talossa ei olisi pikkuisia. Toivottavasti hän saisi lastenlapsia. Sopi toivoa että hänen esikoisensa Marcus aloittaisi varhain.

Ja olihan hänellä hätätapauksena Robert, Anna-Maria ajatteli ja hymyili nukkuvalle miehelleen. Kannatti pitää kiinni samasta miehestä, jonka oli alun perin valinnut, se mies ei välittänyt vaimon rupsahtamisesta vaan näki aina sen tytön, johon oli tutustunut aikojen alussa.

Tai sitten voisi hankkia lauman koiria, Anna-Maria jatkoi pohdintaansa. Ne saisivat nukkua sängyssä likaisine tassuineen ja pippelitippoineen päivineen.

Hän irrotti otteensa Gustavista ja tavoitteli kännykkäänsä, katsoi kelloa, puoli viisi.

Toista poskea kuumotti. Se oli varmaan kylmettynyt edellisenä iltana, kun hän ja Sven-Erik olivat kierrelleet ovelta ovelle jäällä. Mutta kukaan lähiarkkien asukkaista ei ollut nähnyt mitään. Anna-Maria ja kollegat olivat kyselleet tunturiasemalta, herättäneet matkailijat ja jututtaneet baarin asiakkaita. Kukaan ei osannut kertoa kuolleesta naisesta mitään. He olivat jäljittäneet myös sen arkin omistajat, josta ruumis oli löytynyt. He olivat vaikuttaneet vilpittömän järkyttyneiltä eivätkä tunnistaneet naista.

Anna-Maria Mella pohti tapahtumien kulkua. Tietenkin oli mahdollista juosta lumikelkan jäljissä meikki naamassa tai lenkkeillä Norgevägeniä pitkin. Auto pysähtyy. Siinä on joku naisen tuttu, joka tarjoaa kyytiä. Entä sen jälkeen? Nainen menee autoon ja saa iskun päähänsä? Tai sitten hän lähtee mukaan saunomaan, hänet raiskataan, hän tekee vastarintaa ja saa puukosta.

Tai sitten murhaaja oli tuntematon. Nainen juoksee Norgevägeniä pitkin. Ohi ajaa mies ja kääntyy jonkin matkan päässä, ajaa ehkä naisen päälle autolla ja raahaa hänet takapenkille, silloin naista on helppo käsitellä. Ei ristin sieluakaan missään. Mies vie naisen mökille…

Anna-Maria käänsi tyynyään ja yritti saada vielä unen päästä kiinni.

Ehkä naista ei raiskattukaan, hän ajatteli sitten. Ehkäpä nainen hölkkäsi järvellä lumikelkan jäljissä ja tapasi jonkun sekopään, jolla oli elimistö täynnä huumeita ja puukko taskussa. Niitä on kaikkialla, myös täällä Tornionjärvellä. Kaikkien naisten painajainen: joutua väärän miehen tielle juuri silloin kun hulluus iskee.

Lopeta, hän sanoi itsekseen. Ei kannata kehittää valmiita mielikuvia ennen kuin tietää mitään.

Hänen täytyi jututtaa oikeuslääkäri Lars Pohjasta. Pohjanen oli tullut Luulajasta eilen illalla. Olivatkohan he ehtineet tehdä mitään umpijäässä olevalle ruumiille?

Anna-Marian oli turha jäädä sänkyyn. Mitä järkeä oli nukah-
taa uudestaan? Eihän häntä edes väsyttänyt. Hänen päänsä kihisi
adrenaliinia pumppaavia aivosoluja.

Hän nousi jalkeille ja pukeutui. Hän oli tottunut toimimaan
pimeässä, se kävi hiljaa ja nopeasti.

KELLO OLI VIITTÄ YLI VIISI, kun Anna-Maria Mella pysäköi punaisen Ford Escortinsa sairaalan ulkopuolelle. Securitaksen vahti päästi hänet sisään huoltotunnelin kautta. Ilmastointiputket humisivat katossa. Käytävät olivat autioita. Oli vain kulunut muovilattia ja automaattisesti avautuvien ovien ääni. Anna-Maria kohtasi vahtimestarin, joka tuli potkupyörällä huristaen, muuten oli aivan rauhallista ja hiljaista.

Ruumiinavaussali oli pimeänä, mutta ylilääkäri Lars Pohjanen nukkui 70-luvun nuhjuisella sohvalla tupakkahuoneessa, ihan niin kuin Anna-Maria oli toivonutkin. Pohjanen makasi selin huoneeseen, hänen laiha vartalonsa kohoili vaivalloisesti hengityksen tahdissa.

Muutama vuosi sitten Pohjaselta oli leikattu kurkkusyöpä. Hänen oikeusteknikkonsa Anna Granlund hoiti entistä enemmän hänen töitään: sahasi auki rintalastat, nosti elimet esiin, otti tarpeelliset kokeet, pani elimet takaisin, ompeli mahat kiinni, kantoi Pohjasen laukut, vastasi puhelimeen, yhdisti tärkeimmät puhelut, periaatteessa ne jotka tulivat rouva Pohjaselta, piti ruumiinavaussalin puhtaana ja siistinä, pesi Pohjasen työtakin urakoiden välillä ja kirjoitti puhtaaksi hänen raporttinsa.

Sohvan vieressä olivat siististi vierekkäin Pohjasen säälittävän kuluneet puukengät. Ne olivat joskus muinoin olleet valkoiset. Anna-Marian mielikuvituksessa Anna Granlund oli peitellyt ylilääkärin synteettisen ruutuviltin alle, pannut puukengät sohvan viereen, irrottanut tupakan ylilääkärin suusta ja sammuttanut lampun ennen kuin oli lähtenyt kotiin.

Anna-Maria riisui takin yltään ja istahti nojatuoliin.

Kolmenkymmenen vuoden lika ja piintynyt tupakanhaju,

hän ajatteli ja veti takin päälleen kuin peiton. Viihtyisää.

Hän nukahti välittömästi.

Puoli tuntia myöhemmin hän heräsi Pohjasen yskään. Pohjanen istui sohvan reunalla etukumarassa ja kuulosti siltä että saisi pian puolet keuhkoistaan syliinsä.

Anna-Maria tunsi olonsa typeräksi ja epämukavaksi. Hiipiä nyt tällä tavalla samaan huoneeseen nukkumaan. Melkein kuin olisi livahtanut Pohjasen makuuhuoneeseen ja mennyt viereen.

Siinä Pohjanen nyt ryki aamuyskäänsä Viikatemiehen pitäessä käsivarttaan hänen harteillaan. Sitä ei ollut tarkoitettu kaikkien nähtäväksi.

Nyt Pohjanen suuttuu, Anna-Maria ajatteli. Miksi minun pitikin tulla tänne?

Pohjasen yskänpuuska päättyi rasittuneeseen rykäisyyn. Hän taputti automaattisesti takintaskuaan varmistaakseen, että tupakka-aski oli siellä.

– Mitä asiaa? En ole edes aloittanut vielä. Ruumis oli umpijäässä kun se tuotiin tänne eilen illalla.

– Tarvitsin nukkumispaikkaa, Anna-Maria sanoi. – Kotona on talo täynnä pentuja, jotka pyörivät sängyssä poikittain.

Pohjanen mulkaisi häntä vastentahtoisen huvittuneena.

– Ja sitä paitsi Robert piereskelee unissaan, Anna-Maria lisäsi.

Pohjanen tuhahti salatakseen leppymisensä, nousi seisomaan ja nykäisi niskaansa sen merkiksi että Anna-Maria seuraisi perässä.

Oikeusteknikko Anna Granlund oli juuri saapunut. Hän oli tyhjentämässä tiskikonetta kuin mikä tahansa kotiäiti. Erona vain oli se, että hän otti koneesta ruokailuvälineiden ja astioiden sijasta veitsiä, pihtejä, pinsettejä, skalpelleja ja ruostumattomia teräskulhoja.

– Hän on semmoinen hätähousu, Pohjanen sanoi Anna Granlundille nyökäten Anna-Mariaan päin.

Anna Granlund hymyili Anna-Marialle pidättyvästi. Hän piti

Anna-Mariasta, mutta ihmiset eivät saaneet painostaa hänen pomoaan.

– Onko se sulanut? Pohjanen kysyi.

– Ei kokonaan, Anna Granlund vastasi.

– Poikkea iltapäivällä, niin saat alustavan raportin, Pohjanen sanoi Anna-Maria Mellalle. – Näytteet vievät jonkin aikaa, mutta sehän on ihan tavallista.

– Etkö osaa sanoa vielä mitään? Anna-Maria sanoi yrittäen olla kuulostamatta hätähousulta.

Pohjanen pudisti voipuneena päätään.

– Käydäänpä vilkaisemassa, hän sanoi.

Nainen makasi kiinteällä ruumiinavauspenkillä. Anna-Maria Mella pani merkille, että ruumiista oli valunut nestettä penkin alla olevaan viemäriin.

Juomaveteenkö? hän ajatteli.

Pohjanen näki Anna-Marian katseen.

– Se sulaa, hän sanoi. – Mutta tutkiminen teettää töitä, se on selvää. Lihassolujen reunat räjähtävät ja muuttuvat irtonaisiksi.

Hän osoitti naisen rintakehää.

– Tässä on pistohaava, hän sanoi. – Arvatenkin hän kuoli siihen.

– Veitsi?

– Ei, ei. Tämä on jokin muu, pyöreä, luultavasti terävä esine.

– Jokin työkalu? Naskali?

Pohjanen kohautti harteitaan.

– Älä hoppuile, hän sanoi. – Se on ollut täysosuma. Näethän itsekin miten vähän verta on vuotanut vaatteille. Luultavasti isku on mennyt suoraan rintakehän ruston läpi sydänpussiin, ja seurauksena sydän on tamponoitunut.

– Tamponoitunut?

Pohjanen ärtyi.

– Kai sinä olet jotakin oppinut vuosien varrella? Jos veri ei ole vuotanut ruumiista, minne se on joutunut? Oletettavasti sydänpussi on täyttynyt verestä, niin että lopulta sydän ei ole enää pystynyt lyömään. Se käy aika äkkiä. Painekin laskee eikä verta sen jälkeen vuoda paljon. Tässä voi olla kyseessä myös keuhkotamponaatio, litra verta keuhkoihin riittää. Sitä paitsi aseen on täytynyt olla pidempi kuin naskali, ulostuloaukko on selässä.

– Ase on mennyt läpi! Helkkari!

– Lisäksi, Pohjanen jatkoi, – ei ulkoisia merkkejä raiskauksesta. Katso tätä.

Hän valaisi taskulampulla kuolleen naisen jalkoväliä.

– Ei mustelmia täällä, ei naarmuja. Kasvoissa näkyy iskuja, tässä ja... katso tätä, verta nenäontelossa ja pieni turpoama nenän yläpuolella, ja joku on pyyhkinyt verta hänen ylähuulestaan. Mutta kuristamisen jälkiä ei ole, ei sitomisen merkkejä ranteissa. Tämä sen sijaan on erikoista.

Pohjanen osoitti naisen nilkkaa.

– Mikä se on? Anna-Maria kysyi. – Paloarpi?

– Niin, iho on selvästikin palanut. Kapea nauhan muotoinen jälki kiertää koko nilkan. Ja sitten toinenkin outo juttu.

– Niin?

– Kieli. Nainen on purrut sen hajalle. Se on aika tavallista esimerkiksi vaikeissa liikenneonnettomuuksissa ja sen tapaisissa sokeissa, mutta en ole ikinä ennen nähnyt sitä teräaseiden yhteydessä. Ja jos kyseessä oli tamponaatio ja kaikki kävi nopeasti... Ei, tämä on melkoinen arvoitus.

– Saanko katsoa? Anna-Maria pyysi.

– Se on silkkaa jauhelihaa, sanoi Anna Granlund, joka oli ripustamassa puhtaita pyyhkeitä kuivaustelineelle. – Ajattelin panna kahvin tippumaan, otatteko te?

Anna-Maria Mella ja oikeuslääkäri vastasivat myöntävästi, ja oikeuslääkäri valaisi taskulampulla kuolleen naisen suuta.

– Hyh, Anna-Maria sanoi. – Ehkä nainen ei kuollutkaan iskuun? Mihin sitten?

– Siihen pystyn ehkä vastaamaan iltapäivällä. Väittäisin että isku on ollut kuolettava. Mutta tapahtumien kulku on hämmentävä. Ja katso tätä.

Hän käänsi naisen kämmenen Anna-Marian nähtäväksi.

– Tämäkin voi olla merkki sokista. Näethän jäljet. Hän on puristanut kätensä nyrkkiin ja painanut omat kyntensä syvälle kämmeniin.

Pohjanen piteli naisen kättä omassaan ja naureskeli itsekseen. Sen takia hänen kanssaan on mukava työskennellä, Anna-Maria ajatteli oikeuslääkäristä. Hänestä tämä on vieläkin hemmetin hauskaa. Mitä vaikeampi ja kinkkisempi tapaus, sitä parempi.

Anna-Maria huomasi hieman syyllisyydentuntoisesti vertaavansa Pohjasta Sven-Erikiin.

Mutta Sven-Erikistä on tullut niin vaisu, hän puolusti itseään. Minkä minä sille mahdan? Minulla on tarpeeksi töitä innostaa lapsia kotona.

He joivat kahvit tupakkahuoneessa. Pohjanen sytytti tupakan, ei ollut huomaavinaankaan Anna Granlundin katsetta.

– Se purtu kieli vaivaa minua, Anna-Maria sanoi. – Sanoitko että usein se johtuu sokista? Ja sitten ne hämäräperäiset arvet nilkoissa… Mutta isku meni vaatteiden läpi, joten naisella oli vaatteet päällä silloin kun hänet murhattiin?

– En usko että hän oli ollut treenaamassa, Anna Granlund sanoi. – Näitkö rintsikat?

– En.

– Melkoiset luksuskapineet. Pitsiä ja kaarituet. Aubade, se on pirun kallis merkki.

– Mistä sinä sen tiedät?

– Kai sitä joskus soi itselleen jotakin siihen aikaan kun vielä oli toivoa.

– Siis ei treenirintsikoita?

– Ei todellakaan!

– Kunpa saisimme selville kuka hän oli, Anna-Maria Mella sanoi.

– Minun mielestäni hänessä on jotakin tuttua, Anna Granlund sanoi.

Anna-Maria venytteli.

– Sven-Erik oli samaa mieltä! hän sanoi. – Yritä palauttaa mieleesi. Ruokakaupan kassa? Hammaslääkäri? Big Brother?

Anna Granlund pudisti mietteliäänä päätään.

Lars Pohjanen tumppasi tupakkansa.

– Nyt saat mennä häiritsemään jotakuta muuta, hän sanoi.

– Avaan ruumiin myöhemmin päivällä, katsotaan sitten saammeko me tolkkua niistä nilkkojen nauhan muotoisista jäljistä.

– Ketä voisin häiritä? Anna-Maria valitti. – Kahtakymmentä vailla seitsemän sunnuntaiaamuna. Eihän valveilla ole muita kuin te.

– Erinomaista, Pohjanen tokaisi. – Sitten saat herättää heidät kaikki.

– Joo, Anna-Maria sanoi vakavana. – Sen minä teenkin.

PääSYYTTÄJÄ ALF BJöRNFOT kopisteli tuiskulumen jaloistaan ja puhdisti huolellisesti kengänpohjansa ennen kuin astui poliisitalon käytävään. Kolme vuotta sitten hänellä oli ollut kiire, hän oli liukastunut kengänpohjiin tarttuneeseen lumeen, kaatunut ja satuttanut lonkkansa, oli joutunut syömään kipulääkkeitä viikon.

On vanhuuden merkki kun alkaa pelätä kaatumista, hän ajatteli.

Hänellä ei ollut tapana tehdä töitä viikonloppuisin eikä varsinkaan näin aikaisin sunnuntaiaamuna. Mutta rikoskomisario Anna-Maria Mella oli soittanut edellisenä iltana ja kertonut kuolleesta naisesta, joka oli löytynyt arkista järveltä, ja Björnfot oli pyytänyt tilannetiedotusta seuraavaksi aamuksi.

Syyttäjäviranomaisten tilat olivat poliisitalon yläkerrassa. Pääsyyttäjä vilkaisi syyllisen näköisenä portaita ja painoi hissin nappulaa.

Kun hän ohitti Rebecka Martinssonin huoneen, hänestä tuntui että joku oli siellä. Sen sijaan että olisi mennyt omaan huoneeseensa hän kääntyi, käveli takaisin, koputti Rebeckan ovelle ja avasi sen.

Rebecka Martinsson nosti katseensa kirjoituspöydän takaa.

Varmaankin hän kuuli minun tulevan hissillä ja käytävää pitkin, Alf Björnfot ajatteli. Silti Rebecka ei pitänyt ääntä itsestään, istui vain hiljaa kuin hiiri ja toivoi että kukaan ei huomaisi.

Alf Björnfot ei uskonut että Rebecka inhosi häntä. Rebecka ei ollut edes ihmisarka, vaikka olikin oikea yksinäinen susi. Björnfot arveli hänen haluavan vain salata sen, miten paljon hän teki töitä.

– Kello on seitsemän, Björnfot sanoi, astui sisään, nosti asiakirjapinon vierastuolilta ja kävi istumaan.

– Hei. Tule sisään. Paina puuta.

– Niinpä niin, meillä on täällä avoimet ovet. On sunnuntai-aamu. Oletko muuttanut tänne?

– Olen. Haluatko kahvia? Minulla on termoksessa. Se ei ole mitään automaattilitkua.

Hän kaatoi Björnfotille mukillisen.

Björnfot oli heittänyt hänet päistikkaa ylimääräisen syyttäjän työhön. Rebecka ei kaivannut pehmeää laskua, hänen ei tarvinnut kulkea ensin vieressä ja tutustua viikkokausia, sen Björnfot oli ymmärtänyt jo ensimmäisenä päivänä. He olivat ajaneet Jällivaaraan sadan kilometrin päähän etelään alueen muiden syyttäjien toimipaikalle. Rebecka oli tervehtinyt kaikkia ystävällisesti mutta vaikuttanut levottomalta ja vaivautuneelta.

Toisena päivänä Björnfot oli paiskannut hänelle asiakirjapinon.

– Pikkujuttuja, Björnfot oli sanonut. – Nosta syyte ja anna kanslian tyttöjen kirjoittaa paperit. Jos tulee kysyttävää, sen kuin kysyt.

Hän oli ajatellut että niissä riittäisi tekemistä viikoksi.

Seuraavana päivänä Rebecka pyysi uusia tehtäviä.

Hänen työtahtinsa herätti levottomuutta viranomaisissa.

Muut syyttäjät kysyivät piloillaan aikoiko hän tehdä heistä työttömiä. Selän takana he sanoivat että Rebeckalla ei ollut lainkaan elämää, ei varsinkaan sukupuolielämää.

Kanslian naiset alkoivat stressaantua. He selittivät pomolleen että se uusi tulokas ei voinut olettaa heidän ehtivän toimittaa syytehakemuksia kaikkiin niihin juttuihin, joita hän heille toimitti. Olihan heillä muutakin tekemistä.

– Mitä muka? Rebecka Martinsson oli kysynyt, kun pääsyyttäjä esitti ongelman varovaisin sanakääntein. – Netissä surffaamista ja pasianssin pelaamista tietokoneella?

Sitten hän oli nostanut kätensä ennen kuin Björnfot ehti avata suunsa vastatakseen.

– Ei se haittaa. Minä kirjoitan hakemukset itse puhtaaksi ja toimitan ne eteenpäin.

Alf Björnfot antoi hänen tehdä niin. Rebeckasta tuli oma sihteerinsä.

– Sehän on hyvä juttu, Björnfot sanoi kanslian esimiehelle.

– Teidän ei tarvitse käydä niin usein Kiirunassa.

Kanslian esimiehen mielestä se ei ollut hyvä juttu. Oli vaikea pitää itseään korvaamattomana, kun Rebecka Martinsson tuntui niin helposti pärjäävän ilman sihteeriä. Rebeckalle kostettiin antamalla hänen hoitaa kolmet rikoskäräjät viikossa. Jo kahdet olisivat olleet liikaa.

Rebecka Martinsson ei valittanut.

Pääsyyttäjä Alf Björnfot ei pitänyt konflikteista. Hän tiesi että hänen piiriään hallitsivat sihteerit kanslian esimiehen johdolla. Hän arvosti sitä että Rebecka Martinsson ei ruikuttanut vaan pyrki entistä enemmän tekemään työnsä Jällivaaran sijasta Kiirunassa.

Alf Björnfot sormeili kuppiaan. Kahvi oli hyvää.

Silti hän ei halunnut Rebeckan raatavan itseään hengiltä. Hän halusi Rebeckan viihtyvän. Ja jäävän.

– Sinä teet paljon töitä, hän sanoi.

Rebecka huokasi, työnsi tuoliaan taaksepäin ja potkaisi kengät jalastaan.

– Olen tottunut tekemään töitä tällä tavalla, hän sanoi. – Ei sinun tarvitse hätäillä. Liika työnteko ei ollut ongelmani.

– Tiedän mutta...

– Minulla ei ole lapsia. Ei perhettä. Ei edes ruukkukasveja. Teen mielelläni paljon töitä. Anna minun tehdä.

Alf Björnfot kohautti harteitaan. Hän oli helpottunut, ainakin hän oli yrittänyt.

Rebecka joi kulauksen kahvia ja ajatteli Måns Wenngreniä. Asianajotoimistossa raadettiin niska limassa. Mutta hänelle se sopi, hänellähän ei ollut mitään muutakaan.

En ollut täyspäinen, hän ajatteli. Saatoin tehdä töitä koko yön kuullakseni Månsin sanovan "hyvä" tai vain nyökkäävän hyväksyvästi.

Älä ajattele Månsia, hän komensi itseään.

– Mitä sinä itse teet täällä? hän kysyi.

Alf Björnfot kertoi kuolleesta naisesta, joka oli löytynyt arkista.

– Ei minusta ole outoa että häntä ei ole ilmoitettu kadonneeksi, Rebecka sanoi. – Jos joku on tappanut naisensa, hän varmaan juo pään täyteen ja itkee itsesäälistä. Eikä kukaan muu ole ehtinyt vielä kaivata vainajaa.

– Voihan se olla niinkin.

Ovelta kuului koputus, ja seuraavassa silmänräpäyksessä sisään kurkisti rikoskomisario Anna-Maria Mella.

– Täälläkö sinä olet, hän sanoi iloisesti pääsyyttäjälle. – Nyt pidetään yhteenveto. Kaikki ovat täällä. Tuletko sinäkin mukaan?

Kysymys oli tarkoitettu Rebecka Martinssonille.

Rebecka pudisti päätään. Hän ja Anna-Maria Mella törmäsivät joskus toisiinsa. He tervehtivät mutta eivät juuri muuta. Anna-Maria Mella ja hänen kollegansa Sven-Erik Stålnacke olivat olleet paikalla silloin kun Rebecka tuli hulluksi. Sven-Erik Stålnacke oli pidellyt Rebeckaa, kunnes ambulanssi tuli. Rebecka ajatteli sitä joskus. Joku oli pidellyt häntä. Se tuntui hyvältä.

Mutta oli vaikea puhua heidän kanssaan. Mitä hän sanoisi? Ennen kotiinlähtöä hän yleensä katsoi työhuoneensa ikkunasta parkkipaikalle. Joskus hän näki siellä Anna-Maria Mellan tai Sven-Erik Stålnacken. Silloin hän viivytteli huoneessaan, kunnes he olivat menneet.

– Mitä on tapahtunut? Alf Björnfot kysyi.

– Ei mitään sen jälkeen kun viimeksi juttelimme, Anna-Maria Mella sanoi. – Kukaan ei ole nähnyt mitään. Emme vieläkään tiedä kuka hän on.

– Anna kun katson häntä, Alf Björnfot sanoi ja ojensi kätensä.

Anna-Maria Mella ojensi hänelle kuollutta naista esittävän kuvan.

– Minusta hän näyttää tutulta, Alf Björnfot sanoi.

– Saanko minäkin? Rebecka pyysi.

Alf Björnfot ojensi valokuvan ja katsoi Rebeckaa.

Rebeckalla oli yllään farkut ja villapaita. Sellaisissa vaatteissa Björnfot ei ollut koskaan nähnyt häntä sen jälkeen kun hän alkoi työskennellä täällä. Vaatetus johtui varmaankin sunnuntaista. Yleensä Rebeckalla oli tukka kiinni ja tyylikkäitä jakkupukuja. Björnfotin mielestä Rebecka oli outo lintu. Osa muistakin syyttäjistä pukeutui käräjäpäivinä jakkupukuun tai pukuun. Björnfot itse oli luovuttanut jo kauan sitten. Hän tyytyi pikkutakkiin silloin kun oli oikeuskäsittely. Muuten hän silitti paidankaulukset ja puki villapaidan päälle.

Mutta Rebecka näytti aina jollakin lailla kalliilta, kalliilta ja hyvin yksinkertaiselta harmaissa ja mustissa jakkupuvuissaan ja valkoisissa paidoissaan.

Jokin liikahti Alf Björnfotin mielessä. Se nainen. Björnfot oli nähnyt naisen jakkupuvussa.

– Ei näytä tutulta, Rebecka sanoi.

Niin kuin Rebecka. Valkoinen paita ja jakkupuku. Nainenkin oli outo lintu.

Hän erottui muista.

Keistä muista?

Björnfotin mieleen nousi kuva naispoliitikosta: jakkupuku ja paidankaulus sen päällä, vaalea paašikampaus. Nainen on pukumiesten ympäröimä.

Ajatus väijyi kuin hauki kaislikossa. Se tunsi värähtelystä että jokin oli lähestymässä. EU? YK?

Ei. Nainen ei ollut poliitikko.

– Nyt minä muistan, Alf Björnfot sanoi. – Näin jokin aika sitten uutisissa pukumiehiä, joista otettiin valokuvaa lumessa täällä Kiirunassa. Mistä hemmetistä siinä oli kyse? Minua nauratti kun heillä oli aivan liian ohuet vaatteet ja kesäkengät eikä lainkaan päällystakkia. He seisoivat siinä hangessa ja nostelivat jalkojaan kuin lauma haikaroita. Se näytti todella hassulta. Ja tämä nainen oli mukana…

Björnfot koputti otsaansa kuin saadakseen ajatuksen kulkemaan.

Rebecka Martinsson ja Anna-Maria Mella odottivat kärsivällisesti.

– Joo, nyt keksin! Björnfot sanoi ja napsautti sormiaan. – Sehän oli se entinen kiirunalainen, joka omistaa yhden niistä uusista kaivosyhtiöistä. Heillä oli yhtiökokous tai jotakin sellaista täällä pohjoisessa... Höh, nyt minulle tuli oikosulku.

– Auttakaa minua! hän pyysi Rebeckalta ja Anna-Marialta.

– Se oli uutisissa ennen joulua.

– Minä nukahdan sohvalle jo alkuillasta, heti lastenohjelmien jälkeen, Anna-Maria sanoi.

– Äh! Alf Björnfot voihkaisi. – Minäpä kysyn Fred Olssonilta. Hänen on pakko tietää.

Rikoskomisario Fred Olsson oli 35-vuotias ja korvaamaton koko talon epävirallisena tietokoneasiantuntijana. Hänelle soitettiin aina kun tietokone kenkkuili tai netistä haluttiin ladata musiikkia. Hänelläkään ei ollut perhettä, joten hän kävi mielellään iltaisinkin auttamassa kollegoitaan kodinelektroniikan asentamisessa.

Ja hän tiesi kaiken kaupungin asukkaista. Hän oli perillä siitä missä pikkurikolliset asuivat ja mitä he puuhasivat. Joskus hän tarjosi heille kahvit pysyäkseen ajan tasalla. Hän tunsi myös vallan hienosäikeisen verkon. Hän tiesi kuka kaupungin isokenkäisistä piti kenenkin puolia, ja hän tiesi johtuiko se sukulaisuudesta, menneisyyden painolastista vai vastapalveluksista.

Alf Björnfot nousi seisomaan ja lähti kävelemään käytävää pitkin alakertaan poliisiviranomaisten tiloihin.

Anna-Maria antoi merkin Rebeckalle, ja molemmat naiset juoksivat perään.

Matkalla Fred Olssonin huoneeseen Alf Björnfot kääntyi yhtäkkiä perässään tuleviin naisiin päin ja huusi:

– Kallis. Sen miehen nimi on Mauri Kallis! Hän on kotoisin täältä mutta muuttanut pois kauan sitten.

Sitten hän jatkoi matkaansa kohti Fred Olssonin huonetta.

– Niin mitä Mauri Kalliksesta? Anna-Maria mutisi Rebeckalle. – Naisenhan me olemme löytäneet.

Nyt he kaikki kolme seisoivat Fred Olssonin oviaukossa.

– Fredde! pääsyyttäjä huohotti. – Mauri Kallis! Eikö hänellä ollutkin kokous täällä monen isokenkäisen kanssa joulukuussa?

– Oli toki, Fred Olsson vastasi. – Kallis Miningilla on kaupungissa kaivosyhtiö nimeltä Northern Explore Ab, yksi sen harvoista pörssinoteeratuista yhtiöistä. Eräs kanadalainen sijoitusyhtiö myi koko osakemääränsä vuoden lopussa, niin että monet hallituksen paikoista vaihtuivat...

– Löytäisitköhän yhtiökokouksesta kuvaa? Alf Björnfot kysyi.

Fred Olsson käänsi heille selkänsä ja avasi tietokoneen. Vieraat odottivat kuuliaisesti ovensuussa.

– Hallitukseen valittiin yksi kiirunalainen, Sven Israelsson, Fred Olsson sanoi, – minäpä teen hänestä haun. Jos hakee Mauri Kallista, saa varmaan tuhansia osumia.

– Minulla on muistikuva että lauma pukumiehiä seisoi ulkona lumessa valokuvattavana, Alf Björnfot sanoi. – Luulen että se arkista löytynyt kuollut nainen oli kuvassa.

Fred Olsson naputti hetken tietokonettaan. Sitten hän sanoi:

– Tässä. Kyllä se on sama nainen.

Kuvaruudulla oli valokuva ryhmästä miehiä, joilla oli puku päällä. Kuvan keskellä seisoi nainen.

– Joo, Anna-Maria sanoi. – Niin on. Hänellä on antiikkinen nenä, joka alkaa jo kulmakarvojen välistä.

– Inna Wattrang, tiedotuspäällikkö, Alf Björnfot luki.

– No niin! Anna-Maria Mella sanoi. – Hänet on tunnistettava. Ilmoita omaisille. Mitenkähän hän joutui järvelle?

– Kallis Miningilla on mökki Abiskossa, Fred Olsson sanoi.

– Älä viitsi! Anna-Maria huudahti.

– On, on! Tiedän sen, koska siskoni entinen miesystävä on putkimies. Hän oli siellä asennushommissa silloin kun mökkiä rakennettiin. Eikä se muuten mikään mökki ole, se on luksushuvila.

Anna-Maria kääntyi Alf Björnfotin puoleen.

– Totta kai, Alf Björnfot sanoi ennen kuin Anna-Maria ehti

kysyä. – Kirjoitan kotietsintäluvan saman tien. Soitanko Bennyn lukkoliikkeeseen?

– Kyllä kiitos, Anna-Maria sanoi. – Nyt mentiin! hän huusi sitten ja ryntäsi hakemaan huoneestaan takkia. – Hoidetaan yhteenveto iltapäivällä!

Sitten hän jatkoi huoneestaan:

– Lähde sinäkin mukaan, Fredde! Sven-Erik!

Minuutin kuluttua he olivat häipyneet. Taloon laskeutui taas sunnuntain hiljaisuus. Alf Björnfot ja Rebecka Martinsson jäivät käytävään seisomaan.

– No niin, Alf Björnfot sanoi. – Mihinkäs me jäimmekään?

– Me olimme juomassa kahvia, Rebecka nauroi. – Eiköhän oteta toiset kupilliset.

– Katso miten hienoa, Anna-Maria Mella sanoi. – Kuin matkailumainoksesta.

He ajoivat hänen punaisella Ford Escortillaan Norgevägeniä pitkin. Oikealla puolella oli Tornionjärvi. Taivas oli kirkkaansininen, aurinko paistoi ja lumi kimmelsi. Joka puolella pitkulaista järveä oli kaikenvärisiä ja -muotoisia arkkeja. Vastarannalla kohosivat tunturit.

Tuuli oli tyyntynyt, mutta sää ei ollut vielä lauhtunut. Anna-Maria katsoi koivujen väliin ja ajatteli että oli tullut kunnon hankiainen. Ehkä metsässä voisi ajaa potkurilla.

– Katsoisit mieluummin tietä, Sven-Erik ehdotti pelkääjän paikalta.

Kallis Miningin tunturimökki oli iso hirsitalo. Se sijaitsi kauniilla paikalla järven rannalla. Vastapäätä kohosi Nuoljan tunturi.

– Siskon entinen miesystävä kertoi tästä paikasta silloin kun oli täällä hommissa, Fred Olsson sanoi. – Hänen isänsä oli rakentamassa sitä. Talo on rakennettu kahdesta karjamajasta, jotka kuljetettiin tänne Hälsinglandista asti. Hirret ovat kaksisataa vuotta vanhoja. Alhaalla rannassa on sauna.

Lukkoseppä Benny istui firmansa autossa pihalla. Hän veivasi auton ikkunan auki ja huusi: – Avasin oven, mutta nyt pitää mennä.

Hän kohotti kättään nopeaan tervehdykseen ja ajoi matkoihinsa. Poliisit astuivat sisään. Anna-Maria ei ollut koskaan nähnyt tällaista taloa. Hopeanharmaita hirsiseiniä koristivat muutamat pienet tunturiaiheiset öljymaalaukset ja kultakehyksiset peilit. Isot turkoosit ja vaaleanpunaiset intialaistyyliset vaatekaapit korostuivat yksinkertaisia, maalaamattomia pintoja vasten. Kattopalkit olivat näkyvissä. Leveillä lattialankuilla oli räsymattoja, lukuun ottamatta oleskeluhuonetta, jonka takan edustalla oli jääkarhuntalja.

– Jessus, Anna-Maria kommentoi.

Keittiö, eteishalli ja oleskeluhuone olivat avonaista tilaa. Yhdellä seinällä oli isot ikkunat, joista avautui näköala kevättalven auringossa kimmeltelevälle järvelle. Huoneen toisella seinällä valo lankesi sisään pienistä, korkealla olevista lyijylasi-ikkunoista, joiden ruudut olivat erisävyistä suupuhallettua lasia.

Keittiönpöydällä oli maitopurkki ja myslipaketti, käytetty lautanen ja lusikka. Tiskipöydällä oli pinossa tiskaamattomia lautasia ja ruokailuvälineitä.

– Hyh, Anna-Maria sanoi ravistettuaan maitopurkkia, jonka sisällä hölskyi hapan kokkare.

Ei hänellä itselläänkään ollut siistiä kotona, mutta oli silti eri asia oleskella näin hienossa mökissä itsekseen ja jättää siivoamatta. Hän kyllä pitäisi paikat kunnossa, jos saisi asua tällä tavalla joskus yksin. Hän nousisi suksille ja kävisi järvellä hiihtämässä. Sitten hän tulisi kotiin, laittaisi päivällistä ja kuuntelisi radiota samalla kun tiskaisi, tai sitten hän olisi ihan hiljaa ja ajattelisi omia asioitaan kädet lämpimässä vedessä. Illalla hän makaisi oleskeluhuoneen houkuttelevalla sohvalla ja panisi avotakkaan tulen.

– Nämä ihmiset eivät ehkä tiskaa itse, Sven-Erik Stålnacke arveli. – Joku varmaan käy siivoamassa sen jälkeen kun he ovat lähteneet.

– Se henkilö meidän on saatava käsiimme, Anna-Maria sanoi nopeasti.

Hän avasi neljän makuuhuoneen ovet. Isojen parisänkyjen peittona oli tilkkutäkkejä. Päätyjen yläpuolella riippui porontaljoja, niiden hopeanharmaa karvapeite sointui hopeanharmaisiin hirsiseiniin.

– Upeaa, Anna-Maria sanoi. – Miksi meillä kotona ei näytä tällaiselta?

Makuuhuoneissa ei ollut vaatekaappeja, mutta sen sijaan lattialla oli suuria matka-arkkuja ja antiikkisia kirstuja säilytystä varten. Kauniista intialaisista sermeistä ja siroista seinäkoukuista ja sarvista riippui vaatepuita. Talossa oli sauna, pesutupa ja iso kuivauskaappi. Saunan yhteydessä oli suuri pukuhuone ja kuivatustilaa hiihtovaatteille ja monoille.

Yhdessä makuuhuoneessa oli avattu matkalaukku. Vaatteita ajelehti sikin sokin sekä laukussa että sen ulkopuolella. Sänky oli petaamaton.

Anna-Maria penkoi vaatteita.

– Vähän sotkuista mutta ei tappelun tai murron jälkiä, Fred Olsson sanoi. – Ei verta missään, ei mitään tavallisuudesta poikkeavaa. Minä tarkistan vielä vessat.

– Ei, täällä ei ole tapahtunut mitään, Sven-Erik Stålnacke sanoi.

Anna-Maria kirosi itsekseen. He olisivat tarvinneet murhapaikan.

– Mitähän se nainen teki täällä, hän sanoi tarkastellen kalliin näköistä hametta ja silkkisiä stay-upeja. – Nämä eivät ole mitään hiihtolomavaatteita.

Anna-Maria nyökkäsi ja irvisti Sven-Erikille pettymyksensä merkiksi.

Fred Olsson ilmestyi heidän taakseen. Hän piteli käsilaukkua. Se oli mustaa nahkaa ja siinä oli kullanväriset kahvat.

– Tämä oli vessassa, hän sanoi. – Prada. Kymmenen, viisitoista tuhatta kruunua.

– Sen sisälläkö? Sven-Erik kysyi.

– Ei, vaan sen verran tämä maksaa.

Fred Olsson kaatoi sisällön petaamattomalle sängylle. Hän avasi lompakon ja näytti Inna Wattrangin ajokorttia Anna-Marialle. Anna-Maria Mella nyökkäsi. Sama nainen. Ei epäilystäkään.

Hän katsoi laukusta pudonneita tavaroita. Tamponeja, kynsiviila, huulipuna, aurinkolasit, puuteri, keltaisia tarralappuja, putkilollinen päänsärkytabletteja.

– Ei puhelinta, hän totesi.

Fred Olsson ja Sven-Erik nyökkäsivät. Puhelinta ei ollut missään muuallakaan. Se saattoi viitata siihen että murhaaja oli ollut uhrin tuttava, jonka numero oli ohjelmoitu puhelimen muistiin.

– Viedään tavarat asemalle, Anna-Maria sanoi. – Ja eristetään paikka varmuuden vuoksi.

Hän katsahti uudestaan laukkua.

– Se on märkä, hän sanoi.

– Olin juuri tulossa siihen, Fred Olsson sanoi. – Se oli pesualtaassa. Hana on varmaankin vuotanut vähän.

He vilkaisivat toisiaan hämmentyneen näköisinä.

– Hämäräperäistä, Anna-Maria sanoi.

Sven-Erikin muhkeat viikset alkoivat väpättää nenän alla, ne liikkuivat eteen- ja taaksepäin, puolelta toiselle.

– Voisitteko tehdä kierroksen talon ympärillä? Anna-Maria kysyi. – Minä katselen paikkoja täällä sisällä.

Fred Olsson ja Sven-Erik Stålnacke menivät ulos. Anna-Maria käveli hitaasti ympäriinsä.

Jos Inna Wattrang ei kuollut täällä, hän ajatteli, murhaaja on ainakin käynyt täällä ja vienyt puhelimen. Tai sitten Inna Wattrang oli ottanut sen mukaan lähtiessään lenkille, tai minne hän nyt olikaan lähtenyt. Ehkä se oli taskussa.

Anna-Maria katsoi pesualtaasta, jossa laukku oli ollut. Miksi se oli ollut täällä? Hän avasi allaskaapin. Tyhjä. Tyypillinen mökki jota käyttävät vieraat ja työntekijät tai jota vuokrataan, henkilökohtaisia tavaroita ei jätetä.

Voin siis olettaa että kaikki henkilökohtaiset tavarat olivat Inna Wattrangin, Anna-Maria ajatteli.

Jääkaapissa oli muutama mikroateria. Neljästä makuuhuoneesta kolme oli koskematonta.

Täällä ei ole muuta nähtävää, Anna-Maria ajatteli ja meni takaisin eteishalliin.

Valkoisen lipaston päällä oli vanha lamppu. Jossakin muualla se olisi näyttänyt kitschiltä, mutta tänne se sopi Anna-Marian mielestä hyvin. Jalka oli tehty posliinista. Siihen oli maalattu alppimaisema, taustalla oli vuori ja etualalla komea saksanhirvi. Lampussa oli hapsullinen konjakinruskea kupu. Katkaisin oli kiinnitetty heti hehkulampun pidikkeen alle.

Anna-Maria yritti sytyttää lampun. Kun se ei syttynyt, hän huomasi että hehkulamppu ei ollutkaan palanut vaan että johto puuttui.

Lampunjalassa oli vain reikä siinä missä johto oli kerran ollut. Mihin johto oli joutunut? hän ajatteli.

Ehkä lamppu oli ostettu tuossa kunnossa kirpputorilta tai antiikkiliikkeestä. Ehkä se oli pantu lipaston päälle odottamaan että se korjattaisiin pian, mutta sitten se oli jäänyt.

Anna-Marialla itsellään oli kotonaan tuhansia sellaisia tavaroita. Ne oli ollut tarkoitus korjata. Lopulta vikoihin kuitenkin tottui, esimerkiksi tiskikoneen etupaneeliin. Se oli ollut samaa tyyliä kuin keittiönkaapistot mutta irronnut sata vuotta sitten, ja niinpä tiskikoneen kannen jousitus oli liian kevyt. Koko Mellan perhe oli tottunut täyttämään ja tyhjentämään koneen pitämällä jalkaa kannen päällä, jotta se ei painuisi itsestään kiinni. Anna-Maria teki samoin muidenkin kotona ajattelematta sitä. Robertin sisko nauroi hänelle, kun hän auttoi koneen tyhjentämisessä.

Ehkä lamppua oli vain siirretty, ja johto oli juuttunut seinän ja huonekalun väliin ja irronnut pidikkeestään. Mutta saattoi olla vaarallista, jos johto oli kiinni sähkörasiassa ja riippui irrallaan.

Hän ajatteli tulipalovaaraa, ja sitten hän ajatteli Gustavia, kolmevuotiasta kuopustaan, ja kaikkia tulppia, joita he olivat asentaneet kotona pistorasioiden suojaksi.

Yhtäkkiä hänen mieleensä nousi kuva Gustavista, joka oli kahdeksan kuukauden ikäisenä kontannut kaikkialle. Rikkinäisen johdon pistoke oli irronnut pistorasiasta ja retkotti lattialla. Kuparilangat näkyivät selvästi muovisuojuksen läpi. Ja Gustavin mieluisin väline tutkia maailmaa oli oma suu. Anna-Maria sysäsi nopeasti muiston mielestään.

Sitten Anna-Marialla välähti. Sähköisku. Hän oli nähnyt sellaisia ammattiuransa aikana. Herrajumala, sekin poika joka kuoli viisi vuotta sitten. Anna-Maria oli mennyt paikalle todetakseen että se oli onnettomuus. Poika oli seisonut paljain jaloin tiskipöydällä asentamassa kattolamppua. Jalkapohjien iho oli palanut karrelle.

Inna Wattrangilla oli ollut nauhamainen palovamma nilkkojen ympärillä.

Voisi ajatella että murhaaja on irrottanut tavallisen johdon lampusta, Anna-Maria ajatteli. Esimerkiksi pöytälampusta jonka jalkaan on maalattu saksanhirvi. Sitten murhaaja purkaa johdon, irrottaa suojuksen ja käärii toisen kuparilangan uhrinsa nilkan ympäri.

Anna-Maria tempaisi oven auki ja huusi kollegoitaan. He harppoivat hänen luokseen umpihangessa.

– Voi helvetti! hän huusi. – Inna Wattrang kuoli täällä! Tiedän sen! Hälyttäkää Tintti ja Krister Eriksson.

Rikoskomisario, koirankasvattaja Krister Eriksson saapui vajaan tunnin kuluttua siitä kun kollegat olivat soittaneet hänelle. Heillä oli ollut onnea, hän oli usein työmatkalla Tintin kanssa.

Tintti oli musta saksanpaimenkoiranarttu. Se oli etevä jälki- ja ruumiskoira. Puolitoista vuotta aiemmin se oli löytänyt murhatun papin, joka oli kääritty kettinkiin ja upotettu Ala Vuolusjärveen.

Krister Eriksson näytti avaruusoliolta. Hänen kasvonsa olivat palaneet pahasti jo nuorena onnettomuudessa. Hänellä ei ollut nenää, vain kaksi reikää kasvoissa. Ulkokorvat olivat kuin kaksi hiirenkorvaa. Hänellä ei ollut hiuksia, ei kulmakarvoja, ei silmäripsiä. Hänen silmänsä näyttivät omituisilta, sillä luomet oli plastiikkakirurgisesti valmistettu.

Anna-Maria tarkasteli hänen kiiltävää porsaanpunaista ihoaan ja palautti taas mieleensä Inna Wattrangin palaneet nilkat.

Minun pitää soittaa Pohjaselle, Anna-Maria ajatteli.

Krister Eriksson kytki Tintin talutushihnaan. Koira pyöri hänen jaloissaan ja vikisi innoissaan.

– Se käy aina kuumana, Krister sanoi ja irrottautui ympärilleen sotkeutuneesta talutushihnasta. – Sitä täytyy vieläkin pidätellä, muuten se alkaa touhottaa liikaa eikä ehkä huomaa kaikkea.

Krister Eriksson ja Tintti menivät kahdestaan taloon. Sven-Erik Stålnacke ja Fred Olsson kahlasivat nurkan taakse kurkkiakseen ikkunoista sisään.

Anna-Maria Mella palasi autoon soittamaan ylilääkäri Lars Pohjaselle. Hän kertoi puuttuvasta lampunjohdosta.

– No? hän kysyi sitten.

– Kyllä nilkassa oleva palohaava voi olla peräisin johdosta, jota pitkin hänen ruumiiseensa on johdettu sähkövirtaa, Pohjanen sanoi.

– Halkaistu johdonpää on kiedottu nilkan ympäri?

– Juuri niin. Ja johdon toisesta päästä johdetaan virta.

– Onko häntä kidutettu?

– Ehkä. Voihan se myös olla leikkiä, joka on karannut käsistä. Ei ihan tavallista, mutta on sitäkin sattunut. Ja sitten vielä yksi juttu.

– Niin?

– Hänellä on liimajälkiä nilkoissa ja ranteissa. Sinun pitäisi panna teknikot tarkistamaan talon huonekalut. Hänet on teipattu, ehkä vain käsistään ja jaloistaan. Mutta hänet on myös saatettu sitoa kiinni johonkin huonekaluun, sängyntolppiin tai tuoliin tai... Odota vähän...

Kului minuutti. Sitten Anna-Maria kuuli taas oikeuslääkärin käheän äänen.

– Minä panin hanskat käteen ja katson ruumista nyt, Pohjanen sanoi. – Kyllä, kaulassa on pieni mutta selvä jälki.

– Sähkökaapelin toisen pään jälki, Anna-Maria sanoi.

– Lampunjohto, niinkö sinä sanoit?

– Mmm.

– Silloin sarveiskerroksen sulamisarvessa pitäisi olla kuparinjäänteitä. Minä otan histologisen kudosnäytteen, sitten tiedät tarkemmin. Mutta todennäköisesti asia on niin. Ainakin hän on saanut rytmihäiriön ja joutunut sokkitilaan. Se selittäisi hajalle purrun kielen ja kämmeniin uponneet kynnet.

Sven-Erik Stålnacke koputti auton ikkunaan ja viittoili talolle päin.

– Minun pitää nyt lopettaa, Anna-Maria sanoi oikeuslääkärille. – Soitan myöhemmin.

Hän astui autosta ulos.

– Tintti on löytänyt jotakin, Sven-Erik sanoi.

Krister Eriksson oli Tintin kanssa keittiössä. Koira riuhtoi talutushihnaa, haukkui ja raapi hurjana lattiaa.

– Se on löytänyt jotakin tuosta, Krister Eriksson sanoi osoittaen keittiön lattiaa tiskipöydän ja lieden välistä. – En näe mitään, mutta Tintti tuntuu hyvin vakuuttuneelta.

Anna-Maria katsoi Tinttiä, joka ulisi turhautuneena, koska sitä ei päästetty löytöpaikalle.

Lattian peitti turkoosi linoleumimatto, jossa oli itämaisia kuvioita. Anna-Maria meni katsomaan tarkemmin. Sven-Erik Stålnacke ja Fred Olsson tekivät hänelle seuraa.

– En näe mitään, Anna-Maria sanoi.

– En minäkään, Fred Olsson sanoi päätään pudistaen.

– Voisiko maton alla olla jotakin? Anna-Maria pohti.

– Jotakin siellä on, Krister Eriksson sanoi. Hänellä oli täysi työ pitää Tintti kurissa.

– No niin, Anna-Maria sanoi ja katsoi kelloa. – Ehdimme syödä lounasta turistiasemalla teknikoita odotellessamme.

Puoli kolmelta iltapäivällä rikospaikkatutkijat olivat leikanneet keittiön lattian linoleumimaton irti. Kun Anna-Maria Mella, Sven-Erik Stålnacke ja Fred Olsson tulivat takaisin talolle, matto oli paperiin käärittynä rullalla hallissa.

– Katso tätä, yksi oikeusteknikoista sanoi Anna-Maria Mellalle ja osoitti pientä lovea, joka oli lattialaudassa linoleumimaton alla.

Lovessa oli jotakin ruskeaa. Se näytti kuivuneelta vereltä.

– Sillä koiralla on helkkarinmoinen nenä.

– Niin on, Anna-Maria sanoi. – Se on etevä.

– Koiran reaktiosta päätellen tämä on verta, teknikko sanoi.

– Linoleumihan on mieletön lattiamateriaali. Äidilläni oli lattia, joka pysyi hyväkuntoisena yli kolmekymmentä vuotta. Se korjaa itse vaurionsa.

– Mitä tarkoitat?

– Jos siihen tule naarmu tai reikä, se vetäytyy umpeen, niin että lovea ei näy. Vaikuttaa siltä että jokin terävä ase tai väline on mennyt suoraan maton läpi ja tehnyt pienen loven alla olevaan puuhun. Sitten vaurioon on valunut verta. Sen jälkeen materiaali on vetäytynyt kokoon, ja kun lattian puhdistaa, jälkiä ei näy. Me lähetämme analysoitavaksi veren, jos se nyt on sitä. Sittenpähän nähdään onko se Inna Wattrangin verta.

– Lyön siitä satasen vetoa, Anna-Maria sanoi. – Hän kuoli täällä.

Kello oli kahdeksan sunnuntai-iltana, kun Anna-Maria puki takin ylleen ja soitti Robertille sanoakseen että jäisi illaksi töihin. Robert ei kuulostanut vihaiselta tai väsyneeltä, kysyi vain oliko hän syönyt ja sanoi että kotona oli ruokaa lämmitettävänä. Gustav nukkui, he olivat olleet pulkkamäessä. Myös Petter oli ollut mukana, vaikka yleensä hän jäi mieluiten kotiin. Jenny oli kaverinsa luona, Robert kertoi ja lisäsi nopeasti että hän oli nyt tulossa kotiin, ennen kuin Anna-Maria ehti edes ajatella huomista koulupäivää.

Anna-Maria ilahtui ikihyväksi. He olivat olleet ulkoilemassa ja saaneet raitista ilmaa. He olivat pitäneet hauskaa. Robert oli hyvä isä. Mitä siitä, vaikka kaikkien vaatteet olisivat eteisen lattialla ja päivällinen olisi raivattu vain puoliksi. Anna-Maria siivoaisi heidän jälkensä ilomielin.

– Onko Marcus kotona? hän kysyi.

Marcus oli heidän esikoispoikansa, viimeisellä luokalla lukiossa.

– Ei, luultavasti Marcus on yötä Hannan luona. Miten teillä sujuu?

– Hyvin. Erittäin hyvin. On kulunut vain vuorokausi, ja me tiedämme jo kuka uhri on: Inna Wattrang, Kallis Miningin johtoa. Siitä on huomenna lehdissä. Olemme löytäneet murhapaikan, olkoonkin että murhaaja on yrittänyt peittää jälkensä. Vaikka juttu siirtyisikin keskusrikospoliisille, kukaan ei voi sanoa että me emme tehneet hyvää työtä.

– Lyötiinkö sitä naista jollakin?

– Joo, mutta ei siinä kaikki. Murhaaja on johtanut häneen sähkövirtaa. Teknikot kävivät paikalla illalla ja löysivät teipin jäänteitä yhdestä keittiön tuolista, käsinojista ja jaloista. Samaa teippiä on uhrin nilkoissa ja ranteissa. Joku on teipannut hänet keittiön tuoliin ja antanut hänelle sähköiskuja.

– Hyi helkkari. Millä?

– Luultavasti tavallisella lampunjohdolla, josta on kuorittu päällinen ja puretut kaapelit. Sitten johto on kieputettu nilkan ympäri ja painettu toinen pää hänen kaulaansa.

– Ja sen jälkeen murhaaja on tappanut hänet.

– Niin.

– Mistä siinä on kyse?

– En tiedä. Voihan murhaaja olla hullu tai vain menettänyt malttinsa. Tai sitten heillä on mennyt seksileikki pieleen, vaikka vaikuttaa siltä, ettei naisen sisältä eikä päältä löydy spermaa. Jotakin valkoista vaahtoa hänellä oli suun ympärillä, mutta se oli vain oksennusta.

Robertilta pääsi älähdys.

– Lupaa ettet ikinä jätä minua, hän sanoi. – Kuvittele miltä tuntuisi olla kapakassa etsimässä uutta... ja sitten kun tuon hänet kotiin, hän haluaa leikkiä sitomista ja sähköiskun antamista.

– Parempi minun kanssani, minähän tyydyn lähetyssaarnaajaan.

– Vanhaa tylsää perusseksiä.

Anna-Maria kujersi.

– Minä pidän vanhasta tylsästä perusseksistä, hän sanoi. – Jos kaikki lapset ovat nukkumassa sitten kun tulen kotiin...

– Älä yritä, sinä syöt ja sitten nukahdat sohvalle ennen kuin *Mullan alla* alkaa. Ehkä meidän olisi syytä uudistua.

– Ostetaan Kama Sutra.

Robert nauroi toisessa päässä. Anna-Maria tuli iloiseksi. Hän sai Robertin nauramaan. Ja sitten he puhuivat seksistä.

Minun pitäisi tehdä näin useammin, hän ajatteli. Minun pitäisi pelehtiä ja laskea hänen kanssaan leikkiä.

– Ilman muuta, Robert sanoi. – Kokeillaan sellaisia asentoja kuin Kurjen lento taivaan poikki, minä teen sillan ja sinä spagaatin minun päälläni.

– Hyvä on, sovitaan sitten niin. Minä tulenkin saman tien.

Anna-Maria ehti tuskin laskea luurin kun puhelin soi uudestaan. Siellä oli syyttäjä Alf Björnfot.

– Heipä hei, hän sanoi. – Halusin vain tiedottaa sinulle, että Mauri Kallis tulee huomenna.

Anna-Maria mietti hetken. Hän oli odottanut että Robert soittaisi uudestaan kertoakseen, että hänen pitäisi käydä kotimatkalla ruokakaupassa.

– Se Kallis Miningin Mauri Kallis?

– Jep. Hänen sihteerinsä soitti minulle äsken. Sitä paitsi myös Tukholman kollegat soittivat. He ovat ilmoittaneet Inna Wattrangin vanhemmille, jotka tietenkin järkyttyivät. Eivät kuulemma tienneet että hän oli Abiskossa. Inna Wattrang ja hänen veljensä Diddi ovat molemmat töissä Kallis Miningissa. Ja Maurilla on Mälaren-järven rannalla iso tila, jolla sisarukset asuvat. Vanhemmat pyysivät että kollegat ilmoittaisivat veljelle ja käskisivät Mauri Kalliksen tulla tänne tunnistamaan hänet.

– Huomennako! Anna-Maria voihkaisi. – Minä olin lähdössä kotiin.

– Lähde vain.

– En voi. Minunhan täytyy jututtaa Mauri Kallista Inna Wattrangista ja hänen asemastaan yhtiössä ja kaikesta. En tiedä Kallis Miningista paskan vertaa. Mauri Kallis luulee meitä idiooteiksi.

– Rebecka Martinssonilla on huomenna käräjät, joten hän istuu varmaan yläkerrassa. Pyydä häntä perehtymään Kallis Miningiin ja antamaan sinulle puolen tunnin tiivistelmä huomisaamuna.

– En kai minä voi pyytää häntä. Hän...

Anna-Maria vaikeni. Hän oli ollut vähällä sanoa, että myös Rebecka Martinssonilla oli elämä, mutta siitähän kenkä puristi. Joskus kollegat puhuivat siitä, että Rebecka Martinsson asui yksin maalla eikä ollut tekemisissä kenenkään kanssa.

– ...hän tarvitsee unta siinä missä muutkin, Anna-Maria sanoi sen sijaan. – En voi pyytää häntä.

– Okei.

Anna-Maria ajatteli Robertia, joka odotti kotona.

– Vai voinko?

Alf Björnfot nauroi.

– Minä ainakin ajattelin katsoa *Mullan alla*, hän sanoi.

– Sekin vielä, Anna-Maria jupisi.

Hän lopetti puhelun ja katsoi ikkunasta ulos. Kyllä vain, Rebecka Martinssonin auto oli vielä parkkipaikalla.

Kolmen minuutin kuluttua Anna-Maria Mella koputti Rebecka Martinssonin työhuoneen ovelle.

– Tiedän että sinulla on paljon tekemistä, hän aloitti. – Eikä tämä ole sinun hommiasi. Joten ei haittaa, jos et suostu...

Hän katsoi Rebeckan kirjoituspöydällä olevaa asiakirjapinoa.

– Antaa olla, hän sanoi sitten. – Sinulla on kädet täynnä töitä.

– Ai mitä? Rebecka kysyi. – Jos se liittyy Inna Wattrangiin, kysy minulta. Minusta...

Hän keskeytti.

– Olin vähällä sanoa "minusta murhat ovat kivoja", hän jatkoi, – mutta en minä sitä tarkoittanut.

– Ei se mitään, Anna-Maria sanoi. – Tiedän täsmälleen mitä tarkoitat. Murhatutkinnassa on oma hohtonsa. En missään tapauksessa halua, että ketään murhataan. Mutta jos siinä käy niin, haluan olla mukana ratkaisemassa sitä.

Rebecka Martinsson näytti helpottuneelta.

– Haaveilin siitä jo silloin kun päätin mennä poliisikouluun, Anna-Maria sanoi. – Ehkä sinäkin silloin kun aloitit oikeustieteellisessä?

– Enpä tiedä. Muutin pois Kiirunasta ja aloin opiskella, koska olin riitaantunut seurakuntani kanssa. Valitsin oikeustieteellisen sattumalta. Olin ahkera ja etevä ja sain töitä noin vain. Minä ikään kuin ajauduin alalle. En usko että tein yhtään varsinaista valintaa ennen kuin muutin tänne takaisin.

He olivat lähestyneet vakavaa puheenaihetta. Mutta he tunsivat toisensa liian huonosti voidakseen jatkaa viitoitettua tietä. Niinpä he pysähtyivät ja vaikenivat hetkeksi.

Rebecka totesi kiitollisena, että hiljaisuus ei tuntunut kiusalliselta.

– No niin, Rebecka sanoi lopulta hymyillen. – Mitä halusit pyytää minulta?

Anna-Maria hymyili takaisin. Jostakin syystä hänen ja Rebecka Martinssonin välit olivat aina tuntuneet kireiltä. Hän ei ollut välittänyt siitä kovin paljon, mutta joskus hän oli ajatellut, etteivät ihmiset välttämättä olleet läheisiä, vaikka toinen oli pelastanut toisen hengen. Mutta nyt tuntui siltä, että kireys lensi ikkunasta ulos.

– Inna Wattrangin pomo Mauri Kallis tulee tänne huomenna, hän sanoi.

Rebecka vihelsi.

– Ihan totta, Anna-Maria jatkoi. – Ja minun täytyy jututtaa häntä, mutta en tiedä yhtiöstä mitään, en mitä työtä Inna Wattrang teki enkä mistään muustakaan.

– Netissähän on tietoa vaikka kuinka paljon.

– Sepä se, Anna-Maria sanoi ja väläytti kärsivän irvistyksen.

Hän vihasi lukemista. Äidinkieli ja matikka olivat olleet hänen heikoimpia aineitaan koulussa. Todistuksen perusteella hän oli päässyt poliisikouluun vain rimaa hipoen.

– Ymmärrän, Rebecka sanoi. – Saat yhteenvedon huomenna. Otetaan se puoli kahdeksalta. Minulla on rikoskäräjiä koko päivän, ja ne alkavat yhdeksältä.

– Oletko varma? Anna-Maria kysyi. – Se on iso urakka.

– Mutta se on minun juttuni, Rebecka sanoi. – Osaan tiivistää ison kasan roskaa kahteen A4:een.

– Ja sitten sinulla on käräjiä huomenna koko päivän. Oletko jo valmistautunut niihin?

Rebecka virnisti.

– Nyt sinulle tuli huono omatunto, hän sanoi kiusoitellen. – Ensin minun on tehtävä sinulle palvelus. Sitten haluat synninpäästön.

– Unohda se, Anna-Maria sanoi. – Otan mieluummin huonon omantunnon kuin perehdyn tähän. Tämähän on samalla myös sellainen yhtiöjuttu...

– Mmm, Kallis Mining on kansainvälinen yhtiöryhmä. Ei konserni vaan pikemminkin yhtymä. Voin selittää sinulle myös yhtiörakenteen, ei se oikeastaan ole kovin mutkikasta.

– Ei varmaan! Kun vain mainitsetkin yhtiörakenteen ja konsernin ja yhtymän, saan näppylöitä. Mutta olen todella kiitollinen, jos suostut tähän. Ajattelen sinua kun leviän illalla telkkarin ääreen. Mutta kuule, vakavasti puhuen, käynkö ostamassa sinulle pizzan tai jotakin? Kai sinä jäät tänne istumaan?

– Minäkin ajattelin lähteä kotiin katsomaan telkkaria. Teen tämän siinä sivussa.

– Kuka sinä olet? Teräsnainen?

– Niin. Mene sinä nyt kotiin katsomaan telkkaria. Eikö sinulla ole paljon lapsiakin, joille pitää antaa hyvänyönsuukko?

– Mmm, kaksi vanhinta ei enää suukottele äitiään. Ja tyttö pussaa vaan isäänsä.

– Mutta kuopus...

– Gustav. Hän on kolmevuotias. Joo, hän haluaa suukotella vanhaa äitiään.

Rebecka hymyili. Hänen kasvoillaan käväisi kiltti ja lämmin hymy, jossa oli häivähdys surua. Se sai hänet näyttämään pehmeältä.

Häntä käy sääliksi, Anna-Maria ajatteli hetken kuluttua autossa matkalla kotiin. Hän on saanut kokea kaikenlaista.

Anna-Maria tunsi omantunnon piston puhuessaan lapsistaan. Rebeckallahan ei ollut omia.

Mutta mitä minun pitäisi tehdä? hän puolusteli sitten itseään. He ovat valtava osa elämääni. Jos heidän mainitsemisensa on tabu, puhumisesta ei tule mitään.

Robert oli raivannut keittiön ja jopa pyyhkinyt ruokapöydän. Anna-Maria lämmitti kalapuikkoja ja perunamuusia mikrossa ja joi palan painikkeeksi lasin punaviiniä. Hän oli mielissään kun muusi oli tehty itse oikeista perunoista. Tästä ei elämä parantunut.

Niin, Rebecka Martinsson ajatteli noustessaan autostaan Kurravaaran talon ulkopuolella. Minä olen Teräsnainen. Olin Ruotsin parhaita juristeja. Tai ainakin minusta oli tulossa sellainen. Sitä ei kyllä saa sanoa kenellekään. Ei pidä edes ajatella sellaista itsestään.

Hän oli ladannut netistä Kallis Miningin materiaalia kannettavaansa. Tästä tulisi varmasti hauskaa. Olisi mukavaa tutkia välillä muutakin kuin iänikuisia liikennerikkomuksia ja varkauksia ja pahoinpitelyjä.

Kuunvalo lankesi kiiltävälle hangelle kuin penslattu hopea. Hopean yllä olivat puiden siniset varjot. Joki uinui jääkannen alla.

Hän levitti tuulilasin päälle villahuovan ja puristi sen etuovien väliin, jotta hänen ei tarvitsisi raaputtaa ikkunoita seuraavana aamuna.

Isoäidin harmaan mineriittitalon ikkunoissa paloi valo. Olisi melkein voinut luulla, että sisällä oli joku odottamassa häntä, mutta hän oli itse jättänyt valon palamaan.

Kerran he olivat täällä, hän ajatteli. Isä ja isoäiti. Minulla oli niinä vuosina kaikki. Ja se on enemmän kuin monilla muilla. Jotkut eivät saa sitä koskaan.

Hän jäi nojaamaan autoon. Suru vyöryi hänen ylitseen. Tuntui kuin se olisi odottanut häntä, odottanut että hän nousisi autosta. Niin oli aina. Hän oli aina täysin valmistautumaton.

Miksi en voi olla iloinen? hän ajatteli. Iloinen siitä että minulla oli heidät niin kauan kuin sitä kesti. Mikään ei ole ikuista. Herrajumala, siitä on niin pitkä aika. Ei voi surra ikuisesti. Minussa on tosiaan jotakin vikaa.

Terapeutin sanat kaikuivat hänen korvissaan: Ehkä et ole koskaan surrut kunnolla, ehkä nyt on aika.

Hän oli iloinen siitä, että oli lopettanut keskusteluterapian. Mutta hän kaipasi Cipramiliä, ehkä hänen ei olisi pitänyt lopettaa sitä. Oli ollut helpompi kestää näitä ajatuksia silloin kun hän söi lääkkeitä. Vaikeimmat tunteet eivät päässeet ihan pintaan asti. Oli ollut ihanaa kun hän ei ollut ohut kuin munankuori.

Hän riisui toisen hansikkaan ja tunnusteli kädellään silmien alta, ei, ei siinä ollut kyyneliä. Se oli vain hengitystä. Aivan kuin hän olisi juossut nopeasti. Kylmä ilma viilsi keuhkoja.

Otapa nyt rauhallisesti, hän kehotti itseään. Ota rauhallisesti. Älä juokse Sivvingin ja Bellan luo, he eivät voi auttaa sinua.

Hän ajatteli mennä sisään mutta jäikin ulos seisomaan tietämättä oliko ollut sulkemassa auton ovea, missä hänen laukkunsa oli ja mihin hänen kädessään oleva avain sopi.

Se menee ohi, hän sanoi itsekseen. Et saa mennä lumeen makaamaan. Se menee aina ohi.

Mutta ei tällä kertaa, ääni sanoi hänen sisällään. Nyt tulee pimeys.

Hänellä oli kädessä auton avain. Hän lukitsi oven onnistuttuaan nostamaan olalleen tietokonelaukun ja Mulberryn salkun. Hän lähti kohti taloa.

Porstuan portailla hän kaapaisi kaiteelta kourallisen lunta ja painoi sen kasvoilleen. Ulko-oven avain oli laukussa. Avain lukkoon. Väännä. Avain ulos. Avaa.

Hän oli sisällä.

Puolen tunnin kuluttua meni jo paljon paremmin. Hän oli tehnyt tulen hellaan ja kuuli miten se alkoi yhtäkkiä vetää, hormissa humisi ja polttopuut paukkuivat.

Hän joi kupillisen teetä maidon kera ja meni tietokone sylissä vuodesohvalle.

Hän yritti ajatella mitä oli miettinyt ennen kohtausta. Nyt meni ihan hyvin. Vaikeita tunteita ei saanut houkuteltua esiin edes silloin kun yritti.

Ja hän yritti, pelasi parhaat korttinsa. Mieleen nousi äidin kuva.

Mutta mitään erityistä ei tapahtunut. Rebecka muisteli äitiä, äidin vaaleanharmaita silmiä, hyväntuoksuista meikkiä, kauniita hiuksia, tasaisia valkoisia hampaita.

Entä silloin kun äiti hankki lammasturkin, Rebecka ajatteli ja hymähti muistolleen. Kyläläiset kiristelivät hampaitaan ja ihmettelivät miksi äiti oli niin olevinaan. Turkki, kaikkea sitä kuuleekin.

Mitä äiti oikein oli nähnyt isässä? Ehkä hän luuli kaipaavansa turvallista miestä. Mutta eihän häntä ollut tehty sitä varten. Äidin olisi pitänyt nostaa salkoon joka ikinen risainen purje ja purjehtia myrskyihin tukka hulmuten. Satamaelämä ei ollut äitiä varten.

Rebecka yritti muistella millaista oli silloin kun äiti jätti perheen.

Isä muutti takaisin isoäidin luo Kurravaaraan. Hän asui alakerrassa ja minä yläkerrassa isoäidin kanssa, juoksin kerrosten väliä. Ja Jussi. Se oli fiksu koira. Heti kun minä muutin taloon, se tajusi että nyt sille tuli tilaisuus saada parempi nukkumapaikka sänkyni jalkopäästä. Isoäiti ei päästänyt koiria sänkyyn. Mutta minkäpä sille mahtoi. Tyttö nukkui turvallisesti koiran kanssa sängyssään, jutusteli sen kanssa sillä välin kun isoäiti oli iltalypsyllä.

Äiti oli rautateillä siivoojana ja yleni ravintolavaunuun. Hän vaihtoi asuntonsa pieneen kaksioon. Olin varmaan asunut hänen luonaan joskus myös ennen isän kuolemaa, en vain muista siitä mitään.

Mitä hyötyä muistoista on? Rebecka mietti. Auttavatko ne? Nehän ovat pelkkiä kuvia pään sisällä olevassa albumissa. Kohtausten välissä on satoja, tuhansia muita kohtauksia, jotka ovat unohtuneet. Muistaako silloin totuuden?

Isoäiti tulee käymään äidin kaksiossa. Isoäiti on pyhätakissaan, mutta äitiä hävettää silti, hänen mielestään isoäidin pitäisi ostaa uusi, hän on sanonut niin Rebeckalle. Nyt äidin on syytäkin hävetä. Isoäiti katselee ympärilleen. Hän näkee paikaltaan makuuhuoneeseen. Äidin sänky on petaamaton. Rebeckan sängyssä ei ole vuodevaatteita. Äiti on koko ajan hirveän väsynyt. Hän on soittanut töihin ja ilmoittanut jäävänsä sairauslomalle. Sitä ennen isoäiti on joskus käynyt siivoamassa koko asunnon. Hän on tiskannut, pessyt pyykkiä ja laittanut ruokaa. Mutta ei tällä kertaa.

– Minä otan tytön mukaani, isoäiti sanoo.

Hänen äänensä on ystävällinen, mutta se ei siedä vastaväitteitä.

Äiti ei pane hanttiin, mutta kun Rebecka yrittää halata häntä, hän sysää Rebeckan pois.

– Pidä kiirettä, äiti sanoo katsomatta Rebeckaa. – Isoäidillä ei ole koko päivää aikaa.

Rebecka katsoo jalkoihinsa matkalla portaita alas. Askel painaa. Jalat ovat kuin kivilohkareita. Hänen olisi pitänyt kuiskata äidin korvaan: "Minä rakastan sinua eniten." Joskus se auttaa. Hän kerää kivoja asioita, joita voi sanoa äidille. "Sinä olet juuri sellainen kuin äidin pitää olla." "Katin äiti haisee hieltä." Hän katsoo äitiä pitkään ja sanoo sitten: "Sinä olet ihana."

Minä pyydän Sivvingiä kertomaan, Rebecka ajatteli. Sivving tunsi heidät molemmat. Ennen kuin arvaankaan, myös Sivving on poissa, eikä minulla sitten ole ketään keneltä kysyä.

Rebecka avasi tietokoneen. Inna Wattrang jälleen yhdessä ryhmäkuvassa, tällä kerta kypärä päässä sinkkikaivoksen edessä Chilessä.

Kumma työ, Rebecka ajatteli. Tutustua kuolleisiin ihmisiin.

Maanantai 17. maaliskuuta 2005

REBECKA MARTINSSON TAPASI Anna-Maria Mellan ja Sven-Erik Stålnacken poliisitalon neuvotteluhuoneessa maanantaiaamuna puoli kahdeksalta.

– Mitä kuuluu? Anna-Maria tervehti. – Katsoitko eilen illalla telkkaria?

– En, Rebecka sanoi. – Entä itse?

– Minä nukahdin, Anna-Maria vastasi.

Oikeastaan hän ja Robert olivat tehneet television ääressä jotakin ihan muuta, mutta se ei kuulunut kenellekään.

– Niin minäkin, Rebecka valehteli.

Hän oli käynyt läpi Kallis Miningin ja Inga Wattrangin papereita puoli kolmeen asti yöllä. Kun kännykän kello soi kuudelta, hän tunsi sitä tuttua heikkoa pahoinvointia, joka johtui liian vähästä unesta.

Eipä se paljon haitannut. Oikeastaan se ei haitannut yhtään. Univaje ei ollut vaarallista. Tänään hänellä oli kiireinen työpäivä, ensin yhteenveto poliisien kanssa, sitten rikoskäräjiä. Hän nautti siitä että kalenteri oli täynnä.

– Mauri Kallis aloitti tyhjin käsin, Rebecka sanoi. – Hän on toteuttanut amerikkalaisen unelman täällä Ruotsissa. Siis todella. Syntynyt vuonna 1964 Kiirunassa. Milloin sinä olet syntynyt?

– Kuusikymmentäkaksi, Anna-Maria vastasi. – Mutta hän on varmaan käynyt yläasteella toista koulua, eikä lukiossa tunneta niitä, jotka ovat alemmilla luokilla.

– Pakkohuostaanotto pienenä, Rebecka jatkoi, – sijoitettu kasvatuskotiin, rikosilmoitus murrosta kun hän oli kahdentoista, siitähän ei nosteta syytettä, mutta sitten tapahtui käänne, sosiaalityöntekijä sai hänet innostumaan koulunkäynnistä. Hän aloitti

Tukholman kauppakorkeakoulussa vuonna 1984 ja ryhtyi keinottelemaan osakkeilla jo opiskeluaikana. Kauppakorkeassa hän tutustui Inna Wattrangiin ja tämän veljeen Diddiin. Diddi ja Mauri olivat kurssikavereita. Tutkinnon jälkeen Mauri oli jonkin aikaa töissä Optiomeklareissa, ja niiden kahden vuoden ajan hän kasvatti omaa osakesalkkuaan, osti varhain H&M:ää, myi Fermentaa ennen romahdusta, oli askeleen edellä koko ajan. Sitten hän loikkasi Optiomeklareista ja omistautui kokopäiväisesti omille kaupoilleen. Se oli silkkaa uhkapeliä, ensin raaka-ainekauppaa, sitten yhä enemmän ja enemmän toimilupien ostoa ja myyntiä, sekä öljyn että kaivosteollisuuden.

– Toimilupien? Anna-Maria kysyi.

– Luonnonvarojen, kuten öljyn, kaasun ja mineraalien, etsimistä varten ostetaan lupa. Jos jotain sitten löytyy, kaivoksen perustamisen sijaan myydään oma toimilupa.

– Siinä voi ansaita paljon mutta myös menettää paljon? Sven-Erik kysyi.

– Kyllä, siinä voi menettää kaiken. Täytyy olla pelaajaluonne, jos aikoo pärjätä tällaisessa. Joskus Mauri Kallis oli nollan alapuolella. Mutta Inna ja Diddi Wattrang tekivät hänelle töitä jo silloin. Vaikuttaa siltä että he houkuttelivat rahoittajia eri hankkeisiin.

– Jostakin rahoitus on saatava, Anna-Maria sanoi.

– Niin, pankit eivät lainaa tällaiseen rahaa, vaan on löydettävä riskinottokykyisiä sijoittajia. Siinä Wattrangin sisarukset tuntuvat olleen taitavia.

Rebecka jatkoi:

– Mutta kolmen viime vuoden aikana yhtiö on pitänyt joitakin toimilupia, ja lisäksi se on ostanut kaivoksia ja alkanut louhia. Kaikki ruotsalaiset sanomalehdet kirjoittavat että loikka arvopapereista kaivosteollisuuteen on iso askel. En ole samaa mieltä, minusta on suurempi loikka siirtyä toimiluvilla keinottelemisesta varsinaiseen kaivostoimintaan, siis teolliseen puoleen...

– Ehkä hän haluaa ottaa vähän rauhallisemmin, Anna-

Maria ehdotti, – eikä riskeerata enää niin paljon.

– En usko, Rebecka sanoi. – Hän ei ole päättänyt aloittaa kaivostoimintaa millään helpolla alueella, vaan esimerkiksi Indonesiassa ja Ugandassa. Jokin aika sitten media kritisoi periaatteessa kaikkia kaivosyhtiöitä, joilla on intressejä kehitysmaissa.

– Miksi?

– Miksikö? Siksi! Köyhät maat eivät ensinnäkään uskalla säätää ympäristölakeja, jotka voivat pelottaa pois ulkomaisia sijoittajia, vaan vesiä saastutetaan vapaasti ja ihmiset sairastuvat syöpään ja parantumattomiin maksasairauksiin ja sen sellaiseen. Lisäksi yhtiöt tekevät yhteistyötä korruptoituneiden hallitusten kanssa maissa, joissa saattaa olla käynnissä sisällissota ja joissa käytetään armeijaa omaa kansaa vastaan.

– Oliko kritiikissä perää? kysyi Sven-Erik, joka tunsi poliisille ominaista epäluuloa mediaa kohtaan.

– Varmasti. Osa Kalliksen ryhmän yhtiöistä on joutunut Greenpeacen ja Human Rights Watchin kaltaisten järjestöjen mustille listoille. Muutaman vuoden ajan Mauri Kallis oli paariaa, hänellä ei ollut mitään intressejä täällä Ruotsissa. Yksikään sijoittaja ei uskaltanut olla tekemisissä hänen kanssaan. Mutta noin vuosi sitten tilanne muuttui. Hän pääsi *Business Weekin* kanteen, artikkeli käsitteli kaivostoimintaa. Ja vähän sen jälkeen hänestä julkaistiin iso henkilöhaastattelu *Dagens Nyheterissä*.

– Miksi tilanne muuttui? Anna-Maria kysyi. – Olivatko he parantaneet tapansa?

– En usko. Kai se johtui siitä että liian monet yhtiöt, joilla on intressejä näissä maissa, tekevät suunnilleen samalla tavoin. Ja jos kaikki ovat roistoja, lopulta kukaan ei ole roisto. Ja sitten siihenkin kuvaan kyllästyy. Yhtäkkiä täytyy kirjoittaa myös uskomattoman menestyksekkäistä ja aikaansaavista yrittäjistä.

– Suunnilleen niin kuin tosi-tv:ssä, Anna-Maria sanoi. – Ensin kaikki inhoavat yhtä osallistujaa, ja lehdet kirjoittavat siitä miten hän saa kilpatoverinsa itkemään, lööpit kirkuvat vihaa ja sokkeja ja hyökkäyksiä. Sitten kun häntä on kyllästytty inhoamaan, hänestä tulee yhtäkkiä Madonna, eikä hän enää olekaan mikään narttu, sehän on vain girl poweria.

– Sitä paitsi Mauri Kalliksesta kannattaa kirjoittaa myös siksi että se on kuin satua, Rebecka jatkoi. – Hän on rakentanut omaisuutensa tyhjästä. Hänellä oli pahin mahdollinen alku elämälle, mutta nyt hän omistaa tilan Södermanlandista ja on naimisissa aatelisen Ebba von Uhrin kanssa. Niin, tai ei se nainen enää ole aatelinen sen jälkeen kun nai Mauri Kalliksen.

– Ahaa, Anna-Maria sanoi. – Aatelisgeeni on vallitseva vain miesten puolelta. Lapsia?

– Kaksi kappaletta, kymmenen- ja kaksitoistavuotiaat.

Anna-Maria terästyi yhtäkkiä.

– Tarkistetaan autorekisteri, hän sanoi. – Haluan tietää mitä autoa hän ajaa. Tai autoja.

– Nyt ei leikitä, Sven-Erik sanoi päättäväisesti ja kääntyi tarkkaavaisesti Rebeckan puoleen. – Kaivostoiminnasta... mitä tarkoitit kun sanoit että kaivostoiminta on erilaista kuin toimiluvat ja koeporaukset?

– Kaivostoiminnan harjoittaminen tuo mukanaan aivan eri asioita. Täytyy olla perillä vieraan maan ympäristöoikeudesta, yhtiöoikeudesta, työoikeudesta, hallinto-oikeudesta, vero-oikeudesta...

– Okei, Anna-Maria sanoi ja nosti kätensä torjuvasti pystyyn.

– Joissakin maissa joutuu vaikeuksiin, jos järjestelmä ei jousta tai toimi kuten länsimaissa. On ongelmia ammattiyhdistysten ja urakoitsijoiden kanssa, ongelmia saada kaikkia lupia viranomaisilta, vaikeuksia selviytyä korruptiosta, tarvittavat suhteet puuttuvat...

– Mitä lupia?

– Kaikkia. Louhintalupia, päästölupia, tienrakennuslupia... kaikkia, kaikkia, kaikkia. Täytyy rakentaa aivan toisenlaisia organisaatioita. Lisäksi saa niskoilleen työnantajan vastuun. Siinä joutuu eräänlaiseksi yhteiskunnan osaksi siinä maassa, missä toiminnan aloittaa. Kaivoksen ympärille rakentuu omanlaisensa yhdyskunta. Useimmiten siellä ei ole ennestään mitään, pelkkää kivierämaata tai viidakkoa. Kaivoksen ympärille kasvaa pieni kaupunki. Sinne muuttaa perheitä, joiden lasten olisi käytävä koulua. On mielenkiintoista että hänestä tulee yhtäkkiä tällainen urakoitsija...

– Mitä Inna Wattrang teki yhtiössä? Anna-Maria kysyi.

– Hän oli varsinaisesti töissä Kallis Miningin yhtiöryhmän pääyhtiössä, mutta teki töitä koko yritysryhmälle. Hän istui monissa yhtiöryhmän hallituksissa. Juristi, lukenut yritystaloutta hänkin, mutta käsitykseni mukaan hän ei työskennellyt liikejuridiikan parissa, siinä heitä auttaa kanadalainen yritysjuristi emoyhtiössä, joka on toiminut yli kolmekymmentä vuotta kaivos- ja öljyalalla.

– Inna Wattrang oli juristi. Mutta sinä et tuntenut häntä entuudestaan?

– Ei, ei, hän oli vanhempi kuin minä, ja vuosittain aloittaa monta sataa uutta opiskelijaa. Sitä paitsi hän opiskeli Tukholmassa, minä puolestani Uppsalassa.

– Mikä hänen toimenkuvansa tarkkaan ottaen oli? Anna-Maria kysyi.

– Yritysten tiedotus ja rahoitus.

– Mitä se tarkoittaa?

– Okei, sanotaan vaikka että Mauri Kallis löytää alueen, jolta hän voi ostaa toimilupia, siis oikeuden suorittaa koeporauksia kullan tai timanttien tai jonkin muun löytämiseksi. Koeporaus saattaa olla hyvin kallisarvoista puuhaa. Koska mineraalien koeporaamisessa on valtavat riskit, hänellä voi olla yhtenä päivänä paljon rahaa ja seuraavana päivänä ei yhtään, eikä hän ehkä itse saa irrotettua tarvittavaa pääomaa. Ja kuten sanoin, yksikään pankki maailmassa ei ole halukas lainaamaan rahaa tämänkaltaiseen toimintaan. Niinpä hän tarvitsee toiminnalleen rahoittajia, ihmisiä tai sijoitusyhtiöitä, jotka haluavat ostaa hankkeesta osuuksia. Niinpä joutuu matkustelemaan eräänlaisilla PR-kiertueilla ja myymään ideoita. Silloin on parasta olla hyvä maine

– Mikähän hän oikein on miehiään, Anna-Maria pohti ja huomasi olevansa hieman hermostunut, koska joutuisi tapaamaan Kalliksen vain muutaman tunnin kuluttua.

Lopeta, hän sanoi itsekseen. Ei se mies ole ihmistä kummoisempi.

– Latasin teille netistä haastattelun, katsokaa se, Rebecka sanoi. – Se on hyvä. Myös Inna Wattrang on mukana. En ole muuten löytänyt hänestä kovinkaan paljon tietoa. Hänhän ei ole mikään julkkis elinkeinoelämän piireissä, toisin kuin Kallis.

Ohjelma on tunnin mittainen haastattelu syyskuulta 2004. Malou von Sivers kohtaa Mauri Kalliksen. Malou von Sivers on tyytyväinen. Häntä itseään haastatellaan ennen ohjelmaa, ja hän korostaa tyytyväisyyttään. Se on osa markkinointia. TV4 on kuulemma myynyt ohjelman peräti kahdelletoista ulkomaiselle mediayhtiölle. Monet ovat halunneet haastatella Mauri Kallista, mutta hän on kieltäytynyt vuodesta -95 lähtien.

Maloulta kysytään miksi juuri hän sai Mauri Kalliksen suostumaan. Monestakin syystä, hän arvelee. Osittain Mauri Kalliksesta tuntui siltä että oli pakko antaa haastattelu, kasvava julkisuus vaati sitä. Ja vaikka töitä tehdäänkin periaatteella "toimia saa mutta näkyä ei", joskus täytyy myös näkyä. Muuten voi vaikuttaa valonaralta. Toisaalta Mauri Kallis halusi antaa haastattelun Ruotsissa. Se oli eräänlaista solidaarisuutta kotimaata kohtaan.

Sitä paitsi Malou von Sivers kunnioittaa haastateltaviaan, silläkin on ollut merkityksensä.

– Tiedän että olen Mauri Kalliksen mielestä hyvin valmistautunut ja vakavasti otettava, hän sanoo sumeilematta.

Haastatteleva toimittaja ärsyyntyy tästä itsevarmuudesta ja kysyy, uskooko Malou naiseutensa vaikuttavan asiaan. Ehkä se oli taktinen veto? Keino tuoda pehmeitä arvoja yhtiön goodwillille? Kaivosalahan on tunnetusti hyvin miehinen ja vähän... miten sen nyt sanoisi... jotenkin raaka. Malou von Sivers menee hiljaiseksi. Eikä hän myöskään enää hymyile.

– Tai sitten se johtuu siitä että olen erittäin hyvä, hän sanoo lopuksi.

Kun ohjelma alkaa, Malou von Sivers, Inna Wattrang ja Inna Wattrangin veli Jacob "Diddi" Wattrang istuvat Reglan säterin salongissa. Kallis on ostanut kartanon kolmetoista vuotta sitten.

Mauri Kallis on myöhästynyt haastattelusta, yhtiön Beech B200 ei ole pystynyt lähtemään ajoissa Amsterdamista. Malou von Sivers on päättänyt haastatella aluksi sisaruksia, näin ohjelmaan saadaan hyvä dynamiikka.

Sisarukset istuvat rennosti nojatuoleissaan. Molemmilla on valkoiset paidat, joiden hihat on kääritty ylös, ja isot miesten rannekellot. He ovat hyvin samannäköisiä, molempien nenäntyvi alkaa kulmakarvojen välistä, molemmilla on vaalea paašikampaus. He liikkuvatkin samalla tavalla ja pyyhkivät hajamielisesti hiukset silmiltään.

Rebecka tarkasteli heitä ja ajatteli, että hiusten pyyhkiminen oli heikko mutta aivan selvä aistillinen viesti, sormet seurasivat hiussuortuvaa kunnes se päättyi. Matkalla takaisin syliin tai nojatuolin käsinojalle sormenpäät hipaisivat nopeasti leukaa tai suuta.

Anna-Maria tarkasteli samoja liikkeitä ja ajatteli, että johan oli helvetti miten he näpläsivät koko ajan naamaansa, ihan kuin narkkarit.

– Haenko teille kahvia ennen kuin lähden? Rebecka kysyi.

Sven-Erik Stålnacke ja Anna-Maria Mella nyökkäsivät tuijottaen silmä kovana tietokoneen kuvaruutua.

Pitäisi opetella tuollaista elekieltä, Rebecka ajatteli matkalla kahviautomaatille. Se minussa onkin vikana. Ei minkäänlaisia aistillisia viestejä.

Häntä hymyilytti. Jos hän elehtisi samalla tavalla Måns Wenngrenin edessä, Måns luulisi että hän näpläsi naamastaan finnejä.

Malou von Siversin kädet eivät liikehdi. Hän on ammattilainen. Hänen kuparinvärinen sivuotsatukkansa on spreijattu pysymään paikoillaan.

Malou von Sivers: Tekin asutte säterin tiluksilla.

Diddi Wattrang (nauraa): Voi miten kamalaa. Kuulostaa ihan siltä kuin meillä olisi kimppakämppä.

Inna Wattrang (nauraa myös ja laskee kätensä tuttavallisesti Maloun kädelle): Sinäkin voit muuttaa tänne, tule minun ruokakuntaani.

Malou von Sivers: Mutta ihan totta, eikö se ole joskus rasittavaa? Tehän teette tiiviisti töitä yhdessä ja myös asutte tiiviisti yhdessä.

Diddi Wattrang: Ei se oikeastaan niin tiivistä ole. Tilukset ovat varsin suuret. Minulla ja perheelläni on käytössä entinen voudin asunto, se ei edes näy tänne asti.

Inna Wattrang: Ja minä asustan entisessä pesulassa.

Malou von Sivers: Kertokaa! Miten te kaksi ja Mauri Kallis tapasitte?

Diddi Wattrang: Minä ja Mauri olimme yhtä aikaa kauppakorkeakoulussa 80-luvulla. Mauri kuului siihen pieneen opiskelijaryhmään, joka oli alkanut keinotella osakkeilla ja roikkui pörssimonitorin alla pubin ulkopuolella heti kun kaupankäynti oli päässyt alkuun.

Inna Wattrang: Siihen aikaan oli varsin epätavallista tehdä kauppaa arvopapereilla, ei yhtään niin kuin nyt.

Diddi Wattrang: Ja Mauri oli erittäin taitava.

Inna Wattrang (kumartuu eteenpäin ja hymyilee kiusoittelevasti): Ja Diddi keplotteli...

Diddi Wattrang (tönäisee siskoaan): "Keplotteli?" Meistä tuli ystävät.

Inna Wattrang (teeskennellyn vakavasti): "Heistä tuli ystävät!"

Diddi Wattrang: Ja sitten annoin vähän pääomaa...

Malou von Sivers: Rikastuitko sinä?

Syntyy puolen sekunnin hiljaisuus.

Oho, Anna-Maria Mella ajatteli ja yritti juoda liian kuumaa kahvia, jonka Rebecka oli käynyt tuomassa. Rahasta ei näköjään puhuta. Se on liian rahvaanomaista.

Diddi Wattrang: Opiskelijan näkökulmasta mitattuna kyllä. Maurilla oli mieletön tuntuma jo silloin. Hän istui Hennes & Mauritzin päällä vuonna 1984, aavisti oikein Skanskan, Sandvikin, SEB:n... ajoitus oli täydellinen melkein koko ajan. 80-luvun lopussa oli pitkälti kyse suhteutetusta arvosta, ja hän oli haka aina vainuamaan seuraavan arvonnousun. Kiinteistöistä tuli tärkeitä jo opintojen puolivälissä. Muistan kun Anders Wall tuli koululle ja kehotti eräällä luennolla kaikkia ostamaan asumisoikeuksia Tukholman kantakaupungista. Silloin Mauri oli jo muuttanut pois opiskelija-asunnostaan, ostanut nimiinsä vuokrasopimuksen ja ollut mukana muodostamassa asumisoikeutta. Hänellä oli kaksio, jossa hän asui itse, sekä kaksi pientä yksiötä, jotka hän oli vuokrannut ja eli itse erotuksella.

Malou von Sivers: Lehdistö kutsuu häntä ihmelapseksi, selviytyjäksi, rahoitusneroksi joka on tullut tyhjästä...

Inna Wattrang: Sellainen hän on vieläkin. Paljon ennen Kiinan nousua hän löysi Grönlannista oliviiniä. Sitten sekä LKAB että Kiina rukoilivat polvillaan että saisivat ostaa löydökset.

Malou von Sivers: Nyt sinun pitää selittää meille, jotka emme ole tästä perillä.

Inna Wattrang: Oliviiniä tarvitaan kun raudasta tehdään terästä. Hän tajusi ennen kuin kukaan muu, että me saisimme uskomattoman etumatkan teräsmarkkinoilla ennen Kiinan nousua.

Diddi Wattrang: Hän oli aivan varma Kiinasta jo paljon ennen muita.

On helmikuu 1985. Diddi Wattrang käy ensimmäistä vuotta kauppakorkeakoulua. Hän ei ole mikään hyvä opiskelija. Kodin paineet ovat olleet kovat sekä häntä että hänen opettajiaan kohtaan. Äiti on kutsunut seudun naiset kesäkonserttiin, se pidetään joka vuosi elokuun alussa, ulkona tietenkin, keitä tahansa ei päästetä taloon sisälle. Kutsutuille tilaisuus on silti vuoden kohokohtia, pikku lipusta maksetaan mielellään, meneväthän rahat aina tilan kulttuurihistoriallisen arvon vaalimiseen, lähes hyväntekeväisyystarkoitukseen, aina löytyy tilkittävää kattoa ja rapattavia seiniä. Konsertin jälkeen äiti työntyy sanomaan Diddin ranskan-opettajalle: "Perheessä poikaa pidetään lahjakkaana oppilaana." Isä on tehnyt rehtorin kanssa sinunkaupat, mutta rehtori tietää että kyse on vaihtokaupoista. On mukavaa olla toveri vapaaher-ran kanssa, mutta tietenkään se ei ole ilmaista.

Diddi on selvittänyt lukion rimaa hipoen, lainannut ja luntan-nutkin. Aina riittää eteviä mutta tylsiä oppilaita, jotka auttavat aineen kirjoittamisessa ja kokeissa saadakseen vähän huomiota. Siinä voittavat kaikki.

Mutta on Diddi lahjakas ainakin yhdessä asiassa. Hänestä on erityisen helppo pitää. Hän kallistaa päätään, jotta hänen pitkä vaalea otsatukkansa pysyisi poissa silmiltä silloin kun hän puhuu jonkun kanssa. Hän vaikuttaa vilpittömästi välittävän kaikista ja etenkin siitä, jonka kanssa juuri sillä hetkellä puhuu. Hän nauraa sekä suullaan että silmillään ja kurkottaa niin liikuttavan kevyesti kättään ihmisten sydämeen.

Nyt on Mauri Kalliksen vuoro tuntea itsensä valituksi ja haus-kaksi. On keskiviikkoilta ja he notkuvat kauppakorkean opiske-lijapubissa. Ihan kuin he olisivat olleet ystäviä jo pitkään. Diddi ei ole huomaavinaankaan söpöä vaaleaa tyttöä, joka nauraa aavis-tuksen verran liian kovaäänisesti ystäviensä kanssa jonkin matkan päässä ja vilkuilee heidän suuntaansa. Diddi moikkaa ihmisiä jot-ka tulevat juttusille. Mutta ei sen enempää, tänä iltana ei ole hei-dän iltansa.

Mauri juo hermostuksissaan liikaa. Diddi pysyy samassa tah-dissa, mutta hänellä on parempi viinapää. He tarjoavat vuorotel-len. Diddillä on vähän kokista taskussa. Kaiken varalta. Hän pe-laa korvakuulolta.

Aivan yhdentekevä tuo kaveri ei ole. Diddi kertoo valittuja pa-loja lapsuudestaan, koulunkäynnistä jota isä painosti, raivokoh-tauksista ja nöyryytyksistä kun kokeissa oli mennyt huonosti. Hän tunnustaa kiertelemättä ja naureskellen, että valitettavasti hän on hölmö blondi, joka ei kuulu tänne.

Sitten hän kuitenkin alkaa puolustella isäänsä. Isällä on ollut oma taakkansa kannettavana. Isä on vanhan koulun kasvatti, seisonut kynnyksellä ja pokkuroinut omalle isälleen, Diddin isoisälle, ennen kuin sai luvan astua sisään. Siinä ei paljon istuttu sylissä eikä pidetty toista hyvänä.

Ja tämän luottamuksellisen avauksen jälkeen Diddi alkaa udella. Hän tarkkailee Mauria, hintelää poikaa jolla on liian isot flanellihousut, halvat kengät, hyvin silitetty paita niin ohutta puuvillaa, että rintakarvat näkyvät sen läpi. Mauri kantaa opiskelukirjallisuutensa ruokakaupan muovikassissa. Hän ei törsää rahojaan tavaraan, se on varmaa.

Ja Mauri kertoo itsestään, siitä miten teki murron kaksitoistavuotiaana ja jäi kiinni. Hän kertoo sosiaalityöntekijästä, joka sai hänet ryhdistymään ja käymään koulua.

– Oliko hän hyvännäköinen? Diddi kysyy.

Mauri valehtelee ja vastaa myöntävästi. Hän ei tiedä miksi. Diddi on saatava nauramaan.

– Sinä olet tosiaan yllätyksiä täynnä, Diddi sanoo. – Et näytä erityisen rikolliselta.

Mauri valehtelee pikkuisen lisää ja kertoo hänkin valittuja paloja, ei sano mitään siitä että isot pojat, kasvattiveli ja tämän kaverit, olivat lähettäneet likaiseen työhön hänet ja muita alaikäisiä poikia, joita ei voitu rangaista.

– Miltä rikollinen näyttää? hän kysyy sen sijaan.

Diddi on yllättynyt.

– Ja nyt sinä olet kauppakorkean tähti, hän sanoo.

– Hädin tuskin ekonomiliittoon hyväksytty, Mauri sanoo.

– Se johtuu siitä että sinä luet pörssikursseja sen sijaan että pänttäisit tentteihin. Kaikkihan sen tietävät.

Mauri ei vastaa. Hän yrittää saada baarimikon huomion tilatakseen vielä kaksi olutta, hän tuntee itsensä kääpiöksi, joka yrittää turhaan kurotella reunan yli. Sillä välin Diddi hymyilee blondille ja katsoo tyttöä silmiin. Se on pieni sijoitus tulevaisuuden varalle.

He päätyvät Grodaniin, tungeksivat baarissa ja maksavat kolme kertaa liikaa oluesta.

– Minulla on jonkin verran rahaa, Diddi sanoo. – Sinun pitäisi sijoittaa se puolestani. Ihan totta. Olen halukas ottamaan riskin.

Diddi ei oikein ehdi käsittää mitä Maurissa tapahtuu. Puolessa sekunnissa Mauri ikään kuin kiristyy, kytkee päälle selvän osan aivoistaan, inventoi, analysoi, tekee päätöksen. Myöhemmin Diddi oppii että Maurin arvostelukyky ei petä koskaan. Pelko pitää hänet valveilla. Mutta se menee nopeasti ohi. Mauri kohauttaa humalaisen veltosti harteitaan.

– Mikäs siinä, hän sanoo. – Minä otan kaksikymmentäviisi prosenttia, ja heti kun kyllästyn, saat sen haltuusi tai myyt, ihan miten haluat.

– Kaksikymmentäviisi! Diddi on äimänä. – Sehän on kiristystä! Mitä pankit ottavat?

– Mene sitten pankkiin, siellä on taitavia meklareita.

Diddi suostuu.

Ja sitten he nauravat ikään kuin kaikki olisi oikeastaan vain pilaa.

Ohjelmaa editoitaessa on otettu mukaan kohtaus, jossa Mauri Kallis saapuu haastatteluun. Kuvassa alaoikealla näkyy Malou von Sivers pyörittämässä kättään sen merkiksi, että kameran annettaisiin käydä. Mauri Kallis on kaita ja lyhytkasvuinen, kuin kireä koulupoika. Hänen pukunsa istuu moitteettomasti. Kengät ovat kiiltävät. Paita on valkoinen. Nykyään hänen paitansa ovat vaatturilla teetettyjä, paksua puuvillaa ja korkealaatuisia, kaikkea muuta kuin läpinäkyviä.

Hän pyytää Malou von Siversiltä anteeksi myöhästymistään, kättelee, kääntyy sitten Inna Wattrangin puoleen ja pussaa häntä poskelle. Inna hymyilee ja sanoo: "Isäntä!" Diddi Wattrang ja Mauri Kallis kättelevät. Joku taikoo esiin tuolin, nyt he kaikki kolme istuvat Malou von Siversin kanssa kameran edessä.

Malou von Sivers aloittaa pehmeästi. Vaikeat kysymykset

hän säästää haastattelun jälkimmäiseen osaan. Hän haluaa saada Mauri Kalliksen lämpiämään, ja mikäli haastattelu menee huonosti, on viisainta jos niin käy vasta lopussa.

Hän nostaa esiin kevään 2004 *Business Weekin*, jonka kannessa on Mauri, sekä *Dagens Nyheterin* talousliitteen keskiaukeaman. *Dagens Nyheterin* artikkelin otsikko on "Poika kultahousuissaan".

Inna katsoo lehtiä ja ajattelee, että ihme kun artikkelit saatiin kirjoitettua. Mauri oli kieltäytynyt haastatteluista. Lopulta Inna sai hänet suostumaan kuvaukseen. *Business Weekin* kuvaaja valitsi lähikuvan, jossa Mauri on pää painuksissa. Valokuvaajan avustaja oli pudottanut kynän ja se vieri lattialle. Mauri seurasi sitä katseellaan. Kuvaaja näppäsi monta kuvaa. Mauri näyttää hartaalta, melkein rukoilevalta.

Malou von Sivers: Ongelmalapsesta tähän (hän nyökäyttää päätään viitaten Reglan säteriin, menestyksekkääseen yritystoimintaan, kauniiseen vaimoon, kaikkeen). Sinun tarinasi on kuin satua, miltä se tuntuu?

Mauri katsoo kuvia ja hillitsee itseinhoaan.

Hän on kaikkien omaisuutta. He käyttävät häntä todisteena siitä, että heidän ideologiansa on oikea. Ruotsin elinkeinoelämän keskusliitto kutsuu hänet tilaisuuteensa puhujaksi. He osoittavat häntä ja sanovat: "Katsokaa. Kaikki voivat onnistua jos haluavat." Göran Persson on vastikään maininnut hänen nimensä televisiossa keskustelussa, jossa käsiteltiin nuorisorikollisuutta. Maurin oli ohjannut takaisin kapealle polulle sosiaalityöntekijä. Järjestelmä toimii. Kansankoti on tallella. Heikoillakin on mahdollisuus.

Mauria etoo. Hän toivoo että he jättäisivät hänet rauhaan, eivät kajoaisi häneen.

Tätä hän ei sano. Hänen äänensä on koko ajan rauhallinen ja ystävällinen, ehkä hiukan yksitoikkoinen. Mutta eihän hän istu tässä siksi että on karismaattinen persoonallisuus, sitä varten ovat olemassa Diddi ja Inna.

Mauri Kallis: Ei minusta tunnu siltä että olen sadussa.

Hiljaisuus.

Malou von Sivers (yrittää uudestaan): Ulkomaisissa lehdissä sinua on kutsuttu "Ruotsin ihmeeksi" ja verrattu Ingvar Kampradiin.

Mauri Kallis: Onhan meillä molemmilla nenä keskellä naamaa...

Malou von Sivers: Mutta kai siinä jotakin perää on? Te molemmat aloititte tyhjästä ja onnistuitte rakentamaan kansainvälisen yrityksen Ruotsissa, vaikka maata pidetään vaikeana uusille yrittäjille.

Mauri Kallis: Se on vaikeaa uusille yrittäjille, verosäännöt suosivat vanhaa rahaa, mutta 80- ja 90-lukujen vaihteessa oli tilaisuus rakentaa pääoma, ja siihen minä tartuin.

Malou von Sivers: Kerro. Eräs vanha opiskelukaverisi kauppakorkeasta sanoi haastattelussa, että sinusta oli vastenmielistä käyttää opintotukea "vain siihen että se menee yhdestä päästä sisään ja tulee toisesta päästä ulos".

Mauri Kallis: Se oli karkeasti sanottu. Enkä haluaisi käyttää tuollaista kieltä täällä. Mutta kyllähän se niin oli. Minulla ei ollut koskaan ennen ollut sellaista rahakasaa. Ja kai meissä jokaisessa asuu pieni yrittäjä. Rahat on pantava töihin, ne on sijoitettava. (Nyt hän väläyttää pienen hymyn.) Olin oikea pörssihai. Kuljetin salkussani kopioita sijoitusindikaattorista.

Diddi Wattrang: Luki *Affärsvärldeniä*...

Mauri Kallis: Siihen aikaan lehdessä oli särmää.

Malou von Sivers: Entä sen jälkeen?

Mauri Kallis: Niin, sen jälkeen...

Maurin opiskelija-asuntolan käytävän varrella on kahdeksan huonetta, yhteiskeittiö ja kaksi suihkua. Siivooja käy kerran viikossa, mutta silti keittiön lattialla ei mielellään kulje sukkasillaan. Murut ja roskat tuntuvat sukan läpi, ja siellä täällä jalka tarttuu johonkin epämääräisen tahmeaan. Tuolit ja pöydät ovat kellastunutta mäntyä, kömpelöitä ja raskastekoisia, niihin törmää jatkuvasti. Reisiin tulee mustelmia ja varpaat ovat hellinä.

Käytävän varrella asuu tyttöjä, jotka ovat tekemisissä keskenään ja käyvät bileissä, mutta Mauria ei niihin kutsuta. Mauria vastapäätä asuu oikeustieteen opiskelija Anders, jolla on trendikkäät silmälasit, häntä näkyy joskus keittiössä, mutta yleensä hän on melkein aina tyttökaverinsa luona.

Håkan on pitkä ja kotoisin Kramforsista. Mattias on iso ja lihava. Ja sitten Mauri itse, pieni laiha sintti. Mikä jengi! Kukaan heistä ei käy bileissä. Eikä heidän kannata järjestää niitä itsekään, keitä he kutsuisivat? He katsovat iltaisin telkkaria Håkanin huoneessa ja toljottavat pornoleffoja tyynyt sylissä kuin murrosikäiset pojat.

Niin oli ennen. Mutta nyt Maurista on tullut pörssihai, ja se on sentään jotakin. Eipä silti että hän seurustelisi muiden pörssikurssimonitoria tuijottavien kanssa.

Hänestä on tullut piintynyt pelaaja, hän jättää luennot väliin ja lukee tenttikirjojen sijasta iltakaudet talouslehtiä.

Se on kuumetta ja rakastumisen huumaa. Ja se vie sisälle systeemiin.

Ensimmäinen voitto. Hän muistaa vieläkin miltä se tuntui, ei unohda sitä ikinä, se on kuin eka kerta tytön kanssa. Hän osti 500 Cura Novan osaketta ennen Artemiksen fuusiota. Kurssi nousi. Ensin hyppäys, sitten jatkuva kipuaminen ylöspäin kun muut sijoittajat iskivät kiinni ja ostivat. He olivat kaukana hänen perässään, hän harkitsi jo myyvänsä. Hän ei kertonut kenellekään kuinka paljon oli juuri tienannut, ei kenellekään. Hän meni ulos, seisahtui katulampun alle ja nosti kasvonsa kohti lumisadetta. Varmuus. Tunne. Minusta tulee rikas. Tämä on minun juttuni.

Ja bonuksena hänestä oli tullut Diddin kaveri. Diddi pysähtyy monitorin alle tarkistamaan kurssit ja juttelee vähän, istuu joskus Maurin vieressä luennoilla.

Joskus he käyvät juhlimassa. Mauri ottaa kaksikymmentäviisi prosenttia Diddin voitoista, hän ei nuole ketään.

Mauri ei myöskään ole typerys. Hän tietää että rahat antavat hänelle pääsylipun Toiseen maailmaan.

Mitä sitten, hän sanoo itselleen. Hänelle rahat ovat lippu. Toisella on kasvonsa, kolmannella charminsa, muilla hieno nimensä. Jokin lippu on oltava ja kaikki liput voi menettää. On pidettävä kiinni siitä minkä on saanut.

Heillä on säännöt, joita ei lausuta ääneen. Yksi on tämä: Diddi ottaa yhteyttä Mauriin. Diddi soittaa ja pyytää Mauria ulos. Toisinpäin ei saa tehdä, Maurille ei tulisi mieleenkään soittaa omaaloitteisesti Diddille.

Niinpä Mauri odottaa Diddin soittoa. Hänen sisällään on ääniä. Ne kertovat Diddin muusta elämästä, johon Maurilla ei ole asiaa, kauniista ystävistä, makeista bileistä. Diddi soittaa Maurille silloin kun hänellä ei ole muutakaan tekemistä. Maurin sisimpään juurtuu mustasukkaisuus. Joskus hän ajattelee että hänen pitäisi lakata tekemästä kauppoja Diddille. Seuraavassa silmänräpäyksessä hän puolustautuu sillä että rahan tienaaminen Diddille on molemminpuolista hyväksikäyttöä.

Hän yrittää opiskella. Ja kun hän ei jaksa opiskella tai käydä osakekauppaa, hän pelaa korttia Håkanin ja Mattiaksen kanssa. Hän odottaa Diddin soittoa. Aina kun puhelin soi, hän ryntää käytävään vastaamaan, mutta melkein aina puhelu tulee viereisen huoneen tytölle.

Kun Diddi sitten soittaa, Mauri suostuu. Joka kerta Mauri ajattelee että ensi kerralla hän kieltäytyy ja vetoaa kiireisiinsä.

Toinen sääntö: Diddi valitsee seuran. Ei tule kuuloonkaan että Mauri ottaisi mukaan ketään, esimerkiksi Håkanin tai Mattiaksen. Eipä silti että Mauri edes haluaisi. Heidän välillään ei ole ystävyyttä, solidaarisuutta tai mitään muutakaan paskaa. He ovat hylkiöitä, muuta yhteistä heillä ei ole. Ei tosin enää.

Mauri ja Diddi ryyppäävät ja vetävät kokaiinia. Aamulla Mauri saattaa herätä tietämättä miten ja milloin tuli kotiin. Hänellä on taskuissa kuitteja ja lippuja, käsissä leimoja joiden perusteella voi päätellä miten ilta on sujunut. Pubista Caféetiin ja sieltä klubille ja sieltä jatkoille joidenkin tyttöjen luo.

Ja hän saa panna hyvännäköisimpien tyttöjen vähemmän hyvännäköisiä kavereita. Ja se on ihan okei ja helvetin paljon enemmän kuin se mitä Håkan ja Mattias saavat.

Kuluu puoli vuotta. Mauri tietää että Diddillä on sisko, mutta hän ei ole koskaan tavannut tätä.

Kukaan ei osaa kohauttaa harteitaan kuten Diddi. He molemmat reputtavat tentissä. Mauri kääntää raivonsa sisäänpäin, se riepoo häntä. Ääni sanoo hänelle että hän ei kelpaa mihinkään, hän on surkea, pian hän joutuu takaisin siihen maailmaan, josta hän alun perin on lähtenyt.

Myös Diddi kiroaa mutta kääntää sitten epäonnistumisensa ulospäin, syy on tentin valvojan, tentaattorin, edessä istuvan pojan piereskelyn... syy on kaikkien muiden paitsi hänen. Eikä häntä harmita kuin vähän aikaa vain. Sitten hän on taas huoleton oma itsensä.

Kestää jonkin aikaa ennen kuin Mauri käsittää, että Diddi ei olekaan varakas. Mauri on aina luullut, että yläluokan pojat, etenkin aateliset, rypevät rahassa. Mutta ei se niin mene. Tutustuessaan Mauriin Diddi elää kädestä suuhun, opintotuen perusosalla. Diddi asuu Östermalmilla, mutta asunto kuuluu jollekulle sukulaiselle. Paidat hän on ottanut isänsä vaatekaapista, ne eivät enää mahdu isälle. Hän käyttää niitä huolettomasti T-paitojen päällä. Hänellä on yhdet farkut ja yhdet kengät. Talvella häntä palelee, mutta hän on koko ajan hyvännäköinen. Ehkä hän on hyvännäköisin silloin kun häntä palelee, kun hän nostaa hartiat korviin ja painaa käsivarret kylkiä pitkin. Silloin tekee mieli syleillä häntä.

Mauri ei tiedä mistä Diddi sai rahat osakekauppoihin. Hän sanoo itsekseen että se ei ole hänen huolensa. Nähtyään myöhemmin miten Diddi saattoi kompuroida umpihumalassa kapakan vessaan ja tulla hetken kuluttua takaisin raikkaana ja pirteänä Mauri mietti mistä Diddi sai rahat aineisiin. Hänellä on siitä omat epäilyksensä. Kerran kun he olivat ulkona, eräs vanha mies tuli jututtamaan Diddiä. Mies ei ehtinyt muuta kuin tervehtiä, kun Diddi oli jo noussut ja häipynyt. Maurista oli tuntunut sopimattomalta kysyä kuka mies oli.

Diddi pitää rahasta. Koko ikänsä hän on nähnyt rahaa, seurustellut rahakkaiden ihmisten kanssa, mutta hänellä ei itsellään ole ikinä ollut rahaa. Hänen nälkänsä on kasvanut. Ei kestä kauan ennen kuin hän alkaa nostaa yhtä isompia osia voitoistaan. Silloin on Maurin vuoro kohauttaa harteitaan. Se ei ole hänen ongelmansa. Diddin osuus heidän yksinkertaisesta yhtiöstään vähenee.

Diddi alkaa häipyä yhä pidemmiksi ajoiksi kerrallaan, hän lähtee Rivieralle ja Pariisiin. Hänellä on taskut täynnä rahaa.

Mutta joskus kaikki romahtaa. Pian on Diddin vuoro. Ja pian Mauri saa tavata Diddin siskon.

Malou von Sivers: Sinä kutsut häntä isännäksi.

Inna Wattrang: Mehän olemme hänen kylärakkejaan.

Mauri Kallis (hymyilee ja pudistaa kevyesti päätään): Sen he ovat varastaneet Stenbeckiltä, en tiedä olisinko imarreltu vai loukkaantunut.

Malou von Sivers: Ovatko he sinun kylärakkejasi?

Mauri Kallis: Jos jatkamme eläinteemaa, teen tietenkin töitä mieluiten nälkäisten kissojen kanssa.

Diddi Wattrang: Ja me olemme lihavia...

Inna Wattrang: ...ja laiskoja.

Malou von Sivers: Niin, kertokaa. Teidän välillennehän on kehkeytynyt hyvin erikoinen ystävyys. Wattrangin sisarukset ovat syntyneet hopealusikka suussa ja sinä olet ongelmalapsi, voidaanko niin sanoa?

Mauri Kallis: Kyllä.

Malou voin Sivers: Näin ollen sinä olet nälkäinen kissa. Mikä teistä kolmesta tekee niin hyvän tiimin?

Mauri Kallis: Diddi ja Inna täydentävät minua. Suuri osa tästä toiminnasta on sitä että on etsittävä ihmisiä, jotka haluavat pelata ja ovat halukkaita ottamaan ison riskin voidakseen kääriä kunnon voiton. Heillä on oltava siihen varaa. Heidän ei tarvitse myydä osakkeitaan pohjahintaan, vaan heillä on kanttia jäädä tappioyritykseen niin pitkäksi aikaa, että olen löytänyt tuottoisamman hankkeen. Sellainen löytyy aina, ennemmin tai myöhemmin. Mutta täytyy pystyä odottamaan. Sen vuoksi me emme periaatteessa ikinä vie yhtiöitämme pörssiin, me suosimme suunnattua antia, niin että pysymme perillä siitä ketkä ostavat. Sama pätee esimerkiksi Ugandan kaivostoimintaan. Juuri nyt siellä on niin levotonta, että kaikki toimintamme on jäissä. Mutta minä uskon pitkäjänteiseen panostukseen. Kaikkein viimeiseksi kaipaan osakkeenomistajia, jotka huohottavat niskaani ja haluavat voittoja puolen vuoden sisällä. Diddi ja Inna löytävät eri hankkeisiin oikeanlaisia sijoittajia. Ja he ovat taitavia myymään. He löytävät epävarmoihin hankkeisiin seikkailunhaluisia sijoittajia ja pelaajia, kärsivällisiä sijoittajia joilla ei ole vaikeuksia irrottaa likviditeettiä pitkäjänteisiin hankkeisiin. He ovat sosiaalisesti pätevämpiä kuin minä. Heillä on oikeaa rahoituksellista vetovoimaa. Ja nyt kun me harjoitamme yritysryppäässämme kaivostoimintaa, minulla on heistä suurta iloa kun he pitävät yhteyttä paikallisiin ihmisiin ja yhteyshenkilöihin. He osaavat liikkua joka tasolla joustavasti ja riitautumatta ihmisten kanssa.

Malou von Sivers (Innalle): Missä Maurin vahvuus sitten on?

Inna Wattrang: Hän vainuaa hyvät kaupat. Hän on aina ykkösenä lähtöruudussa. Ja hän on taitava neuvottelija.

Malou von Sivers: Millainen hän on työnantajana?

Inna Wattrang: Hän säilyttää aina mielenmalttinsa. Se on hänessä kaikkein kiehtovinta. Joskus tuulee lujaa, kuten silloin ensimmäisinä vuosina, kun hän saattoi ostaa toimilupia ilman selvyyttä rahoituksesta. Hän ei koskaan osoittanut levottomuutta tai stressiä. Sen vuoksi me muutkin pystymme tekemään töitä rauhallisin mielin.

Malou von Sivers: Mutta nyt sinä olet ärähtänyt lehdistölle ja näyttänyt tunteesi.

Mauri Kallis: Tarkoitatko Ruwenzorin kaivosta? Sitä kehitys-
yhteistyöjuttua?

Malou von Sivers: Sinä sanoit muun muassa että Ruotsin ke-
hitysyhteistyö on pilaa.

Mauri Kallis: Se lausahdus oli irrotettu asiayhteydestä. Enkä
minä ärähtänyt lehdistölle, eräs toimittaja oli läsnä luennollani.
Mutta totta kai minua alkaa ärsyttää, kun kimpussani on koko
ajan Ruotsin lehdistöä ja toimittajia, jotka eivät ole perillä asiois-
ta. "Kallis Mining rakentaa teitä miliisiryhmille." Ja sitten mi-
nun nähdään kättelevän Lendu-miliisin kenraalia, ja sitten leh-
dissä kirjoitetaan siitä mitä se miliisi on saanut aikaan Kongos-
sa, ja yhtäkkiä kaivosyhtiöni Kongon luoteisosissa on Piru itse. Ja
minä myös. On hyvin helppoa yhtyä moraalisesti kannanottoihin
kun pysyy erossa kriisimaista. Lähetetään sinne kehitysapua ja
jätetään heikäläiset oman onnensa nojaan. Mutta niiden maiden
väestö tarvitsee yrityksiä, kasvua, työtilaisuuksia. Hallitukselle
riittää kun kehitysapu pysyy budjetissa, ei se välitä valvonnasta.
Ei tarvitse muuta kuin katsoa miltä Kampalassa näyttää, niin ta-
juaa minne iso osa rahoista menee. Vuorenrinteillä on uskomat-
tomia luksushuviloita. Niissä asuvat hallitusten jäsenet ja korkea-
arvoiset hallintovirkamiehet. On naiivia kieltäytyä tajuamasta,
että kehitysyhteistyörahat menevät armeijalle, joka paitsi terrori-
soi siviiliväestöä myös ryöstää pohjoisen Kongon kaivoksia. Joka
vuosi Afrikkaan pumpataan miljardeja kehitysapurahoja aidsin
torjuntaan, mutta kysykää keneltä tahansa afrikkalaiselta naisel-
ta missä tahansa Afrikan maassa, niin hän sanoo: ei mitään eroa.
Minne ne rahat sitten joutuvat?

Malou von Sivers: Niin, minne?

Mauri Kallis: Hallitusten jäsenten omiin taskuihin, mutta ei se
ole pahinta. Mieluummin luksushuviloihin kuin aseisiin. Mutta
kehitysyhteistyöntekijät viihtyvät työssään, ja sehän on hyvä asia.
Yritän vain sanoa että jos siellä aikoo harjoittaa yritystoimintaa,
täytyy tulla toimeen tavalla tai toisella epäilyttävien ihmistenkin
kanssa. Siinä likaa omat sormensa, mutta ainakin tulee tehtyä jo-

takin. Ja jos minä rakennan tien kaivokseltani, minun on vaikea estää taistelevia sotilasryhmiä käyttämästä sitä.

Malou von Sivers: Sinä siis nukut yösi hyvin?

Mauri Kallis: En ole ikinä nukkunut öitäni hyvin, mutta se ei johdu tästä.

Malou von Sivers (vaihtaa äänilajia nyt kun Mauri Kallis on joutunut puolustusasemiin): Siitä pääsemmekin lapsuusvuosiisi, voitko kertoa niistä? Olet syntynyt Kiirunassa vuonna -64. Yksinhuoltajaäitisi ei pystynyt huolehtimaan sinusta.

Mauri Kallis: Ei, hänellä ei oikein ollut kykyä huolehtia lapsesta. Nuoremmat siskopuoleni, jotka hän sai myöhemmin, otettiin huostaan periaatteessa saman tien, mutta minä olin esikoinen ja jouduin asumaan hänen luonaan yksitoistavuotiaaksi asti.

Malou von Sivers: Millaista se oli?

Mauri Kallis (hakee sanoja, sulkee välillä silmänsä, pitää taukoja kuin hahmottaakseen päässään kohtauksia): Jouduin pärjäämään yksin... hyvin paljon. Äiti nukkui kun lähdin kouluun. Hän suuttui jos sanoin, että minulla oli nälkä. Hän saattoi olla poissa monta vuorokautta peräkkäin, enkä minä tiennyt missä hän oli.

Malou von Sivers: Onko siitä vaikea puhua?

Mauri Kallis: Erittäin vaikea.

Malou von Sivers: Sinulla on nyt perhe, vaimo ja kaksi poikaa, kymmenen- ja kaksitoistavuotiaat. Millä tavoin oma lapsuutesi on vaikuttanut sinuun siinä roolissasi?

Mauri Kallis: Vaikea sanoa, mutta minulla ei ole minkäänlaista mielikuvaa siitä miten normaalia perhe-elämää eletään. Koulussa näin niin sanottuja tavallisia äitejä. Heillä oli puhtaat ja kauniit hiukset... Ja isiä. Joskus kävin jonkun luokkakaverini luona mutta en kovin usein. Näin erilaisia koteja. Huonekaluja, mattoja, koriste-esineitä, akvaariokaloja. Meillä ei ollut kotona paljon mitään. Sossu osti kerran hienon käytetyn sohvan, sen minä muistan. Sen selkänojassa oli luukku, josta tuli esiin ylimääräinen patja. Minusta se oli hyvin ylellinen. Kaksi päivää myöhemmin se oli poissa.

Malou von Sivers: Minne se oli kadonnut?

Mauri Kallis: Joku varmaan myi sen. Ihmisiä tuli ja meni. Sikäli kuin muistan, ovi ei ollut ikinä lukossa.

Malou von Sivers: Ja lopulta sinut pantiin sijaiskotiin.

Mauri Kallis: Äiti tuli vainoharhaiseksi ja alkoi uhkailla naapureita ja ihmisiä kaupungilla. Hän joutui hoitoon. Ja kun hän joutui hoitoon…

Malou von Sivers: …sinut otettiin huostaan. Olit silloin yhdentoista.

Mauri Kallis: Niin. Ainahan saa ajatella ja toivoa, että siinä olisi voinut käydä toisin, että minut olisi otettu huostaan aikaisemmin ja… Mutta tilanne oli tämä.

Malou von Sivers: Oletko sinä itse hyvä isä?

Mauri Kallis: Siihen on vaikea vastata. Teen parhaani mutta olen tietenkin liikaa poissa perheeni luota. Se on sääli.

Anna-Maria Mella vaihtoi asentoa tuolissa.

– Minä tulen hulluksi, hän sanoi Sven-Erikille. – Tunnustettu synti ei muka ole mikään synti. Heti kun hän sanoo "minun pitäisi olla enemmän lasten kanssa", hän on olevinaan hyvä ihminen. Mitä hän sanoo pojilleen sitten kun he ovat aikuisia? "Tiedän että en ikinä ollut kanssanne, mutta tietäkääkin että minulla oli koko ajan huono omatunto." "Tiedetään, isä. Kiitos, isä. Me rakastetaan sinua, isä."

Mauri Kallis: Mutta minulla on luotettava ja läsnä oleva vaimo. Ilman häntä en olisi voinut toimia yrittäjänä ja olla perheellinen. Hän on joutunut opettamaan minua.

Malou von Sivers (ilmeisen ihastuneena, koska Mauri Kallis osoittaa kiitollisuutta vaimoaan kohtaan): Esimerkiksi mitä?

Mauri Kallis (miettii): Monta kertaa hyvin yksinkertaisia asioita. Kuten sen että perhe syö yhdessä. Sen sellaista.

Malou von Sivers: Uskotko arvostavasi "normaalia" elämää enemmän kuin minä, jolla on ollut tavallinen lapsuus?

Mauri Kallis: Kyllä, suo anteeksi, kyllä minä uskon. Tunnen it-
seni pakolaiseksi "normaalissa" elämässä.

Kauppakorkean kolmannella lukukaudella Diddi voi vihdoin-
kin jättää taakseen normaalin elämän. Hänellä on aina ollut kau-
neutta ja charmia, nyt hänellä on myös rahaa. Hän hylkää Tuk-
holman, lähtee Richeä kauemmas. Hän hoipertelee Canal Saint-
Martinin rantaa pitkin kahden pitkäkoipisen valokuvamallin
kanssa samaan aikaan kun aurinko nousee Pariisin ylle. Eivät he
niin humalassa ole että eivät pysyisi pystyssä, ei, he vain tuup-
pivat toisiaan leikkisästi kuin lapset, jotka vaeltavat kotia koh-
ti. Puut taipuvat veden yllä kuin hylätyt naiset ja pudottavat leh-
tiään veteen kuin vanhoja rakkauskirjeitä, kaikki verenpunaisia,
höyryäviä. Leipomoista kantautuu tuoreen leivän tuoksua. Tava-
ra-autot kiitävät keskustaa kohti, renkaat jymisevät nupukivillä.
Maailmasta ei koskaan tule kauniimpaa kuin tällaisena.

Diddi tapaa eräissä allasbileissä näyttelijän, joka järjestää kut-
sun jonkun yksityiskoneella kahden viikon kuvauksiin Ukrai-
naan. Diddi osaa näyttää vaadittavaa anteliaisuutta. Mukana ko-
neessa hänellä on kymmenen pulloa Dom Pérignonia.

Ja sitten hän tapaa Sofia Fuensanta Cuervon. Sofia on paljon
vanhempi kuin hän, kolmekymmentäkaksivuotias, äidin puolelta
kaukaista sukua Espanjan kuningashuoneelle, isän puolelta sukua
Ristin Johannekselle.

Sofia sanoo olevansa perheensä musta lammas. Hän on eron-
nut ja kahden sisäoppilaitosta käyvän lapsen äiti.

Diddi ei ole ikinä tavannut ketään läheskään samanverois-
ta. Hän on vaeltaja joka on vihdoin tullut meren rantaan, kah-
laa kyynärpäitä myöten veteen ja hukkuu. Sofian syli tepsii kaik-
keen. Diddi menee sekaisin jo siitä kun Sofia hymyilee tai raaput-
taa nenäänsä. Hän alkaa elätellä haaveita itsestään ja lapsista. Ne
ovat epämääräisiä kuvia siitä miten he lennättävät leijoja rannal-
la ja hän lukee ääneen iltaisin. Hän ei saa tavata heitä eikä Sofia
puhu heistä paljon. Sofia käy tapaamassa heitä joskus, mutta Did-

di ei pääse mukaan. Sofia sanoo että ei halua heidän kiintyvän kehenkään, joka yhtäkkiä häipyy omille teilleen. Mutta eihän Diddi minnekään häivy. Hänen kätensä ovat iäksi sotkeutuneet Sofian korpinmustiin hiuksiin.

Sofian ystävät omistavat isoja veneitä. Diddi lähtee mukaan metsälle, kun he käyvät tuttujen maatiloilla Luoteis-Englannissa. Diddi on aivan hurmaava lainatuissa metsästysvaatteissaan ja pienessä huopahatussaan. Hän on miesten pikkuveli ja naisten kaipuun kohde.

– Minä kieltäydyn tappamasta mitään, hän sanoo seurueelle haudanvakavana kuin lapsi. Hän ja eräs kolmetoistavuotias tyttö pääsevät mukaan ajoon, he puhuvat pitkään tytön hevosista, ja illalla tyttö pyytää emännältä Diddin pöytäkavaljeerikseen. Sofia lainaa Diddiä ja nauraa. Nyt Sofia on lyöty laudalta.

Diddi tarjoaa Sofialle päivällisiä, ostaa naiselleen järjettömän kalliita kenkiä ja koruja. Hän vie Sofian viikoksi Zanzibariin. Kaupungin rapistuva kauneus on kuin teatterikulissi taidokkaasti veistettyine puuovineen, laihat kissat metsästävät pieniä valkoisia rapuja pitkillä valkeilla rannoilla, raskaasti tuoksuvia mausteneilikoita on isoina kasoina kuivumassa maahan levitettyjen punaisten kankaiden päällä. Ja tätä viimeisiään vetävän kauneuden taustaa vasten, sillä pian ovet ja fasadit rapautuvat hajalle, pian saari on läpeensä koluttu, pian rannat ovat kovaäänisten saksalaisten ja lihavien ruotsalaisten valtaamia, tätä taustaa vasten: heidän rakkautensa.

Ihmiset kääntyvät katsomaan heidän peräänsä kun he kävelevät sormet sormien lomassa. Diddin hiukset ovat paahtuneet auringossa lähes valkeiksi, Sofian hiukset ovat andalusialaisen tamman musta harja.

Marraskuun lopussa Diddi soittaa Barcelonasta ja haluaa myydä. Mauri selittää että ei ole mitään myytävää.

– Sinun pääomasi on käytetty loppuun.

Diddi kertoo että hänellä on kannoillaan hurjistunut hotellinomistaja, joka vaatii Diddiä maksamaan huoneen vuokran.

– Hän on pirun vihainen, minun on pakko hiipiä ulos, jotta hän ei saisi minua kiinni portaissa.

Mauri puree hammasta pitkän kiusallisen hiljaisuuden aikana kun Diddi odottaa, että hän tarjoutuisi lainaamaan rahaa. Sitten Diddi kysyy suoraan. Ja Mauri kieltäytyy.

Puhelun jälkeen Mauri lähtee kävelylle lumiseen Tukholmaan. Hylätyn viha seuraa perässä kuin koira. Mitä helvettiä Diddi luuli? Että hän voisi soittaa, ja Mauri kumartuisi eteenpäin housut kintuissa?

Ei. Seuraavat kolme viikkoa Mauri viettää uuden tyttöystävänsä luona. Monta vuotta myöhemmin, istuessaan Malou von Siversin haastattelemana, hän ei muistaisi tytön nimeä, ei vaikka joku painaisi pistoolin hänen päätään vasten.

Kolme viikkoa puhelun jälkeen Diddi ilmestyy Maurin opiskelija-asuntolan keittiöön. On lauantai-ilta. Maurin tyttöystävä on kavereidensa kanssa syömässä. Maurin naapuri Håkan katsoo Diddiä kuin televisiota. Hän unohtaa kääntää katseensa pois ja käyttäytyä ihmisiksi, hän tuijottaa hellittämättä suu auki. Maurin tekee mieli läimäyttää häntä, jotta hän sulkisi suunsa.

Diddin silmät ovat halkeillutta valkoista jäätä verenpunaisen meren päällä. Tahmea lumi sulaa hiuksissa ja valuu kasvoja pitkin.

Sofian rakkaus katosi rahojen myötä, mutta sitä Mauri ei vielä tiedä.

Maurin huoneessa se purkautuu. Mauri on pelkkä vitun huijari. Kaksikymmentäviisi prosenttia, häh? Saatanan koronkiskuri. Pihi paska. Diddi suostuu kymmeneen prosenttiin, ja hän haluaa rahansa. NYT.

– Sinä olet humalassa, Mauri sanoo.

Hän kuulostaa hyvin huomaavaiselta. Hän on käynyt elämänkoulua oppiakseen käsittelemään juuri tällaisia tilanteita. Hän omaksuu kasvatusisänsä äänensävyn ja ryhdin: pehmeän päältä, kivikovan sisältä. Hänellä on kasvatusisä sisimmässään. Ja kasvatusisän sisällä odottaa kasvattiveli. Hän on kuin venäläinen nukke.

Kasvattiveljen sisällä on Mauri. Mutta kestää monta vuotta ennen kuin se tulee esiin.

Diddi ei tiedä mitään venäläisistä nukeista. Tai hän ei välitä. Hän syyttää vihaansa kasvatusisänukkea kohtaan, huutaa ja mellastaa. Syyttäköön siis itseään, jos kasvattiveli pääsee ulos.

Malou von Sivers: Sinut pantiin sijoituskotiin yksitoistavuotiaana. Millaista se oli?

Mauri Kallis: Se oli huomattava parannus siihen millaista minulla oli ollut sitä ennen. Mutta kasvatusvanhemmilleni sijoituslapset olivat pelkkä tulonlähde. He molemmat olivat monitoimiihmisiä ja puuhasivat vähän sitä sun tätä. Kasvatusäidilläni oli vähintään kolme työpaikkaa yhtä aikaa. Hän kutsui kasvatusisääni ukoksi, ja niin kutsuimme kasvattiveljeni ja minäkin, samoin kasvatusisäni itse.

Malou von Sivers: Kerro hänestä.

Mauri Kallis: Hän oli huijari, joka liikkui jotenkuten lain rajojen sisäpuolella, mutta hän oli täysin häikäilemätön pienen mittakaavan liikemies. (Mauri Kallis naureskelee ja pudistaa päätään muistolle.) Hän esimerkiksi osti ja myi autoja, koko piha oli täynnä vanhoja romuja. Joskus hän teki kauppaa myös muilla paikkakunnilla. Silloin hän puki päälleen paidan ja liperit, ihmisethän luottavat kirkonmiehiin. "Olen lukenut kirkkolain kannesta kanteen", hän sanoi. "Missään ei sanota että pitää olla pappisvihkimys ennen kuin saa pitää lipereitä."

Silloin tällöin ukon luo tulee ihmisiä, joista tuntuu että heitä on petetty. He ovat usein vihaisia, joskus he itkevät. Ukko valittelee, hän sanoo olevansa pahoillaan. Hän tarjoaa viinaa tai kahvit, mutta kaupat ovat kunnia-asia. Sopimus pitää eikä rahoja palauteta.

Kerran tulee nainen, joka on ostanut ukolta käytetyn auton. Naisella on mukana entinen miehensä. Ukko tajuaa välittömästi mistä kenkä puristaa.

– Hae Jocke, hän sanoo heti kun pari on astunut autosta ulos.
Mauri juoksee hakemaan kasvattiveljeään.

Kun Mauri ja Jocke tulevat takaisin, vieras mies on jo alkanut
tuuppia ukkoa rintaan. Silloin Jocke tulee kädessään pesäpallo-
maila. Naisen silmät laajenevat.

– Nyt mentiin, hän sanoo ja nyhtää entistä puolisoaan käsi-
varresta.

Mies suostuu lähtemään naisen mukaan. Näin hän voi pe-
rääntyä kunniallisesti. Jockesta näkee että hän on ihan hullu. Sil-
ti hän on vasta kolmentoista, pikkupoika joka tekee kepposia esi-
merkiksi naapurin koiralle, jonka naapuri antaa juosta vapaana.
Ukkoa ärsyttää kun se kuseskelee hänen tontilleen. Eräänä päi-
vänä Jocke kavereineen ottaa koiran kiinni, kaataa sen päälle pa-
loöljyä ja sytyttää palamaan. He nauravat kun koira juoksee soih-
tuna niityn poikki. He melkein kisaavat siitä kuka nauraa eniten
ja kenellä on hauskinta. He vilkuilevat haastavasti toisiaan.

Jocke opettaa Maurin tappelemaan. Alkuaikoina Maurin ei
tarvitse käydä koulua, vaan hän menee syksyllä uudestaan nel-
jännelle luokalle. Hän kuljeskelee kylällä. Kaalasjärvellä ei ole
paljon mitään tekemistä, mutta hänellä ei ole tylsää. Hän kulkee
ukon mukana tekemässä kauppoja. Hiljainen pieni poika on hy-
vää seuraa. Ukko myy vanhuksille vedenpuhdistimia ja pörröttää
Maurin hiuksia. Tädit pyytävät kahville.

Kotona ei pörrötetä. Jocke kumartuu ruokapöydän ääressä hä-
nen puoleensa ja nimittelee häntä ääliöksi, tolloksi, cp-vammai-
seksi. Jocke kaataa Maurin maidon heti kun kasvatusäiti kään-
tää selkänsä. Mauri ei kantele. Hän ei välitä. Kiusaaminen on ta-
vallista. Sen sijaan hän keskittyy syömään. Kalapuikkoja. Pizzaa.
Makkaraa ja muusia. Veripalttua makean puolukkahillon kera.
Kasvatusäiti katsoo häntä ihmeissään.

– Minne se ruoka oikein menee? kasvatusäiti kysyy.

Kesä kuluu. Sitten alkaa koulu. Mauri yrittää pysytellä omis-
sa oloissaan, mutta aina on lapsia, jotka löytävät sopivan kiusat-
tavan.

He painavat hänen päänsä vessanpyttyyn ja huuhtelevat. Hän ei kerro mitään, mutta jotenkin sijaisperheessä saadaan tietää siitä.

– Sinun on annettava takaisin samalla mitalla, Jocke sanoo.

Eipä silti että hän välittäisi Maurista. Jocken mielestä vain on mukavaa kun jotakin tapahtuu.

Jockella on suunnitelma. Mauri yrittää sanoa että häntä ei huvita. Ei niin että häntä pelottaisi saada selkäänsä. Ikätovereiden antama löylytys ei ole mitään. Se vain on epämiellyttävää. Hän yrittää vältellä ikävyyksiä niin hyvin kuin voi. Mutta sitä vaihtoehtoa ei nyt ole.

– Muuten saat turpaan minulta, tajuatko! Jocke sanoo. – Minä möyhennän sinut niin perin pohjin, että sinut lähetetään takaisin äitisi luo.

Silloin Mauri suostuu.

Pahimpia kiusanhenkiä ovat kolme rinnakkaisluokkalaista poikaa. He etsivät Maurin käsiinsä koulun aulasta välitunnilla ja alkavat töniä. Jocke on pysytellyt lähistöllä, ja nyt hän astuu esiin kahden kaverinsa kanssa ja sanoo, että on aika tehdä välit selviksi. Jocke ja hänen kaverinsa ovat seiskalla. Maurin mielestä ne kolme kiusankappaletta ovat isoja ja pelottavia, mutta Jocken ja tämän kavereiden rinnalla he ovat pelkkiä pikku rääpäleitä.

Kiusaajien pomo sanoo:

– Okei, selvä.

Hän yrittää vaikuttaa huolettomalta, mutta heidän kaikkien silmät pälyilevät. Se on ikiaikainen refleksi, he etsivät pakotietä.

Jocke johdattaa heidät ulos aulasta, pois välituntivalvojien ja opettajien luota, veistosalin ulkopuolella olevien kaappien luo. Hän vie Maurin ja kiusaajien pomon käytävälle, jonka molemmilla seinustoilla on vaatekaappeja.

Pomon kaverit luulevat että heidänkin on tultava mukaan, mutta Jocke pysäyttää heidät. Tämä on Maurin ja pomon välinen asia.

Matsi alkaa. Pomo tönäisee Mauria rintaan, niin että Mauri lentää kaappia vasten, satuttaa selkänsä ja päänsä. Pelko leviää häneen.

– Antaa tulla, Mauri! Jocken kaverit huutavat.

Jocke ei huuda. Hänen kasvonsa ovat ilmeettömät, miltei tyhjät. Kiusaajien pomon kaverit eivät uskalla huutaa, mutta heidän elkeensä ovat uhmakkaat. He alkavat ajatella että jos tässä joku saa selkäänsä, niin se on Mauri. Eikä kenelläkään ole mitään sitä vastaan.

Silloin se tapahtuu. Maurin päähän kytkeytyy toinen järjestelmä. Ei se jossa väistetään ja peräännytään ja nostetaan kädet pään suojaksi. Hänen silmissään sumenee, jalat lähtevät itsestään liikkeelle sillä välin kun Mauri katsoo vierestä.

Tämän Jocke on opettanut hänelle etukäteen. Ja vähän enemmänkin.

Hän tanssii eteenpäin, ottaa tukea vaatekaapista, niin että potku saa korkeutta ja voimaa. Hevosenpotku osuu vastustajaa ohimoon. Heti perään hän potkaisee pomoa vatsaan ja lyö nyrkillä kasvoihin.

Vaisto sanoo että näin hänen on tapeltava: peräännyttävä, iskettävä, peräännyttävä. Isompien kanssa ei voi painia ja töniskellä. Mauri on taas oma itsensä, mutta hän on leikissä mukana, katsoo ympärilleen löytääkseen lyömäaseen. Siinä on irtonainen kaapinovi, joka vahtimestarin on tarkoitus asentaa paikoilleen sitten joskus, vahtimestari on harvoin koululla ja häärää aina mökillään.

Mauri tarttuu kaapinoveen kaksin käsin, se on oranssia peltiä, ja lyö. Nyt on kiusaajien pomon vuoro nostaa kädet pystyyn. Nyt on hänen vuoronsa suojella päätään.

Jocke tarttuu Mauria käsipuolesta ja sanoo että nyt riittää. Mauri on ajanut vastustajansa nurkkaan. Kiusaaja makaa maassa. Mauri ei pelkää että on tappanut hänet, Mauri toivoo että on tappanut hänet, Mauri tahtoo tappaa hänet. Mauri päästää vastahakoisesti irti kaapinovesta.

Hän lähtee pois. Jocke on kavereineen jo mennyt omille teilleen. Maurin käsivarret tärisevät fyysisestä rasituksesta.

Rinnakkaisluokan kolme poikaa eivät kerro kenellekään. Ehkä he olisivat voineet kostaa, jos heidän ei olisi tarvinnut pelätä Jockea ja tämän kavereita. Luultavasti Jocke ei välittäisi vähääkään, mutta he luulevat että Jocke on Maurin puolella.

Maurista ei tule luokan kuningasta. Häntä ei aleta kunnioittaa. Hän ei ylene piiruakaan arvoasteikolla. Mutta hänet jätetään rauhaan. Hän saa istua koulun pihalla odottamassa koulukyytiä tarvitsematta olla varuillaan, tarvitsematta olla valmiina livahtamaan karkuun ja menemään piiloon.

Mutta seuraavana yönä hän näkee unta, että tappaa äitinsä rautaputkella. Hän herää ja kuuntelee, sillä hän luulee huutaneensa. Vai äitikö huusi unessa? Mauri nousee sängyllä istumaan ja yrittää pysytellä valveilla, häntä pelottaa nukahtaa uudestaan.

Diddi on tullut Maurin opiskelijakämppään. Hänellä on märkä tukka, hän vaatii kovalla äänellä rahaa. Omat rahansa, hän väittää. Mauri sanoo ystävällisesti kasvatusisänsä äänellä, että ikävää kun Diddille kävi näin, mutta heillä oli sopimus ja se pitää.

Diddi sanoo jotakin halveksivasti, sitten hän tönäisee Mauria rintaan.

– Älä töni, Mauri varoittaa.

Diddi tönäisee häntä toisen kerran. Hän haluaa että Mauri tönäisee takaisin, sitten he tönisivät toisiaan yhä lujempaa, kunnes olisi aika antaa periksi ja lähteä kotiin selviämään.

Mutta isku tulee heti. Kasvattiveli Jocke ei tarvitse alkulämmittelyä. Suoraan kuonoon. Diddi ei ole ikinä ennen saanut turpaansa eikä älyä nostaa kättään nenänsä eteen, veri ei ehdi alkaa virrata ennen kuin seuraava isku jo tulee. Ja sitten Mauri vääntää Diddin käden selän taakse ja taluttaa hänet käytävään, raahaa portaita alas ja heittää ulos räntäsateeseen.

Mauri harppoo portaat takaisin ylös kolme askelta kerrallaan. Hän ajattelee rahojaan. Hän voi halutessaan nostaa kaiken huomenna. Runsaat kaksi miljoonaa. Mutta mitä hän sillä tekisi?

Hän tuntee itsensä oudon vapaaksi. Nyt hänen ei tarvitse odottaa Diddin yhteydenottoa.

Rikoskomisario Tommy Rantakyrö kurkisti kokoushuoneeseen.

– Herra Kallis seurueineen on täällä, hän sanoi.

Anna-Maria Mella sulki tietokoneen ja lähti kollegoidensa Tommy Rantakyrön ja Sven-Erik Stålnacken kanssa alakerran vastaanottoon.

Mauri Kalliksella oli mukana Diddi Wattrang ja turvallisuuspäällikkö Mikael Wiik. Kolme miestä pitkissä mustissa takeissaan. Jo se sai heidät erottumaan joukosta. Kiirunan miehet käyttivät pusakoita.

Diddi Wattrang vaihtoi koko ajan jalkaa, hänen katseensa harhaili puolelta toiselle. Tervehtiessään hän tarttui Anna-Mariaa lujasti kädestä.

– Minua niin hermostuttaa, hän tunnusti. – Tiukan paikan tullen olen surkea vätys.

Hänen vilpittömyytensä riisui Anna-Marian aseista. Anna-Maria ei ollut tottunut miehiin, jotka tunnustivat olevansa heikkoja. Hän toivoi että olisi osannut sanoa oikeat sanat, mutta onnistui vain mumisemaan että varmasti se tuntui vaikealta.

Mauri Kallis oli lyhyempi kuin Anna-Maria oli luullut. Ei tietenkään yhtä lyhyt kuin hän itse mutta silti. Nähtyään Mauri Kalliksen elävänä Anna-Maria hämmästyi hänen niukkaa elekieltään. Se korostui entisestään levottoman Diddin vieressä. Mauri puhui rauhallisella ja melko matalalla äänellä. Hänen puheestaan ei enää kuullut Kiirunan murretta.

– Me haluamme nähdä hänet, Mauri sanoi.

– Totta kai, Anna-Maria Mella sanoi. – Ja sen jälkeen haluaisin esittää muutaman kysymyksen, jos teille sopii.

"Jos teille sopii", hän ajatteli. Lakkaa nöyristelemästä!

Turvallisuuspäällikkö tervehti poliiseja ja kävi pian ilmi, että hän oli itsekin entinen poliisi.

Mikael Wiik jakoi käyntikorttiaan. Tommy Rantakyrö pani omansa lompakkoon. Anna-Marian olisi tehnyt mieli heittää se suoraan paperikoriin.

Ruumiinavausteknikko Anna Granlund oli kärrännyt Inna Wattrangin kappeliin odottamaan omaisten tunnistusta. Kappelissa ei ollut uskonnollisia symboleja, vain tuoleja ja tyhjä alttari.

Ruumiin peittona oli valkoinen liina. Pisto- tai palohaavoja ei ollut tarpeen näyttää omaisille, joten Anna-Maria raotti liinaa vain kasvojen kohdalta.

Diddi Wattrang nyökkäsi ja nielaisi. Anna-Maria näki miten Sven-Erik siirtyi huomaamatta hänen selkänsä taakse ottamaan vastaan siltä varalta, että hän kaatuisi.

– Hän se on, Mauri Kallis sanoi surullisena ja henkäisi syvään.

Diddi Wattrang kaivoi puvuntaskusta savukeaskin ja sytytti tupakan. Kukaan ei sanonut mitään. Ei ollut heidän tehtävänsä valvoa tupakointikiellon noudattamista.

Turvallisuuspäällikkö kiersi paarit ja kohotti liinaa, katsoi Inna Wattrangin käsivarsia, katsoi hänen jalkojaan, viipyi hetken nilkkaa kiertävän nauhan muotoisen arven kohdalla.

Mauri Kallis ja Diddi Wattrang seurasivat hänen puuhiaan, mutta kun hän kohotti vaatetta Inna Wattrangin lantion ja jalkovälin tasolle, he molemmat käänsivät katseensa pois. Kumpikaan heistä ei sanonut mitään.

– Oikeuslääkäri ei varmaankaan arvostaisi tuota, Anna-Maria sanoi.

– En aio koskea häneen, turvallisuuspäällikkö sanoi ja kumartui Anna-Mariaa kohti. – Älä hätäile, me olemme samalla puolella.

– Ehkä voisit odottaa ulkopuolella, Anna-Maria Mella sanoi.

– Selvä, turvallisuuspäällikkö sanoi, – olen valmis.

Hän astui ulos.

Anna-Maria antoi merkin ja Sven-Erik seurasi perässä. Anna-

Maria ei halunnut, että turvallisuuspäällikkö alkaisi tonkia ruumiinavausosastoa.

Diddi Wattrang puhalsi sivuotsatukan pois kasvoiltaan ja raapi nenäänsä samalla kädellä, jolla piteli savuketta. Se näytti holtittomalta, ja Anna-Mariaa pelotti että hän sohaisisi tupakalla hiuksiaan.

– Minä odotan ulkopuolella, Diddi sanoi Mauri Kallikselle.

– En kestä tätä.

Hän meni ulos. Anna-Maria aikoi juuri laskea liinan takaisin Inna Wattrangin kasvojen ylle.

– Etkö voisi odottaa vähän, Mauri Kallis pyysi. – Hänen äitinsä haluaa että hänet tuhkataan, joten tämä on viimeinen kerta kun...

Anna-Maria astui askeleen taaksepäin.

– Saanko koskettaa häntä?

– Et.

Huoneessa ei ollut muita kuin he kaksi.

Mauri Kallis hymyili. Sitten näytti melkein siltä kuin hän olisi purskahtamaisillaan itkuun.

Kuluu kaksi viikkoa. Mauri on heittänyt Diddin ulos lumeen eikä näe tästä vilaustakaan kauppakorkeassa. Mauri uskottelee itselleen että ei välitä.

"Mitä sinä ajattelet?" Maurin tyttöystävä kysyy. Hän on suorastaan sietämättömän yksinkertainen. "Ajattelen sitä kun me tavattiin", Mauri vastaa. Tai: "Sitä miten suloinen sinä olet nauraessasi. Tiedäkin että saat nauraa vitseilleni." Tai: "Takapuoltasi. Tule isin luo." Se on helppo tapa väistää hänen kysymystään: "Rakastatko sinä minua?" Siinä menee valehtelemisen raja. Muuten Mauri osaa valehdella ja teeskennellä. Mutta on kummallista miten vaikeaa on vastata "rakastan" ja katsoa tyttöystävää vakuuttavasti silmiin.

Sitten eräänä iltana Inna Wattrang tulee kylään.

Hän on veljensä kaltainen, sama erikoinen nenä, sama vaalea paašikampaus. Diddi näyttää melkein tytöltä ja Inna näyttää melkein pojalta, nuorelta pojalta hameessa ja valkoisessa paidassa.

Hänen kenkänsä ovat kalliin näköiset. Hän ei riisu niitä jalasta tullessaan sisään. Hänellä on kauniit upotetut helmikorvakorut.

Hän on juuri valmistunut juristiksi, hän kertoo istuessaan Maurin sängyn laidalla. Mauri itse istuu kirjoituspöydän tuolilla ja yrittää pitää päänsä kylmänä.

– Diddi on idiootti, Inna sanoo. – Hän on tavannut naisen, joka jokaisen nuoren miehen kohtalona on tavata, naisen joka on hänen verukkeensa käyttäytyä ikuisesti kuin sika muita naisia kohtaan.

Inna hymyilee ja kysyy saako polttaa. Mauri näkee että hänellä on vain yksi hymykuoppa toisessa poskessa.

– Uh, minä olen kauhea, hän sanoo sitten.

Hän kuulostaa Sickan Carlssonilta ja puhaltaa savua kuin pieni juna. Hän on kuin suoraan menneestä maailmasta. Mauri kuvittelee hänen ympärilleen sisäköitä mustissa hameissaan ja valkeissa esiliinoissaan ja hänet itsensä ajamassa automobiilia ajohanskat käsissä ja juomassa absinttia.

– En halua väheksyä Diddin tuskaa, Inna sanoo. – Se Sofia on tosiaan nujertanut hänet. En tiedä mitä välillänne tapahtui, mutta hän ei ole oma itsensä. En tiedä mitä tekisin. Olen hyvin huolissani, ymmärräthän? Tiedän että hän pitää sinua ystävänään. Hän on kertonut sinusta monta kertaa.

Mauri haluaa uskoa. Hän haluaa sitä. Minä uskon! Auta minua epäuskossani!

– Tiedän että hän haluaa tehdä kanssasi sovinnon. Lähde mukaani tapaamaan häntä. Anna hänen pyytää anteeksi. Kaikkein viimeiseksi hänen kannattaa pilata järkevät ihmissuhteensa.

Tätä Mauri ei ole ajatellut. Mutta he lähtevät bussilla 540 ja sitten metrolla kaupunkiin, ja hän taivaltaa Innan kanssa räntäsateessa Strixiin.

Inna kävelee lähellä, hipaisee Mauria silloin tällöin olkavarrellaan. Maurin tekisi mieli tarttua Innaa käsipuolesta niin kuin vanhoissa elokuvissa. Innan kanssa on helppo jutella ja hän nauraa usein. Hänen naurunsa on matalaa ja pehmeää. Ennen kuin Diddi tulee, he ehtivät juoda muutaman drinkin.

Inna vaatii saada maksaa. Hän on tehnyt töitä eräälle sukulaiselle jolla on kiinteistöyhtiö ja saanut juuri palkan. Mauri kyselee kiinnostuneena, Inna on ehtinyt kysyä Maurista jo paljon, mutta Inna väistelee taitavasti, vaikka Mauri ei huomaa sitä silloin. Yhtäkkiä he vain puhuvat jostakin muusta. Mauri tulee miellyttävään huppeliin, unohtaa aikeensa ja puhuu vähän liikaa, ja hänen katseensa karkaa Innan raskaisiin rintoihin, jotka piirtyvät miestenpaidan alta.

Kun Diddi tulee, he ovat tosiaan kuin vanhassa elokuvassa, kolme vanhaa ystävää jotka vihdoinkin tekevät sovinnon. Pimeässä Tukholmassa sataa lunta. Mitäänsanomattomat ihmiset vaeltavat statisteina ohi Drottninggatanilla tai meluavat, juttelevat ja nauravat viereisissä pöydissä keskinkertaisuuttaan.

Ja Diddi, kaunein kummitus ja raunio jonka kuvitella voi, itkee ravintolassa avoimesti samalla kun vyöryttää tarinaansa Sofiasta.

– Sofialla ei ollut vaikeuksia juhlia rahoillani, niin kauan kuin niitä riitti.

Inna sipaisee veljensä kättä mutta painaa koko ajan polveaan Maurin polvea vasten, vaikka se ei ehkä merkitsekään mitään.

Ja paljon myöhemmin yöllä kun he seisovat katulampun alla auki olevan kaupan edessä ja on aika erota, Diddi sanoo haluavansa jatkaa osakkeilla keinottelua Maurin kanssa.

Mauri ei sano mitään siitä että eiväthän he ole yhdessä keinotelleet, vaan Mauri on tehnyt työt. Mutta hänen kovuutensa herää, sitä Inna ja Diddi ja mikään maailman taika eivät saa tainnutettua.

– Mikäpä siinä, hän sanoo hymyillen puolittain. – Hommaa rahat niin olet taas mukana. Mutta nyt minä otan kolmekymmentä prosenttia.

Tunnelma muuttuu heti vähemmän lämminhenkiseksi. Mauri

juo katkeran kalkin syvin kulauksin. Hän ajattelee että tähän hän joutuu tottumaan. Jos aikoo tehdä kauppoja, hyviä kauppoja, täytyy kestää epämiellyttäviä hetkiä, kitkaa, itkua, vihaa.

Ja rinnassa oleva isännätön koira on pidettävä lieassa.

Sitten Inna purskahtaa kujertavaan nauruun.

– Sinä olet ihana, hän sanoo. – Toivottavasti nähdään joskus.

Rikoskomisario Anna-Maria veti liinan Inna Wattrangin kasvoille.

– Mennään asemalle. Haluan että kerrot vähän Inna Wattrangista.

Mitä sanoisin? Mauri Kallis ajatteli. Että Inna oli huora ja narkkari? Että hän oli niin Jumalan kaltainen kuin ihminen olla voi?

Sitten Mauri valehteli niin hyvin kuin osasi. Ja hän osasi aika hyvin.

Rebecka Martinsson suoriutui oikeudenistunnoista yhteen mennessä. Hän lämmitti mikrossa jotakin tylsää ja kävi samalla läpi aamun postin. Juuri kun hän oli istahtanut kirjoituspöydän ääreen, hänen sähköpostinsa kilahti. Meili Måns Wenngreniltä.

Pelkkä Månsin nimen näkeminen ruudulla sai Rebeckan vavahtamaan. Hän napsautti meilin auki ikään kuin kyse olisi ollut reaktiotestistä.

"Siellä pohjoisessa taitaa olla täysi rähinä päällä. Luin aamulla Inna Wattrangista. Koko toimisto lähtee muuten Riksgränsenille viikonlopuksi hiihtämään. Kolme päivää, pe–su. Tule sinäkin käymään drinkillä."

Ei muuta. Rebecka luki meilin kolme kertaa. Hän painoi lähetä/vastaanota, ikään kuin se voisi loihtia esiin lisää, ehkä toisen meilin.

Måns tekisi minut onnettomaksi, hän ajatteli. Tiedänhän minä sen.

Koska hän oli ollut Månsin avustava juristi, hän oli istunut viereisessä huoneessa ja kuullut kun Måns puhui puhelimessa. "Kuule, olen juuri menossa neuvotteluun", vaikka Rebecka tiesi että se ei ollut totta. "Minä soitan sinulle… joojoo, soitan, soitan… minä soitan sinulle illalla." Siihen puhelu päättyi, tai sitten langan päässä oleva ihminen ei antanut periksi, ja Månsin huoneen ovi painui kiinni.

Måns ei ikinä puhunut aikuisista lapsistaan, ehkä siksi ettei ollut heidän kanssaan missään tekemisissä, ehkä siksi ettei halunnut ihmisten muistavan että hän oli jo yli viidenkymmenen.

Måns joi liikaa.

Hän pani taloon juuri pestattuja juristeja ja jopa asiakkaita.

Kerran hän oli yrittänyt iskeä Rebeckaa firman pikkujoulussa. Hän oli ollut ympäripäissään ja saanut pakit kaikilta muilta. Hänen känninen kopelointinsa ei ollut edes kohteliaisuus, se oli loukkaus.

Silti Rebecka ajatteli alituiseen kättä, joka oli ollut hänen niskansa ympärillä, ja kaikkia niitä kertoja kun he olivat istuneet yhdessä käräjiä, syöneet lounasta. Aina hieman liian lähekkäin, niin että sattuivat hipaisemaan toisiaan silloin tällöin. Vai oliko se vain kuvittelua?

Ja silloin kun Rebeckaa oli puukotettu, Måns oli istunut hänen sairasvuoteensa äärellä.

Sepä se, Rebecka ajatteli. Juuri tähän olen niin kyllästynyt. Tähän märehtimiseen. Toisaalta, toisaalta. Toisaalta tämä merkitsee sitä että Måns välittää. Toisaalta tämä merkitsee sitä että Måns ei välitä. Toisaalta hänen pitäisi unohtaa Måns. Toisaalta pitäisi takertua kuin hukkuva jokaiseen rakkauden rippeeseen, josta vain suinkin saa kiinni. Toisaalta se menee monimutkaiseksi. Toisaalta se ei ikinä ole yksinkertaista. Rakkaus siis.

Rakkaus on riivattu olotila. Oma tahto pehmenee kuin voi. Aivot ovat reikiä täynnä. Ihminen ei mahda itselleen mitään.

Rebecka oli yrittänyt parhaansa silloin kun teki Månsille töitä. Hän puki joka aamu ylleen pakkopaidan, kuonokopan ja kuristuspannan. Varoi sanojaan jotta ei paljastaisi itseään. Hän pakeni jäykkyyteen. Hän ei puhunut Månsin kanssa yhtään enempää kuin oli tarpeen. Sen sijaan hän kommunikoi keltaisilla lapuilla ja meileillä, vaikka istui viereisessä huoneessa. Usein hän katseli ikkunasta ulos kun Måns puhui hänen kanssaan.

Mutta Rebecka raatoi Månsin eteen kuin hullu. Hän oli paras avustaja joka Månsilla oli koskaan ollut.

Kuin säälittävä koira, hän ajatteli nyt.

Hänen pitäisi meilata takaisin. Hän kirjoitti vastauksen mutta pyyhki sen heti pois. Sitten menikin vaikeaksi. Yhden ainoan sanan kirjoittaminen tuntui samalta kuin olisi vuorelle kiivennyt. Hän käänteli ja väänteli sanoja. Mikään ei tuntunut hyvältä.

Mitä isoäiti olisi sanonut Månsista? Isoäiti olisi ajatellut että Måns oli poika. Ja tottahan se oli. Måns oli kuin yksi isän metsästyskoirista, se joka ei suostunut lopettamaan leikkimistä. Se ei ikinä oikein kasvanut aikuiseksi vaan juoksenteli metsässä ja toi isälle keppejä. Lopulta se ammuttiin. Talossa ei ollut sijaa kelvottomalle koiralle.

Isoäiti olisi pannut merkille Månsin pehmeät kädet. Hän ei olisi sanonut mitään mutta olisi ajatellut vaikka mitä. Koiranpentujen telmimistä oikean työnteon sijaan. Purjehtimista ja juoksumatolla ravaamista kuntosalilla. Rebecka muisti vieläkin kaksipäiväiset neuvottelut, joissa Måns oli kärvistellyt kaaduttuaan purjekelkalla saaristossa ja telottuaan itsensä pahanpäiväisesti.

Måns oli toista maata kuin isä ja kylän muut miehet.

Rebecka muisteli miten isä ja Affe-setä olivat istuneet isoäidin keittiössä. He juovat olutta. Affe-setä leikkaa raakaa lenkkimakkaraa nartulleen Frejalle, pitää makkaraviipaletta koiran edessä ja kysyy: "Miten tytöt tekevät Tukholmassa?" Ja Freja heittäytyy selälleen jalat pystyssä.

Rebecka pitää heidän käsistään. Ne ovat taitavia kaikenlaisessa työssä. Sormenpäät ovat aina vähän ahavoituneet ja liasta mustat, niihin ei saippua tepsi, aina on jokin kone jota pitää korjata.

Isän sylissä on hyvä istua. Siinä saa istua niin kauan kuin haluaa. Äidin laita on fifty-fifty. "Voi kun sinä olet painava", äiti sanoo. Tai: "Anna minun juoda kahvit rauhassa."

Isä haisee hieltä ja lämpimältä puuvillalta ja vähän moottoriöljyltä. Rebecka painaa nenänsä isän parransänkeä vasten. Isän kasvot ja kaula ja kädet ovat aina ruskettuneet, muu vartalo on vitivalkoinen. Isä ei koskaan ota aurinkoa. Kylän miehet eivät ota aurinkoa, vain rouvat ottavat. Joskus tädit makaavat aurinkotuoleissaan tai kitkevät puutarhaa bikineissä.

Kesällä isä saattaa heittäytyä nurmikolle huilaamaan, toinen käsivarsi pään alla ja lippalakki kasvoilla. Omakotitalon omistaja Martinsson. Jokaisella miehellä on oikeus huilata välillä oman pihan nurmikolla. Isä on kova raatamaan. Hän ajaa metsäkonetta öisin saadakseen kalliin sijoituksen maksettua. Tilalla hän hoitaa miesten askareita. Ja kun työt loppuvat metsästä, hän tekee kaupungissa putkimiehen hommia.

Talvisaikaan isä pötköttää keittiön pinnasohvalla, kesällä keskellä pihamaata. Jussi-koira kellahtaa usein hänen viereensä. Ja pian toisessa kainalossa on Rebecka. Aurinko lämmittää. Pihasaunio kasvaa laihassa hiekkamaassa ja tuoksuu voimakkaasti. Muuten sellaisista tuoksuvista kasveista on pulaa. Täytyy aina mennä lähelle, jos haluaa haistaa jotakin.

Rebecka ei ole koskaan nähnyt isoäidin huilaavan. Isoäiti ei lepää milloinkaan. Kaikkein viimeiseksi isoäiti menisi pötköttämään ulos talon edustalle. Ihmisethän luulisivat että hän on menettänyt järkensä tai peräti heittänyt henkensä.

Niin, Måns olisi ollut isoäidin mielestä outolintu, tukholmalainen joka ei osaa purkaa moottoria, vetää nuottaa tai edes haravoida heinää. Ja rikaskin Måns oli. Affe-sedän vaimo Inga-Britt olisi hermostunut ja kattanut pöytään myös servietit. Ja kaikki olisivat ajatelleet Rebeckasta: kenelle hän nyt kuuluu?

Ja niinhän he ajattelivatkin. Hänen oli aina pakko todistaa että ei ollut muuttunut. Ihmiset sanoivat alituiseen: Tämä nyt ei ole kovin kummoista... sinä olet kai tottunut parempaan. Ja silloin hänen täytyi kehua ruokaa, sanoa että oli pitkä aika siitä kun hän oli syönyt ahventa, voi että oli hyvää. Muut saivat syödä rauhassa hiljaa. Selvästikin hän oli omaksunut tukholmalaistapoja, hän kehui liikaa.

Isässä oli painokkuutta jota Månsista puuttuu. Rebecka ei niinkään tarkoita syvyyttä, eihän Måns pinnallinen ole. Mutta Månsin ei ole koskaan tarvinnut huolehtia elannostaan, hätäillä siitä että töitä riittää metsäkoneen lainan lyhentämiseksi. Ja on siinä toinenkin ero, se mikä ei ole peräisin huolista: ripaus alakuloa.

Se alakulo, Rebecka ajatteli. Mikä isän sai tavoittelemaan äitiä niin kiihkeästi?

Luultavasti äiti toi isän elämään naurua ja keveyttä, hyvinä kausinaan äiti oli kevyt kuin tuuli. Luultavasti isä tarttui häneen kaksin käsin, rutisti lujaa ja kiihkeästi. Luultavasti äiti piti siitä mutta vain lyhyen hetken ajan. Luultavasti hän ajatteli tarvitsevansa sitä, turvaa ja lepoa ja isän syliä. Mutta sitten äiti livahti tiehensä kuin kärsimätön kissa.

Entä minä? Rebecka ajatteli katsoen Månsin meiliä. Eikö minun pitäisi etsiä joku isän kaltainen mutta pitää hänestä kiinni, toisin kuin äiti?

Rakastuneen sydän on lannistumaton elin. Tunteita voi salata mutta sydän jyllää. Päähän tulee oikosulku, se lopettaa järkeilyn tai lakkaa tekemästä mielekkäitä päätöksiä ja alkaa maalata kuvia; säälittäviä, romanttisia, tunteikkaita, pornahtavia. Laidasta laitaan.

Rebecka Martinsson lausuu turhan rukouksen: Luoja varjelkoon minua intohimolta.

Mutta on jo myöhäistä. Hän kirjoittaa:

"Kivat teille. Toivottavasti liian moni teistä ei katkaise jalkaansa rinteissä. En osaa vielä sanoa tulenko käymään drinkillä, riippuu vähän säästä ja töistä ja sen sellaisesta. Mutta kuullaan.
R"

Sitten hän vaihtaa R:n Rebeckaksi. Ja sitten hän vaihtaa sen takaisin. Meili on naurettavan lyhyt ja yksinkertainen, mutta sen kirjoittaminen kestää neljäkymmentä minuuttia. Sitten hän lähettää sen. Sen jälkeen hän avaa sen uudelleen tarkistaakseen mitä on kirjoittanut. Sitten hän ei saa aikaiseksi mitään järkevää, siirtelee vain papereita edestakaisin.

– Sopiiko että käynnistän nauhurin? Anna-Maria kysyi.

Hän istui kuulusteluhuone ykkösessä Mauri Kalliksen kanssa. Mauri oli selittänyt että heillä ei ollut paljon aikaa, pian he lähtisivät takaisin. Sen vuoksi oli päätetty että Sven-Erik jututtaisi Diddi Wattrangia ja Anna-Maria Mauri Kallista.

Turvallisuuspäällikkö maleksi käytävällä seuranaan Fred Olsson ja Tommy Rantakyrö, johon hän oli tehnyt suuren vaikutuksen.

– Ilman muuta, Mauri Kallis vastasi. – Miten hän kuoli?

– On vielä liian aikaista kertoa murhan yksityiskohdista.

– Mutta hänet siis murhattiin?

– Niin, murha tai tappo... joku sen teki... Hän oli töissä tiedotuspäällikkönä. Mitä se merkitsi?

– Se oli vain nimike. Hän teki yritysryhmässä kaikkia mahdollisia töitä. Mutta hän oli etevä luomaan suhteita mediaan ja rakentamaan tavaramerkkiä. Ylipäätään hän tuli hyvin toimeen ihmisten kanssa. Hän pärjäsi viranomaisten, maanomistajien, sijoittajien kanssa, you name it.

– Miten niin? Missä hän oli niin hyvä?

– Hänen oli helppo saada ystäviä. Hänelle haluttiin olla mieliksi. Hänen veljensä on samanlainen, joskin tällä hetkellä Diddi on vähän liian...

Mauri Kallis elehti kädellään epävakauden merkiksi.

– Te olitte varmaan läheisiä kun asuittekin tavallaan yhdessä.

– No jaa, Reglan tilukset ovat isot, siellä on useita taloja. Meitä asuu siellä monta; minä perheineni, Diddi vaimonsa ja lapsensa kanssa, siskopuoleni, muutama työntekijä.

– Mutta hänellä ei ollut lapsia?

– Ei.

– Ketkä muut olivat hänelle läheisiä sinun lisäksesi?

– Haluan korostaa että *sinä* sanot minun olleen hänelle läheinen. Sanoisin että velipoika. Vanhemmatkin ovat vielä elossa.

– Joku muu?

Mauri Kallis pudisti päätään.

– Koeta keksiä, Anna-Maria kehotti. – Tyttökavereita? Miesystävä?

– Tämä on hankalaa, Mauri Kallis sanoi. – Minä ja Inna teimme töitä yhdessä. Hän oli hyvä toveri. Mutta hän ei ollut niitä, jotka haalivat elinikäisiä ystäviä. Hän oli siihen liian levoton. Hänellä ei ollut tarvetta istua puhelimessa tyttökavereiden kanssa ja märehtiä yhtä ja samaa. Rehellisesti sanottuna miesystäviä tuli ja meni. En ikinä tavannut heitä. Työ sopi hänelle täydellisesti. Kun kävimme konferenssissa tai kansainvälisessä tapahtumassa, hän haali meille kokkareilla kymmenen sijoittajaa.

– Mitä hän teki vapaa-aikanaan? Keitä hän silloin tapaili?

– En tiedä.

– Mitä hän teki esimerkiksi viimeisellä lomallaan?

– En tiedä.

– Kumma juttu. Sinähän olit hänen pomonsa. Kyllä minä olen aika hyvin perillä siitä, mitä minun alaiseni tekevät vapaa-ajallaan.

– Vai niin.

Anna-Maria Mella vaikeni ja odotti. Joskus se auttoi. Mutta ei tässä tapauksessa. Mauri Kallis oli hiljaa ja odotti, näennäisesti täysin välinpitämättömänä.

Lopulta Anna-Maria puhkesi puhumaan. Heidänhän piti pian lähteä. Keskustelu jäisi tyngäksi.

– Tiedätkö oliko häntä uhkailtu millään tavalla?

– Ei minun tietääkseni.

– Uhkakirjeitä? Puheluja? Ei mitään sellaista?

Mauri Kallis pudisti päätään.

– Oliko hänellä vihamiehiä?

– En usko.

– Olisiko tämän voinut tehdä joku, joka kantoi kaunaa yhtiötä kohtaan?

– Miten niin?

– En tiedä. Kostoksi? Varoitukseksi?

– Kuka se voisi olla?

– Sitähän minä kysyin sinulta, Anna-Maria sanoi. – Te teette riskibisnestä. Monet ovat varmaan menettäneet rahansa teidän takianne. Ehkä joku jota on huijattu?

– Emme me ole huijanneet ketään.

– Okei, antaa olla.

Mauri Kalliksen kasvoilta paistoi teeskennelty kiitollisuus.

– Kuka tiesi että hän oli yhtiön mökillä Abiskossa?

– En tiedä.

– Tiesitkö sinä?

– En. Hän oli ottanut vapaata muutaman päivän.

– No niin, Anna-Maria tiivisti. – Sinä et tiedä kenen kanssa hän seurusteli, mitä hän teki vapaa-ajallaan, oliko häntä uhkailtu, tai voisiko murhaaja olla joku, joka kantoi kaunaa yritysryhmää kohtaan… Olisiko sinulla vielä jotain muuta kerrottavaa?

– Enpä usko.

Mauri Kallis katsoi kelloaan.

Anna-Marian teki mieli ravistella häntä.

– Puhuitteko te koskaan seksistä? Anna-Maria kysyi. – Tiedätkö oliko Inna Wattrangilla mitään erityisiä mieltymyksiä?

Mauri Kallis räpytteli silmiään.

– Mitä tarkoitat? hän kysyi. – Miksi kysyt sitä?

– Puhuitteko te siitä koskaan?

– Miten niin? Onko häntä… oliko mitään… onko Inna joutunut seksuaalirikoksen uhriksi?

– Kuten sanoin, on vielä liian aikaista…

Mauri Kallis nousi seisomaan.

– Anteeksi, hän sanoi. – Minun täytyy nyt lähteä.

Ja niine hyvineen hän poistui huoneesta käteltyään Anna-Mariaa nopeasti. Anna-Maria ei ehtinyt edes sammuttaa nauhuria, kun ovi jo painui kiinni Mauri Kalliksen perässä.

Anna-Maria nousi seisomaan ja katsahti ikkunasta parkkipaikalle. Kiirunalla oli ainakin ollut järkeä näyttää parhaat puolensa. Lunta oli paksulti ja aurinko helotti.

Mauri Kallis, Diddi Wattrang ja heidän turvallisuuspäällikkönsä tulivat asemalta ja lähtivät kohti vuokra-autoa.

Mauri Kallis käveli kaksi metriä Diddi Wattrangin edellä, eivätkä he näyttäneet vaihtavan sanaakaan keskenään. Turvallisuuspäällikkö avasi Mauri Kallikselle toisen takaoven, mutta Kallis kiersi auton ja meni istumaan pelkääjän paikalle. Diddi Wattrang joutui yksin takapenkille.

Vai sillä lailla, Anna-Maria ajatteli. Telkkarissa he vaikuttivat niin hyviltä kamuilta.

– Miten meni? Sven-Erik kysyi Anna-Marialta viiden minuutin kuluttua.

Sven-Erik ja Tommy Rantakyrö istuivat Anna-Marian huoneessa kahvilla.

– Miten sen sanoisin, Anna-Maria vastasi viivytellen. – Se oli taatusti elämäni huonoin kuulustelu.

– Ei kai sentään, Sven-Erik lohdutti.

– Se oli yhtä tyhjän kanssa. Miten Diddi Wattrangin kanssa kävi?

– Ei erityisemmin. Ehkä meidän olisi kannattanut vaihtaa. Hän olisi varmasti puhunut mieluummin sinun kanssasi. Hän sanoi että Inna oli hänen paras ystävänsä. Ja sitten hän itki. Hän ei tiennyt että Inna oli Abiskossa, mutta sellainen Inna ilmeisesti oli, ei paljon kertonut tekemisistään. Miesystäviä oli, mutta velipoika ei tiennyt heistä mitään.

– Turvallisuuspäällikkö Mikael Wiik oli mukava, Tommy Rantakyrö sanoi. – Me ehdimme vähän jutella. Hän oli armeijassa laskuvarjojääkärinä, ja sitten hän kävi reserviupseerikoulun.

– Eikö hän ollut poliisi? Sven-Erik kysyi.

– Joku heistä salaa jotakin, Anna-Maria sanoi miettien vieläkin Mauri Kalliksen kanssa käymäänsä keskustelua. – Joko Inna Wattrang tai he.

– Joo, hän oli poliisi, Tommy Rantakyrö sanoi. – Mutta sitten hän siirtyi ammattiupseeriksi SSG:n valmiusjoukkoihin. Meikäläisenkin olisi kannattanut vähän ponnistella armeijassa eikä vain lorvia. Mutta poliisina voi saada töitä Irakista ja yksityisistä henkivartijayrityksistä. Siihen ei tarvitse olla sotilas. Kun Micke Wiik lopetti SSG:ssä ja siirtyi yksityiselle puolelle, hän tienasi 15 000 euroa kuussa.

– Kalliksen hommissako? Sven-Erik kysyi.

– Ei vaan Irakissa. Mutta sitten hän halusi töihin Ruotsiin ja ottaa vähän rauhallisemmin. Se kaveri on ollut kaikkialla... ei tosin niissä paikoissa, joissa käydään lasten kanssa lomalla.

Anna-Maria oli vihdoin kallistanut korvaansa kollegoiden puheelle. Hänen mielestään viimeinen lause oli kuin suora lainaus Mikael Wiikiltä.

– Pysy sinä täällä meidän luonamme äläkä lähde terroristien ammuttavaksi, Sven-Erik sanoi Tommy Rantakyrölle, jonka silmissä väikkyi unelmia seikkailunhohtoisesta elämästä ja isoista rahoista.

Mikael Wiik kääntyi E10:ltä Kiirunan lentokentälle.

Mauri Kallis ja Diddi Wattrang olivat istuneet hiljaa koko matkan. Kukaan ei ollut maininnut Innaa sanallakaan. Mikael Wiik ei ollut nähnyt kummankaan heistä itkevän, ja heti kun muita ei ollut paikalla, herrat eivät edes katsoneet toisiinsa. Hän pani merkille että kumpikaan heistä ei kysynyt hänen havainnoistaan, siitä mitä hän arveli ja mitä oli saanut selville jututtaessaan Tommy Rantakyröä.

Tästä alkoi Inna Wattrangin jälkeinen aika, se ainakin oli selvää. Kaikki oli ollut hauskempaa Innan aikana.

SSG:n jälkeen Mikael Wiikillä oli ollut vaikeuksia kestää Ruotsia. Kun hän tuli työhaastatteluun Mauri Kalliksen luo, hän heräili joka yö kolmelta sellaiseen tuntemukseen, että elämä täällä kotona oli täysin järjetöntä.

Inna oli auttanut häntä selviämään ensimmäisestä vuodesta Kallis Miningin palveluksessa. Aivan kuin Inna olisi vaistonnut miten hänellä meni. Innalla oli aina aikaa jutella Maurin bisneksistä, siitä keitä he tapasivat ja miksi. Pikkuhiljaa Wiik oli alkanut tuntea että hänkin kuului Kallis Miningiin. Me vastaan he.

Hän nukkui vieläkin huonosti, heräsi aikaisin mutta ei enää yhtä aikaisin kuin ennen. Eikä hänellä ollut ikävä Kongoon, Irakiin, Afganistaniin, niihin paikkoihin.

Yhtäkkiä Mauri Kallis rikkoi autossa vallitsevan hiljaisuuden.

– Jos se on seksuaalirikos, se roisto saa maksaa hengellään, hän jupisi.

Mikael Wiik vilkaisi takapeilistä Diddi Wattrangia. Diddi näytti yhtä kuolleelta kuin siskonsa: hänellä oli mustat silmänaluset, vitivalkea naama, rohtuneet huulet ja rikki niistetty nenä. Käsiään hän piti kainaloissa. Ehkä häntä paleli, ehkä hän yritti estää käsiään vapisemasta. Hänen olisi nyt korkea aika ottaa itseään niskasta kiinni.

– Mihin me laskeudumme? Diddi kysyi. – Skavstaan vai Arlandaan?

– Skavstaan, Mikael Wiik sanoi hetken kuluttua kun Mauri Kallis jätti vastaamatta.

– Oletko sinä menossa kotiin? Diddi kysyi Mikaelilta.

Mikael Wiik nyökkäsi. Hän asui avovaimonsa kanssa Kungsholmenilla. Reglassa hänellä oli pieni kalustettu yksiö, mutta hän yöpyi siinä vain harvoin.

– Sitten pääsenkin kyydissäsi Tukholmaan, Diddi sanoi, sulki silmänsä ja alkoi teeskennellä nukkuvaa.

Mikael Wiik nyökkäsi. Ei ollut hänen asiansa sanoa, että Diddi Wattrangin pitäisi mennä kotiin Ulrikan ja seitsemän kuukautta vanhan poikansa luo.

Hankaluuksia tiedossa, hän ajatteli. On parasta varautua niihin.

Mauri Kallis katsoi ikkunasta ulos.

Olisin halunnut koskettaa Innaa, hän ajatteli.

Hän yritti muistella milloin oli koskettanut Innaa oikeasti.

Sillä hetkellä hän muisti vain yhden kerran.

On kesä 1994. Mauri on ollut naimisissa kolme vuotta. Esikois-poika on kaksivuotias, nuorimmainen muutaman kuukauden ikäinen. Mauri seisoo pienen salongin ikkunassa siemailemassa viskiä, hän tähyää Innan talolle, vanhalle pesulalle jonka he ovat vihdoinkin saaneet entisöityä.

Hän tietää että Inna on juuri tullut kotiin jodin jälleenkäsit-telylaitokselta Atacaman aavikolta Chilestä.

Mauri on syönyt päivällistä Ebban kanssa. Lastenhoitaja on nukuttamassa Magnusta, ja Ebba panee Carlin Maurin syliin. Mauri pitelee vauvaa tietämättä mitä Ebba oikein odottaa, jo-ten Mauri katsoo lasta eikä sano mitään. Ebba tuntuu tyytyvän siihen. Hetken kuluttua niskaa ja hartioita alkaa särkeä, Mauri haluaisi Ebban ottavan lapsen mutta kestää. Ikuisuuden jälkeen Ebba ottaa lapsen pois.

– Minä panen vauvan nukkumaan, Ebba sanoo. – Siihen me-nee tunti. Odotathan?

Mauri lupaa odottaa.

Sitten hän menee ikkunaan, ja yhtäkkiä hänelle tulee kova ikä-vä Innaa.

En viivy pitkään, hän valehtelee itselleen. Käyn vain kysäi-semässä miten Chilessä meni. Ehdin tulla takaisin ennen kuin Ebba on saanut Carlin nukkumaan.

Inna on purkanut tavaransa ja vaikuttaa vilpittömän iloiselta nähdessään Maurin. Myös Mauri on iloinen. Hän on iloinen kun Inna tekee hänelle töitä ja asuu Reglassa. Innalla on kova palkka ja pieni vuokra. Huonoina hetkinään Mauri on sen takia vihainen ja epävarma. Hänelle tulee tunne että hän on ostanut Innan.

Mutta silloin kun hän on yhdessä Innan kanssa, hänestä ei kos-kaan tunnu siltä.

He aloittavat viskistä joka Maurilla on mukana. Sitten he polttelevat vähän pilveä ja saavat päähänsä lähteä uimaan. Matkalla rantaan he unohtavat koko jutun ja jäävät makaamaan ruohikkoon vanhan laiturin luo. Auringon kiekko väreilee horisontin tasalla ja katoaa. Taivas mustuu, tähtien heikko kajo herättää aina huimaavia ajatuksia äärettömyydestä.

Tällaista pitäisi olla aina, Mauri ajattelee. Aina silloin kun olen vapaalla. Miksi pitää olla naimisissa? Ei ainakaan ilmaisen seksin takia. Seksi oman vaimon kanssa on kalleinta seksiä mitä olla voi. Ihan totta. Siitä maksaa koko hengellään.

Mennessään naimisiin Ebban kanssa Mauri pohti suhtautumistaan Innaan. Jossakin vaiheessa Inna lakkasi olemasta hänelle kovin tärkeä. Sitä oli vaikea eritellä, mutta hänen ja Wattrangin sisarusten voimasuhteet muuttuivat. Hänen riippuvuutensa väheni. Hänen ei tarvinnut korostaa tekevänsä töitä viikonloppuisin, jotta he eivät olisi kuvitelleet että hän välitti, vaikka he eivät kutsuneetkaan häntä mukaan omiin menoihinsa.

Nyt hän antaa takaisin sen minkä vei Innalta silloin. Juuri tällä hetkellä hänestä tuntuu että hänen ei tarvitse puolustella mitään.

Hän kääntyy kyljelleen ja katsoo Innaa.

– Tiedätkö miksi menin naimisiin Ebban kanssa? hän kysyy.

Inna pitää savua suussaan eikä voi vastata.

– Tai pikemminkin miksi rakastuin Ebbaan, Mauri jankuttaa.

– Koska hänellä oli pienenä kilometrin pituinen koulumatka.

Inna hykertelee vieressä.

– Ihan totta. Hehän asuivat Vikstaholmin linnassa silloin kun hän oli lapsi. He joutuivat sittemmin myymään sen, mutta joka tapauksessa... tällaiselle niin kuin minä... joka tapauksessa... tällaiselle nousukkaalle... Mutta joka tapauksessa!

Maurin on niin vaikea seurata omaa ajatuksenjuoksuaan että Innaa naurattaa. Mauri jatkaa:

– Ebballa oli koulukyyti, ja joskus hän kertoi miten hän käveli sen kilometrin linnasta maantielle. Ja hän kertoi miten metsäkyyhkyt kujersivat ja kaakattivat pensaikossa kun hän käveli soratietä pitkin yksin aamuvarhaisella. Minusta se oli lumoavaa. Pieni tyttö kulki iso laukku olalla tietä pitkin maantielle aamun hiljaisuudessa, jonka kyyhkysten kujerrus rikkoi.

Mauri tajuaa olevansa sika kun on lausunut sanat. Hän hakkaa Ebbalta pään irti ja tarjoaa sen Innalle hopeavadilla. Tuo Ebban muisto on ollut pyhä pieni asia. Nyt hän on vetänyt sen lokaan.

Mutta Inna ei koskaan ajattele niin kuin Mauri luulee. Hän lakkaa hihittämästä ja osoittaa joitakin tähdistöjä, jotka hän tunnistaa nyt kun ne alkavat näkyä selvemmin.

Sitten hän sanoo:

– Minusta se kuulostaa erinomaiselta syyltä mennä jonkun kanssa naimisiin. Ehkä parhaalta jonka olen kuullut.

Hän kellahtaa kyljelleen ja katsoo Mauria. He eivät ole koskaan menneet sänkyyn. Jostakin syystä Inna on saanut Maurin ajattelemaan, että heidän suhteensa on suurempaa kuin se. He ovat ystäviä. Innan miesystävät, vai miksi heitä nyt sanoisi, tulevat ja menevät. Maurista ei ikinä tule eksä.

He makaavat siinä kasvokkain. Mauri tarttuu Innaa kädestä. Hän on sen verran pilvessä, että hänestä tuntuu että rakkaus ei tee haavoittuvaksi. Rakastaminen ei maksa mitään. Ihmisestä tulee Gandhi, Jeesus ja tähtitaivas.

– Kuule, hän sanoo.

Sitten hänen ajatuksensa hajoaa, ja hän etsii turhaan sanoja joita ei koskaan käytä.

– Olen iloinen että muutit tänne, hän sanoo lopulta.

Inna hymyilee. Mauri pitää siitä että Inna hymyilee ja on hiljaa eikä sano "minäkin olen iloinen" tai "sinä olet ihana". Mauri tietää miten herkästi Inna käyttää niitä sanoja. Hän päästää Innan käden ennen kuin Inna ehtii sanoa mitään.

ANNA-MARIA MELLA lysähti istumaan Rebecka Martinssonin vierastuoliin. Kello oli vartin yli kaksi iltapäivällä.

– Miten menee? hän kysyi.

– Ei kovin hyvin, Rebecka hymähti. – En saa mitään aikaan. Enkä meiliä Månsilta, hän ajatteli ja vilkaisi tietokonettaan.

– Ahaa, vai sellainen päivä. Lajitellaan pinoa ja tehdään siitä kolme uutta pinoa. Mutta eikö sinulla ollut aamupäivällä käräjät?

– Joo, ne menivät hyvin. Tämä tässä vain...

Rebecka viittasi kädellään asiakirjoihin ja papereihin, jotka täyttivät hänen kirjoituspöytänsä.

Anna-Maria hymyili Rebeckalle ilkikurisesti.

– Samperi! hän sanoi. – Nyt tämä keskustelu kääntyy väärille raiteille. Olin aikonut pyytää että auttaisit meitä vielä Inna Wattrangin jutussa.

Rebecka Martinsson ilahtui.

– Sopii hyvin, hän sanoi. – Pyydä vain.

– Haluaisin että tutkisit hänen tietojaan, katsoisit mitä kaikkea rekistereistä löytyy. En oikein tiedä mitä etsin...

– Jotakin tavanomaisen lisäksi, Rebecka ehdotti. – Maksuliikennettä. Suuntaan tai toiseen. Äkillistä omaisuuden myymistä. Tarkistanko myös hänen taloudelliset kytköksensä Kallis Miningiin? Onko hän saanut suunnattua antia? Onko hän myynyt tai hankkinut jotakin poikkeuksellista? Miten hän on ansainnut tai menettänyt rahaa?

– Kyllä kiitos, Anna-Maria sanoi ja nousi seisomaan. – Nyt minun täytyy mennä. Olin aikonut käydä mökillä, jossa hänet murhattiin, joten minun pitää lähteä ennen kuin tulee pimeää.

– Saanko tulla mukaan? Rebecka kysyi. – Olisi kiinnostavaa nähdä.

Anna-Maria puri hammasta ja teki nopean päätöksen. Tietenkin hänen olisi pitänyt kieltäytyä, Rebeckalla ei ollut mitään tekemistä murhapaikalla. Sitä paitsi oli vaara että Rebecka romahtaisi. Mitä mökillä tehty murha saisi hänessä aikaan? Sitä ei voinut tietää. Anna-Maria ei ollut psykologi. Toisaalta Rebecka oli mukava ja auttoi tutkinnassa. Hän tiesi talousasioista enemmän kuin kukaan Anna-Marian ryhmästä. Ja tuskinpa talousrikosryhmästä vaivauduttaisiin tutkimaan umpimähkään sellaista, mistä Anna-Marialla ei ollut hajuakaan. Sitä paitsi Rebecka oli aikuinen ihminen ja itse vastuussa terveydestään.

– Äkkiä sitten, Anna-Maria sanoi.

Anna-Maria Mella nautti automatkasta Abiskoon.

Tästä ei maisema parane, hän ajatteli. On lunta ja aurinkoa ja ihmisiä ajamassa lumikelkalla ja hiihtämässä järvellä.

Rebecka Martinsson istui kuljettajan vieressä ja selasi esitutkintakansiota, luki samalla kun jutteli Anna-Marian kanssa.

– Sinulla on neljä lasta?

– Niin, Anna-Maria vastasi ja alkoi kertoa lapsistaan.

Itsepähän kysyi, hän ajatteli. Silloin minä vastaan.

Hän kertoi Marcuksesta joka oli lukiossa viimeisellä luokalla. Poikaa ei paljon näkynyt.

– Joskus Marcus tosin tarvitsee rahaa. Ja välillä hän tulee kotiin vaihtamaan vaatteita. Minusta vaatteet eivät ehdi likaantua, mutta hän ravaa yhtenään suihkussa ja vaihtaa kamppeita ja muotoilee tukkaansa. Jenny on kolmentoista ja samanlainen. Petter täyttää ensi viikolla yhdeksän, hän leikki Bionicleilla ja on todellinen äidin poika, toisin kuin isommat. Hän ei ikinä ole kavereiden luona vaan kököttää aina yksin kotona. No, tiedäthän sinä. Sekään ei ole hyvä juttu. Silloin on huolissaan siitä.

– Ja sitten Gustav.

– Mmm, Anna-Maria sanoi mutta hillitsi itsensä juuri kun aikoi kertoa siitä, miten Robert oli viimeksi vienyt Gustavin tarhaan. Piti tässä nyt sentään jokin tolkku olla. Nämä jutut olivat hauskoja vain muiden äitien mielestä.

Tuli hiljaista. Sinä yönä kun Gustav syntyi, Rebecka oli tappanut itsepuolustukseksi kolme miestä eräällä mökillä Jiekajärvellä. Rebeckaa itseään oli puukotettu, ja jos Anna-Marian kollegat eivät olisi tulleet hätiin, hän olisi kuollut.

– Gustav tykkää pussailla vanhaa äitiään, Rebecka sanoi.

– Oikeastaan hän ihailee eniten isäänsä. Yhtenä päivänä Robert oli vessassa pissalla. Mieheni mielestä vain homot pissaavat istualtaan, ja arvaa vain kuka saa siivota roiskeet kun perheen miehet pissaavat seisaaltaan... No joka tapauksessa, Robert pissasi siinä seisaaltaan ja Gustav seisoi vieressä ihailusta mykkänä. "Isi", hän sanoi hartaana. "Sinulla on VALTAVA pippeli! Se on kuin norsulla." Olisitpa nähnyt ukkoni sen jälkeen. Hän oli suorastaan...

Anna-Maria räpytti käsivarsiaan ja kiekaisi kuin kukko.

Rebecka nauroi.

– Mutta Marcus on kuitenkin suosikki?

– Äh, kaikista lapsista pitää yhtä paljon mutta eri tavalla, Anna-Maria sanoi tuijottaen silmä kovana tietä.

Miten hemmetissä Rebecka arvasi? Anna-Maria yritti peruuttaa viimeiset lauseensa. Se oli totta. Marcus oli hänelle erityisen rakas. He olivat aina olleet enemmän kuin vain äiti ja poika. He olivat ystäviä. Silti Anna-Maria ei koskaan osoittanut tai kertonut sitä, tuskin tunnusti sen edes itselleen.

Kun he astuivat autosta Kallis Miningin mökin ulkopuolella, Anna-Maria ajatteli että häntä oli melkein huijattu. Rebecka oli saanut hänet puhumaan lähes koko matkan ajan itsestään ja omista asioistaan, töistään ja perheestään. Rebecka ei ollut sanonut sanaakaan itsestään.

Anna-Maria avasi oven ja näytti Rebeckalle keittiön, jonka lattiamatto oli irrotettu.

– Odotamme vieläkin vastauksia labrasta, mutta näillä näkymin oletamme että tässä pienessä kolossa oleva veri on peräisin Inna Wattrangista. Siitä me päättelemme että tässä kohtaa hänet tapettiin. Olemme löytäneet teipin jäänteitä hänen ranteistaan ja nilkoistaan ja tuolista, samanlaisesta kuin nämä.

Hän osoitti keittiön tummia tammipuisia ruokapöydäntuoleja.

– Me haluaisimme tietää millaista teippiä se oli. Ja sitten minä haluan oikeuslääkärin lausunnon. Alustavasti hän on sanonut että Inna Wattrangia ei ainakaan raiskattu... mutta tiedäthän, yhdynnästä ei voida olla varmoja. Kaikki viittaa jonkinlaiseen seksileikkiin...

Rebecka nyökkäsi kuuntelemisen merkiksi ja katseli samalla ympärilleen.

Jos minä odottaisin jotakuta, Rebecka ajatteli, ja Måns Wenngrenin kuva nousi hänen mieleensä, pukisin päälleni hienoimmat alusvaatteeni. Mitä muuta tekisin? Siivoaisin, panisin paikat kuntoon.

Hän katsoi keittiössä olevaa tiskiä ja tyhjää maitopurkkia.

– Keittiö on aika sotkuinen, hän sanoi viivytellen Anna-Marialle.

– Näkisitpä millaista meillä joskus on, Anna-Maria mutisi.

Ja ostaisin hyvää ruokaa, Rebecka jatkoi ajatuksenkulkuaan. Ja jotakin juotavaa.

Hän avasi jääkaapin. Mikroaterioita.

– Eikö jääkaapissa ollut muuta kuin nämä?

– Ei.

Ainakaan Inna Wattrang ei odottanut vierasta, Rebecka ajatteli. Hänen ei ollut tarvinnut panna parastaan. Mutta miksi treenivaatteet?

Rebeckan mielestä siinä ei ollut mitään järkeä. Hän sulki silmänsä ja aloitti alusta.

Mies on tulossa, hän ajatteli. Jostakin syystä minun ei tarvitse siivota tai käydä kaupassa. Mies soittaa minulle Arlandasta.

Rebecka ajatteli Månsin venyttelevää puhelinääntä.

– Puhelin, Rebecka sanoi Anna-Marialle avaamatta silmiään.

– Onko teillä Inna Wattrangin puhelin?

– Ei, sitä ei ole löydetty. Mutta tietenkin me tarkistamme puhelutiedot operaattoreilta.

– Tietokone?

– Ei.

Rebecka avasi silmänsä ja katsoi keittiön ikkunasta Tornionjärvelle.

– Sellainen nainen ja sellainen työ, hän sanoi. – On selvää että Inna Wattrangilla oli kannettava ja kännykkä. Hänet löydettiin järveltä arkista. Eikö teidän pitäisi sinunkin mielestäsi antaa jääsukeltajien tarkistaa, pudottiko murhaaja kännykän järveen pilkkireiästä?

– Kyllä pitäisi, Anna-Maria vastasi epäröimättä.

Hänen olisi tietysti pitänyt olla kiitollinen tai kehua Rebeckaa. Mutta hän ei saanut sanaa suustaan. Häntä pisteli vihaksi. Miksi hän ei ollut ajatellut sitä heti! Ja mitä helvetin hyötyä kollegoista oli!

Anna-Maria katsoi kelloa. Jos sukeltajat tulisivat heti, he ehtisivät hoitaa hommansa ennen pimeää.

Kolmen miehen sukellustiimi ja Sven-Erik Stålnacke olivat saapuneet maanantai-iltapäivänä vartin yli neljä. He hakkasivat jäähän aukon, jonka halkaisija oli metrin. He käyttivät sähkökairaa ja moottorisahoja ja huhkivat sitten hiki hatussa saadakseen paksut jäälohkareet avannosta. Sukellustiimin apuna kantamassa ja nostamassa olivat rikoskomisario Anna-Maria Mella ja Sven-Erik Stålnacke sekä ylimääräinen syyttäjä Rebecka Martinsson. Aurinko oli porottanut, ja heidän selkälihaksiaan särki märkien paitojen alla.

Nyt aurinko alkoi painua mailleen, lämpötila laski ja heille tuli vilu.

– Meidän täytyy rajata ja merkitä alue kunnolla ennen kuin lähdemme, Sven-Erik Stålnacke sanoi.

– Oli silti tuuria että arkki oli tässä, pinta-avustaja sanoi Anna-

Maria Mellalle ja Sven-Erik Stålnackelle. – Tässä kohtaa ei pitäisi olla kovin syvää, pian se nähdään.

Turvasukeltaja istui avannon reunalla istuma-alustan päällä. Hän kohotti kätensä tervehdykseen, kun toveri katosi jään alle 75 watin lampun kanssa. Pinta-avustaja syötti köyttä, ja pintaan nousi ilmakuplia. Sukeltaja ui jään alla kohti arkkia, josta Inna Wattrang oli löydetty.

Anna-Maria värisi vilusta. Lämpö haihtui märkien vaatteiden kautta. Hänen olisi pitänyt juosta kierros lämpimikseen, mutta hän ei jaksanut.

Rebecka lähti liikkeelle ja juoksi jonkin matkaa moottorikelkan jälkiä pitkin. Pian alkaisi hämärtää.

– Hän varmaan ajattelee että me olemme täystolloja, Anna-Maria sanoi Sven-Erik Stålnackelle. – Ensin hän joutuu selittämään meille fissiot ja fuusiot ja pääomasijoitusten vaihdot, sitten hän opettaa meille miten meidän pitää tehdä työmme.

– Eikä ajattele, Sven-Erik sanoi. – Hänellä vain leikkasi nopeammin kuin sinulla, kai sinä sen kestät?

– En, Anna-Maria sanoi, vain puoliksi tosissaan.

Kahdentoista minuutin kuluttua sukeltaja nousi pintaan. Hän otti regulaattorin suustaan.

– Nähdäkseni pohjassa ei ole mitään, hän sanoi. – Mutta löysin tämän, en tiedä liittyykö se tähän. Se ajelehti jään alla viidentoista metrin päässä avannosta.

Hän heitti jäälle kangasmytyn. Pinta-avustaja ja turvasukeltaja auttoivat kollegansa ylös avannosta sillä välin kun Anna-Maria ja Sven-Erik taittelivat mytyn auki.

Se oli miesten beige tuulenpitävä popliinitakki. Siinä oli vyö ja ohut vuori.

– Ei sen tarvitse olla mitään, sukeltaja sanoi.

Hän oli saanut käsiinsä mukillisen kuumaa kahvia.

– Ihmisethän heittävät järveen vaikka mitä roskaa, hän sanoi. – Hyi helvetti miltä tuolla pohjassa näyttää. Vanhoja lihapullapakkauksia, muovipusseja…

– Luulen että tämä on jotakin, Anna-Maria sanoi empien.

Takin vasemmassa olkapäässä ja selässä oli heikkoja vaalean-punaisia tahroja.

– Verta? Sven-Erik aprikoi.

– Sinun suustasi Jumalan korviin, Anna-Maria vastasi ja risti kätensä kuin rukoillakseen korkeampia voimia. – Anna sen olla verta.

Tiistai 18. maaliskuuta 2005

MAURI KALLIKSEN KOTIIN REGLAN SÄTERIIN johtava lehmus-
kuja oli puolentoista kilometrin mittainen. Puut olivat runsaat
kaksisataa vuotta vanhoja naisia, kyhmyisiä mutta silti siroja, jot-
kin onttoja kuin tammet. Ne seisoivat sievästi pareittain ja opet-
tivat tulijalle että täällä vallitsi monisatavuotinen järjestys. Tääl-
lä istuttiin kauniisti ruokapöydässä ja käyttäydyttiin hillitysti ja
siivosti.

Kilometrin päässä puukujan katkaisi rautaportti. Neljänsadan
metrin päässä siitä oli toinen rautaportti ja valkoiseksi kalkittu
tiilimuuri, joka ympäröi tilan maita. Portit olivat taidokasta tako-
rautatyötä, kaksi metriä korkeita, ja ne avattiin asukkaiden au-
toista kaukosäätimillä. Vierailijat sen sijaan joutuivat jäämään
ulommalle portille ja soittamaan sieltä porttipuhelimella.

Päärakennus oli valkeaksi rapattu talo, jossa oli musta liuske-
katto, pylväät molemmin puolin pääsisäänkäyntiä, siipiä ja lyijy-
upotteisia ikkunoita. Sisustus noudatteli 1700-luvun jälkipuolis-
kon tyyliä. Vain kylpyhuoneissa oli tehty poikkeus, ne oli kalus-
tettu Philippe Strackin designilla.

Regla oli niin kaunis paikka, että Mauri hädin tuskin kesti en-
simmäisiä kesiä. Talvella oli helpompaa. Kesällä hänelle usein
tuli epätodellinen tunne, kun hän ajoi tai käveli puukujaa pitkin.
Valo siivilöityi lehmusten latvoista ja lankesi tielle kuin musiikki.
Häntä melkein ällötti elää tällaisessa maalaisidyllissä.

Mauri Kallis makasi valveilla toisen kerroksen makuuhuo-
neessaan. Hän ei halunnut katsoa kelloa. Jos se oli varttia vail-
le kuusi, hänen pitäisi nousta vartin kuluttua, ja silloin olisi myö-
häistä yrittää nukahtaa uudestaan. Toisaalta hänellä saattoi olla
vielä tunti aikaa ennen kuin piti nousta ylös. Hän katsoi kelloa,

niin hän teki lopulta aina. Vartin yli neljä. Hän oli nukkunut kolme tuntia.

Hänen oli pakko nukkua enemmän, muuten kuka tahansa tajuaisi että kaikki menisi pian päin helvettiä. Hän yritti hengittää rauhallisesti ja rentoutua ja käänsi tyynyn toisinpäin.

Kun hän oli onnistunut saattamaan itsensä puolihorteeseen, uni tuli takaisin.

Unessa hän istui sängyn laidalla. Hänen huoneensa näytti täsmälleen samanlaiselta kuin todellisuudessa. Se oli niukasti kalustettu: pieni siro upotekoristeinen kirjoituspöytä ja kauniisti kulunut kustavilainen tuoli, jossa oli topatut käsinojat. Vaatekaappi oli pähkinäpuinen ja mittatilaustyönä tehty, ja puvut ja paidat riippuivat silitettyinä rivissä huurrelasiovien takana, käsin tehdyt kengät erillisessä kaapissa setripuisissa lesteissään. Seinät oli maalattu pellavaöljymaalilla patinoidun kalpeansinisiksi, hän oli kieltäytynyt boordeista ja koristemaalauksista silloin kun hänen vaimonsa entisöi taloa.

Mutta unessa Mauri näki seinällä Innan varjon. Ja kun hän käänsi päätään, Inna istui ikkunasyvennyksessä. Innan takana ei välkkynyt Mälaren. Sen sijaan Mauri näki lapsuudenkotinsa, Terassiksi kutsutun vuokrakasarmin ääriviivat.

Inna raapi nilkassaan olevaa vetistä, nauhan muotoista haavaa. Liha tarttui hänen kynsiensä alle.

Nyt Mauri oli taas valveilla. Hän kuuli omat sydämenlyöntinsä. Rauhallisesti, rauhallisesti. Ei, siitä ei tullut mitään, nyt hän ei enää kestänyt, hänen oli pakko nousta.

Hän sytytti lampun ja heitti peiton päältään kuin vihamiehen, heilautti jalkansa sängynlaidan yli ja nousi seisomaan.

Älä ajattele Innaa. Inna on poissa. Regla on olemassa. Ebba ja pojat. Kallis Mining.

Tietenkin hänessä oli vikoja. Hän yritti ajatella poikia mutta ei onnistunut. Heidän kuninkaalliset nimensä tuntuivat naurettavilta, Carl ja Magnus.

Vauvoina pojat olivat nukkuneet kalliissa lastenvaunuissaan.

Hän oli aina ollut matkoilla. Hänellä ei ikinä ollut heitä ikävä. Ei ainakaan sikäli kuin hän muisti.

Siinä samassa yläkerran ullakkohuoneesta kuului tömähdys. Sitten toinen.

Ester, hän ajatteli. Ester siellä nostelee taas painojaan.

Herrajumala, tuntui kuin katto putoaisi niskaan.

Inna toi Esterin heidän elämäänsä.

– Sinulla on sisko, hän sanoo.

He istuvat SAS:n loungessa Kööpenhaminan lentokentällä matkalla Vancouveriin. Ulkona näyttää kesältä, mutta tuulet ovat vielä kylmiä. Vajaan vuoden kuluttua Inna on kuollut.

– Minulla on kolme, Mauri vastaa koleasti sen merkiksi, ettei keskustelu kiinnosta häntä.

Mauri ei mielellään ajattele heitä. Vanhin sisko tuli maailmaan kun Mauri oli yhdeksän. Sisko oli vuoden vanha kun viranomaiset ottivat hänet huostaan. Mauri vietiin vuotta myöhemmin.

Mauri yrittää olla muistelematta Terassia, Kiirunan kaupungin vuokrataloa jossa asuivat sosiaalitapaukset. Naapureiden kimeät äänet, riitely ja huudot kantautuivat jatkuvasti seinien läpi, eikä kukaan ikinä soittanut poliisia. Töherryksiä ei pesty pois rappukäytävien seiniltä. Toivottomuuden tunne oli piintynyt vuokrakasarmiin.

On asioita joita Mauri ei halua muistaa. Itkevä lapsi seisoo pinnasängyssä. Kymmenvuotias Mauri pukee takin ylleen ja paiskaa ulko-oven kiinni perässään. Hän ei enää jaksa kuunnella. Itku tunkeutuu suljetun oven läpi, se seuraa häntä rappusia alas. Askelten ääni kajahtelee rappukäytävän betoniseinistä. Naapuri soittaa Rod Stewartia. Jätekuilu haisee imelän tunkkaiselta. Äitiä ei ole näkynyt kahteen päivään, mutta nyt Mauri ei enää jaksa hoitaa vauvaa. Ja vellikin on loppu.

Keskimmäinen sisko on viisitoista vuotta nuorempi kuin hän. Tyttö syntyi silloin kun Mauri oli sijoitusperheessä. Äiti sai pitää lapsen luonaan puolitoista vuotta sossun tuella. Sitten äiti meni niin huonoon kuntoon että joutui sairaalaan, ja silloin otettiin huostaan myös keskimmäinen sisko.

Mauri tapasi vanhimmat siskot äidin hautajaisissa. Hän lensi Kiirunaan hautajaisiin yksin, pojat ja Ebba eivät päässeet mukaan. Inna ja Diddi eivät tarjoutuneet seuraksi.

Hautajaisissa olivat Mauri ja kaksi siskoa, pappi ja sairaalan ylilääkäri.

Oikein sopiva keli, Mauri oli ajatellut arkun ääressä. Taivaasta virtasi vettä kuin kylmiä harmaita kettinkejä. Vesi tulvi maasta, kasvoi suistoiksi, kuljetti hautaan multaa ja soraa. Kuopan pohjalle valui kuin köyhää ruskeaa keittoa. Siskot värjöttelivät likomärkinä hätäisesti haalituissa hautajaisvaatteissaan. Heillä oli mustat hameet ja puserot, mutta päällystakit olivat liian iso investointi, toisella oli tummansininen, toisella ei mitään. Mauri antoi heille sateenvarjonsa, antoi sateen tärvellä Zegnan pukunsa. Pappia paleli niin että hän tärisi virsikirja toisessa kädessä ja sateenvarjo toisessa. Mutta hän piti oikein mukavan ja vilpittömän puheen siitä, miten vaikeaa ihmisen on täyttää tärkein velvollisuutensa elämässä, huolehtia lapsistaan. Sitten tuli sellaisia sanoja kuin "vääjäämätön loppu" ja "sovituksen tie".

Siskot itkivät sateessa, Mauri mietti mitä he itkivät.

Matkalla autoille heidät yllätti raekuuro. Pappi juoksi virsikirja rintaa vasten painettuna. Siskot kietoivat käsivartensa toistensa ympärille mahtuakseen Maurin sateenvarjon alle. Rakeet raastoivat puiden lehdet rikki.

Se on äiti, Mauri ajatteli hilliten pakokauhuaan. Äiti ei kuole koskaan. Äiti meuhkaa ja lyö. Mitä tehdä? Puida nyrkkiä taivasta kohti?

Siunauksen jälkeen Mauri tarjosi lounaan. Siskot näyttivät kuvia lapsistaan, kehuivat hautajaiskukkia. Maurilla oli vaivautunut olo. He kyselivät hänen perheestään, hän vastasi yksikantaan.

Koko ajan häntä vaivasi se, että kaikki heidän ulkonäössään toi mieleen heidän yhteisen äitinsä. Myös heidän eleensä niskan nakkelua myöten muistuttivat äidistä. Vanhimmalla siskolla oli tapana siristää silmiään samalla kun hän tarkasteli Mauria. Silloin Maurin lävitse tulvahti selittämätön kauhun tunne.

Lopulta he pääsivät Esteriin.

– Tiedäthän että meillä on vielä yksi sisar? keskimmäinen sisko kysyi.

Kyllä vain, he tiesivät kertoa. Tyttö oli nyt yksitoistavuotias. Äiti oli tullut raskaaksi mielisairaalassa toiselle potilaalle ja synnyttänyt Esterin vuonna 1988. Ester otettiin huostaan välittömästi ja sijoitettiin erääseen perheeseen Rensjönin kylään. Siskot huokailevat ja sanovat "voi raukkaa". Mauri puristaa kätensä nyrkkiin pöydän alla samalla kun kysyy ystävällisesti, haluaisivatko he jotakin makeaa kahvin kanssa. Miksi hän oli raukka? Hänhän säästyi kaikelta.

He vaikuttivat helpottuneilta kun Mauri lähti. Kukaan ei sanonut mitään niin typerää kuin että heidän täytyisi pitää yhteyttä.

Inna tarkkailee häntä. Lentokoneet ovat kuin kauniita leluja, jotka nousevat ja laskeutuvat.

– Nuorin siskosi Ester, hän sanoo, – on vasta kuudentoista. Ja hän tarvitsee majapaikkaa. Hänen kasvatusäitinsä on juuri...

Mauri nostaa kätensä kasvoilleen kuin roiskuttaisi niille vettä ja voihkaisee.

– Ei, ei.

– Siskosi voi asua minun luonani Reglassa. Se on vain väliaikaista. Hän aloittaa syksyllä toisen vuotensa Idun Lovénin taidekoulussa...

Maurilla ei ole tapana keskeyttää Innaa. Mutta nyt hän sanoo "ei missään tapauksessa". Hän ei halua että äidin perikuva kävelisi tilalla vastaan. Hän sanoo Innalle että voi ostaa siskolle asunnon Tukholmasta, mitä tahansa.

– Ester on kuudentoista! Inna sanoo.

Inna hymyilee anovasti ja vakavoituu sitten.

– Sinä olet hänen ainoa sukulaisensa jolla...

Mauri avaa suunsa mainitakseen siskot, mutta Inna ei anna hänen keskeyttää.

133

– ...jolla on mahdollisuus pitää hänestä huolta. Ja juuri nyt olet kuuma nimi... Ai niin, olen unohtanut kertoa että *Business Week* aikoo tehdä sinusta ison jutun...

– Ei haastatteluja!

– ...mutta pitää sinun suostua ainakin kuvaukseen. Joka tapauksessa, jos käy ilmi että sinulla on sisko, jolla ei ole mitään muuta paikkaa...

Inna voittaa. Ja kun he nousevat Vancouverin koneeseen, Mauri ajattelee että oikeastaan sillä ei ole väliä. Regla ei ole koti jonka voi vallata. Reglassa hänellä on vaimo ja pojat ja Diddi raskaana olevine vaimoineen ja Inna. Reglassa hoidetaan firman edustusta. Siellä voi metsästää, veneillä ja pitää päivälliskutsuja.

Hänestä tuntuu että viime aikojen mediapyöritys ja sitä seurannut sosiaalinen elämä käyvät hänen voimilleen paljon enemmän kuin työnteko konsanaan. Miksi hänen täytyy kätellä ihmisiä ja jutella heidän kanssaan? Hän ponnistelee koko ajan voimiensa äärirajoilla pysyäkseen rauhallisena ja ystävällisenä. Inna on seisonut hievahtamatta hänen rinnallaan ja kuiskaillut hänelle nimiä ja yhteyksiä. Ilman Innaa tästä ei olisi tullut mitään. Mauri on levon tarpeessa. Nykyään hän tuntee itsensä ajoittain täysin tyhjäksi, aivan kuin kaikki veisivät hänestä pienen palasen. Joskus hän on huolissaan kun ei enää muista missä on, kenen kanssa neuvottelee ja mistä. Joskus hän on vain täynnä vihaa kuin eläin joka haluaa murista, hyökkäillä ja pitää puoliaan. Häntä ärsyttää kun joku pitää pukuaan napitettuna peittääkseen eilispäivän paitansa, ja kun joku toinen kaivelee tikulla hampaitaan ruuan jälkeen ja jättää sen inhottavan käytettynä lautasen reunalle. Häntä ärsyttää kun joku luulee olevansa jotakin ja se miten joku toinen on liian nöyristelevä.

Hän odottaa malttamattomana pitkää lentomatkaa Atlantin yli. Koska hän on matkalla jonnekin, hän ei ole levoton. Hän saa istua paikallaan, lukea, nukkua, katsoa elokuvaa ja ottaa drinkin. Innan kanssa.

Mauri Kallis katsoi itseään peilistä. Yläkerrasta kantautuva tö-mähtely jatkui.

Hän oli aina rakastanut pelaamista, isojen kauppojen teke-mistä. Se oli ollut hänen tapansa mitellä voimiaan muita vas-taan. Voittaja on se, jolla on eniten rahaa kuollessaan.

Nyt tuntui siltä että kaikella tällä ei ollut mitään merkitystä. Jokin oli saanut hänet kiinni, jokin raskas. Se oli aina pysytel-lyt lähistöllä, heti selän takana. Se veti häntä taaksepäin, takai-sin vuokrakasarmiin.

Minulta on alkanut lipsua ote, hän ajatteli. En pysy enää koossa.

Inna oli pitänyt taaksepäin vetävän voiman kurissa.

Mauri ei halunnut olla yksin juuri nyt. Työpäivä alkaisi kah-den tunnin kuluttua. Hän katsahti kattoon, kuuli kuinka käsi-paino vieri lattiaa pitkin.

Hän lähtisi yläkertaan, juttelisi vähän tai vain oleskelisi siel-lä hetken.

Hän puki aamutakin ylleen ja lähti siskonsa luo.

Ester Kallis saa alkunsa Uumajan psykiatrisen poliklinikan suljetulla osastolla. Osaston P12 johtaja kertoo siitä klinikan kokouksessa. Britta Kallis on viidennellätoista viikolla.

Muiden osastojen johtajat virkoavat ja hörppäävät kahvia mukeistaan. Parasta juoda kuumana, niin se ei maistu miltään. Tästä tulee mielenkiintoinen jatkokertomus. Luojan kiitos se ei ole heidän ongelmansa.

Kun osastonjohtaja on puhunut, ylilääkäri Nils Gunnarsson laskee kätensä päänsä ympärille ja vetää suunsa hamsterimaiseen irvistykseen.

– Jaaha, vai niin, jaaha, hän sanoo mietteliäänä.

Kuin kananpoika kuoressaan, yksi ylilääkärin kollegoista ajattelee äkillisessä hellyydenpuuskassa.

Ylilääkäri on melkoinen ilmestys. Hänen valkoinen tukkansa on aivan liian pitkä. Auttamattoman epämuodikkaat silmälasit ovat kuin paksut pullonpohjat, ja hän painaa aina sormillaan laseja työntääkseen ne paikalleen, kun ne ovat valuneet liian alas nenänvartta pitkin. Uudet työntekijät yrittävät joskus estää häntä poistumasta osastolta luullessaan häntä potilaaksi.

– Kuka on isä?

– Britta sanoo että se on Ajay Rani.

He vaihtavat nopeasti katseita. Britta on neljänkymmenenkuuden mutta näyttää kuusikymppiseltä. Se johtuu tupakoinnista, jonka hän on aloittanut kaksitoistavuotiaana, ja raskaasta lääkityksestä. Brittan turpea ruumis sohvalla, jankuttavat, hitaat ajatukset, tahattomat suunliikkeet, kieli joka työntyy ulos suusta, leukaperät jotka liikkuvat sivusuunnassa.

Ajay Rani on kolmekymppinen. Hänellä on kapeat ranteet ja

valkoiset hampaat. Hänellä uskotaan vielä olevan toivoa. Hän käy työharjoittelussa ja opiskelee kieltä.

Ylilääkäri Nils Gunnarsson tiedustelee mitä Ajay on sanonut asiasta. Osastonjohtaja pudistaa päätään ja hymyilee hieman pahoitellen. Niinpä niin, kuka sitä naista olisi tuntevinaankaan. Britta on potilaiden arvoasteikon alapäässä.

– Mitä Britta itse sanoo? Haluaako hän pitää lapsen?

– Hän sanoo että se on rakkauslapsi.

Ylilääkäriltä lipsahtaa "herrajumala", ja hän selaa Brittan potilaskertomusta. Kukaan ei sano vähän aikaan mitään. He ajattelevat häpeissään aborttipillereitä ja entisten aikojen pakkosterilisaatioita.

– Meidän on otettava häneltä litium pois, ylilääkäri sanoo.

– Kai meidän on yritettävä saada se pieni ihmistaimi ulos mahdollisimman ehjänä.

Kuka tietää, he ajattelevat. Ehkä Britta alkaa katua sitten kun menee huonoon kuntoon ja haluaa päästä eroon sikiöstä. Sehän olisi parasta kaikille asianosaisille.

Ylilääkäri Nils Gunnarsson yrittää sulkea potilaskertomuksen ja lopettaa kokouksen, mutta osastonjohtaja ei päästä häntä niin helpolla vaan kiihtyy jo ennen kuin alkaa puhua.

– Minä en aio pitää Brittaa osastolla ilman lääkkeitä, vailla ylimääräisiä resursseja, hän sanoo kiivaasti. – Hän saa siellä aikaan helvetin.

Ylilääkäri lupaa tehdä voitavansa.

Osastonjohtaja ei tyydy siihen.

– Olen tosissani, Nisse. En ota vastuuta osastosta, jos minun on pidettävä hänet siellä pelkkien rauhoittavien varassa. Minä lopetan.

Ylilääkäri toteaa hiljaa mielessään, että Britta tulee sytyttämään osaston tuleen. Ja osastonjohtaja on oleva ensimmäinen uhri.

Kuusi kuukautta myöhemmin Britta viedään synnytykseen kirosanojen ja sadattelun säestyksellä. Kätilöt, perushoitajat ja synnytyshoitaja katsovat kauhuissaan vierestä. Noinko hän aikoo synnyttää? Vöissä? Käsistään ja jaloistaan kiinni sidottuna?

Se on ainoa keino, ylilääkäri Nils Gunnarsson selittää ja työntää kunnon nuuskamällin huuleen.

Synnytysosaston henkilökunta katsoo ihmeissään, kun hän ravaa edestakaisin synnytyssalin ulkopuolella kuin perheenisä ennen vanhaan, silloin kun mies ei saanut osallistua synnytykseen.

Mukana on kaksi hoitajaa osastolta, poika ja tyttö. He ovat rauhallisia ja päättäväisiä, T-paitasillaan, pojalla tatuointeja käsivarsissa, tytöllä rengas kulmassa ja nasta kielessä. Tätä ei anneta kenen tahansa vastuulle. Synnytyssalin henkilökunta on heidän alapuolellaan.

Britta on poissa tolaltaan. Raskauden aikana hänen kuntonsa on huonontunut asteittain sen jälkeen kun häneltä on otettu pois lääkkeet, jotka voisivat vahingoittaa sikiötä. Hänen harhansa ovat lisääntyneet, samoin aggressiiviset raivokohtaukset.

Nyt hän puhkeaa noitumaan aina kun supistukset hellittävät. Hän syytää kirouksia, saatanaa ja sen karvaisia enkeleitä kaikkien läsnäolijoiden kimppuun. He ovat kaikki tyynni huoria ja kuivapilluja ja saatanan saatanan... hän yrittää keksiä seuraavaa solvausta. Välillä hän unohtuu sättimään olentoja joita vain hän näkee.

Mutta kun seuraava supistus tulee, hän huutaa kauhuissaan "ei, ei", ja hiki virtaa hänestä. Jopa hänen oman osastonsa hoitajat tuntuvat hätääntyvän. Toinen heistä yrittää puhua hänen kanssaan. Britta! Haloo! Kuuletko sinä minua? Supistukset yltyvät. Nyt hän kuolee, nyt hän kuolee!

Kaikki katsovat toisiaan. Kuoleeko hän? Voiko hän kuolla noin vain?

Sitten supistus hellittää ja kiukku tulee takaisin.

Ylilääkäri Nils Gunnarsson kuuntelee oven läpi. Hän on Brittasta ylpeä, siitä miten tämä takertuu raivoonsa. Brittalla ei ole muuta liittolaista kuin tämä kipua, voimattomuutta, sairautta, pelkoa vastaan. Siitä Britta pitää kiinni. Se vie hänet kaiken tämän läpi, ja hän huutaa että se on heidän syytään, lääkärinpirulaisten ja kuivapillujen syytä. Hän näki että toinen kuivapilluista virnisteli. Varmasti virnisteli. Mitä se siinä virnistelee, häh? Häh?!? Miksi se ei vastaa, se saamarin hienohelma, sen pitää vastata puhutteluun, sen saatanan saatanan... Ja kuivapillun on pakko yrittää vastata, että ei hän hymyillyt, ja hän saa vastaukseksi että ottakoon lattialuudan ja työntäköön sen... Mutta uusi supistus keskeyttää solvaukset.

Sitten tulevat ponnistuskivut. Kätilö ja synnytyslääkäri huutavat: ponnista, Britta. Ja Britta vastaa että painukaa helvettiin. He huutavat että kaikki sujuu hyvin, ja Britta sylkee ja yrittää osua parhaansa mukaan.

Lopulta lapsi syntyy. Se otetaan välittömästi huostaan lastensuojelulain 2 § perusteella ja viedään pois. Ylilääkäri pitää huolen siitä että Britta saa rauhoittavia ja kipua lievittäviä lääkkeitä. Britta on pärjännyt hienosti, selvinnyt synnytyksestä, ja klinikka on selvinnyt hänen raskaudestaan.

Britta ei tunnu tajuavan mitä on tapahtunut. Hän joutuu makaamaan remmeissä sillä välin kun hänet ommellaan. Hän rauhoittuu välittömästi ja on hyvin väsynyt.

Kätilöt tarkkailevat toisaalla vastasyntynyttä. Voi pientä ihmisparkaa. Mikä alku! He ovat kaikki aivan voipuneita.

Lapsesta näkee että sen isä on intialainen. Ajatella että ne lapset ovat paljon söpömpiä kuin ruotsalaiset. Tyttö on suorastaan kaunis, sillä on ruskea iho, paljon tukkaa ja tummat vakavat silmät. Heitä melkein itkettää. Ihan kuin tyttö ymmärtäisi. Kaiken.

Eikä kukaan ajattele sitä, mutta seuraavalla viikolla synnytyksessä läsnä olleet saavat kokea sen. Britta on syytänyt suustaan kirouksia, kaatanut niitä heidän päälleen. Suurin osa kaatui kalliolle, mutta osa juurtui heidän elämäänsä.

Yhden hoitajan hammas tulehtuu. Synnytyslääkäri peruuttaa parkkipaikalla ja hänen autostaan särkyy takalasi. Lisäksi hänen taloonsa murtaudutaan. Toiselta häviää lompakko. Tatuoitu mieshoitaja menettää avovaimonsa asuntopalossa.

Niin vahva on Britta Kalliksen lahja. Vaikka hän onkin kantajana vain sirpale siitä mitä voisi olla, vaikka hän ei itse olekaan tietoinen siitä mitä hän tekee. Kaikesta tästä huolimatta sanat saavat voiman kun on vain puoliksi oma itsensä. Hänen äitinsä suvussa on yliluonnollisia kykyjä, mutta niistä ei ole oltu tietoisia moneen sukupolveen.

Myös pienellä Ester Kalliksella on lahjoja. Ja Ester saa toisenkin äidin ja perii myös sen äidin puolelta.

NIMENI ON ESTER KALLIS. Minulla on kaksi äitiä eikä kuitenkaan yhtään.

Nainen jota ajatuksissani sanon äidiksi meni naimisiin isän kanssa vuonna 1981. Hänellä oli myötäjäisinä viisikymmentä poroa. Ne olivat enimmäkseen vaatimia, joten oli toivoa että pian he voisivat elättää itsensä poronhoidolla. Mutta isän oli aina pakko tehdä muita töitä. Hän ajoi joskus postiautoa, teki tilapäishommia rautateillä ja muualla. Hän ei saanut koskaan olla vapaa.

He ostivat Rensjönin vanhan rautatieaseman ja äiti sai ateljeen, entisen odotussalin. Talo sijaitsi puristuksissa Norgevägenin ja rautatien välissä, ikkunat helisivät joka kerta kun malmijunat ajoivat ohi.

Ateljee oli jääkylmä. Talvisaikaan äiti maalasi torimuijan hanskat kädessä ja pipo päässä. Silti hän nautti hauraasta valosta. Isä maalasi koko salin valkoiseksi. Tämä tapahtui ennen kuin minä tulin heidän luokseen. Siihen aikaan isä halusi vielä tehdä jotakin äidin hyväksi.

Vuonna 1984 syntyi Antte. Oikeastaan he eivät olisi tarvinneet lisää lapsia. Heille olisi riittänyt Antte. Hän saattoi ajaa moottorikelkalla railoon putoamatta jäihin, hän osasi käsitellä koiria, hänessä oli sitä hellyyttä ja kylmyyttä, joka sai ne ponnistelemaan ja tekemään töitä, juoksemaan kahdenkymmenen kilometrin päähän hakeakseen eksyneen poron, häntä ei palellut, hän kulki isän perässä ja hoiti poroja. Hän ei ikinä pyytänyt saada jäädä kotiin pelaamaan videopelejä, toisin kuin monet kaverinsa.

Ja sillä välin kun isä ja Antte olivat tunturissa, äiti maalasi, hän teki tilaustöitä Máttaráhkkáan: keramiikasta kettuja, riekkoja, hirviä ja poroja. Hän ei vastannut puhelimeen, unohti syödä.

Isä ja Antte saattoivat tulla illalla kotiin jääkylmään taloon, jonka jääkaappi oli tyhjillään. Se ei tietenkään käynyt päinsä. He joutuivat ajamaan väsyneinä ja nälkäisinä kaupunkiin ruokakauppaan. Siinä mielessä äidistä ei ollut mihinkään. Ja kun Antte ja minä olimme koulussa, äidille sanottiin hyvissä ajoin, vaikkapa että torstaina on retkipäivä, me tarvitsemme eväät. Sitten hän ei laittanut mitään. Torstaiaamuna hän penkoi pakastinta sillä välin kun koulutaksi odotti. Evääksi kelpasi mikä tahansa, esimerkiksi voileivät joiden päällä oli viipaloituja kalapullia. Koulussa muut lapset yököttelivät kun me otimme esiin eväämme. Anttea hävetti. Näin sen hänen poskistaan, jotka punehtuivat, karmosiinin väriset läikät hänen lähes sinkinvalkealla ihollaan, ja hänen korviaan kuumoitti vastavalossa, verisuonet näkyivät läpi, pieniä kadmiuminpunaisia puita. Joskus hän heitti mielenosoituksellisesti äidin laittamat eväät menemään ja oli mieluummin nälissään. Minä söin. Siinä mielessä olin samanlainen kuin äiti. En paljon välittänyt siitä mitä suuhuni panin. En myöskään välittänyt koulutovereista. Ja useimmat antoivat minun olla rauhassa.

Pahin heistä oli itsekin hylkiö. Hänen nimensä oli Bengt. Hänelläkään ei ollut kavereita. Hän huusi, löi minua takaraivoon ja ilkkui:

– Tiedätkö sinä miksi sinä olet niin tyhmä? Tiedätkö, Kallis? Koska äitisi oli hullujenhuoneella ja söi mielialalääkkeitä, jotka aiheuttivat sinulle aivovaurion. Tajuatko? Ja sitten joku currynkeittäjä pani hänet paksuksi. Currynkeittäjä.

Bengt hohotti ja vilkuili muita poikia vetistävillä sinisillä silmillään. Hänellä oli ahdistunut katse, koko iiris oli näkyvissä, akvarelli, laimennettua kobolttia. Mutta mitä se häntä auttoi. Hän oli samaa pohjasakkaa kuin minäkin. Enemmän kävi sääliksi häntä, sillä hän välitti.

Minä en välittänyt. Minusta oli jo tullut samanlainen kuin äidistä, jota kutsun saameksi nimellä eatnážan, pikku äitini.

Näkeminen oli kaikki kaikessa. Kaikki ympärillä oleva, ihmiset jotka oikeastaan ovat eläviä ja täynnä verta, eläimet pienine sieluineen, esineet ja kasvit, niiden väliset suhteet, kaikki tämä on viivaa, väriä, kontrastia, sommitelmaa. Kaikki joutuu suorakulmion sisäpuolelle. Siinä menevät maku, tuoksu ja ulottuvuus. Mutta jos olen taitava, saan kaiken takaisin ja enemmänkin. Kuva päätyy minun ja näkemiseni väliin. Jopa silloin jos olen itse tarkkailemassa.

Sellainen hän oli, aina askeleen päässä takana tarkastelemassa, maleksimassa, enemmän tai vähemmän omissa ajatuksissaan. Muistan monet päivälliset. Isä oli töissä. Äiti oli laittanut jotakin nopeaa. Hän istui ihan hiljaa koko aterian ajan. Mutta minä ja Antte olimme lapsia, me riitaannuimme ruokapöydässä. Ehkä me lopulta kaadoimme lasillisen maitoa tai jotakin. Silloin äiti saattoi yhtäkkiä huokaista raskaasti, kuin surullisena koska me olimme häirinneet hänen ajatuksiaan, me olimme pakottaneet hänet palaamaan. Minä ja Antte vaikenimme ja tuijotimme häntä, aivan kuin kuollut olisi äkkiä alkanut liikkua. Äiti pyyhki maidon, tylysti ja ärtyisästi. Joskus hän ei jaksanut vaan huusi jonkin koirista nuolemaan maidon.

Hän teki sen mitä piti, siivosi, laittoi ruokaa, pesi vaatteita. Mutta vain hänen kätensä olivat työn touhussa. Ajatus oli jossakin kaukana. Joskus isä yritti kiukutella.

– Tämä keitto on liian suolaista, isä saattoi sanoa ja työntää lautasen kauemmas.

Mutta äiti ei loukkaantunut. Ihan kuin joku muu olisi laittanut syömäkelvottoman ruuan.

– Teenkö sinulle sen sijaan voileivän? hän kysyi.

Jos isä valitti että kotona oli sotkuista, äiti alkoi siivota. Ehkä isä sen vuoksi päätti että he ottaisivat minut. Äidille hän sanoi että he tarvitsivat rahaa. Ehkä hän uskoi siihen itsekin. Mutta kun nyt ajattelen sitä, luulen hänen tiedostamattaan toivoneen että vauva pakottaisi äidin takaisin tähän maailmaan. Niin kuin silloin kun Antte oli pikkulapsi. Silloin äiti oli ollut siellä. Ehkä toinen lapsi tekisi äidistä oikean vaimon.

Isä halusi avata äidin sisällä olevia ovia, hän vain ei tiennyt miten. Ja hän ajatteli että minä olisin silta, joka toisi äidin takaisin hänen ja Antten luo, mutta siinä kävi päinvastoin. Äiti maalasi. Minä makasin mahallani ateljeen lattialla piirtämässä.

– Mikä piru sinua vaivaa? Mene ulos haukkaamaan raitista ilmaa! isä sanoi minulle ja paiskasi oven kiinni.

En ymmärtänyt miksi hän oli niin vihainen, enhän ollut tehnyt mitään.

Nykyään ymmärrän hänen kiukkunsa. Ymmärsin sen jo silloin, minulla vain ei ollut sanoja. Oikeastaan maalasin sen. Huoneessani Maurin talon yläkerrassa minulla on tallessa melkein kaikki kuvani ja piirustukseni. Siellä on yksi Elsa Beskow -pastissi. Kun tein sen, en edes tiennyt mitä pastissi tarkoittaa.

Se esittää äitiä ja tyttöä poimimassa mustikoita. Jonkin matkan päässä kyhmyisten tunturikoivujen välissä heitä tarkastelee karhu. Se seisoo kahdella jalalla ja roikottaa vähän kömpelösti päätään. Sen katse on vaikeaselkoinen. Jos peitän karhun kasvot puoliksi kädelläni, sillä on erilaisia ilmeitä. Toinen puolisko on vihainen, toinen surullinen.

Herrajumala, karhu on niin isän näköinen että minua hymyilyttää. Se on myös Antten näköinen. Nyt myöhemmin olen nähnyt sen.

Muistan kuinka Antte seisoo äidin ateljeen oviaukossa. Hän on yksitoistavuotias. Äiti valitsee tauluja. Häneltä on pyydetty viisi maalausta erääseen galleriaan Uumajaan, ja hänen on vaikea päättää. Hän kysyy minulta mitä mieltä olen.

Ajattelen ja osoitan. Äiti nyökkää ja miettii.

– Minun mielestäni sinun pitää ottaa nämä, sanoo Antte joka on ilmestynyt ovelle.

Hän osoittaa eri tauluja kuin minä, katsoo vaativasti ja uhmakkaasti vuoroin äitiä, vuoroin minua.

Äiti päättää lopulta ottaa ne taulut, jotka minä olen valinnut. Ja siinä Antte seisoo ovensuussa riiputtaen karhunpäätään.

Antte-parka. Hän luuli että äiti valitsi hänen ja minun välillä. Itse asiassa äiti valitsi taiteen. Äiti ei olisi ikinä voinut ottaa mukaan mitään vain Anttea ilahduttaakseen. Niin yksinkertaista se oli. Ja niin vaikeaa.

Sama juttu isän kanssa. Hänkin tiesi sisimmässään. Hän tunsi itsensä yksinäiseksi todellisuudessa, johon kuuluivat talo ja lapset, sänky, naapurit, porot, saamelaiskäräjät.

Muistan kuinka isä ja Antte olivat lähteneet aamulla ennen kuin itse aloitin koulunkäynnin. Autoin äitiä etsimään vihkisormusta isosta sängystä. Hän otti sen pois yöllä nukkuessaan.

Nyt äiti on poissa. Kaikkein pahinta aikaa oli varmaan se kun hänen ruumiinsa lakkasi tottelemasta.

Ennen sitä hän maalasi ateljeessa myöhäiseen iltaan. Se oli kannattamatonta verrattuna Máttaráhkkán tilaustöihin ja hänen hopeakoruihinsa ja keramiikkaeläimiinsä, joita eräs kauppa Luulajassa myi.

Yritin tekeytyä näkymättömäksi. Asuntomme oli yläkerrassa, kaksi huonetta ja keittiö, ja istuin portaissa katselemassa alas entiseen odotussaliin. Kotimme oli täynnä hajuja, sekä vanhoja että uusia. Talvella ei tuuleteta kun pakkasta on kolmekymmentä astetta. Sisällä haisee tunkkaiselta talolta ja märiltä koirilta. Siellä haisee lihakeitolta ja vanhoilta poronnahoilta, joiden rasva on vähän härskiintynyt. Äidillä oli ateljeessa paljon poronnahasta tehtyjä esineitä niiltä ajoilta kun hän oli pieni. Komsioita ja talvikenkiä, reppuja ja taljoja. Ja illan hiljaisuudessa tuntui tärpätin ja öljymaalien haju tai saven tuoksahdus. Tunsin portaat läpikotaisin, laskeuduin alas askel askeleelta, ääneti, vältin jokaista narisevaa kohtaa. Painoin ateljeen oven kahvan varovasti alas. Istahdin eteiseen ja katsoin häntä ovenraosta. Tarkkailin hänen kättään miten se liikkui kankaalla. Pitkiä pyyhkäisyjä leveällä harjasiveltimellä, maalarinveitsen painalluksia, hienon näädänkarvasiveltimen tanssia kun hän kumartui silmät sirrillään eteenpäin lisätäkseen pieniä yksityiskohtia, ruohonkorren joka pilkisti lumipeitteen alta, ripsirivistön poron silmään.

Useimmiten hän ei huomannut läsnäoloani, tai sitten hän ei ollut huomaavinaankaan. Joskus hän sanoi:

– Nukkumaanmenoaika meni jo.

Silloin sanoin, etten saanut unta.

– Tule sitten tänne nukkumaan, hän sanoi.

Salissa oli vanha sohva. Siinä oli mäntyrunko ja se oli verhoiltu täplikkäällä vaaleanpunaisella kankaalla. Sen päälle oli levitetty monta vilttiä suojaksi koirankarvoilta. Vedin yhden karvaisista vilteistä ylleni.

Musta ja Sampo heilauttivat häntäänsä tervehdykseksi. Ujutin jalkani niiden väliin, jotta niiden ei tarvinnut siirtyä pois tieltä.

Pahvilaatikossa nurkassa olivat kaikki piirustukseni, jotka oli tehty lyijykynällä, tusseilla ja liiduilla.

Olisin halunnut maalata öljyväreillä. Mutta se oli liian kallista.

– Sitten kun menet kesätöihin ja tienaat omaa rahaa, äiti sanoi.

Minä halusin maalata. Kaipuuni oli suorastaan fyysistä. Voileivän tekeminen saattoi kestää iäisyyden, paklasin voita, ponnistelin levittääkseni sen tasaiseksi kuin vastasataneen lumen tai kerrostuneeksi kuin tuiskulumen.

Yritin joskus kerjätä, mutta hän oli järkähtämätön.

Hän maalasi valkeaa maisemaa. Kysyin:

– Saanko maalata jotakin tuohon nurkkaan? Voit sitten maalata sen päälle. Sitä ei näkyisi.

Silloin hän kiinnostui.

– Miksi haluat maalata?

– Siitä tulisi salaisuus. Sinun, minun ja taulun.

– Ei käy, se näkyisi kuitenkin. Maalikerros olisi siinä kohtaa paksumpi ja erilainen rakenteeltaan.

En antanut periksi.

– Se olisi vieläkin parempi, sanoin. – Silloin katsojan uteliaisuus heräisi.

Nyt äiti hymyili.

– Se on hyvä ajatus, myönnän sen. Ehkä me voimme tehdä toisella tavalla.

Hän antoi minulle valkoisia papereita.

– Maalaa salaisuutesi, hän sanoi. – Ja liimaa päälle valkoinen paperi ja maalaa sille jotakin muuta.

Tein niin kuin hän sanoi. Minulla on kuva vieläkin tallella laatikossa täällä biologisen velipuoleni talossa.

Mauri. Hän selaa joskus kuviani ja taulujani. Nyt kun Inna on kuollut, hän on kuin koditon. Hän omistaa koko Reglan ja muutakin, vaikka ei siitä paljon ole apua. Hän tulee tänne huoneeseeni katsomaan kuviani ja kyselemään kaikenlaista.

Olen olevinani ikään kuin mikään ei tuntuisi miltään ja kerron. Nostelen koko ajan painojani. Jos kurkkuun nousee pala, vaihdan painoa tai säädän treenipenkkiä uudestaan.

Tein kuvasta sellaisen kuin äiti oli ehdottanut. Ei se ollut kummoinen, olinhan vasta lapsi. Kuvassa näkyy talvikoivu ja tunturi, rautatie kiemurtelee maiseman poikki kohti Narvikia. Kuva on liimattu toisen paperin päälle. Mutta oikea alanurkka on irti ja taitettu. Kiersin paperin kulmaa kynän ympärille, jotta se ei peittäisi alla olevaa kuvaa. Tahdoin että katsoja haluaisi yrittää repiä papereita erilleen saadakseen nähdä mitä alla on. Alimmaisesta kuvasta näkyy vain osa koiran tassua ja jonkin varjo. Tiedän itse että kuvassa on nainen ja koira, ja aurinko paistaa heidän selkäänsä.

Äiti oli kuvaan hyvin tyytyväinen. Hän näytti sitä isälle ja Anttelle.

– Johan sinulla on ideoita, hän sanoi ja sormeili rullalla olevaa kulmaa.

Minut täytti suuri tunne. Jos olisin ollut talo, kattoni olisi noussut ilmaan.

KIIRUNAN POLIISIN AAMUKOKOUS. Kello oli seitsemän, mutta kukaan ei vaikuttanut väsyneeltä tai vastahakoiselta. Jäljet olivat vielä lämpimiä, eivätkä tutkimukset polkeneet paikallaan.

Anna-Maria Mella teki yhteenvedon ja osoitti seinälle ripustettuja kuvia:

– Inna Wattrang. Neljäkymmentäneljävuotias. Hän saapuu Kallis Miningin tunturimökille...

– ...SAS:n mukaan torstai-iltapäivänä, Fred Olsson täydensi.

– Hän otti taksin Abiskoon. Kallis matka. Jututin kuskia. Inna Wattrang oli yksin. Kysyin olivatko he jutelleet, mutta kuski sanoi että Wattrang oli vaitonainen ja vaikutti masentuneelta.

Tommy Rantakyrö heilautti kättään.

– Sain kiinni naisen joka käy siivoamassa mökkiä, hän sanoi.

– Nainen kertoi saavansa aina tietää hyvissä ajoin, kun joku on tulossa mökille. Silloin hän lisää lämpöä ennen vieraiden tuloa ja siivoaa sillä välin kun he ovat siellä. Tällä kertaa kukaan ei ollut ilmoittanut tulostaan. Hän ei tiennyt että kukaan oli ollut talossa.

– Kukaan ei tunnu tietäneen että Inna Wattrang lähti sinne, Anna-Maria sanoi. – Murhaaja on teipannut hänet kiinni tuoliin keittiössä ja johtanut hänen ruumiiseensa virtaa. Hän on joutunut jonkinlaiseen epileptiseen sokkitilaan, purrut kielensä hajalle, kouristellut...

Anna-Maria osoitti ruumiinavauspöytäkirjan kuvia kämmenistä, kynsien jättämistä punaisista jäljistä.

– Mutta, hän jatkoi, – kuolinsyy on luultavasti sydämeen osunut isku, joka on annettu pitkällä terävällä esineellä. Se on mennyt suoraan ruumiin läpi. Ei veitsi, sanoo Pohjanen. Siksi onkin hämäräperäistä että Inna Wattrang ei silloin ole istunut tuolilla vaan maannut lattialla. Siitä jäi maton alle lattiaan jälki, jonka Tintti löysi. Rikoslaboratoriosta sanotaan että pistojäljessä oleva veri on peräisin Inna Wattrangista.

– Ehkä tuoli on kaatunut, Fred Olsson ehdotti.

– Niin. Tai joku on irrottanut hänet ja pannut lattialle makaamaan.

– Harrastaakseen hänen kanssaan seksiä? Tommy Rantakyrö kysyi.

– Ehkä. Hänen elimistöstään ei löytynyt spermaa, mutta emme silti voi jättää pois laskuista seksiä, joko vapaaehtoista tai pakotettua. Sen jälkeen murhaaja on kuljettanut hänet arkkiin.

– Olihan arkki lukossa? rikoskomisario Fred Olsson kysyi.

Anna-Maria nyökkäsi.

– Mutta se ei ollut kummoinen lukko, Sven-Erik sanoi.
– Kuka tahansa pikkurikollinen selviäisi siitä.

– Inna Wattrangin käsilaukku oli vessan pesualtaassa, Anna-Maria jatkoi. – Kännykkä ja tietokone ovat kateissa, ne eivät ole myöskään hänen asunnossaan Reglassa, olemme pyytäneet Strängnäsin kollegoja tarkistamaan.

– Erikoinen tapaus kaiken kaikkiaan, Tommy Rantakyrö totesi.

Tuli hetken hiljaisuus. Tommy Rantakyrö oli oikeassa. Tapahtumien kulusta ei saanut mitään kuvaa. Mitä mökillä oikein oli tapahtunut?

– Niin, Anna-Maria sanoi. – Meidän täytyy yrittää pitää kaikki mahdollisuudet avoimina. Sehän on voinut olla mitä tahansa. Viharikos, seksuaalirikos, hullu, kiristys, sieppaus joka meni pieleen. Mauri Kallis ja Diddi Wattrang vaikenevat siitä mitä tietävät hänestä, se on ainakin selvää. Jos se oli sieppaus, sen sortin ihmiset eivät sotke poliisia mukaan.

– Emmehän me ole löytäneet asettakaan. Olemme etsineet mökin ympäriltä ja Tinttikin on, ei mitään. Haluan ainakin puhelutiedot hänen puhelinoperaattoriltaan. Sitten olisi mahtavaa saada hänen osoitehakemistonsa, mutta ne ovat varmaankin tietokoneessa ja puhelimessa. Mutta puhelutiedot, kiitos. Hoidatko sinä sen, Tommy?

Tommy Rantakyrö nyökkäsi.

– Eilen sukeltajat löysivät tämän takin jään alta, Anna-Maria sanoi.

Hän osoitti vaalean popliinitakin kuvaa.

– Kuvasta ei näy kovin hyvin, hän sanoi, – mutta olkapäässä oli tahra. Luulen että se on verta, Inna Wattrangin verta. Olemme lähettäneet takin Linköpingiin, joten katsotaan sitten. Toivottavasti kauluksen sisäpuolelta löydetään hius tai hikeä tai jotakin. Ehkä sitten saamme murhaajan DNA:n.

– Luuletko tosiaan että se on murhaajan takki? Tommy Rantakyrö kysyi. – Sehän on kesätakki.

Anna-Maria painoi sormillaan päätään sen merkiksi että ajatteli.

– Totta kai! hän huudahti. – Se on kesätakki. Ja jos se on murhaajan takki, murhaaja tuli kesästä.

Toiset katsoivat häntä. Mitä hän tarkoitti?

– Täällä on talvi, Anna-Maria sanoi. – Mutta Skoonessa ja muualla Euroopassa on kevät. Lämmintä ja mukavaa, Robertin serkku oli miehensä kanssa viime viikonloppuna Pariisissa. Siellä he istuskelivat ulkoilmakahviloissa. Tarkoitan että jos murhaaja tuli lämmöstä, hän ei ollut täältä vaan jostain aika kaukaa. Siinä tapauksessa hän varmaan tuli lentokoneella, vai mitä? Ehkä hän vuokrasi auton? Kannattaa tarkistaa. Minä ja Sven-Erik lähdemme lentokentälle kyselemään muistaisiko kukaan miestä, jolla oli tällainen päällystakki.

Mauri Kallis istui kyykyssä Esterin ullakkohuoneessa. Hän selasi Esterin maalauksia ja piirroksia, jotka olivat kahdessa muuttolaatikossa. Inna oli hankkinut maaleja, kankaita, telineitä, pensseleitä, akvarellilehtiöitä, kaikki parasta mitä rahalla sai.

– Haluatko jotakin muuta? Inna oli kysynyt nuorelta Esteriltä, joka seisoi siinä pienenä matkalaukkuineen.

– Painoja, Ester oli vastannut. – Painoja ja levytangon.

Nyt Ester makasi selällään tekemässä penkkipunnerruksia sillä välin kun Mauri penkoi laatikoita.

Olin kauhuissani sinä päivänä kun hän tuli, Mauri ajatteli.

Inna oli soittanut kertoakseen, että hän oli tulossa Esterin ja tämän tädin kanssa. Mauri oli ravannut edestakaisin työhuoneessaan ja muistellut, miltä hänestä oli tuntunut äidin hautajaisissa. Siskot olivat muistuttaneet äitiä, ja nyt hänellä olisi vaarana törmätä äitiin koska tahansa. Olisi kuin pelaisi venäläistä rulettia joka kerta kun hän työntäisi nenänsä makuuhuoneen oven ulkopuolelle.

– Minulla on kiire, hän oli sanonut Innalle. – Näytä heille paikkoja. Soitan sitten kun voitte tulla.

Lopulta hän oli ottanut itseään niskasta kiinni ja soittanut.

Mikä helpotus kun Ester oli astunut ovesta sisään! Ester oli intialainen. Hän näytti intialaiselta. Ei jälkeäkään heidän äidistään.

Täti oli sopertanut:

– Kiitos kun pidätte hänestä huolta, kunpa voisin itse mutta…

Mauri oli tarttunut Esteriä ranteesta lähes häkeltyneenä.

– Totta kai, hän oli sanonut. – Totta kai.

Ester vilkuili Mauria. Mauri kävi taas läpi hänen kuviaan. Jos

Ester vielä piirtäisi, hän piirtäisi mielessään itsensä nostamassa painoja ja yläpuolelle Maurin laatikko sylissä. Ester nosti Mauria ja Maurin uteliaisuutta. Hän kantoi sitä ilman että mitään näkyi päällepäin. Hän siirsi kivun pectoralis majoriin, triceps brachiin. Nosti, yhdeksän... kymmenen... yksitoista... kaksitoista.

Silti haluan pitää Maurin täällä, Ester ajatteli. Mauri tarvitsee lepopaikan luonani. Se on tarkoitus.

Mauri katsoi toiseen maailmaan käydessään läpi Esterin piirroksia. Hän mietti mitä hänestä olisi tullut, jos hän olisi joutunut sinne pohjoiseen pienenä. Se oli retki vaihtoehtoiseen elämään.

Aiheet olivat lähes poikkeuksetta Esterin lapsuudenkodista, Rensjönin vanhalta rautatieasemalta. Mauri otti esiin joitakin lyijykynäpiirroksia, jotka esittivät Esterin kasvatusperhettä. Siinä oli äiti askareissaan tai tekemässä keramiikkaa. Siinä oli veli korjaamassa lumikelkkaa keskellä kesää, joukko heleitä villikukkia ympäröi häntä ja ajopeliä, hänellä oli siniset haalarit ja mainoslippalakki, kasvatusisä korjasi poroaitaa rautatien toisella puolella järven rannassa, siellä missä vetoporot olivat. Ja kaikkialla, lähes jokaisessa kuvassa, oli pieniä terhakoita lapinkoiria kiiltävine turkkeineen ja kippurahäntineen.

Ester ponnisteli saadakseen levytangon takaisin telineeseen, käsivarret olivat maitohapoilla. Hän ei kiinnittänyt Mauriin huomiota, näytti unohtaneen Maurin läsnäolon. Tuntui hyvältä saada istua täällä hetki rauhassa.

Mauri selasi esiin kuvan, joka esitti häkissä olevaa Nastia.

– Minä pidän tästä hamsterista, hän sanoi.

– Se on tunturisopuli, Ester korjasi katsomatta.

Mauri tarkasteli sopulia, sen leveää päätä, mustia nappisilmiä ja pieniä tassuja. Tietoisesti tai tiedostamattaan Ester oli tehnyt niistä hyvin inhimilliset. Ne olivat kuin pienet kädet.

Nasti takajaloillaan kädet häkin pinnojen ympärillä. Nasti takapuoli pystyssä ruokakupin yllä. Nasti selällään sahanpuruissa, käpälät ojossa, kylmänä ja kuolleena. Kuten niin usein Esterin kuvissa, mukana oli myös se mikä oli aiheen ulkopuolella:

varjo, aikakauslehden pala häkin vieressä.

Ester kääntyi vatsalleen ja alkoi tehdä selkänostoja. Isä oli tuonut Nastin kotiin. Hän oli löytänyt sen suolta, läpimärkänä ja kuolemaisillaan. Isä pani sen taskuun ja pelasti sen pienen hengen. Nasti eli heillä kahdeksan kuukautta. Rakastamaan oppii huomattavasti lyhyemmässäkin ajassa.

Silloin minä itkin, Ester ajatteli. Mutta äiti opetti minulle mihin kuvaa voi käyttää.

– Maalaa se, äiti sanoo.

Isä ja Antte eivät ole vielä tulleet kotiin. Kiiruhdan hakemaan paperia ja kynän. Jo ensimmäisten viivojen jälkeen kiihkeä tunteeni rauhoittuu. Suru muuttuu rinnassa kumeaksi ja hiljaiseksi. Käsi ottaa käyttöönsä aivot ja tunteen, itku saa väistyä sivuun.

Kun isä tulee kotiin, alan itkeä uudestaan, lähinnä saadakseni huomiota. Kuollutta Nastia esittävä piirros on jo ateljeessa laatikkoni pohjalla. Isä lohduttaa. Saan istua hänen sylissään. Antte ei välitä. Hän on liian iso poika surrakseen sopulia.

– Tiedäthän sinä, isä sanoo. – Ne ovat hyvin herkkiä, eivät ne kestä meidän pasiliskojamme. Viedään se halkoliiteriin ja haudataan kesällä.

Tulevina viikkoina teen halkoliiteristä kolme piirrosta. Sen katolla on paksulti lunta. Pieniruutuisten, yksilasisten, kuurankukkien peittämien ikkunoiden takana on sysipimeää. Vain minä ja äiti ymmärrämme että oikeastaan kuvat esittävät Nastia. Se makaa siellä laatikossa.

– Sinun pitäisi jatkaa maalaamista, Mauri sanoi.

Ester vaihtoi painoja levytankoon. Hän katsoi sääriään. Reidet alkoivat selvästikin paksuuntua. Quadriceps femoris. Hänen pitäisi syödä enemmän proteiineja.

Mauri etsi käsiinsä muutaman piirroksen, jotka esittivät Esterin tätiä, kasvatusäidin siskoa. Yhdessä kuvassa täti istui keittiönpöydän ääressä ja katsoi apeana puhelinta. Toisessa hän makasi selällään keittiön pinnasohvalla lukemassa tyytyväisen näköisenä romaania. Kädessä hänellä oli puukko, johon hän oli seivästänyt palan kuivattua lihaa.

Mauri oli vähällä kysyä oliko Ester kuullut tädistään, mutta hän malttoi mielensä. Täti ja kasvatusisä olivat paskamaisia ihmisiä.

Ester koukisti polviaan levytangon alla. Hän katsoi Mauria, tämän kurtistuneita kulmia. Maurin ei pitäisi olla tädille vihainen. Missä täti nyt kävisi miessuhteidensa välillä? Täti oli yhtä koditon kuin Ester.

Täti käy säännöllisin väliajoin Rensjönissä tervehtimässä heitä. Yleensä hän soittaa ensin äidille.

Puhelin on pirissyt pitkin viikkoa. Äiti on kulkenut kuuloke olkapään ja korvan välissä ja yrittänyt saada johdon riittämään.

– Mmm, hän sanoo puhelimeen ja yrittää yltää tiskiin ja laskiämpäriin ja koirankuppiin, hän ei voi istua toimettomana puhuessaan puhelimessa, se on mahdottomuus.

Joskus hän sanoo:

– Se mies on idiootti!

Mutta useimmiten hän on vain hiljaa ja kuuntelee pitkiä yksinpuheluita. Kuulen että täti itkee onnettomana toisessa päässä. Joskus hän kiroilee.

Haen äidille jatkojohdon. Isää ärsyttää. Hän ei kestä noita loputtomia puheluja. Kun puhelin soi, hän poistuu keittiöstä.

Eräänä päivänä äiti sitten sanoo:

– Marit tulee.

– Jaaha, nyt on taas se aika, isä sanoo.

Hän pukee ylleen ajohaalarit ja häipyy sanomatta minne on menossa, tulee kotiin paljon iltapalan jälkeen. Äiti lämmittää hänen ruokansa mikrossa. On hiljaista. Ellei talon muissa osissa olisi niin kylmä, minä ja Antte pakenisimme ateljeehen tai kalustamattomalle ullakolle. Pyykki riippuu siellä koppuraisena ja huurre on peittänyt ikkunat.

154

Mutta me istumme keittiössä. Äiti tiskaa. Katson hänen sel-
käänsä ja seinäkelloa. Lopulta Antte nousee avaamaan radion.
Sitten hän menee olohuoneeseen, avaa television ja tietokoneen
ja alkaa pelata jalkapallopeliä. Hiljaisuus vaientaa kaikki äänet.
Isä mulkoilee puhelinta.

Olen kuitenkin iloinen. Täti on kaunis lintu. Hänellä on koko
laukku täynnä meikkejä ja hajuvettä, joita saa kokeilla jos on va-
rovainen. Äiti muuttuu erilaiseksi silloin kun täti tulee. Hän nau-
raa usein, täysin syyttä suotta.

Jos vielä osaisin piirtää, piirtäisin uudestaan kaikki kuvat, jot-
ka olen hänestä piirtänyt. Hän saisi näyttää sellaiselta kuin halu-
si, kasvoistaan hän olisi pieni tyttö. Suu olisi pehmeä, vähemmän
juonteita kulmakarvojen välissä, sierainten ympärillä ja suupielis-
sä. Enkä minä välittäisi ryppyverkosta, joka ulottuu silmäkulmis-
ta kohti korkeita poskipäitä. En välittäisi kyynelten suistosta.

Täti tulee junalla Tukholmasta. Matka kestää iltapäivän, illan,
yön ja puoli päivää.

Olen yläkerran olohuoneessa, äiti ja isä nukkuvat siellä levitet-
tävässä sohvassa. Antten makuupaikka on keittiön pinnasohvalla.
Vain minulla on oma huone, pieni soppi jossa on tilaa sängylle ja
tuolille. Pieni ikkuna on niin korkealla että täytyy nousta tuolille,
jos haluaa katsoa siitä ulos. Joskus seison ikkunassa katselemassa
ratatyöntekijöitä, jotka tulevat keltaisissa työhaalareissaan työka-
luja olallaan. Minulla on oma huone, koska olen kasvattilapsi.

Mutta nyt olen olohuoneessa ja painan nenäni ikkunaa vasten.
Näen tädin jos panen silmät kiinni.

On keskitalvi. Tukholma on seepiaa ja okraa sateen kastele-
malla akvarellipaperilla, isoja märkiä puunrunkoja, ohuita mus-
teviivoja.

Näen hänet junassa. Joskus hän polttaa salaa junan vessassa.
Muuten hän istuu paikallaan ja katsoo ikkunasta ulos: talo talon
jälkeen, metsä metsän jälkeen, sielu kotiinpaluun tunnelmissa.

Välillä hän katsoo myös kännykkäänsä. Ei kenttää. Ehkä se

155

mies on sittenkin yrittänyt soittaa. Tasoristeysten kohdalla kuuluu kilkatusta, kun autot odottavat puomien takana.

Hänellä on varaa vain istumapaikkaan. Hän levittää takin peitoksi ylleen ja nukahtaa ikkunaa vasten. Sähköpatterit hohkaavat lämpöä. Haisee palaneelta pölyltä. Hänen nailonsukkahousuihin verhotut jalkansa ja kapeat nilkkansa pilkistävät takin alta, ne lepäävät vastapäisellä penkillä ja kertovat jostakin hauraasta ja haavoittuvaisesta. Juna rytkyttää ja humisee ja kolisee. Se muistuttaa hyvin paljon elämää ennen syntymää.

Olen häntä äidin kanssa vastassa Rensjönin asemalaiturilla. Täti jää ainoana matkustajana kyydistä. Ratapihaa ei ole aurattu. Kahlaamme lumessa tummansinisessä iltapäivähämärässä. Lumikokkareita tarttuu laukkujen pohjaan.

Tädillä on pikkuisen liikaa meikkiä, ja hänen äänensä on vähän liian iloinen, hän puhua pälpättää ja sipsuttaa lumessa. Häntä alkaa heti paleltaa tukholmalaistakissa ja hienoissa kengissä. Eikä hänellä ole hattuakaan. Raahaan laukkua. Se jättää hankeen syvät jäljet.

Täti nauraa onnellisena nähdessään talomme. Toisessa päädyssä lumi on nietostunut yläkerran ikkunaan asti. Äiti kertoo että toissa viikolla isä joutui kiipeämään siitä ulos, ja että isältä ja Anttelta kesti neljä tuntia kaivaa ulko-ovi esiin.

Tädillä on tuliaisia: minulle kallis akvarellilehtiö, jossa on liimatut sivut.

Äiti kehottaa minua olemaan käyttämättä kaikkea kerralla, sitten hän moittii tätiä, se on liian kallis.

Alussa täti haluaa sellaista ruokaa, jota hän ja äiti söivät pieninä. Äiti tekee suovasta ja veripalttua ja verilettuja ja hirvikäristystä, ja iltaisin täti leikkaa kuivatusta lihasta ohuita siivuja ja syö samalla kun puhuu. Ja he juovat tädin tuliaisviinoja.

Isä panee lämmön päälle olohuoneeseen ja katsoo iltaisin televisiota, äiti ja täti jäävät keittiöön juttelemaan. Täti itkee usein, mutta sellaisesta meidän perheessä ei olla tietääkseenkään.

– Sinä se muutat yhtenään, isä sanoo tultuaan keittiöön ottamaan lisää tädin tuomaa viskiä. – Ehkä sinun pitäisi hankkia asuntovaunu.

Tädin ilmekään ei värähdä, mutta näen hänen iiriksensä, ne muuttuvat kahdeksi neulanpistoksi.

– Olen huono valitsemaan hyviä miehiä, hän sanoo petollisen kevyellä äänellä. – Luultavasti se on sukuvika äidin puolelta.

Joka ilta hän panee puhelimen lataukseen. Hän tuskin uskaltaa käydä ulkona, sillä hän pelkää että puhelin jäätyy ja paristot lakkaavat toimimasta.

Eräänä iltana puhelin soi, ja siellä on se kusipää. Täti puhuu hiljaisella äänellä keittiössä. Pitkään. Äiti lähettää meidät ulos leikkimään. Leikimme melkein kaksi tuntia pimeässä. Kaivamme luolan suoraan lumikinokseen. Koiratkin kaivavat kuin hassut.

Saamme tulla sisään sitten kun täti on lopettanut puhelun. Kuuntelen samalla kun riisun haalarit ja kengät.

– En ymmärrä, äiti sanoo. – Miten sinä kehtaatkin ottaa sen miehen takaisin. Hänenhän tarvitsee vain napsauttaa sormiaan. Se on suurta naisvoiman tuhlausta.

– "Naisvoiman tuhlausta", täti sanoo. – Mihin muuhun voimaansa kannattaa tuhlata kuin yrittää saada vähän rakkautta ennen kuin elämä on ohi?

Se tässä onkin hankalaa kun Mauri tulee huoneeseeni katsomaan kuvia, Ester ajatteli ja pani uudet painot levytankoon. Nyt kun olen alkanut ajatella tätiä, kaikki muutkin muistot palaavat. Ensin mieleen muistuu jotakin vaaratonta, mutta heti takana odottaa se mikä on kiusallista.

Kiusallista on tämä: Olen tädin kyydissä, ajamme Norgevägeniä pitkin Kiirunan sairaalaan. On pimeää, lunta tuprutaa. Täti puristaa rattia. Hänellä on ajokortti mutta hän on tottumaton.

Loppu on lähellä. En muista missä Antte ja isä ovat.

– Muistatko sinä sen kärpäsen? täti kysyy autossa.

En vastaa. Vastaan tulee rekka. Täti jarruttaa juuri sillä hetkellä kun kohtamme. Niin ei saa tehdä, sen verran minäkin tiedän. Silloin lipeää helposti vastakkaiselle kaistalle ja jää auton alle. Mutta täti on peloissaan ja tekee virheitä. Minua ei pelota. Ei ainakaan se.

En muista kärpästä, mutta täti on kertonut siitä ennenkin. Olen kaksivuotias. Istun tädin sylissä keittiönpöydän ääressä. Sanomalehti on auki pöydällä. Siinä on kärpäsen kuva. Yritän nostaa kärpäsen lehden sivulta.

Äiti nauraa minulle.

– Ei onnistu, hän sanoo.

– Älä opeta tytölle että hän ei osaa, täti sanoo kiukkuisena.

Täti on perillä äitinsä suvun taipumuksista, veren seisauttamisesta ja asioiden näkemisestä. Hän on vihainen äidille aavistaessaan että siskolla on niitä enemmän kuin tämä antaa ymmärtää. Hän ei halua että äiti opettaa minua tukahduttamaan taipumuksiani. Jo silloin kun olin vauva, hän katsoi minua silmiin ja sanoi äidille: näetkö, siinä on áhkku, isoäiti.

Kerran isä kuuli sen.

– Hupakot, hän sanoi heille. – Eihän tyttö ole edes sukua meille. Ei siinä ole teidän isoäitinne.

– Isäsi ei tajua mitään, täti sanoi minulle. Hän kuulosti petollisen leikkisältä ja suuntasi kaiken mielenkiintonsa minuun, mutta olin vasta vauva, isän siinä olisi pitänyt kuulla. Isä luulee että suku on vain biologiaa.

Yritän poimia kärpäsen lehden sivulta. Ja yhtäkkiä se onnistuu. Kärpänen surisee päämme päällä, törmää tädin lukulaseja päin, tipahtaa lattialle ja poukkoilee ympäriinsä, nousee raskaasti ja laskeutuu kädelleni.

Alan parkua kuin viimeistä päivää. Täti yrittää turhaan rauhoittaa minua. Äiti hätistää kärpäsen ulos ikkunasta, ja se kuolee välittömästi kylmyyteen. Kuvassa kärpänen on tallella, mutta täti työntää silti lehden hellaan, ja siellä se palaa poroksi.

– Kai se oli vain talvikärpänen, joka heräsi horteestaan, äiti sanoo yrittäen olla realisti.

Täti ei sano mitään. Nyt autossa neljätoista vuotta myöhemmin hän kysyy:

– Miksi sinä huusit niin? Luulimme ettet rauhoittuisi ikinä.

Sanon etten muista. Ja se on totta. Mutta se ei merkitse sitä että en tietäisi. Kyllä minä tiedän miksi huusin. Tunne on sama kuin silloin kun se tapahtuu, ja se on tapahtunut minulle myöhemminkin.

Se on sitä kun sulautuu kaikkeen mutta samalla erkanee kaikesta. Tuntuu kuin hajoaisi, niin kuin tuuli joka laskeutuu laaksonpohjukkaan ja hälventää sumun. Se on hyvin pelottavaa. Etenkin kun on pieni eikä tiedä että se on ohimenevää.

Tiedän milloin se on tulossa. Jalkapohjat alkavat puutua, tuhat neulaa pistelee. Sitten tuntuu kuin jalkojen ja maan välissä olisi ilmatyyny. Oma ruumis on lähempänä kuin uskoisikaan, ja on epämiellyttävää erota siitä.

Voisin sanoa tädille: kuvittele että painovoima yhtäkkiä lakkaisi. Mutta en halua puhua siitä.

Tiedän miksi täti muistuttaa minua nyt autossa kärpäsestä. Se on hänen tapansa sanoa, että minäkin olen äidille sukua. Että minulla on heidän isoäitinsä sisimmässäni.

Oikeastaan kukaan ei halua tietää. Ei tätikään.

Olen kolmevuotias. Istun taas tädin sylissä keittiönpöydän ääressä. Täti ja isä ovat käyneet toistensa hermoille pian kaksi viikkoa, ja isä ja Antte ovat lähteneet tunturiin. Mutta tänä päivänä puhelin on soinut. Täti on varannut paluulipun ja pakannut laukun. Nyt hän näyttää minulle kuvia. Sillä miehellä on iso purjevene. Täti näyttää kuvia veneestä.

– Se on Välimerellä, hän kertoo.

He aikovat purjehtia Kanariansaarille.

– Minä muistan, sanon. – Sinä istuit tuolla itkemässä.

Osoitan veneen keulaa.

Täti nauraa. Tätä hän ei halua kuulla. Nyt Esterillä ei ole lahjoja.

– Ethän sinä voi sitä muistaa, kultapieni. En ole eläessäni ollut purjeveneessä. Tästä tulee ensimmäinen kerta.

Äiti luo minuun varoittavan katseen sen merkiksi, että he eivät halua tietää. He eivät halua tietää, että voi muistaa sekä eteenpäin että taaksepäin. Aika kuluu molempiin suuntiin.

Maurikaan ei halua tietää, Ester ajatteli ja laski levytangon harteilleen. Mauri on vaarassa, mutta on turha yrittää kertoa hänelle.

– Sinä voisit maalata minut, Mauri sanoi hymyillen.

Se on totta, Ester ajatteli. Voisin maalata hänet. Se on ainoa kuva joka minulla on sisälläni. Muuten kuvat ovat loppuneet. Mutta ei Mauri halua nähdä sitä. Se on ollut sisälläni siitä lähtien kun näin hänet ensimmäistä kertaa.

Inna ottaa minut ja tädin vastaan Reglan ovella. Hän halaa tätiä ikään kuin he olisivat siskoksia. Täti rauhoittuu, luultavasti huono omatunto hellittää.

Minusta tuntuu vastenmieliseltä olla siellä. Olen taakka jokaiselle. En voi maalata, en elättää itseäni. Minulla ei ole muuta paikkaa. Ja koska en halua olla siellä, uppoudun koko ajan omaan maailmaani. Sille ei mahda mitään. Kun jalkani kulkevat kahden maton yli kohti Innaa, muutun kahdeksi kutojaksi, mieheksi jonka kieli on koko ajan hampaiden välissä olevassa aukossa, muutun nuoreksi pojaksi. Hipaisen puista seinäpaneelia ja olen lonkkavaivoista kärsivä puuseppä, joka höylää puuta. Olen kaikki ne kädet, jotka ovat dreijanneet, kutoneet, ommelleet, veistäneet. Uuvun enkä jaksa pitää itseäni koossa. Pakottaudun ojentamaan käteni Innalle. Silloin näen hänet. Hän on kolmentoista ja painaa poskensa isänsä poskea vasten. Kaikki sanovat että hän kietoo isänsä sormensa ympäri, mutta hänen silmänsä ovat nälkäiset.

Inna näyttää meille paikkoja. Huoneita on niin monta, että niitä ei voi edes laskea. Täti katsoo häikäistyneenä ympärilleen. Huonekalut ovat vanhoja, kiiltävää puuta, ja niissä on koukeroiset jalat. Lattialla on ruukkuja joissa on sinisiä kiinalaisia kuvioita.

– Mikä paikka, hän suhahtaa minulle.

Tädin on vaikea sietää vain Maurin vaimon koiria, jotka saavat kulkea vapaasti mielensä mukaan ja hypätä huonekalujen päälle. Hänen on pidäteltävä itseään, jotta hän ei tarttuisi niitä niskavilloista ja heittäisi ovesta ulos.

En vastaa. Hän haluaa että olen iloinen kun pääsin tänne. Mutta en tunne näitä ihmisiä. He eivät ole perhettäni. Minut on tuotu tänne väkisin.

Yhtäkkiä Innan puhelin soi. Lopetettuaan puhelun hän sanoo, että saan tavata veljeni.

Astumme työhuoneeseen. Veljelläni on puku päällä, vaikka hän on omassa kodissaan.

Täti kättelee häntä ja kiittää siitä, että he huolehtivat minusta.

Veljeni hymyilee minulle ja sanoo "totta kai". Kaksi kertaa hän sanoo sen ja katsoo minua silmiin.

Minun on pakko painaa pääni, niin iloiseksi tulen. Ajattelen että hän on veljeni ja että minulla on nyt paikka hänen luonaan.

Sitten hän tarttuu minua ranteesta ja...

Silloin lattia pettää allani. Paksu matto aaltoilee kuin merikäärme päästäkseen minusta eroon. Se pistelee jalkojeni alla. Tarvitsisin jotakin mistä pitää kiinni, paksun huonekalun. Mutta olen jo katonrajassa.

Ikkunalasit romahtavat huoneeseen rankkasateen lailla. Musta tuuli imee verhoja sisäänpäin ja silppuaa ne hajalle.

Kadotan itseni.

Huone pimenee ja kutistuu. Se on toinen makuuhuone kauan sitten, makuuhuone joka on Maurin sisimmässä. Lihava mies makaa naisen päällä sängyssä. Patjassa ei ole päällystä, on vain keltaista, likaista vaahtokumia. Miehen selkä on leveä ja hikinen kuin iso sileä kivi vesirajassa.

Jälkeenpäin ymmärrän että nainen on minun ja Maurin yhteinen äiti. Se toinen, se joka synnytti minut. Mutta tämä tapahtui ennen kuin minua oli olemassa.

Mauri on pieni, kaksi- tai kolmevuotias. Hän riippuu miehen selässä ja huutaa "äiti, äiti". Kumpikaan heistä ei välitä hänestä enempää kuin hyttysestä.

Se on minun muotokuvani Maurista.

Kalpea pieni selkä, kuin katkarapu, ison kallion kokoisen selän päällä pimeässä suljetussa huoneessa.

Ja sitten hän päästää käteni irti ja minä palaan.

Ja silloin tiedän että minun on kannettava häntä. Meidän kummankaan paikka ei ole täällä Reglassa. Aikaa on enää vain vähän.

Ester kyykkäsi levytanko olkapäillään, astui syvän askeleen eteenpäin.

Mauri hymyili hänelle ja yritti uudestaan:

– Minä voin maksaa. Muotokuvamaalauksessa liikkuu hyvät rahat. Elinkeinoelämän egot ovat isoja kuin zeppeliinit.

– Sinä et pitäisi siitä, Ester vastasi yksinkertaisesti.

Ester vilkaisi Mauria, näki miten hän yritti olla loukkaantumatta. Mutta mitä Ester olisi voinut sanoa?

Oli miten oli, Ester ei enää kestänyt sitä miten hän penkoi kuvia. Ester koukisti polviaan levytangon alla, ja Mauri häipyi portaita alas.

– Joo, MINÄ MUISTAN asiakkaan, jolla oli tuollainen päällystakki.
Anna-Maria Mella ja Sven-Erik Stålnacke olivat Kiirunan len-
tokentällä jututtamassa autovuokraamon poikaa, kaksikymppistä
heppua joka jauhoi kiihkeästi purukumia penkoessaan muistiaan.
Hänellä oli aika paha akne poskissa ja kaulassa. Anna-Maria yritti
olla tuijottamatta täyskypsää finniä, joka oli kuin valkoinen touk-
ka matkalla ulos punareunaisesta kuukraatterista. Hän näytti po-
jalle kamerakännykkäänsä. Siinä oli kuva päällystakista, jonka su-
keltajat olivat löytäneet Tornionjärven jään alta.

– Muistan kun ajattelin että kyllä häntä mahtaa paleltaa.
Nuorukainen naurahti.
– Ne ulkomaalaiset!
Anna-Maria ja Sven-Erik olivat hiljaa. He odottivat kommen-
toimatta. Oli parempi antaa pojan muistella vapaasti. Anna-Ma-
ria nyökkäsi rohkaisevasti ja merkitsi mielessään muistiin sanan
"ulkomaalainen".

– Se ei voinut olla viime viikolla, silloin olin kotona flunssassa.
Odottakaa hetki…
Hän teki tietokoneella haun ja ojensi heille sitten täytetyn lo-
makkeen.

– Tässä on sopimus.
Ei voi olla totta, Anna-Maria ajatteli. Me saamme sen tyypin
kiinni.
Hän malttoi hädin tuskin hillitä itseään.
Sven-Erik puki hansikkaat käteensä ja pyysi saada lomakkeen.

– Ulkomaalainen, Anna-Maria, – mitä kieltä hän puhui?
– Englantia. En osaa muita, joten…
– Oliko siinä jokin korostus?

– Eei...

Poika siirsi purukumia eteenpäin suussaan, sijoitti sen etuhampaidensa väliin, niin että se työntyi puoliksi ulos suusta, ja vaihtoi sen jälkeen pureskelunopeutta. Anna-Marian mieleen tuli ompelukone, joka tikkaa pienen valkoisen kangaspalan ympärystä.

– Britti, sanoisin. Ei kuitenkaan mitään snobienglantia, ennemminkin sellaista työväenluokan kieltä.

– Joo-o, poika sanoi ja nyökkäsi kuin vahvistukseksi itselleen.
– Joo, se ei oikein sointunut siihen pitkään trenssiin ja kenkiin. Minusta hän näytti vähän rähjäiseltä, vaikka hän olikin ruskettunut.

– Me pidämme sopimuksen, Sven-Erik sanoi. – Saat siitä kopion, mutta ole kiltti äläkä puhu toimittajien kanssa tästä. Ja me haluamme kaikki tiedot tietokoneeltasi, siitä miten hän maksoi, kaiken.

– Ja me haluamme auton, Anna-Maria sanoi. – Jos se on vuokrattu, pyydä se takaisin. Anna asiakkaalle jokin toinen.

– Tämä liittyy Inna Wattrangiin, eikö niin?

– Oliko hänellä päällystakki yllä silloin kun hän palautti auton? Anna-Maria kysyi.

– En tiedä. Luultavasti hän palautti avaimen luukkuun.
Nuorukainen tarkisti tietokoneelta.

– Joo, ilmeisesti hän lähti perjantaina iltakoneella tai aikaisin lauantaina.

Silloin joku lentoemännistä on ehkä nähnyt hänet ilman päällystakkia, Anna-Maria ajatteli.

– Tehdään etsintäkuulutus auton vuokranneesta kaverista, Anna-Maria sanoi Sven-Erikille kun he palasivat autolle. – John McNamarasta. Interpol saa auttaa meitä ottamaan yhteyttä britteihin. Jos rikoslabra saa varmistettua, että takissa oleva veri on peräisin Inna Wattrangista ja jos siellä voidaan tehdä DNA-analyysi siitä, mitä takissa on...

– Sehän ei ole varmaa, koska takki on ollut vedessä.

– Siinä tapauksessa Rudbeckin labra Uppsalassa saa hoitaa asian. Se kaveri on voitava yhdistää takkiin, ei riitä että hän on vuokrannut auton samaan aikaan kun Inna Wattrang murhattiin.

– Ellei autosta löydy mitään.

– Käykööt teknikot sen läpi.

Anna-Maria kääntyi katsomaan Sven-Erikiä ja hymyili leveästi. Sven-Erik painoi jalkansa auton lattiaa vasten kuin etsien automaattisesti jarrua, hän toivoi että Anna-Maria katsoisi tietä silloin kun ajoi.

– Saamari miten hyvin tämä luistaa, Anna-Maria sanoi ja kaasutti silkasta ilosta. – Ja tämän me olemme tehneet itse, ilman keskusrikospoliisia, se on hemmetin hyvä juttu.

Rebecka söi sinä iltana päivällistä Sivvingin luona. He olivat Sivvingin pannuhuoneessa. Rebecka istui pienen lastulevypöydän ääressä ja katseli miten Sivving laittoi ruokaa pienen keittolevyn luona. Sivving pani kalamurekesiivuja alumiinikattilaan ja lämmitti ne varovasti maitotilkassa. Vieressä porisi padallinen manteliperunoita. Pöydällä oli pärekorissa näkkileipää ja voimakassuolaista kevytlevitettä. Pannuhuone haisi ruualta ja pyykkinarulle kuivumaan ripustetuilta villasukilta.

– Tämähän on yhtä juhlaa, Rebecka sanoi. – Vai mitä sanot, Bella.

– Älä luulekaan, Sivving urahti koiralleen, joka oli häädetty petiinsä Sivvingin sängyn viereen.

Kuola valui Bellan suupielistä kahtena rihmana. Sen ruskeat silmät kertoivat uhkaavasta nälkäkuolemasta.

– Saat sitten minun tähteeni, Rebecka lupasi.

– Älä puhu sille. Se tulkitsee kaiken luvaksi poistua petistä.

Rebecka hymyili. Hän katsoi Sivvingin selkää. Sivving oli ihana ilmestys. Sivvingin hiukset eivät olleet ohentuneet, ne olivat vain muuttuneet valkeaksi silkiksi ja sojottivat päässä kuin kuohkea ketunhäntä. Maastohousujen lahkeet oli sullottu kunnon villasukkiin. Maj-Lis oli varmaankin neulonut hänelle ison varaston sukkia ennen kuolemaansa. Sivvingin isoa mahaa peittivät flanellipaita ja yksi Maj-Lisin esiliinoista, joka ei ulottunut selän ympäri. Niinpä Sivving oli työntänyt nyörit housujen takataskuihin pitääkseen esiliinan paikallaan.

Sivving oli koristanut muut huoneet tunnollisesti joulua varten, ripustanut joulutähdet jokaiseen ikkunaan, oranssin paperitähden keittiöön, olkitähden olohuoneeseen. Hän oli ottanut esiin tontut, adventtikyntteliköt ja Maj-Lisin kirjailemat liinat. Loppiaisen jälkeen kaikki oli pantu takaisin laatikoihin ja kannettu ullakolle. Pöytäliinoja ei tarvinnut pestä. Sivving ei koskaan syönyt niiden päällä. Paikat eivät likaantuneet yläkerrassa.

Hän asui nykyään pannuhuoneessa eikä siellä ollut mikään muuttunut. Ei pöytäliinoja, ei pieniä tonttuja lipaston päällä.

Minä pidän siitä, Rebecka ajatteli, että kaikki on niin kuin ennenkin, samat padat ja lautaset ritilähyllyllä seinällä. Kaikella on tehtävänsä. Päiväpeitto suojaa lakanoita koirankarvalta, kun Bella makaa salaa sängyllä. Räsymatto on lattialla siksi että lattia on kylmä, ei koristeena. Hän huomasi tottuneensa siihen. Enää hänestä ei tuntunut omituiselta, että Sivving oli muuttanut kellariin asumaan.

– Melkoinen juttu se Inna Wattrangin tapaus, Sivving sanoi.
– Siitä on lööpeissä koko ajan.

Ennen kuin Rebecka ehti vastata, kännykkä soi. Näytöllä vilkkui Tukholman suuntanumero. Se oli asianajotoimiston vaihde.

Måns, Rebecka ajatteli ja hermostui niin että nousi seisomaan.

Bella käytti tilaisuutta hyväkseen ja pomppasi sekin pystyyn. Puolessa sekunnissa se oli hellan luona.

– Mene pois, Sivving ärähti.

Rebeckalle hän sanoi:

– Perunat ovat valmiita viiden minuutin päästä.

– Ihan hetki, Rebecka sanoi ja juoksi portaita ylös. Hän kuuli Sivvingin sanovan "mene petiin", kun hän sulki kellarin oven perässään ja vastasi puhelimeen.

Siellä ei ollut Måns. Siellä oli Maria Taube.

Maria Taube työskenteli vieläkin Månsille. Toisessa elämässä Rebecka ja hän olivat olleet kollegoita.

– Mitä kuuluu? Rebecka kysyi.

– Katastrofi. Mehän olemme tulossa Riksgränsenille hiihtämään toimiston kanssa. Haloo! Mikä ihmeen päähänpisto sekin on olevinaan? Miksi emme lähde johonkin lämpimään paikkaan ottamaan aurinkoa ja juomaan päivänvarjodrinkkejä? Olen surkeassa kunnossa! Voisin lainata siskoni hiihtovaatteita, mutta ne ovat kuin makkarankuori. Ja kuule, viime vuoden puolella ajattelin että joulun jälkeen alan laihduttaa puoli kiloa viikossa. Sen takia soin itselleni kaikenlaisia herkkuja jouluna. Sitten tuli yhtäkkiä uusivuosi, ja tammikuu tuli ja meni ennen kuin ehdin silmääni räpäyttää, ja ajattelin että helmikuussa alan laihduttaa, ja jos laihdutan kilon viikossa...

Rebecka nauroi.

– ...mutta reissuun on enää pari päivää, Maria Taube jatkoi.

– Mitä luulet, ehtiikö siinä ajassa laihduttaa kymmenen kiloa?

– Nyrkkeilijät menevät saunaan hikoilemaan.

– Mmm, kiitos vihjeestä. Tosiaan. "Kuoli saunaan. Ehti soittaa Guinnessin ennätyskirjaan." Mitä sinä teet?

– Juuri nyt vai töissä?

– Juuri nyt ja töissä.

– Juuri nyt aion syödä päivällistä naapurin kanssa, ja töissä teen vähän tarkistuksia Kallis Miningista poliisille.

– Inna Wattrangistako?

– Niin.

Rebecka keräsi rohkeutta.

– Muuten, hän sanoi, – Måns meilasi minulle ja pyysi minua Riksgränsenille drinkille silloin kun tekin olette siellä.

– Voi, olen samaa mieltä! Ole kiltti ja tule.

– Mmm...

Mitä minä nyt sanon? Rebecka mietti. "Onkohan minulla mitään mahdollisuuksia saada Måns?"

– Mitä Månsille kuuluu? hän kysyi.

– Hyvää kai, oletan. Heillä oli sen sähköyhtiöjutun iso pääkäsittely viime viikolla. Se meni hyvin, joten nyt hän on melko inhimillinen. Sitä ennen hän oli niin kireänä, että kaikki hiipivät hänen ovensa ohi.

– Entä muuten? Mitä muille kuuluu?

– En tiedä. Eihän täällä mitään tapahdu. Ai niin, Sonja Berg meni viime viikolla kihloihin kauppamatkustajansa kanssa.

Sonja Berg oli Meijer & Ditzingerin sihteereistä pitkäaikaisin. Hän oli eronnut ja kahden lapsen äiti, ja firmalla oli ollut ilo nähdä miten häntä viimeisen vuoden aikana oli liehitellyt mies, jolla oli yhtä hieno auto ja yhtä kallis kello kuin osakkailla. Kosijalla oli kalentereiden ja paperialan agentuuri. Sonja puhui hänestä "askartelupallojen kaupustelijana".

– Voi, kerro, Rebecka sanoi hartaana.

– Mitäpä siitä voisi sanoa. Päivällinen Grand Hotelissa. Ja kivi oli, tiedäthän, kohtalaisen kokoinen. Tuletko sinä Riksgränsenille?

– Ehkä.

Maria Taube oli hyvä tyyppi, tiesi että kyse ei ollut hänestä. Kyse oli Rebeckasta. He olivat tavanneet kaksi kertaa sen jälkeen kun Rebecka pääsi sairaalasta. Rebecka oli käynyt Tukholmassa myymässä asuntonsa. Maria oli kutsunut hänet päivälliselle.

– Minä laitan jotakin yksinkertaista, hän sanoi. – Jos et jaksa tavata ihmisiä tai minua, tai tiedäthän, jos sinusta tuntuu että haluat mieluummin jäädä kotiin polttamaan itseäsi tupakalla, soita ja peruuta. Se on ihan okei.

Rebecka oli nauranut.

– Oletko hullu, et saa pelleillä tuolla tavalla kanssani, minähän olen rajatapaus! Sinun pitää olla minulle erityisen kiltti.

He olivat syöneet päivällistä. Ja ennen kuin Rebecka muutti Kiirunaan, he olivat istuneet edellisenä iltana drinkillä Sturehofissa.

– Etkö tule toimistolle hyvästelemään? Maria oli kysynyt.

Rebecka oli pudistanut päätään. Maria Tauben kanssa tuli toimeen. Marian kanssa tuli aina toimeen. Mutta oli mahdoton ajatus mennä koko asianajotoimiston nähtäväksi. Eikä Rebecka halunnut tavata siinä tilassa Månsiakaan. Huulesta nenään ulottuva arpi näkyi vieläkin. Se oli punainen ja kiiltävä. Ylähuuli oli sen verran vino, että näytti siltä kuin Rebeckalla olisi ollut nuuskamälli ikenessä tai huulihalkio. Ehkä hänet leikattaisiin, sitä ei ollut vielä päätetty. Ja häneltä oli lähtenyt paljon hiuksia.

– Lupaa minulle pitää yhteyttä, Maria Taube oli sanonut ja tarttunut Rebeckaa käsistä.

Niin he olivat tehneet. Maria Taube soitteli joskus. Rebecka ilahtui kun hän soitti mutta ei koskaan soittanut itse takaisin. Ja se tuntui olevan okei. Maria ei lakannut soittamasta siksi että oli Rebeckan vuoro.

Rebecka lopetti puhelun ja kipaisi alas pannuhuoneeseen. Sivving oli juuri kattanut ruuan pöytään.

He söivät hartaan hiljaisuuden vallitessa.

Rebecka ajatteli Måns Wenngreniä. Hän ajatteli Månsin naurua ja kapeita lanteita, kiharoita tummia hiuksia, sinisiä silmiä.

Jos Rebecka olisi ollut kaunotar eikä sosiaalisesti rajoittunut ja hullu, hän olisi valloittanut Månsin jo kauan sitten.

En ikinä valitsisi ketään muuta, hän ajatteli.

Hän lähtisi Riksgränsenille tapaamaan Månsia. Mutta mitä hän pukisi päälleen? Hänellä oli kaappi täynnä siistejä jakkupukuja ja työvaatteita, mutta nyt tarvittiin jotakin muuta. Farkut tietenkin. Hänen pitäisi ostaa uudet. Ja mitä hän panisi farkkujen kanssa? Tukkakin pitäisi leikata.

Hän jatkoi näiden asioiden ajattelemista mentyään illalla nukkumaan.

Ei saa näyttää siltä että olen tälläytynyt, hän ajatteli. Mutta minun pitää näyttää hyvältä. Minä haluan että Måns pitää näkemästään.

Keskiviikko 19. maaliskuuta 2005

KUTEN TAVALLISTA, Anna-Maria Mella heräsi siihen että Gustav potkaisi häntä selkään.

Hän katsoi kelloa. Kymmentä vaille kuusi. Pian olisi kuitenkin aika nousta. Hän veti Gustavin lähelleen, nuuhki pojan tukkaa. Gustav olikin herännyt ja kääntyi häneen päin.

– Hei äiti, Gustav sanoi.

Robert murahti pojan toisella puolella ja veti täkin päänsä päälle yrittäen turhaan varastaa itselleen muutaman minuutin ylimääräisen unen.

– Hei pikku ystävä, Anna-Maria sanoi haltioissaan.

Miten joku saattoikin olla niin suloinen? Hän hyväili Gustavin pehmeää lapsentukkaa ja suuteli pojan otsaa ja suuta.

– Minä rakastan sinua, hän sanoi. – Sinä olet maailman ihanin.

Gustav hyväili äitinsä hiuksia, vakavoitui yhtäkkiä, kosketti varovasti Anna-Marian silmänympäryksiä ja sanoi huolestuneena:

– Äiti, sinä olet ihan halki.

Täkin alta toiselta puolelta kuului tukahtunutta naurua, ja Robertin vartalo hytkyi ylös alas.

Anna-Maria yritti ulottua potkaisemaan miestään, mutta se oli vaikeaa, koska Gustav makasi tiellä suojamuurina.

Siinä samassa Anna-Marian puhelin soi.

Siellä oli rikoskomisario Fred Olsson.

– Herätinkö sinut? hän kysyi.

– Et, olen jo saanut kunnon herätyksen, Anna-Maria nauroi ja yritti toistamiseen potkaista Robertia samalla kun Gustav koetti työntyä Robertin peiton alle.

Robert oli taittanut peiton alleen ja pani vastaan sen minkä kykeni.

– Olethan sanonut että haluat huonot uutiset saman tien.

– Enkä ole, Anna-Maria nauroi ja hyppäsi sängystä. – En ole ikinä sanonut niin, ja sitä paitsi olen jo kuullut vuoden huonon uutisen tänään.

– Mitä siellä oikein tapahtuu? Fred Olsson kysyi. – Onko teillä juhlat? Kuuntele nyt: se mies, jolla oli vaalea päällystakki...

– John McNamara.

– John McNamara. Häntä ei ole olemassa.

– Miten niin ei ole olemassa?

– Olet saanut tänne faksin Ison-Britannian poliisilta. Se John McNamara, joka vuokrasi auton Kiirunan lentokentältä, kuoli puolitoista vuotta sitten Irakissa.

– Tulossa ollaan, Anna-Maria sanoi. – Perhana!

Hän kiskoi vaatteet ylleen ja taputti elävää peittoa hyvästiksi.

Varttia vaille seitsemän Mauri Kalliksen turvallisuuspäällikkö Mikael Wiik ajoi lehmuskujaa pitkin Reglaa kohti. Kungsholmenista Reglaan oli tunnin ajomatka. Tänä aamuna hän oli noussut puoli viideltä ehtiäkseen aamiaisneuvotteluun Mauri Kalliksen luo. Mutta hän ei valittanut. Aikaiset aamut eivät olleet ylivoimaisia. Ja sitä paitsi: Mersu oli uusi. Hän oli vienyt avovaimonsa uudeksivuodeksi Malediiveille.

Kahdensadan metrin päässä ensimmäisestä rautaportista hän ohitti Maurin vaimon Ebban, joka oli ratsastamassa mustan hevosen selässä. Hän hidasti vauhtia hyvissä ajoin ja vilkutti ystävällisesti. Ebba vilkutti takaisin. Takapeilistä Mikael Wiik näki miten hevonen otti muutaman tanssiaskeleen kun rautaportit avautuivat, auto ei ollut pelästyttänyt sitä.

Ne luupäät, hän ajatteli ajaessaan toisen rautaportin läpi. Ne eivät ikinä tiedä mikä on oikeasti vaarallista. Ne voivat kavahtaa takajaloilleen vain koska tiellä on tikku, joka ei ollut siinä eilen.

Mauri Kallis istui jo ruokasalissa. Kahvikupin vieressä oli pino sanomalehtiä, kaksi ruotsalaista, loput ulkomaisia.

Mikael Wiik tervehti ja otti itselleen kahvia ja croissantin. Kunnon aamiaisen hän oli syönyt jo ennen kuin lähti kotoa. Hän ei ollut niitä, jotka popsivat kaurapuuroa työnantajan silmien edessä.

Kukaan ei tunne miestä niin kuin hänen henkivartijansa, hän ajatteli ja kävi istumaan. Hän tiesi että Mauri Kallis oli uskollinen vaimolleen, paitsi silloin kun työkumppanit tuputtivat seuralaispalvelun tyttöjä. Tai silloin kun Kallis itse tarjosi ja tiesi että sitä kala tarvitsi käydäkseen koukkuun. Mutta se kuului työhön eikä sitä laskettu.

Kallis ei myöskään juonut paljon. Mikael Wiik epäili että ennen Kalliksen ja Inna ja Diddi Wattrangin laita oli ollut toisin. Ja olihan Mauri ottanut lasin tai pari sekä vähän muutakin Innan kanssa niiden kahden vuoden aikana, jotka Mikael Wiik oli tehnyt hänelle töitä. Mutta ei töissä. Ennen työpäivällisiä tai kapakkakierroksia Mikael Wiikin tehtäviin kuului jututtaa baarimikkoja ja tarjoiluhenkilökuntaa ja maksaa heille, niin että Mauri Kallikselle tarjoiltiin huomaamatta alkoholittomia drinkkejä ja viskin sijasta omenamehua.

Matkoilla Mauri Kallis asui hotelleissa, joissa oli hyvät urheilutilat, hän treenasi hotellin kuntosalilla aikaisin aamulla. Hän söi mieluummin kalaa kuin lihaa. Hän luki elämäkertoja ja tietokirjoja, ei romaaneja.

– Innan hautajaiset, Mauri Kallis sanoi Mikael Wiikille.
– Ajattelin pyytää Ebbaa järjestämään ne, joten te voitte puhua siitä yhdessä. Gerhart Sneyersin tapaamista emme voi peruuttaa, hän lentää tänne Belgiasta tai Indonesiasta ylihuomenna. Syömme silloin päivällistä ja pidämme kokouksen lauantaiaamuna. African Mining Trustista tulee ihmisiä, saat listan viimeistään huomenna iltapäivällä. Heillä on tietenkin omat turvamiehensä mukana, mutta niin, tiedäthän sinä...

Tiedän, Mikael Wiik ajatteli. Reglaan tulossa olevat herrat olivat hyvin vartioituja ja vainoharhaisia. Osalla oli siihen aihettakin.

Esimerkiksi Gerhart Sneyersillä, joka oli kaivos- ja öljy-yhtiön omistaja ja johti African Mining Trustia, ulkomaisten yhtiönomistajien yhteenliittymää Afrikassa.

Mikael Wiik muisti Maurin ja Gerhart Sneyersin ensimmäisen tapaamisen. Mauri ja Inna olivat lentäneet Miamiin tapaamaan miestä. Mauri oli ollut hermona. Mikael Wiik ei ollut koskaan ennen nähnyt häntä sellaisena.

– Miltä minä näytän? Mauri oli kysynyt Innalta. – Minä vaihdan solmion. Vai jätänkö sen kokonaan pois?

Inna oli estänyt häntä menemästä takaisin huoneeseen.

– Olet täydellinen, Inna oli vakuuttanut Maurille. – Äläkä unohda: Sneyers on itse pyytänyt tätä tapaamista. Hänen tässä on syytä olla hermona ja yrittää pehmittää meitä. Sinä voit vain...

– ...nojautua taaksepäin ja kuunnella, Mauri oli sanonut kuin ulkomuistista.

He olivat tavanneet Avalonin lämpiössä. Gerhart Sneyers oli hyvin säilynyt viisikymppinen mies, jonka paksuissa punaisissa hiuksissa oli ripaus harmaata. Hän oli komea miehekkäällä ja kulmikkaalla tavalla, ja hänen valkea ihonsa oli pisamien täplittämä. Hän tervehti ensin Innaa herrasmiehen elkein, sen jälkeen Mauria. Henkivartijoita ei noteerattu, virkaveljet vain nyökkäsivät huomaamattomasti toisilleen.

Sneyersillä oli kaksi vartijaa. Heillä oli aurinkolasit ja puvut, ja he näyttivät mafiosoilta. Mikael Wiik tunsi itsensä maalaispojaksi mintunvihreässä pusakassaan ja lippalakissaan, ja itsepuolustukseksi hän puhisi hiljaa mielessään.

Läski, hän sadatteli toista henkivartijaa. Ei ikinä jaksaisi juosta sataa metriä, ei vaikka aikaa olisi kuinka paljon tahansa.

Räkänokka, hän ajatteli toisesta.

Koko seurue lähti kävelemään Ocean Drivea pitkin Gerhart Sneyersin vuokraamalle veneelle. Tuuli kahisutti palmuja, oli niin lämmin että tuli hiki. Räkänokan keskittymiskyky petti koko ajan, hän virnisteli nähdessään rannalla hölkkääviä kehonrakentajia, jotka olivat työntäneet sortsit kankkujen väliin saadakseen tasaisen ja kauniin rusketuksen.

Vene oli Fairline Squadron, 74 jalkaa, parivuode kannella, tuplat Caterpillar-moottorit ja huippunopeus 33 solmua.

– It's what the celebrities want, räkänokka sanoi kömpelöllä englannillaan ja katsoi merkitsevästi parivuodetta, joka oli kannella.

– Siinä ei varsinaisesti oteta aurinkoa, hän jatkoi.

Mauri, Inna ja Gerhart Sneyers olivat menneet kannen alle. Mikael Wiik kiiruhti heidän peräänsä.

Salonkiin päästyään hän asettui aivan oviaukon sisäpuolelle.

Gerhart Sneyers oli juuri sanomaisillaan jotakin mutta piti tauon kun Mikael Wiik astui sisään. Tauko oli täsmälleen sen pituinen, että Mauri olisi voinut lähettää turvamiehen ulos. Mutta Mauri ei sanonut mitään, soi vai Gerhartille katseen sen merkiksi että tämä jatkaisi.

Voimannäyte, Mikael Wiik ajatteli. Mauri päättää kuka saa olla mukana ja kuka ei. Gerhart on yksin, Maurilla on mukana Inna ja Mikael.

Inna loi Mikaeliin maailman lyhimmän katseen. Sinä olet yksi meistä. Meidän tiimiämme. Voittajien puolella. Gerhart Sneyersin kaltainen isokenkäinen tulee juosten ja anelee tapaamista.

– Kuten sanottu, Gerhart Sneyers sanoi Maurille, – me olemme pitäneet sinua silmällä jo kauan. Mutta halusin nähdä minne olit menossa Ugandassa. Emme tienneet olitko aikeissa myydä sitten kun etsinnät oli saatu vietyä loppuun. Halusin nähdä onko sinut tehty oikeasta puusta. Ja kyllä sinut on. Pelkurit eivät uskalla sijoittaa niille seuduille, aivan liian epävarmaa. Mutta glory to the brave, eikö vaan? Voi luoja mitä löytöjä! Siellä kaivetaan paljain käsin, ymmärrähän mitä me voimme saada aikaan...

Hän piti tauon antaakseen Maurille tilaisuuden sanoa jotakin, mutta Mauri ei sanonut mitään.

– Sinähän omistat Afrikassa isoja kaivoksia, Sneyers jatkoi, – joten meille olisi kunnia, jos haluaisit liittyä pieneen seikkailija- kerhoomme.

Sneyers puhuu African Mining Trustista, Afrikassa toimivien ulkomaisten kaivosyhtiöiden omistajien yhteenliittymästä. Mikael Wiik tietää heidät. Hän on kuullut Innan ja Maurin puhuvan heistä. Hän on kuullut heidän puhuvan myös Gerhart Sneyersistä.

Gerhart Sneyers on Human Rights Watchin mustalla listalla. Sille on koottu ne yhtiöt, jotka tekevät kauppaa Kongon likaisella kullalla.

"Hänen kaivoksensa läntisessä Ugandassa on enimmäkseen rahanpesua", Mauri on sanonut. "Miliisiryhmät ryöstelevät Kongossa kaivoksia, Sneyers ostaa kultaa sekä sieltä että Somaliasta ja myy sen edelleen omien Ugandan kaivostensa kultana."

– Meillä on monia yhteisiä intressejä, Gerhart Sneyers jatkoi.
– Infrastruktuurin rakentaminen, turvajärjestelyt. Ryhmän jäsenet voidaan lennättää pois levottomuuspesäkkeestä alle vuorokaudessa. Mistä tahansa. Usko minua, ellet ole joutunut sellaisiin ongelmiin aiemmin, joudut niihin ennemmin tai myöhemmin, sinä tai henkilökuntasi.

– Mekin teemme pitkäjänteistä työtä, hän sanoi ja täytti Maurin ja Innan lasit.

Inna oli juonut oman drinkkinsä, vaihtanut huomaamatta lasia Maurin kanssa ja tyhjentänyt senkin. Gerhart Sneyers jatkoi:

– Tavoitteenamme on saada yhtiömme hallitukseen eurooppalaisia, amerikkalaisia ja kanadalaisia poliitikkoja. Monilla ryhmittymän emoyhtiöillä on hallituksessaan entisiä valtionpäämiehiä. Se on yksi painostuskeino. Vaikutusvaltaisia henkilöitä kehitysmaissa, tiedäthän. Vain jotta mutakuonot eivät ryppyilisi kanssamme.

Inna kysyi vessaa. Hänen poistuttuaan Sneyers sanoi:

– Meille tulee Ugandassa vaikeuksia. Maailmanpankki uhkaa jäädyttää kehitysavun painostaakseen maan järjestämään demokraattiset vaalit. Mutta Museveni ei ole valmis päästämään valtaa käsistään. Ja jos häneltä viedään kehitysapu, meillä on edessä uusi Zimbabwe. Enää ei ole mitään syytä pysytellä väleissä lännen kanssa, ulkomaiset sijoittajat jänistävät. Ja silloin me menetämme kaiken. Hän vie koko hoidon. Mutta minulla on suunnitelma. Se kyllä maksaa rahaa.

– Vai niin, Mauri totesi.

– Musevenin serkku Kadaga on armeijassa kenraalina. He ovat riitautuneet keskenään. Museveni on saanut päähänsä että serkku ei ole lojaali, ja siinä hän on tavallaan oikeassa. Museveni vähentää Kadagan valtaa kieltäytymällä maksamasta palkkaa hänen sotilailleen. He eivät myöskään saa varusteita. Musevenilla on muita kenraaleja, joita hän tukee. Tilanne on mennyt niin pitkälle että serkku pysyttelee poissa Kampalasta. Häntä pelottaa että hän jää kiinni ja saa syytöksen jostakin rikoksesta. Pohjoisessa on nyt helvetti irti. LRA ja muut ryhmät taistelevat hallituksen joukkojen kanssa Kongon kaivosten valvonnasta. Pian meidät savustetaan pohjoisesta Ugandasta, ja silloin ne alkavat taistella kaivoksista. Sodan rahoittamiseksi ne tarvitsevat kultaa. Jos kenraali Kadaga ei voi maksaa sotilailleen, he karkaavat ja liittyvät sen riveihin, joka maksaa parhaiten, toisiin hallitusjoukkoihin tai miliisiryhmiin. Hän on valmis neuvottelemaan.

– Mistä?

– Hänelle annetaan taloudellista tukea, jotta hän voisi koota joukkonsa nopeasti ja miehittää Kampalan.

Mauri katsoi epäluuloisesti Gerhart Sneyersiä.

– Vallankaappaus?

– Ehkä ei, laillinen hallinto on kansainvälisten suhteiden kannalta parempi. Mutta jos Museveni satuttaisiin eliminoimaan, vaaleihin saataisiin uusi ehdokas. Ja se ehdokas tarvitsisi armeijan taakseen.

– Kuka se ehdokas olisi? Miten voi tietää että uusi presidentti olisi parempi?

Gerhart Sneyers hymyili.

– En tietenkään voi kertoa sinulle kuka hän on. Mutta miehellämme on järkeä pysyä hyvissä väleissä kanssamme. Hän tietää että me ratkaisimme Musevenin kohtalon ja voimme ratkaista hänenkin kohtalonsa. Kenraali Kadaga tukee häntä. Ja jos Museveni on poissa, muutkin kenraalit liittoutuvat, ainakin useimmat heistä. Museveni on mennyttä kalua. Kiinnostaako?

Mauri Kallis yritti sulatella kuulemaansa.

– Pitää miettiä, hän sanoi.

– Älä mieti liian pitkään. Ja sillä välin kun mietit, siirrä rahaa paikkaan josta voit nostaa sitä ilman että sen voi yhdistää sinuun. Minä annan sinulle erään hienotunteisen pankin nimen.

Inna tuli takaisin vessasta. Gerhart Sneyers täytti heidän lasinsa uudestaan ja laukaisi viimeisen ammuksensa:

– Katsokaa Kiinaa. Siellä vähät välitetään siitä, että Maailman-pankki ei lainaa rahaa epädemokraattisille valtioille. Sieltä lai-nataan miljardeja kehitysmaiden teollisuushankkeisiin. Lisäksi siellä on valtavasti intressejä huomispäivän kasvavissa talouksis-sa. Minä en aio jäädä katsomaan sitä vierestä. Meillä on mahdol-lisuutemme Ugandassa ja Kongossa nyt.

Mikael Wiikin ajatukset keskeytyivät kun Ebba Kallis tuli keit-tiöön. Ebba oli edelleen ratsastusvaatteissa ja joi lasillisen tuore-mehua seisaaltaan.

Mauri katsahti sanomalehdestään.

– Ebba, hän sanoi. – Onhan kaikki kunnossa kun päivällisvie-raat tulevat huomenna?

Ebba nyökkäsi.

– Sitten ajattelin pyytää sinua järjestämään Innan hautajai-set, Mauri sanoi. – Tiedäthän Innan äidin... Kestää vuoden en-nen kuin hän on saanut kokoon täydellisen vieraslistan. Sitä pait-si luulen että minä joudun kuitenkin maksamaan laskun, ja siksi olen iloinen, jos se on peräisin sinulta eikä häneltä.

Ebba nyökkäsi uudestaan. Häntä ei olisi huvittanut, mutta oli-ko hänellä valinnanvaraa?

Mauri tietää että en halua järjestää Innan hautajaisia, hän ajat-teli. Ja Mauri halveksii minua, koska silti teen sen. Olen hänen halvinta henkilökuntaansa. Tulilinjalle joudun minä, kun Innan äiti esittää mahdottomia toiveitaan.

En halua järjestää hautajaisia, Ebba Kallis ajatteli. Emmekö me voisi heittää Innaa vain ojaan tai jotakin sellaista?

Ebba ei ollut aina ajatellut näin. Alussa Inna oli vietellyt hä-netkin. Alussa Ebba oli lumoutunut.

On yö elokuun alkupuolella. Mauri ja Ebba ovat vastanaineita ja juuri muuttaneet Reglaan. Inna ja Diddi eivät vielä asu siellä.

Ebba herää siihen että joku tuijottaa häntä kiinteästi. Kun hän avaa silmänsä, Inna seisoo kumartuneena hänen sänkynsä ylle.

Inna nostaa sormensa huulilleen ja vilkuttaa silmiään.

Sade hakkaa ikkunoita vasten ja Inna on läpimärkä. Mauri mumisee unissaan ja kääntää kylkeä. Ebba ja Inna katsovat toisiaan ja pidättävät hengitystä. Kun Maurin hengitys on taas tasaantunut, Ebba nousee varovasti sängystä ja hiipii Innan perässä portaita pitkin alakertaan.

He menevät keittiöön. Ebba hakee pyyhkeen. Inna kuivaa hiuksensa mutta kieltäytyy kuivista vaatteista. He avaavat viinipullon.

– Miten sinä pääsit sisään? Ebba kysyy.

– Kiipesin makuuhuoneenne ikkunasta. Se oli ainoa joka oli auki.

– Olet hullu. Olisit voinut katkaista niskasi. Entä portti? Vartija?

Paikallinen lukkoseppä on vastikään asentanut kauko-ohjatut rautaportit. Innalla ei ole autossaan kaukosäädintä. Tilaa ympäröivä muuri on kaksi metriä korkea.

– Pysäköin auton ulkopuolelle ja kiipesin. Ehkä Maurin kannattaisi vaihtaa vartiointiyritystä.

Salamat välähtelevät taivaalla. Vain muutaman sekunnin kuluttua kuuluu ukkosenjyrähdys.

– Tule, lähdetään järvelle uimaan, Inna sanoo.

– Eikö se ole vaarallista?

Inna hymyilee ja nostaa hartiansa korviin.

– On.

He juoksevat laiturille. Tiluksilla on kaksi laituria. Vanha laituri on jonkin matkan päässä, sinne on mentävä sankan metsän läpi. Ebba on ajatellut rakennuttaa sinne joskus talviuintipaikan. Hänellä on paljon suunnitelmia Reglan varalle.

Sataa kaatamalla. Ebban yöpaita kastuu litimäräksi ja tarttuu reisiin. He riisuutuvat alastomiksi laiturilla. Ebba on jäntevä ja lattarintainen, Inna kurvikas kuin 50-luvun filmitähti. Taivas salamoi. Innan hampaat hohtavat valkoisina pimeässä ja sateessa. Hän sukeltaa laiturilta veteen. Ebba värjöttelee laiturin reunalla. Sade piiskaa vedenpintaa niin että se näyttää kiehuvan.

– Hyppää veteen, se on lämmintä, Inna huutaa vettä polkien.

Ja Ebba hyppää.

Vesi tuntuu epätodellisen lämpimältä, ja hän lakkaa heti palelemasta.

Se on taianomainen tunne. He uiskentelevat vedessä ympäriinsä kuin kaksi lasta, polskivat sinne tänne ja painuvat pinnan alle, nousevat pärskien pintaan. Sade hakkaa heidän päätään, yöilma on viileää, mutta vedenpinnan alla on lämmintä ja miellyttävää kuin kylpyammeessa. Ukkonen paukkuu heidän yllään, joskus Ebba ehtii hädin tuskin laskea yhteen salaman ja jyrähdyksen välillä.

Ehkä minä kuolen tänne, hän ajattelee.

Sillä hetkellä se ei haittaa.

Ebba otti kupillisen kahvia ja ison lautasellisen hedelmäsalaattia. Mauri ja Mikael Wiik puhuivat perjantain päälliskutsujen turvajärjestelyistä. Kylään oli tulossa ulkomaisia vieraita. Ebba lakkasi kuuntelemasta ja vaipui muistoihinsa.

Alussa he olivat olleet ystäviä. Inna oli saanut Ebban tuntemaan itsensä erityiseksi.

Mikään ei yhdistä kahta naista niin kuin kokemusten vertailu hulluista äideistä. Heidän äitiensä pakkomielteitä olivat olleet suku ja romun kerääminen. Inna oli kertonut äitinsä keittiönkaapeista. Ne olivat täpötäynnä vanhaa itäintialaista posliinia jota oli korjattu liimalla ja metalliväkäsillä. Sirpaleita ei missään tapauksessa saanut heittää pois. Ebba oli omasta puolestaan kertonut Vikstaholmin kirjastosta, jonne tuskin mahtui sisään. Siellä oli sikin sokin metallihyllyjä täynnä vanhoja kirjoja ja käsikirjoituksia, joista kukaan ei saanut tolkkua. Kaikilla oli huono omatunto, koska niitä oli käsitelty ilman hansikkaita ja ampiaiset söivät selluloosaa ja kirjat rapistuivat vuosi vuodelta.

– Enkä minä halua hänen vanhaa roskaansa, Ebba oli nauranut.

Inna oli auttanut häntä torjumaan äidin yritykset keventää osaa kulttuuriperinnöstä tiettyä taloudellista korvausta vastaan, uudella vävypojallahan oli rahaa.

Inna oli kuin sisko ja paras kaveri, Ebba ajatteli.

Heidän välinsä olivat muuttuneet sen jälkeen kun Ebba ja Mauri saivat esikoisensa. Mauri matkusteli enemmän kuin ennen. Kotona ollessaan hän puhui alituiseen puhelimessa tai vaipui omiin ajatuksiinsa.

Ebba ei voinut ymmärtää miksi Mauri ei välittänyt omasta pojastaan.

– Tämä aika ei tule koskaan takaisin, hän oli sanonut Maurille. – Etkö sinä sitä ymmärrä?

Hän muisti turhautuneet keskusteluyrityksensä. Joskus hän oli vihainen ja syyttävä, joskus opettavainen ja rauhallinen. Mauri ei ollut muuttunut pätkän vertaa.

Innan ja Diddin talot oli entisöity ja he muuttivat Reglaan.

Inna menetti mielenkiintonsa Ebbaa kohtaan samoihin aikoihin kuin Mauri.

He ovat cocktailkutsuilla Yhdysvaltain suurlähetystössä. Inna juttelee terassilla keski-ikäisten miesten kanssa. Hänellä on avokaulainen leninki. Toisessa mustassa sukassa on silmäpako. Ebba menee seurueen luo, nauraa jonkun sukkeluudelle ja kuiskaa vaivihkaa Innan korvaan:

– Sinulla on sukassa iso silmäpako. Minulla on laukussa ylimääräiset sukkahousut, tule naistenhuoneeseen niin voit vaihtaa.

Inna luo Ebbaan nopean katseen. Se on kärsimätön ja vaivautunut.

– Älä ole noin epävarma, hän kivahtaa.

Sitten hän kääntää huomionsa seurueen muihin jäseniin, siirtää huomaamatta olkaansa niin että Ebba joutuu melkein hänen selkänsä taakse.

Niin Ebba jää keskustelun ulkopuolelle ja lampsii matkoihinsa etsimään Mauria. Hänellä on ikävä kotiin vauvansa luo. Hänen ei olisi pitänyt tulla tänne.

Hänelle tulee outo tunne että Inna on repäissyt sukkansa naistenhuoneessa tahallaan. Repeämä saa naiset vetämään henkeä kauhistuksesta. Mutta herrat eivät välitä. Ja Inna on avoin ja rento niin kuin aina.

Se on merkki, Ebba ajattelee. Se sukan repeämä on merkki. Ebba vain ei tajua mikä merkki. Ja kenelle.

Ebba nousi ottamaan toisen kupillisen kahvia. Siinä samassa ovikolkuttimella koputettiin, ja hallista kuului Diddin vaimon Ulrikan "haloo".

Seuraavassa silmänräpäyksessä Ulrika ilmestyi oviaukkoon. Hänellä oli vauva lanteilla. Hänen hiuksensa oli koottu sykerölle, jotta kukaan ei huomaisi miten likaiset ne olivat. Hänen silmänsä olivat punareunaiset.

– Oletteko te kuulleet Diddistä? hän kysyi äänellä joka oli sortumaisillaan. – Hänhän ei tullut kotiin maanantaina sen jälkeen kun olitte käyneet Kiirunassa. Eikä hän ole ollut kotona sen koommin. Olen yrittänyt soittaa hänen kännykkäänsä mutta...

Ulrika pudisti päätään.

– Ehkä minun pitäisi soittaa poliisille, hän sanoi.

– Ei missään tapauksessa, Mauri Kallis sanoi nostamatta katsettaan sanomalehdestä. – Kaikkein viimeisimmäksi tässä tarvitaan sen lajin huomiota. Perjantaina tänne tulee African Mining Trustin edustajia...

– Oletko hullu! Ulrika huusi.

Lapsi parahti itkuun hänen käsivarrellaan, mutta hän ei tuntunut huomaavan sitä.

– En ole kuullut Diddistä mitään, tajuatko sinä? Ja Inna on murhattu. Tiedän että Diddille on tapahtunut jotakin. Minulla on sellainen tunne. Ja sinä ajattelet vain liikepäivällisiäsi!

– Ne "liikepäivälliset" tuovat ruuan sinun pöytääsi, maksavat talon jossa asut ja auton jolla ajat. Tiedän kyllä että Inna on kuollut. Olenko minä parempi ihminen, jos päästän kaiken menemään ja annan meidän tuhoutua? Teen kaikkeni pitääkseni itseni ja tämän yrityksen koossa. Toisin kuin Diddi! Vai mitä?

Mikael Wiik laski tuoremehulasinsa pöydälle ja oli kuin ei olisi paikalla. Ebba Kallis nousi seisomaan.

– No, no, hän sanoi äidillisesti.

Hän meni Ulrikan luo ja nosti itkevän lapsen tämän sylistä.

– Diddi tulee pian kotiin, ihan varmasti. Ehkä hänen on saatava olla jonkin aikaa rauhassa. Se on ollut järkytys. Meille kaikille.

Viimeiset sanansa hän osoitti Maurille, joka tuijotti sanomalehteen sen näköisenä, ettei lukenut riviäkään.

Jos minun pitäisi valita hevosten ja ihmisten väliltä, Ebba Kallis ajatteli, minun ei tarvitsisi miettiä sekuntiakaan.

Anna-Maria Mella katseli ympärilleen Rebecka Martinssonin työhuoneessa löytääkseen istumapaikan.

– Heitä ne lattialle, Rebecka sanoi ja nyökkäsi kohti asiakirjoja, jotka veivät tilaa vierastuolilta.

– En jaksa, Anna-Maria sanoi voipuneena ja istahti paperipinon päälle. – Häntä ei ole olemassa.

– Joulupukkiako?

Anna-Mariaa hymyilytti pettymyksestä huolimatta.

– Auton vuokrannutta miestä, jolla oli samanlainen vaalea päällystakki kuin se, jonka sukeltajat löysivät vedestä rikospaikan alta. John McNamaraa ei ole olemassa.

– Miten niin häntä ei ole olemassa? Onko hän keksitty vai onko hän kuollut?

– Kuollut puolitoista vuotta sitten. Auton vuokraaja oli käyttänyt hänen henkilöllisyyttään.

Anna-Maria Mella hieroi kasvojaan ylös alas koko kämmenellä. Ele kiehtoi Rebeckaa, se oli niin epätavallinen naiselle.

– Silloin meidän on jätettävä laskuista seksileikki, joka karkasi käsistä, Anna-Maria sanoi. – Mies tuli Inna Wattrangin luo tappamaan hänet. Eikö niin? Miksi murhaaja muuten käyttäisi väärää henkilöllisyyttä?

– Miehen nimi ei siis ollut John McNamara, Rebecka sanoi. – Mutta hän oli ulkomaalainen?

– Autovuokraamon pojan mukaan hän puhui brittienglantia. Se oli varmasti sama mies. Hänellä oli samanlainen vaalea takki kuin se, jonka sukeltajat löysivät vedestä arkin alta.

– Oletteko saaneet vastausta rikoslabrasta?

Anna-Maria pudisti päätään.

– Mutta takissa oli taatusti Inna Wattrangin verta. Se ei voi olla sattumaa. Kuinka monella on sellainen vaalea kesätakki talvella? Ei kenelläkään.

Anna-Maria tuijotti Rebeckaa.

– Hyvä kun keksit lähettää sukeltajia arkin alle, hän sanoi.

– Tarkoitus oli etsiä kännykkää, Rebecka sanoi kohauttaen vaatimattomasti harteitaan. – Eikä sitä löytynyt.

Anna-Maria risti kätensä niskan taakse, nojautui vierastuolissa taaksepäin ja sulki silmänsä.

– Mies ei tappanut Inna Wattrangia heti, hän sanoi melkein uneksivasti. – Ensin hän kidutti uhriaan, sitoi kiinni keittiöntuoliin ja antoi sähköiskun.

Inna Wattrang puri kielensä hajalle, Rebecka ajatteli.

Anna-Maria avasi taas silmänsä ja kumartui eteenpäin.

– Meidän on valittava johtolankoja, joiden mukaan edetä, hän sanoi. – Meillä ei ole resursseja tutkia kaikkea.

– Luuletko että murhaaja oli ammattilainen?

– Siltä vähän vaikuttaa.

– Miksi ihmistä kidutetaan? Rebecka kysyi.

– Häntä halutaan kiusata, koska häntä vihataan, Anna-Maria vastasi.

– Tai häneltä halutaan pumpata tietoja, Rebecka huomautti.

– Tai sitten halutaan varoittaa jotakuta.

– Mauri Kallistako?

– Miksikäs ei? Anna Maria sanoi. – Kiristystä. Älä tee sitä tai sitä, muuten myös sinulle ja perheellesi käy näin.

– Sieppaus? Rebecka yritti. – Eivätkä he sitten maksaneet?

Anna-Maria nyökkäsi.

– Minun täytyy jutella Kalliksen ja Innan velipojan kanssa uudestaan. Mutta jos tämä liittyy yritykseen, he eivät inahdakaan.

Anna-Maria keskeytti hymyillen ja pudisti päätään.

– Mitä nyt? Rebecka kysyi.

– Ne ihmiset. Tiedäthän, tässä työssä tapaa tavallisia pulliaisia, joiden mielestä poliisin tapaaminen on kiusallista. Kaikki ovat vähintään ajaneet joskus ylinopeutta, joten heissä on ainakin jonkinlaista kunnioitusta ja vähän pelkoa.

– Niin?

– Ja vaikka pikkurikolliset vihaavat poliisia, heissäkin on eräänlaista kunnioitusta. Mutta nämä ihmiset tuntuvat ajattelevan että me olemme pelkkiä sivistymättömiä moukkia, joiden tehtävänä on pitää kadut siisteinä ja olla sekaantumatta heidän asioihinsa.

Anna-Maria katsoi kännykkänsä kelloa.

– Lähtisitkö kanssani lounaalle? Ajattelin käydä syömässä vokkia entisessä Tempon talossa.

Matkalla ulos Anna-Maria Mella koputti Sven-Erik Stålnacken työhuoneen ovelle.

– Lähdetkö mukaan lounaalle? hän kysyi.

– Mikäpä siinä, Sven-Erik vastasi yrittäen hillitä ilahtumistaan.

Perhana, Anna-Maria ajatteli. Miten yksinäinen Sven-Erik oikein on? Kissan katoamisen jälkeen mies on ollut aivan alamaissa.

Aamulla Anna-Maria oli vahingossa kuunnellut autoradiosta aamuhartautta. Siinä oli puhuttu pysähtymisen ja hiljaisuuden merkityksestä.

Sellainen hartaus oli monille varmaan kuin isku vasten kasvoja, Anna-Maria ajatteli. Sven-Erikin ympärillä on taatusti hemmetin hiljaista silloin kun hän on vapaalla.

Anna-Maria lupasi hiljaa mielessään järjestää koko ryhmälle jotakin hauskaa heti kun tämä juttu olisi selvitetty. Budjetissa ei kyllä ollut kummoisia virkistysrahoja, mutta ainakin he voisivat käydä keilaamassa ja pizzalla.

Sitten hän ajatteli että tietysti Sven-Erik voisi itsekin ehdottaa jotakin kivaa yhteistä tekemistä.

He kävelivät Hjalmar Lundbomsvägeniä pitkin, kääntyivät Geologgatanille ja menivät entiseen Tempon taloon. Kukaan ei keksinyt mitään sanottavaa.

Myös Rebecka on yksinäinen ihminen, Anna-Maria ajatteli.

Parempi sittenkin kun on talo täynnä riiviöitä, jotka jättävät vaatteensa kasaan lattialle, eikä ukko saa vietyä mitään loppuun asti. Jos Robert laittaa päivällisen, hän ei siivoa jälkiään. Ja jos hän korjaa ruuat pois, hän ei koskaan pyyhi pöytää ja tiskipöytää.

En silti ikinä vaihtaisi elämääni Rebeckan kanssa, Anna-Maria ajatteli kun he ripustivat päällysvaatteensa ravintolassa tuolien selkänojille ja menivät maksamaan päivän lounaan. Olkoonkin että Rebeckalla on litteä vatsa ja aikaa käyttää kaikki tarmonsa töihin. Työnteon määrä tosin antoi joskus kadehtimisen aihetta.

Rebeckasta oli ruvettu juoruamaan sen jälkeen kun hän aloitti syyttäjänvirastossa. Hän kuulemma pesi vanhat hapannaamat alta aikayksikön. Hän valmisteli käräjät itse ja kirjoitti kaikki syytehakemukset omin käsin, niin että Jällivaaran kanslian tätien ei enää tarvinnut tulla Kiirunaan.

Anna-Marian kollegat näkivät häntä oikeudessa silloin kun heidät oli pyydetty todistajiksi. Rebeckan sanottiin olevan terävä ja hyvin valmistautunut. Kollegat olivat siitä iloisia. Hehän olivat oikeussalissa samalla puolella. Asianajajat saivat kunnon vastauksen.

Odottakaahan kun lapset ovat lentäneet pesästä, Anna-Maria ajatteli ja kauhoi lautaselleen broileri-vihannesvokkia ja riisiä. Silloin minulta tulee valmiiksi selvitettyjä juttuja hänen kirjoituspöydälleen.

Anna-Maria muisteli syyllisyydentuntoisena juttuja, jotka olivat jääneet kesken murhatutkinnan vuoksi.

Sitten hän irrottautui ajatuksistaan ja suuntasi mielenkiintonsa Rebeckaan ja Sven-Erikiin.

He kertoivat toisilleen kissatarinoita. Sven-Erik oli juuri kertonut Mannesta, ja nyt oli Rebeckan vuoro.

– Ne saattavat olla melkoisia persoonallisuuksia, hän sanoi kaataessaan soijaa riisiinsä. – Isoäidin luona ne olivat nimeltään pelkkiä "kisuja", mutta kyllä ne ovat jääneet mieleen. Muistan yhdenkin vaiheen kun isoäidillä oli kaksi koiraa ja isällä yksi, niin että talossa oli yhteensä kolme koiraa. Sitten meille hankittiin kissanpentu. Aina kun meille tuli uusia kissanpentuja, ne saivat ruokaa keittiön työtason päällä. Nehän pelkäsivät alussa koiria eivätkä uskaltaneet olla lattialla. Mutta tämä! Ensin se söi oman ruokansa. Sitten se hyppäsi lattialle ja tyhjensi koirienkin ruokakupit.

Sven-Erik nauroi ja popsi suuhunsa noutopöydän kuuminta annosta.

– Olisitpa nähnyt ne, Rebecka jatkoi. – Jos se kissanpentu olisi ollut koira, siitä olisi tullut tappelu, mutta koirat eivät tienneet mitä tehdä sille pikku kaverille. Ne katsoivat meitä kuin kysyäkseen: "Mitä se tekee? Voitteko ottaa sen pois?" Toisena päivänä se hyökkäsi johtajakoiran kimppuun. Se kävi päälle kuolemaa uhmaten ja jäi Jussin kaulanahkaan roikkumaan. Jussi oli niin mielettömän kiltti! Sen arvolle ei kuulunut olla tietääkseenkään siitä pikku itikasta. Siinä se istui kissa kaulassa roikkuen. Kissa taisteli minkä jaksoi ja potki takajaloillaan. Ja Jussi yritti säilyttää arvokkuutensa. Se oli aivan onneton.

– "Mitä se tekee? Voitteko ottaa sen pois?" Sven-Erik toisti. Rebecka nauroi.

– Ihan totta. Kissanpennun maha meni tietenkin sekaisin koiranruuasta, jota se oli popsinut vain piruillakseen. Ja koska se oli pieni eikä ehtinyt ajoissa hiekkalaatikkoon tarpeilleen, se teki alleen. Isä huuhteli sitä hanan alla, mutta kakkaa oli jäänyt sen verran että se haisi apinanpojalta. Sitten se meni nukkumaan isoimpaan koiranpetiin, eivätkä koirat uskaltaneet panna vastaan tai nukkua sen haisunäädän vieressä. Meillä oli hallissa kaksi koiranpetiä. Kissa veteli yksin hirsiä toisessa, ja kolme isoa koiraa tungeksi pienemmässä petissä ja katsoi meitä onnettoman näköisinä kun me kuljimme ohi. Se kissa oli pomo kunnes kuoli.

– Miten se kuoli? Sven-Erik kysyi.

– En tiedä, se vain katosi.

– Katoaminen on kaikkein pahinta, Sven-Erik sanoi ja kastoi leivänpalaa kuumaan kastikkeeseen. – Mutta tuossa tulee eräs, joka ei ainakaan tajua kissoista.

Anna-Maria ja Rebecka seurasivat Sven-Erikin katsetta ja näkivät rikoskomisario Tommy Rantakyrön lähestyvän heidän pöytäänsä. Kun Sven-Erikin kissa katosi, Tommy oli pilaillut julmasti surevan Sven-Erikin kustannuksella. Tommy oli kuitenkin onnellisen tietämätön siitä, että hänen syntejään ei ollut annettu anteeksi.

– Tiesin että löytäisin teidät täältä, hän sanoi.

Hän ojensi Anna-Marialle joitakin papereita.

– Inna Wattrangin soittamat ja vastaanottamat kännykkäpuhelut, hän selitti.

– Mutta, hän jatkoi ja näytti toista paperia, – se oli yhtiön puhelin. Wattrangilla oli myös yksityinen liittymä.

– Minkä takia? Anna-Maria kysyi ja otti jälkimmäisen tulosteen.

Tommy Rantakyrö kohautti harteitaan.

– Mistä minä tiedän. Ehkä hän ei saanut soittaa yksityispuheluita kännykästään.

Rebecka naurahti.

– Anteeksi, hän sanoi. – Unohdin että te olette valtion leivissä. Ja niin olen minäkin nykyään, ei siinä mitään pahaa. Mutta hei, mikä oli Wattrangin kuukausipalkka? Lähes yhdeksänkymmentätuhatta kruunua plus bonukset. Silloin ollaan naimisissa työn kanssa. Täytyy olla tavattavissa aina, ja yksityispuheluiden soittaminen on eduista pienimpiä.

– Miksi sitten? Tommy Rantakyrö kysyi loukkaantuneena.

– Yhtiön puhelin on yhtiön tarkistettavissa, Anna-Maria mietiskeli. – Kai Inna halusi puhelimen, joka oli taatusti yksityinen. Haluan kaikkien tämän numeron puhekumppaneiden nimet, osoitteet ja kengännumerot.

Hän heilutti tulostetta, jossa oli yksityiskännykän puhelutiedot.

Tommy Rantakyrö teki etu- ja keskisormellaan kunniaa sen merkiksi, että käskyä noudatettaisiin.

Anna-Maria tarkisti tulosteet uudestaan.

– Ei puheluita murhaa edeltävinä päivinä, harmin paikka.

– Mikä liittymä se oli? Rebecka Martinsson kysyi.

– Comviq, Anna-Maria sanoi, – siellä ei ole verkkoa.

– Abisko on pieni paikka, Rebecka sanoi. – Hän on saattanut soittaa turistiaseman automaatista. Voisi olla mielenkiintoista verrata sieltä soitettuja puheluja kännyköiden listoihin.

Tommy Rantakyrö näytti masentuneelta.

– Puhelujahan voi olla satoja, hän valitti.

– En usko, Rebecka sanoi. – Jos hän tuli torstaina ja hänet murhattiin torstai-iltapäivän ja lauantaiaamun välisenä aikana, siihen ei jää kuin runsas vuorokausi, eikä puheluja varmasti ole kuin parikymmentä. Ihmiset hiihtävät ja istuvat pubissa, eivät he vietä turhaan aikaansa puhelinkopissa.

– Tarkista se, Anna-Maria sanoi Tommy Rantakyrölle.

– Varoitus, Sven-Erik sanoi suu täynnä leipää.

Per-Erik Seppälä, SVT:n Norrbottenin toimittaja, lähestyi heidän pöytäänsä. Anna-Maria käänsi puhelulistat nurin päin.

Per-Erik tervehti ja tarkasteli muutaman sekunnin ajan Rebecka Martinssonia. Tuolta se nainen siis näytti. Per-Erik tiesi että Rebecka oli muuttanut takaisin kaupunkiin ja aloittanut syyttäjänvirastossa, mutta ei ollut koskaan tavannut tätä aiemmin. Hänen oli vaikea olla katsomatta punaista arpea, joka ulottui Rebeckan ylähuulesta nenään. Rebecka oli telonut naamataulunsa perusteellisesti silloin puolitoista vuotta sitten. Per-Erik oli itse tehnyt reportaasin, jossa tapahtuma rekonstruoitiin. Ohjelma oli lähetetty iltauutisissa valtakunnanverkossa.

Hän irrotti katseensa Rebeckasta ja kääntyi Anna-Marian puoleen.

– Onko sinulla minuutti aikaa? hän kysyi.

– Ei onnistu, Anna-Maria tokaisi. – Me pidämme lehdistötilaisuuden heti kun tiedämme jotakin yleisön kannalta kiinnostavaa.

– Ei, ei. Tai no joo, asiani kyllä koskee Inna Wattrangia, mutta minulla olisi yksi juttu, joka sinun olisi syytä tietää.

Anna-Maria nyökkäsi kuuntelemisen merkiksi.

– Voimmeko mennä jonnekin muualle? Per-Erik kysyi.

– Olen valmis, Anna-Maria sanoi kollegoilleen ja nousi seisomaan.

Hän oli ehtinyt syödä ainakin puolet.

– En tiedä merkitseekö tämä mitään, Per-Erik Seppälä sanoi.

– Mutta minun on pakko kertoa se sinulle. Jos se merkitsee... niin, siksi haluan kertoa sen sinulle näin kahden kesken. Minua ei huvita kuolla ennen aikojani.

He kävelivät Gruvvägeniä alas vanhan paloaseman ohi. Anna-Maria oli hiljaa.

– Tiedäthän Örjan Bylundin, Per-Erik Seppälä jatkoi.

– Mmm, Anna-Maria vastasi.

Örjan Bylund oli ollut Norrländska Socialdemokratenin toimittaja. Kaksi päivää ennen jouluaattoa, samana päivänä kun täytti 62 vuotta, hän kuoli.

– Sydänkohtaus, vai? Anna-Maria kysyi.

– Virallisesti kyllä, Per-Erik Seppälä sanoi. – Mutta oikeasti hän tappoi itsensä. Hirttäytyi työhuoneessaan.

– Oi, Anna-Maria sanoi.

Hän ihmetteli miksi ei ollut kuullut siitä mitään. Kollegat tiesivät tällaisista tapauksista aina.

– Niin siinä kävi. Marraskuussa hän kertoi että oli saanut tietää jotakin tärkeää, mikä liittyi Kallis Miningiin. Yhtiöllähän on toimilupia tällä alueella Vittangin ulkopuolella ja muutamalla suolla Svappavaaran ulkopuolella.

– Tiedätkö mitä asia koski?

– En, mutta ajattelin että... En tiedä... Minun oli pakko kertoa se. Ehkä se ei ole sattumaa. Ensin hän ja sitten Inna Wattrang.

– Kumma kun en tiennyt, että hän oli tappanut itsensä. Poliisihan kutsutaan aina paikalle, kun joku on tehnyt itsemurhan...

– Tiedän. Bylundin vaimo romahtaa nyt täysin. Vaimo löysi

hänet, katkaisi köyden ja soitti lääkärin. Niin, tiedäthän että Bylund oli kaupungissa julkkis, ja tällaisesta tulee aina jälkipuheita. Niinpä vaimo soitti tutulle lääkärille, joka kirjoitti kuolintodistuksen eikä hälyttänyt poliisia.

– Mitä helvettiä! Anna-Maria parkaisi. – Silloinhan Bylundille ei ole tehty ruumiinavausta.

– En tiedä olisiko minun pitänyt... mutta minun oli pakko kertoa tämä sinulle. Ehkä se ei ollutkaan itsemurha, koska hän penkoi Kallis Miningin asioita. Mutta en missään tapauksessa halua, että Airi joutuu vaikeuksiin.

– Airi?

– Bylundin vaimo.

– Ei toki, Anna-Maria lupasi. – Mutta minun on jututettava häntä.

Anna-Maria pudisti päätään. Miten he ehtisivät tehdä kaiken, laatia yhteenvedon ja saada yleiskäsityksen? Se alkoi tuntua ylivoimaiselta.

– Jos saat selville jotakin muuta... hän sanoi.

– Joo, joo, totta kai. Minä näin Inna Wattrangin lehdistötilaisuudessa, jonka Kallis Mining järjesti kaupungissa, ennen kuin yksi täkäläisistä yhtiöistä meni pörssiin. Se nainen oli häikäisevä, toivottavasti saatte murhaajan kiinni. Mutta kuule! Ota rauhallisesti Airin kanssa!

Rebecka Martinsson astui työhuoneeseensa. Hänellä oli virkeä olo. Oli tehnyt hyvää syödä kerrankin lounasta muiden seurassa.

Hän avasi tietokoneen. Sydän muljahti hänen rinnassaan.

Meili Måns Wenngreniltä!

"Kai sinä tulet?" siinä luki. Ei muuta.

Ensin hänessä virisi toivo. Sitten Rebecka ajatteli että jos Måns välittäisi, hän olisi kirjoittanut enemmän. Sitten Rebecka ajatteli että jos Måns ei välittänyt, hän ei olisi kirjoittanut ollenkaan.

– EIHÄN HÄN OLLUT MIKÄÄN ILOINEN IHMINEN, kyllä minä sen tiedän. Hän söi masennuslääkkeitä ja joskus myös rauhoittavia. Mutta silti. En olisi uskonut että... Haluatteko pannu- vai suodatinkahvia? Kumpikin käy minun puolestani.

Örjan Bylundin leski Airi käänsi selkänsä Anna-Maria Mellalle ja Sven-Erik Stålnackelle ja pani kahvileipää mikroon.

Sven-Erikillä oli epämukava olo. Hän ei pitänyt siitä että he tulivat repimään auki haavoja, jotka olivat vasta alkaneet parantua.

– Sinäkö ylipuhuit lääkärin olemaan soittamatta poliisille? Anna-Maria kysyi.

Airi Bylund nyökkäsi, edelleen selin heihin.

– Tiedäthän sinä millainen haloo siitä olisi noussut. Et saa ilmiantaa tohtori Ernanderia. Se oli täysin minun vastuullani.

– Ei se oikein noin toimi, Anna-Maria sanoi. – Mutta emme ole ilmiantamassa ketään.

Sven-Erik näki miten Airi Bylund sipaisi poskeaan ja pyyhki kyyneleen, jota ei antanut heidän nähdä. Sven-Erikin teki mieli ottaa Airi Bylund syliin ja lohduttaa. Sitten hän huomasi että yhtä paljon hänen olisi tehnyt mieli tarttua naista tämän upean leveästä takapuolesta. Silloin häntä hävetti, ja hän hylkäsi ajatuksen, herrajumala, tuo naisparka itki miestään joka oli hirttänyt itsensä.

Sven-Erikin mielestä Airi Bylundilla oli viihtyisä keittiö. Tiilenväristä klinkkeriä jäljittelevällä muovilattialla oli monta käsin kudottua räsymattoa. Seinustalla oli levitettävä sohva, joka oli hieman liian leveä ja pehmeä istuttavaksi, mutta se houkutteli ottamaan pienet nokoset ruuan jälkeen. Siinä oli monta mukavaa tyynyä, ei sellaisia kovia pieniä koristetyynyjä.

Vähän liikaa tilpehööriä joka puolella, mutta sellaisia naiset olivat, ei paljasta pintaa missään. Mutta ainakaan täällä ei ollut mitään eriskummallista kokoelmaa tonttuja, virtahepoja tai pieniä lasipulloja. Kerran Sven-Erik oli jututtanut todistajaa, jonka koti oli täynnä kaikista maankolkista tuotuja tulitikkurasioita.

Airi Bylundin keittiön ikkunat olivat ruukkukasvien ja amppeleiden peitossa. Työtasolla oli mikro ja bambukoreja, joita käytettiin sienten ja yrttien kuivaamiseen. Koukussa riippui pikkuruisia patalappuja, ne näyttivät lastenlasten aikaansaannoksilta. Lieden luona oli hyllyllinen posliinipurkkeja, joissa oli kannet ja koukeroinen teksti: "Jauhoja", "Sokeria", "Kuivattuja hedelmiä" ja sen sellaista. Yhdestä niistä puuttui kansi, ja siihen Airi Bylund oli pannut vispilöitä ja puukauhoja.

Tuollaisissa posliinipurkeissa oli jotakin. Myös Hjördis oli ollut hulluna niihin, vienyt ne mennessään silloin kun jätti Sven-Erikin. Sven-Erikin siskollakin oli niitä.

– Oliko miehelläsi työhuonetta? Anna-Maria kysyi. – Saammeko vilkaista sitä?

Vaikka Airi Bylundin keittiö oli täynnä tavaraa, se oli siisti ja järjestyksessä. Hänen miesvainajansa työhuone pursui lehtileikkeitä ja tietokirjoja. Taittopöydällä oli tuhannen palan palapeli, palat oli käännetty oikein päin ja lajiteltu värin mukaan. Seinällä oli valmiiksi koottuja palapelejä, jotka oli liimattu kovalevyille. Vanhalla sohvalla oli pino vaatteita ja viltti.

– Niin, en ole ehtinyt... tai jaksanut, Airi sanoi viitaten sekasotkuun.

Sepä hyvä, Anna-Maria ajatteli.

– Me lähetämme jonkun hakemaan paperit ja artikkelit ja muut, hän sanoi. – Saat ne sitten takaisin. Eikö miehelläsi ollut tietokonetta?

– Oli, mutta annoin sen yhdelle lapsenlapsistani.

Airi Bylund katsoi poliiseja syyllisen näköisenä.

– Mieheni työnantaja ei sanonut, että sitä olisi tarvittu takaisin, joten...

– Lapsenlapsesi joka sai tietokoneen...
– Axel. Hän on kolmentoista.

Anna-Maria kaivoi puhelimensa esiin.

– Mikä hänen puhelinnumeronsa on?

Axel oli kotona. Hän kertoi että tietokone oli tallessa hänen huoneessaan.

– Oletko tyhjentänyt kovalevyn? Anna-Maria kysyi.

– En, se oli putsattu. Mutta se oli vain kaksikymmentä gigatavua, ja minun pitää voida ladata juttuja Pirate Baysta. Joten jos te haluatte isoisän koneen, minä haluan uuden tietokoneen, jossa on 2,1 gigahertsin prosessori.

Anna-Mariaa nauratti. Melkoinen neuvottelija!

– Älä luulekaan, hän sanoi. – Mutta koska olen kiltti, saat koneen takaisin heti kun olemme valmiit.

Lopetettuaan puhelunsa Axelin kanssa hän kysyi Airilta:

– Tyhjensitkö sinä kovalevyn?

– En, Airi Bylund vastasi. – En osaa edes ajastaa videoita.

Hän tuijotti Anna-Mariaa silmä kovana.

– Muistakin opetella käyttämään koneita. Ennen kuin arvaatkaan, voit jäädä yksin.

– Tuliko tänne joku sanomalehdestä tekemään jotakin tietokoneelle?

– Ei.

Anna-Maria näppäili Fred Olssonin numeron. Fred Olsson vastasi yhden pirahduksen jälkeen.

– Jos joku on tyhjentänyt tietokoneen kovalevyn, eikö asiakirjat ja evästetiedostot voi kuitenkin palauttaa?

– Totta kai, Fred Olsson sanoi. – Ellei niitä ole tuhottu EMP:llä.

– Millä?

– Ammuttu niitä sähkömagneettisella pulssilla, jotkin firmat tekevät sellaista. Tuo se tänne, minulla on joitakin ohjelmistoja tietojen palauttamiseksi kovalevyltä...

– Tullaan, Anna-Maria sanoi. – Älä lähde töistä. Tämä kestää jonkin aikaa.

Kun hän oli lopettanut puhelun, Airi Bylund näytti huolestuneelta, avasi suunsa ja sulki sen uudestaan.

– Mitä nyt? Anna-Maria kysyi.

– Ei kai mitään... Mutta silloin kun löysin mieheni, hän oli täällä työhuoneessaan, sen takia kattolamppu on sängyllä.

Anna-Maria ja Sven-Erik katsoivat kattovalaisimen koukkua.

– Työhuoneen ovi oli kiinni, Airi Bylund jatkoi, – mutta kissa oli täällä sisällä.

– Niin?

– Se ei ikinä saanut olla täällä. Meillä oli kymmenen vuotta sitten toinen kissa, sillä oli tapana livahtaa sisään ja pissata mieheni paperipinoille ja lampaannahkatohveleihin. Sen jälkeen kaikilla kissoilla oli tänne porttikielto.

– Ehkä miehesi ei välittänyt nyt kun...

Sven-Erik keskeytti ehdotuksensa.

– Niin, sitähän minäkin, Airi Bylund sanoi.

– Luuletko että hänet murhattiin? Anna-Maria kysyi suorasukaisesti.

Airi Bylund oli hetken hiljaa ennen kuin vastasi.

– Ehkä minä jostakin kumman syystä toivon sitä. Sitä on niin vaikea ymmärtää.

Hän nosti kätensä suulleen.

– Mutta mieheni ei ollut mikään iloinen ihminen. Hän ei koskaan ollut iloinen.

– Sinulla on siis kissa? Sven-Erik kysyi, hän oli vaivautunut Anna-Marian päällekäyvästä tyylistä.

– Joo, Airi Bylund sanoi vetäen suupielensä hymyyn. – Se on makuuhuoneessa, tule niin saat nähdä jotakin herttaista.

Parisängyn virkatulla peitteellä nukkui kissaemo, ja sen vieressä kyyhötti sikin sokin neljä pentua.

Sven-Erik lankesi polvilleen kuin alttarin ääreen.

Kissaemo heräsi heti mutta jäi makaamaan paikalleen. Yksi pennuistakin heräsi ja lähti tepsuttelemaan Sven-Erikiä kohti. Se oli harmaaraidallinen kissojen tapaan, ja toisen silmän ympärillä oli melkein musta rengas.

– Eikö se olekin hassun näköinen, Airi sanoi. – Se näyttää melkein siltä kuin olisi ollut tappelussa.

– Terve, pukari, Sven-Erik sanoi pennulle.

Pentu käveli kainostelematta hänen käsivarrelleen, otti pienet naskalinterävät kyntensä avuksi pysyäkseen tasapainossa ja vaelsi Sven-Erikin olalta niskan kautta toiselle olalle.

– Hei pikkuinen, Sven-Erik sanoi hartaasti.

– Haluatko sen? Airi Bylund kysyi. – Minulla on vaikeuksia päästä niistä eroon.

– Ei, ei, Sven-Erik sanoi torjuvasti samalla kun tunsi sileän turkin poskeaan vasten.

Pentu hyppäsi sängylle ja herätti sisaruksensa puraisemalla sitä hännänjuuresta.

– Ota kissa niin päästään lähtemään, Anna-Maria sanoi.

Sven-Erik pudisti tomerasti päätään.

– Enkä ota, hän sanoi. – En voi sitoutua.

He hyvästelivät. Airi Bylund saattoi heidät ovelle. Ennen lähtöään Anna-Maria kysyi:

– Tuhkattiinko miehesi?

– Ei, hänet haudattiin arkussa. Mutta minä olen aina sanonut, että minun tuhkani pitää levittää Taalojärveen.

– Taalojärvi, Sven-Erik sanoi. – Mikä sinun tyttönimesi on?

– No, Tieva.

– Vai niin, Sven-Erik sanoi. – Kuule, kaksikymmentä vuotta sitten ajoin moottorikelkalla Salmeen matkalla Kattuvuomaan. Kylää vastapäätä Taalojärven salmen itärannalla oli pieni mökki. Koputin ovelle ja kysyin tietä Kattuvuomaan, ja mökissä asuva nainen neuvoi minut "suoraan järven yli ja sitten soiden yli ja sitten vasemmalle, sillä tavalla päästään Kattuvuomaan". Ja me juttelimme siinä ensin ruotsiksi, ja minusta tuntui että hän oli vähän varautunut, mutta kun aloin puhua suomea, niin kyllä hän sitten suli.

Airi Bylund nauroi.

– Niinpä niin, hän kai ajatteli että sinä olet semmoinen rousku, hienosteleva ruotsalainen.

– Juuri niin. Ja kun istuin moottorikelkan kyytiin ja olin lähdössä pois, hän kysyi mistä olin kotoisin ja kenen poika, kun osasin suomea. Kerroin että olin Valfrid Stålnacken poika Laukkuluspasta. "Voi hyvänen aika", nainen sanoi ja löi kätensä yhteen. "Mehän olemme sukulaisia, poikakulta. Ei sinun kannata ajaa järven yli. Siellä on niin paljon sohjoa ja se on vaarallista. Aja järven rantaa pitkin."

Sven-Erik nauroi.

– Sen naisen nimi oli Tieva. Oliko hän isoäitisi?

– Älä höpsi, Airi Bylund sanoi ja punastui. – Se oli äitini.

Kun he tulivat kadulle, Anna-Maria lähti marssimaan kuin sotilas. Sven-Erik pinkoi hänen perässään.

– Haetaanko nyt tietokone? Sven-Erik kysyi.

– Minä haluan avata haudan, Anna-Maria sanoi.

– Nythän on keskitalvi. Maa on umpijäässä.

– Viis siitä. Örjan Bylundin ruumis on kaivettava esiin nyt! Pohjasen on pakko tehdä ruumiinavaus! Minne sinä olet menossa?

Sven-Erik oli kääntynyt kannoillaan ja lähtenyt takaisin Airi Bylundin talolle.

– Ajattelin tietenkin kertoa siitä Airi Bylundille. Mene sinä! Nähdään asemalla.

Rebecka Martinsson tuli kotiin kuuden aikaan. Taivas oli pilvessä, ilta hämärsi jo. Juuri kun hän astui autosta harmaan mineriittitalonsa ulkopuolella, alkoi sataa lunta. Untuvankeveitä tähtiä leijaili taivaalta, ne tuikkivat navetan seinälampun ja porstuan ulkovalon kajossa.

Hän pysähtyi ja työnsi kielen ulos suusta, levitti kätensä ja käänsi kasvonsa ylös, sulki silmänsä ja tunsi miten pehmeät hiutaleet laskeutuivat silmäripsille ja kielelle. Silti se ei ollut samanlaista kuin pienenä. Lumienkeleiden tekeminenkin oli hauskaa vain silloin kun oli lapsi. Jos sitä yritti aikuisena, sai vain lunta kauluksesta sisään.

Måns ei ole minua varten, hän ajatteli, avasi taas silmänsä ja katsahti pimeään kietoutuneelle joelle, vastarannalla näkyi talojen valoja.

Måns ei ajattele minua, sähköpostit eivät merkitse mitään.

Iltapäivän mittaan hän oli kirjoittanut varmaan kaksikymmentä meiliä Måns Wenngrenille ja poistanut ne kaikki. Hän ei saisi vaikuttaa niin hanakalta.

Unohda koko juttu, hän sanoi itsekseen. Måns ei ole kiinnostunut.

Mutta hänen sydämensä harasi itsepintaisesti vastaan.

Onpas, se sanoi ja loihti esiin kuvia, joita Rebecka sai katsoa. Måns ja Rebecka veneessä. Rebecka soutaa. Måns uittaa kättään vedessä. Månsilla on valkoinen kauluspaita, josta on kääritty hihat, pehmeät ja rennot kasvot. Sitten: Rebecka lattialla kamarissa takan edessä. Måns hänen jalkojensa välissä.

Rebecka riisui työvaatteet vaihtaakseen ne farkkuihin ja paitaan. Samalla katsoi itseään peilistä. Kalpea ja laiha. Rinnat olivat aivan liian pienet. Ja eivätkö ne olleetkin omituisen muotoiset? Eivät pienet kummut vaan pikemminkin kaksi nurin olevaa jäätelötötteröä. Hänelle tuli vaivaantunut olo, hän tunsi itsensä vieraaksi ruumiissa, jota kukaan ei halunnut ja jossa yksikään lapsi ei ollut saanut kasvaa valmiiksi. Hän veti nopeasti vaatteet ylleen.

Hän kaatoi itselleen viskin ja istahti isoäidin vanhan klaffipöydän ääreen keittiöön, joi isompia kulauksia kuin yleensä. Viski painui lämpimänä vatsaan, ajatukset lakkasivat kiertämästä kehää.

Viimeksi Rebecka oli ollut kunnolla rakastunut Thomas Söderbergiin, ja kai se kertoi jotakin hänen miesmaustaan. Sitä ei kannattanut ajatellakaan.

Hänellä oli ollut sen jälkeen joitakin yksittäisiä poikaystäviä, kaikki oikeustieteen opiskelijoita yliopistosta. Yhtäkään hän ei ollut itse valinnut. Hän oli suostunut lähtemään ulos syömään, antautunut suudeltavaksi ja mennyt sänkyyn. Tylsää ja ennalta arvattavaa alusta alkaen. Halveksunta oli pysytellyt koko ajan lähistöllä. Hän oli halveksinut heitä kaikkia, koska he olivat sellaisia kakaroita, ylemmän keskiluokan poikia, kaikki vakuuttuneita siitä että he olisivat saaneet parempia arvosanoja kuin hän, jos vain olisivat viitsineet lukea. Hän halveksi heidän säälittävää kapinointiaan, jota he ilmensivät huumekokeiluilla ja runsaalla alkoholinkäytöllä. Hän halveksi heitä, koska he kuvittelivat olevansa erilaisia. Hän halveksi jopa sitä että he halveksivat poroporvarillisuutta, kunnes itse menivät töihin ja naimisiin ja muuttuivat poroporvarillisiksi.

Ja nyt Måns. Kaadetaan miehenruumiiseen vähän sisäoppilaitosta, hienoa taidetta, ylimielisyyttä, alkoholia sekä juridista terävyyttä ja sekoitetaan.

Isä ei voinut uskoa onneaan kun äiti valitsi hänet. Niin Rebecka arveli siinä käyneen. Äiti poimi isän kuin hedelmän puusta.

Rebeckan teki yhtäkkiä mieli katsoa äidin valokuvia. Isoäidin kuoltua hän oli repinyt albumista kaikki äidin kuvat.

Hän hyppäsi saappaisiinsa ja juoksi tien poikki Sivvingin luo.

Sivvingin pannuhuoneessa haisi vielä paistettu lenkkimakkara. Ritilähyllyllä olivat kuivumassa tiskin jäljiltä yksi lautanen ja yksi lasi, alumiinikattila ja paistinpannu oli pantu kuivumaan ylösalaisin punavalkoruudullisen keittiöpyyhkeen päälle. Sivving makasi sijatulla sängyllään päivänokosilla ilmaisjakelulehti kasvojensa peittona. Toisessa villasukassa oli iso reikä. Rebecka liikuttui nähdessään hänet.

Bella ampaisi pystyyn ja oli vierailusta niin onnessaan, että melkein kaatoi tuolin. Rebecka rapsutti Bellaa, ja sen hännän pauke keittiönpöytää vasten ja iloinen yninä herättivät Sivvingin.

– Rebecka, hän sanoi iloisena. – Keitetäänkö kahvit?

Rebecka vastasi myöntävästi ja esitti asiansa samalla kun Sivving mittasi kahvijauhoa pannuun.

Sivving kävi hakemassa yläkerrasta kaksi albumia.

– Näissä on varmaan kuvia äidistäsi, hän sanoi. – Mutta enimmäkseen tietenkin Maj-Lisistä ja lapsista.

Rebecka selasi kuvia. Yhdessä Maj-Lis ja äiti istuivat porontaljalla keväthangilla, he katsoivat silmiään siristellen ja nauraen kameraan.

– Me olemme samannäköisiä, Rebecka totesi.

– Niin olette, Sivving myönsi.

– Miten hän ja isä tapasivat?

– En tiedä. Tansseissa luultavasti. Isäsi oli taitava tanssija, kunhan hän vain uskalsi.

Rebecka yritti kuvitella miten äiti pyörähteli isän käsivarsilla tanssilattialla. Isä oli lainannut itsevarmuutensa pullosta ja kuljetti kättään äidin selkää pitkin.

Rebeckan mieleen tulvahti vanha tunne, kun hän katsoi kuvia. Siinä oli yhtä aikaa häpeää ja kiukkua, raivoa vastineeksi kyläläisten alentuvalle myötätunnolle.

He kutsuivat Rebeckaa tyttöparaksi hänrn kuultensa. Piika riepu. Onneksi sillä tytöllä on isoäiti, he sanoivat. Mutta miten kauan Theresia Martinsson jaksaisi? Siinäpä kysymys. Vikoja ja puutteita oli toki jokaisella, mutta jättää nyt oma lapsi hoitamatta...

Sivving tarkasteli häntä sivusta.

– Maj-Lis tykkäsi kovasti äidistäsi, hän sanoi.

– Tykkäsikö?

Rebecka kuuli omasta äänestään, että se oli pelkkä kuiskaus.

– Heillä oli aina paljon puhuttavaa, he istuivat täällä keittiön-
pöydän ääressä nauramassa.

Niinpä niin, Rebecka ajatteli. Minäkin muistan sen äidin. Hän
etsi kuvaa, jossa äiti ei poseeraisi eikä kääntäisi keimaillen edus-
tavinta puoltaan kameralle.

Silkka filmitähti Kurravaaran mittakaavassa.

Kaksi muistoa:

Muisto yksi. Rebecka herää aamulla kaupunkiasunnossa. He ovat
muuttaneet pois Kurravaarasta. Isä asuu isoäidin talon alakerras-
sa. He sanovat että Rebeckan on kätevintä asua äidin kanssa kau-
pungissa, lähellä koulua ja kaikkea. Rebecka herää ja asunto hai-
see siivotulta ja hohtavan puhtaalta. Kaiken lisäksi äiti on kalus-
tanut koko asunnon uudestaan. Vain Rebeckan sänky on entisellä
paikallaan. Pöydässä on aamiainen, jopa vastaleivottuja teeleipiä.
Äiti on parvekkeella tupakalla ja näyttää iloiselta.

Hän on varmaankin raahannut huonekaluja edestakaisin ja sii-
vonnut koko yön. Mitähän naapurit ajattelevat?

Rebecka hiipii pää painuksissa portaita alas. Jos alakerran Lai-
la avaa oven, hän kuolee häpeästä.

Muisto kaksi. Opettaja sanoo: Menkää istumaan pareittain.

Petra: Minä en halua istua Rebeckan vieressä.

Opettaja: Mitä höpsötystä se on olevinaan?

Luokka kuuntelee. Rebecka istuu pulpetissaan pää painuk-
sissa.

Petra: Hän haisee pissalta.

Se johtuu siitä että heillä ei ole asunnossa sähköä. Virta on kat-
kaistu. On vasta syyskuu, joten heillä ei ole vilu, mutta pesuko-
neella ei voi pestä pyykkiä.

Kun Rebecka tulee itkien kotiin, äiti suuttuu. Hän raahaa Rebeckan mukanaan telelaitoksen konttoriin ja haukkuu siellä henkilökunnan. Ei auta vaikka he yrittävät selittää, että hänen on käännyttävä sähkölaitoksen puoleen, että se ei ole sama asia.

Rebecka katsoi äitinsä kuvaa. Hän totesi että äiti oli kuvassa suunnilleen samanikäinen kuin hän itse nyt.

Äiti varmaan yritti parhaansa, Rebecka ajatteli.

Hän tarkasteli porontaljalla hymyilevää naista, ja sovinnon tunne tulvahti hänen lävitseen. Aivan kuin hän olisi saanut rauhan sisimpäänsä. Ehkä se johtui siitä että äiti ei ollut tuolloin ollut kovin vanha.

Millainen äiti olisin itse ollut, jos olisin päättänyt synnyttää lapseni? Rebecka ajatteli. Luoja minua varjelkoon!

Sitten sovittiin että äiti kippasi minut isoäidin luo silloin kun ei itse jaksanut. Kesälomatkin vietin Kurrassa.

Kaikki lapset olivat täällä likaisia, hän ajatteli. He haisivat taatusti kaikki sopivasti pissalta.

Sivving keskeytti hänen ajatuksensa.

– Kuule, voisitko ehkä auttaa minua… Sivving aloitti.

Sivving pani Rebeckan aina töihin. Rebecka epäili että ei hän varsinaisesti tarvinnut apua, hän vain arveli Rebeckan kaipaavan tekemistä. Ruumiillinen työ auttoi liialliseen pohdiskeluun.

Nyt Sivving halusi että Rebecka kiipeäisi katolle ja pudottelisi lumet pois.

– Tiedäthän, ne saattavat tipahtaa minä päivänä hyvänsä, ja Bella voi jäädä alle. Tai minä itse, jos olen ajatuksissani.

Rebecka kiipesi Sivvingin katolle iltapimeällä. Ulkovalosta ei ollut paljon apua. Satoi lunta. Vanha lumi oli kovaa ja liukasta. Köysi vyötäisille ja lapio käteen. Sivvingilläkin oli lapio, mutta enimmäkseen hän vain nojasi siihen. Hän osoitti ja huuteli neuvoja ja ohjeita. Rebecka teki omalla tavallaan ja Sivving hermostui, koska hänen mielestään hänen tapansa oli paras. Heille oli vähällä tulla riitaa. Rebecka oli hikinen tultuaan alas.

Mutta ei se auttanut. Kun hän oli kotona suihkussa, Måns palasi ajatuksiin. Rebecka katsoi kelloa. Se oli vasta yhdeksän.

Hän tarvitsi lisää töitä. Yhtä hyvin hän voisi istahtaa tietokoneen ääreen ja jatkaa Inna Wattrangin taustojen tutkimista.

Varttia vaille kymmenen Rebeckan ulko-ovelle koputettiin. Anna-Maria Mellan ääni kuului alakerran eteisestä:

– Haloo! Onko ketään kotona?

Rebecka avasi yläkerran halliin vievän oven ja huusi:

– Täällä ylhäällä!

– Joulupukki on olemassa, Anna-Maria puuskutti kiivettyään portaat ylös.

Hänellä oli sylissä banaanilaatikko. Rebecka muisti aamuisen vitsinsä ja nauroi.

– Olen ollut kiltti tyttö, hän vakuutti.

Myös Anna-Maria nauroi. Rebeckan kanssa oli helppoa nyt kun he tutkivat yhdessä Inna Wattrangia.

– Siinä on papereita ja kaikkea muuta Örjan Bylundin tietokoneelta, Anna-Maria sanoi vähän myöhemmin nyökäten banaanilaatikkoon päin.

Hän istui keittiönpöydän ääressä ja kertoi kuolleesta toimittajasta sillä välin kun Rebecka pani kahvin kiehumaan.

– Bylund sanoi eräälle kollegalleen, että hän oli saanut jotakin selville Kallis Miningista. Puolitoista kuukautta myöhemmin hän kuoli.

Rebecka kääntyi.

– Miten?

– Hirttäytyi kotonaan työhuoneessa. En ole kyllä siitä kovin varma. Olen hakenut lupaa kaivaa hänet haudasta ja tehdä ruumiinavauksen. Kunhan lääninhallitus vain kiirehtisi päätöstään. Tässä!

Anna-Maria pani pöydälle muistitikun.

– Örjan Bylundin tietokoneen sisältö. Kovalevy oli tyhjennetty, mutta Fred Olsson palautti tiedot.

Anna-Maria katsoi ympärilleen. Keittiö oli hyvin viihtyisä. Siellä oli yksinkertaisia talonpoikaishuonekaluja ja joitakin 40- ja 50-lukujen esineitä sekä tarjottimia kirjotuissa tarjotinnauhoissaan. Keittiössä oli siistiä ja aavistuksen vanhanaikaista. Anna-Maria muisteli omaa isoäitiään ja sitä millaista tämän luona oli ollut.

– Sinulla on kaunis koti, hän sanoi.

Rebecka kaatoi hänelle kahvia.

– Kiitos. Joudut juomaan sen mustana.

Rebecka katsoi ympärilleen keittiössään. Hän viihtyi siellä itsekin. Se ei ollut mikään isoäidin mausoleumi, vaikka hän olikin säästänyt lähes kaiken. Kun hän muutti tänne, hänestä tuntui että näin hän halusi asua. Päästyään mielisairaalasta hän oli nähnyt Tukholman-asuntonsa uusin silmin. Hän oli katsonut muurahaistuolejaan ja PH:n lamppujaan, italialaista sohvaa jonka hän oli ostanut Asplundilta itselleen lahjaksi silloin kun hänet hyväksyttiin asianajajien liittoon. "Tämä en ole minä", hän oli ajatellut ja myynyt asunnon kalusteineen päivineen.

– Inna Wattrangin tilille on tehty siirto, jonka aion tarkistaa, Rebecka sanoi Anna-Marialle. – Joku on pannut hänen henkilökohtaiselle tililleen kaksisataatuhatta kruunua.

– Kyllä kiitos, Anna-Maria sanoi. – Huomennako?

Rebecka nyökkäsi.

Anna-Maria oli mielissään. Juuri näitä juttuja hän ei itse ehtinyt tehdä. Ehkä hän voisi kutsua Rebeckan mukaan keilaamaan. Sitten Sven-Erik ja Rebecka voisivat puhua kissoista.

– Oikeastaan olen liian vanha tähän, Anna-Maria sanoi ja osoitti kahvikuppiaan. – Kun juon illalla kahvia, herään keskellä yötä ja ajatukset vain...

Hän pyöräytti kättään näyttääkseen, miten ajatukset kieppuivat päässä.

– Niin minäkin, Rebecka tunnusti.

He nauroivat tietoisina siitä, että olivat molemmat silti juoneet toisen kupillisen, vain lähentyäkseen toisiaan.

Ulkona jatkui lumisade.

Torstai 20. maaliskuuta 2005

Lunta satoi koko torstain vastaisen yön. Aamulla sade lakkasi ja päivästä tuli kirkas ja aurinkoinen. Pakkasta oli vain kolme astetta. Vartin yli yhdeksän aamulla Örjan Bylundin arkku kaivettiin maasta. Jo edellisenä iltana hautausmaan työntekijät olivat auranneet lumen sivuun ja panneet hautapaikan päälle lämmittimen.

Anna-Maria oli riidellyt siitä hautausmaan henkilökunnan kanssa.

– Tähän tarvitaan lääninhallituksen lupa, sieltä oli sanottu.

– Niin, ruumiin ylös kaivamiseksi, Anna-Maria oli vastannut.

– Mutta minä haluan vain että panette nyt lämmittimen käyntiin, niin että voitte kaivaa ruumiin nopeasti ylös sitten kun päätös tulee.

Routa oli sulatettu maasta, ja hauta kaivettiin auki hautausmaan pikku Kubotalla.

Paikalla oli kymmenkunta valokuvaajaa. Anna-Maria katsoi heitä ja ajatteli syyllisyydentuntoisesti Airi Bylundia.

Mutta minulla on sentään murhatutkinta kesken, hän puolustautui. He haluavat vain keskiaukeamakuvia.

Ja niitä he saivat: likaisen kuopan, mullan, ruusujen surulliset jäänteet, mustan arkun. Ja kaiken tämän keskellä säkenöivä kevättalvi, vastasatanutta lunta ja auringonpaistetta.

Oikeuslääkäri Lars Pohjanen ja hänen oikeusteknikkonsa Anna Granlund odottivat sairaalassa ruumista.

Anna-Maria Mella katsoi kelloa.

– Puoli tuntia, hän sanoi Sven-Erikille. – Sitten soitetaan ja kysytään miten pitkälle he ovat päässeet.

Siinä samassa hänen puhelimensa pärähti taskussa. Soittaja oli Rebecka Martinsson.

– Olen tarkistanut Inna Wattrangille maksetun tilisiirron, hän sanoi. – Siinä on jotakin. Tammikuun 15. päivä joku on mennyt pieneen SEB:n konttoriin Hantverkargatanille Tukholmaan ja pannut tilille 200 000 kruunua. Maksulomakkeeseen tuo henkilö on kirjoittanut: "Ei hiljaisuudestasi."

– "Ei hiljaisuudestasi", Anna-Maria toisti. – Sen maksulomakkeen minä haluan nähdä.

– Pyysin skannaamaan ja meilaamaan sen sinulle, joten katso tietokoneeltasi kun tulet työpaikalle, Rebecka sanoi.

– Jätä syyttäjänvirasto ja tule meille töihin, Anna-Maria huudahti. – Raha ei ole kaikki kaikessa.

Rebecka nauroi toisessa päässä.

– Pitää mennä, hän sanoi. – Minulla on rikoskäräjät.

– Joko taas? Eikö sinulla ollut käräjät maanantaina ja tiistaina?

– Mmm. Se on kanslian Gudrun Haapalahden syytä. Hän on lakannut lähettämästä sinne ketään muuta.

– Pidä puolesi, Anna-Maria ehdotti yrittäen olla avuksi.

– Mieluummin kuolisin, Rebecka nauroi. – Nähdään taas.

Anna-Maria katsoi Sven-Erikiä.

– Kuule! hän sanoi.

Anna-Maria soitti Tommy Rantakyrölle.

– Voitko tarkistaa yhden asian puolestani? hän aloitti ja jatkoi vastausta kuuntelematta:

– Ota selvää onko jonkun niistä henkilöistä, joiden kanssa Inna Wattrang on puhunut jommastakummasta kännykästään, asunto tai työpaikka SEB:n Hantverkargatanin konttorin lähellä Tukholmassa.

– Miten minä jouduin tähän puhelinhelvettiin? Tommy Rantakyrö valitti. – Miten kauas ajassa taaksepäin minun on tarkistettava?

– Puoli vuotta?

Toisesta päästä kuului voihkaisu.

– Aloita sitten tammikuusta. Tilillepano on tammikuun 15. päivältä.

– Olin muuten juuri aikeissa soittaa sinulle, Tommy Rantakyrö sanoi ennen kuin Anna-Maria ehti sulkea puhelimen.

– Niin?

– Pyysit minua tarkistamaan Abiskon turistiaseman puhelimen.

– Niin?

– Joku, tarkoitan että varmaankin Inna Wattrang, on soittanut Diddi Wattrangin kotinumeroon myöhään torstai-iltana.

– Diddi sanoi minulle ettei tiennyt missä Inna oli, Anna-Maria sanoi.

– Puhelu kesti tasan neljä minuuttia kaksikymmentäkolme sekuntia. Diddi taitaa valehdella, vai mitä?

MAURI KALLIS KATSELI PIHALLE työhuoneensa ikkunasta.

Hänen vaimonsa Ebba käveli valkean soran poikki kypärä kainalossa ja uusi arabialaisori löyhässä otteessa. Hevosen musta karvoitus kiilteli hiestä. Ori kulki väsyneen ja tyytyväisen näköisenä pää painuksissa.

Ulrika Wattrang lähestyi toisesta suunnasta. Hänellä ei ollut pikkupoikaa mukana. Vauva oli varmaankin kotona lapsenhoitajan kanssa.

Kysymys kuului oliko Diddi tullut vielä kotiin. Maurin kannalta sillä ei ollut väliä. Hän selviäisi African Mining Trustin kokouksesta yhtä hyvin ilman Diddiäkin. Diddistä ei ollut nykyään mihinkään. Mauri olisi yhtä hyvin voinut pestata apinan hoitamaan Diddin töitä. Maurin hankkeisiin löytyi sijoittajia ponnistelemattakin. Nyt kun he olivat menettäneet uskonsa IT-osakkeisiin ja Kiinan teräksennälkä vaikutti kyltymättömältä, he suorastaan jonottivat päästäkseen mukaan.

Mauri päätti hankkiutua eroon Diddistä. Oli vain ajan kysymys milloin Diddi vaimoineen ja pikkuprinsseineen saisi pakata kamppeensa ja painua sinne missä pippuri kasvaa.

Ulrika jäi jututtamaan Ebbaa.

Ebba vilkaisi Maurin ikkunaan ja Mauri vetäytyi verhon taakse. Verho liikahti mutta se ei varmaankaan näkynyt ulos.

Minä en välitä hänestä, Mauri ajatteli kiivaasti Ebbasta.

Kun Ebba oli ehdottanut erillisiä makuuhuoneita, Mauri hyväksyi mukisematta. Kai se oli ollut Ebban viimeinen yritys lietsoa konfliktia, mutta Mauri oli tuntenut vain helpotusta. Nyt Maurin ei tarvinnut teeskennellä, ettei hän huomannut miten Ebba itki sängyssä selin häneen.

Enkä minä välitä Diddistäkään, Mauri ajatteli. En enää muista mikä Diddissä oli niin suurenmoista.

Minä välitin Innasta, hän ajatteli sitten.

Sataa lunta. Jouluun on kaksi viikkoa. Mauri ja Diddi ovat kolmatta vuotta kauppakorkeassa. Mauri on jo osapäivätöissä Optiomeklareissa. Hän on kiinnostunut myös raaka-ainekaupasta. Kestää vielä seitsemäntoista vuotta ennen kuin hän päätyy *Business Weekin* etusivulle.

Stureplanin korttelit ovat kuin mainoselokuvasta. Ne muistuttavat vedellä täytettyä muovikupua jossa sataa lunta, jos sitä ravistaa.

Kauniit naiset juovat espressoa ja café au laitia kahviloissa, lattialla heidän jalkojensa juuressa on NK:n ostoskasseja täynnä paketteja. Ulkona satelee lunta.

Pienet tytöt ja pojat ovat talvitakeissaan ja duffeleissaan kuin miniatyyriaikuisia, he pitävät kädestä hyvin pukeutuneita vanhempiaan ja kulkevat melkein takaperin yrittäessään nähdä näyteikkunoiden joulukoristeita. Diddi ilkkuu Östermalmin kauppiaiden jouluikkunoille.

– Heillä on sellainen Lontoo-kompleksi, hän nauraa.

He ovat menossa Richeen. He ovat miellyttävässä huppelissa, vaikka kello on vasta vartin yli kuusi illalla. He ovat päättäneet viettää pikkujoulua.

Birger Jarlsgatanin ja Grev Turegatanin risteyksessä he törmäävät Innaan.

Inna tulee käsikoukkua iäkkään miehen kanssa. Mies on hyvin vanha, luiseva niin kuin vanhat miehet usein ovat. Kuolema näkyy hänen ulkonäöstään, luuranko häämöttää ihon alta ja sanoo: pian jäljellä ei ole muuta kuin minä. Iho ei enää tarjoa paljon vastusta vaan pingottuu joustamattomana otsalla siinä mistä pääkallo kaareutuu. Poskiluut törröttävät kuopalla olevien poskien yllä. Ranteiden kyhmyt erottuvat selvästi.

Vasta myöhemmin Mauri panee merkille, että Diddi oli me-

nossa muina miehinä ohi tervehtimättä, mutta Mauri tietysti py-
sähtyy, jolloin esittely on välttämätöntä.

Inna ei ole vähääkään vaivautunut. Mauri katsoo häntä ja ajat-
telee, että hän on kuin joululahja itse. Innan hymy ja silmät näyt-
tävät aina siltä kuin hän sisältäisi iloisen yllätyksen.

– Tässä on Ecke, hän sanoo ja painautuu lemmekkäästi mies-
tä vasten.

Kaikilla yläluokan ja aateliston edustajilla on lempinimet. Mau-
ria se ei lakkaa ihmetyttämästä. On Noppea ja Bobboa ja Gug-
gua. Innan oikea nimi on Honorine. Eikä Williamista ikinä tule
Willeä, mutta Walterista tulee aina Walle.

Kalliin mutta aavistuksen epäsiistin päällystakin hihasta työnt-
tyy luiseva käsi, joka on täynnä ruskeita ikäläiskiä. Maurin mie-
lestä se tuntuu inhottavalta. Hänen tekee melkein mieli nuuh-
kaista jälkeenpäin omaa kättään sen varalta että se haisee lialta.

– En tajua, Mauri sanoo Diddille sen jälkeen kun he ovat hy-
västelleet Innan ja tämän seuralaisen. – Tuoko on Ecke?

Inna on joskus maininnut Ecken, sanonut että ei pääse mu-
kaan, koska on menossa Ecken kanssa maalle, hän ja Ecke ovat
nähneet sen ja sen elokuvan. Mauri on kuvitellut yläluokan kave-
ria, jolla on taaksepäin nuoltu vaalea tukka ja mahdollisesti vai-
mo ja lapsia, koska he eivät ikinä saa tavata tätä ja Inna on niin
vaitonainen. Mutta ainahan Inna on vaitonainen miesystävistään.
Mauri on epäillyt että Innan poikaystävät ovat varmaan vanhem-
pia, jolloin heillä ei Innan mielestä ole mitään yhteistä velipojan
ja Maurin kanssa, hehän ovat vasta koulupoikia. Mutta ei näin
paljon vanhempia!

Kun Diddi ei vastaa, Mauri jatkaa:

– Sehän oli vanha ukko! Mitä Inna hänessä näkee?

Silloin Diddi sanoo kepeästi, mutta Mauri kuulee miten Did-
di yrittää parhaansa mukaan olla huoleton. Diddi takertuu ham-
paat irvessä huolettomuuteen joka on lipeämässä hänen otteestaan, muuta hänellä ei ole kuin huolettomuutensa:

– Sinä olet todella naiivi.

He jäävät seisomaan jalkakäytävälle Richen ulkopuolelle joulukorttimaisemaan. Diddi heittää tupakan hankeen ja tuijottaa Mauria.

Nyt hän suutelee minua, Mauri ajattelee eikä ehdi miettiä pelottaako se vai ei, sitten hetki on ohi.

Toinen kerta. Silloinkin on talvi ja lunta sataa. Innalla on hyvä ystävä, sitä nimeä hän heistä käyttää. Tämä tosin on joku muu. Ecke on mennyttä kalua. Inna on lähdössä miehen kanssa Nobel-päivällisille, ja Diddi päättää lähteä Maurin kanssa käymään hänen yksiössään Linnégatanilla, viedä mukana pullon samppanjaa ja auttaa häntä sulkemaan iltapuvun vetoketjun.

Inna näyttää fantastiselta tullessaan avaamaan oven. Hänen iltapukunsa on unikonpunainen, märät huulet ovat samaa väriä.

– Okei? Inna kysyy.

Mauri on niin häikäisynyt ettei saa sanaa suustaan.

Hän heiluttaa samppanjapulloa ja pujahtaa keittokomeroon salatakseen tunteensa ja hakeakseen laseja.

Kun Mauri tulee takaisin, Inna istuu pienen ruokapöydän ääressä lisäämässä luomiväriä. Diddi seisoo hänen takanaan kumartuneena hänen ylleen, tukee toista kättään pöytälevyyn. Toisen kätensä Diddi on ujuttanut iltapuvun alle ja hyväilee sillä Innan rintoja.

Molemmat katsovat Mauria ja odottavat hänen reaktiotaan. Diddi kohottaa huomaamatta toista kulmaansa mutta ei ota kättään pois.

Inna hymyilee ikään kuin koko juttu olisi pilaa.

Maurin ilmekään ei värähdä. Hän seisoo naama peruslukemilla kolme sekuntia, hän hallitsee täysin kasvojensa lihasten hienosyisen verkoston. Kun kolme sekuntia on kulunut, hän kohottaa kevyesti kulmiaan kuin paraskin Oscar Wilde ja sanoo:

– Poikakulta, kun sinulla nyt on toinen käsi vapaana, minulla on sinulle tässä lasi. Kippis!

He hymyilevät. Mauri on yksi heistä.
Ja he juovat samppanjaa Innan perintölaseista.

Ebba Kallis ja Ulrika Wattrang kohtasivat Reglan pihalla. Ebba
katsahti Maurin ikkunaan. Verho heilahti.
– Oletko kuullut Diddistä? Ebba kysyi.
Ulrika Wattrang pudisti päätään.
– Olen niin huolissani, hän sanoi. – En saa unta. Eilen otin
unilääkettä mutta en haluaisi nyt kun imetän.
Echnaton nyhti kärsimättömänä ohjaksia. Se halusi talliin
huollettavaksi, se halusi eroon satulasta.
– Kyllä Diddi pian ilmoittaa itsestään, Ebba sanoi mekaani-
sesti.
Kyynel vierähti Ulrikan tuuheiden ripsien välistä. Hän pudis-
ti epäuskoisesti päätään.
Olen niin väsynyt tähän, Ebba ajatteli. Olen niin väsynyt hä-
nen itkuunsa.
– Muista että Diddillä on nyt vaikeaa, hän sanoi huolehtivai-
sella äänellä.
Niin kuin meillä kaikilla, hän ajatteli tylysti.
Ulrika oli tullut hänen kotiinsa itkemään monta kertaa vii-
meisen puolen vuoden aikana. "Diddi torjuu minut, hän on ihan
omissa maailmoissaan, en tiedä mitä hän on ottanut, olen yrittä-
nyt kysyä eikö hän välitä edes Philipistä, mutta hän vain..." Jos-
kus Ulrika halasi vauvaa niin lujaa että se heräsi ja alkoi itkeä loh-
duttomasti, ja sitten Ebba joutui kanniskelemaan sitä.
Echnaton painoi turpansa Ebban päätä vasten ja puhalsi niin
että hiukset lepattivat. Ulrika nauroi kyyneltensä lomasta.
– Se taitaa olla rakastunut sinuun, hän sanoi.
Niin onkin, Ebba ajatteli ja vilkaisi Maurin ikkunaan. Hevo-
set rakastavat minua.
Juuri tämän orin hän oli saanut sukupuuhun nähden pilkka-
hintaan, se oli pirullinen ratsastettava. Ebba muisti miten oli
odottanut kun se otettiin alas kuljetusvaunusta. Sieraimet väri-

sivät ja silmät pyörivät sen jumalaisen mustassa pikku päässä. Se potki herkästi. Kolme miestä oli joutunut pitelemään sitä.

– Onnea matkaan, miehet olivat nauraneet saatuaan hevosen vihdoin pilttuuseen ja päästessään lähtemään joulun viettoon. Ori oli seisonut pilttuussa silmiään muljautellen.

Ebba ei ollut vienyt sitä jaloitteluaitaukseen piiskan ja tiukkojen ohjasten avulla. Sen sijaan he karkottivat pirun pois yhdessä. Ebba antoi hevosen juosta ja hypätä, pitkään ja korkealle. Hän puki ylleen turvaliivit ja painautui sitä vasten eikä yrittänytkään jarruttaa. Tullessaan takaisin he olivat yltä päältä mudan peitossa. Yksi tallitytöistä oli nähnyt heidät ja nauranut. Echnaton oli seisonut tallin käytävällä väsymyksestä vapisevin jaloin. Ebba oli huuhtonut sen puhtaaksi haalealla vedellä. Echnaton oli hörissyt tyytyväisenä ja painanut yhtäkkiä otsansa häntä vasten.

Ebballa oli tällä hetkellä kaksitoista hevosta. Hän osti varsoja ja toivottomia tapauksia ja kouli ne. Pian hän alkaisi kasvattaa niitä itse. Mauri naureskeli että Ebba osti enemmän kuin myi. Ja Ebba esitti kohteliaasti rouvaa, jolla oli kaksi kallista harrastusta, ravihevoset ja kulkukoirat.

– Regla on sinun, Mauri oli sanonut silloin kun he menivät naimisiin.

Se oli kompensaatiota siitä, että Kallis Mining oli Maurin erillisomaisuutta.

Mutta Mauri osti ja remontoi Reglan lainarahalla eikä koskaan lunastanut lainoja.

Ebba joutuisi lähtemään Reglasta jos jättäisi Maurin. Hevoset, koirat, henkilökunta, naapurit, koko hänen elämänsä oli täällä.

Hän oli tehnyt valintansa. Hän hymyili ja otti Maurin vieraita vastaan. Hän piti Maurin ajan tasalla poikien koulunkäynnistä ja harrastuksista. Hän järjesti mukisematta Innan hautajaiset.

Olen samassa jamassa, Ebba ajatteli katsoen hevostaan. Meidät on orjuutettu, emme pääse vapauteen. Mutta jos rääkkää itsensä uuvuksiin, ei ehdi tulla hulluksi.

Ja juuri kun hän ajatteli näin, Ester tuli juosten pihan poikki.

ANNA-MARIA MELLA AVASI kotitalonsa oven torstaina lounasaikaan ja sanoi: Hei, talo. Hänen sydämensä sykähti kun hän näki, että keittiössä oli siivottu aamiaisen jäljiltä ja pöytä oli pyyhitty.

Hän kaatoi lautaselle maitoa ja maissihiutaleita, teki maksamakkaravoileivän ja näppäili sitten oikeuslääkäri Lars Pohjasen numeron.

– No? hän sanoi esittelemättä itseään kun Pohjanen vastasi.

Puhelimen toisessa päässä kuulosti siltä kuin varis olisi juuttunut savupiippuun. Oikeuslääkäri Lars Pohjasen tutut tiesivät, että tuolta hän kuulosti nauraessaan.

– Hätähousu.

– Anna hätähousulle mitä hän haluaa. Mihin Örjan Bylund kuoli? Hirttäytyikö hän vai ei?

– Haluaa ja haluaa, Pohjanen narisi tyytymättömänä toisessa päässä. – Mitä vikaa kollegoissasi on? Teidän olisi pitänyt lähettää tämä minulle silloin kun löysitte hänet. On se kumma miten huonoja poliisit ovat noudattamaan sääntöjä. Vain kaikki muut joutuvat tekemään niin.

Anna-Maria Mella nielaisi purevan huomautuksensa, että poliisia ei ollut koskaan hälytetty paikalle, koska lääkäri, siis yksi Pohjasen kollegoista, päätti poiketa ohjeista ja rutiineista, kirjoitti kuolinsyyksi sydänkohtauksen ja antoi hautaustoimiston hakea ruumiin. Oli tärkeämpää että Pohjanen oli hyvällä tuulella kuin että Anna-Maria sai sanottua viimeisen sanan.

Anna-Maria mutisi jotakin anteeksipyynnöksi ja antoi Pohjasen puhua.

– Okei, oikeuslääkäri jatkoi lauhtuneeseen sävyyn. – On hyvä että hänet haudattiin talvella, pehmytkudoksissa ei tapahdu suuria muutoksia. Nyt tietenkin alkaa tapahtua kun ruumis on sulanut.

– Mmm, Anna-Maria vastasi ja puraisi maksamakkara-voileipää.

– Voin ymmärtää että sitä pidettiin itsemurhana, ulkoiset vammat viittaavat hirttäytymiseen. Kaulaan tulee kuristusjälki... ja hänethän oli otettu jo alas kun piirilääkäri kävi katsomassa häntä, eikö totta?

– Joo, vaimo irrotti hänet köydestä, koska halusi välttää puheita. Örjan Bylund oli Kiirunassa tunnettu henkilö, oli ollut sanomalehdessä töissä yli kolmekymmentä vuotta.

– Silloin on vaikea nähdä, täsmäävätkö vammat itse... köh, köh... hirttäytymistapaan... köh...

Pohjanen keskeytti selontekonsa rykiäkseen.

Anna-Maria Mella piteli puhelinta jonkin matkan päässä korvasta Pohjasen rykimisen ajan. Hänelle ei tuottanut vaikeuksia puhua ruumiista samalla kun hän söi, mutta köhimisen kuunteleminen vei häneltä ruokahalun. Pohjanen puhui poliiseista jotka eivät noudattaneet sääntöjä, vaikka oli itse lääkäri joka poltti kuin korsteeni, siitä huolimatta että oli ollut kurkkusyöpäleikkauksessa muutama vuosi sitten.

Pohjanen jatkoi:

– Epäilykseni heräsivät jo pintapuolisessa tutkimuksessa. Silmien sidekalvoissa oli pientä verenvuotoa. Ei kovin kummoista, pelkkiä pieniä neulanpistoja vain. Ja sitten on sisäisiä vammoja, eriasteista verenvuotoa kurkunpään ympärillä ja lihaksistossa.

– Niin?

– Jos kuolinsyy olisi ollut hirttäytyminen, verenvuotoa olisi vain silmukan alla ja ympärillä, eikö totta?

– Okei.

– Mutta tämä verenvuoto on liian suurta ja hajanaista. Sitä paitsi kilpirustossa ja kieliluussa on murtumia.

Pohjanen kuulosti siltä että oli sanonut sanottavansa ja aikoi lopettaa puhelun.

– Odota vähän, Anna-Maria sanoi. – Mihin lopputulokseen olet siis tullut?

– Tietenkin siihen että hänet kuristettiin. Nämä kurkun sisäiset vammat eivät ole peräisin hirttäytymisestä. Veikkaan kuristamista. Käsin. Hän oli myös juonut. Aika paljon. Sinuna epäilisin vaimoa. He saattavat käyttää tilaisuutta hyväkseen silloin kun ukko on sammunut.

– Ei se ollut vaimo, Anna-Maria sanoi. – Tämä on jotakin suurempaa, jotakin paljon suurempaa.

Mauri Kallis näki Esterin hölkkäävän pihan poikki. Ester nyökkäsi lyhyesti Ulrikalle ja Ebballe ja jatkoi kohti pientä metsikköä, joka oli uuden ja vanhan laiturin välissä. Hänellä oli tapana juosta sitä tietä pitkin, seurata pientä polkua vanhalle laiturille, jonka kupeessa Maurin metsänhoitaja piti moottorivenettään.

Kumma juttu miten Esterin treenausvimma tuntui syrjäyttäneen maalaamisen. Ester luki proteiineista ja lihasten koostumuksesta, nosti painojaan ja juoksi lenkkejään.

Näytti siltä että hän juoksi silmät ummessa. Se oli kuin uhkapeliä: hän yritti juosta törmäämättä puihin ja antaen jalkojen löytää polun, jota hän ei nähnyt.

Mauri muisti erään päivällisen, joka heillä oli ollut jokin aika sitten. Siellä oli Ebban serkkuja Skoonesta, Inna, Diddi vaimonsa ja pikkuprinssinsä kanssa. Ester oli juuri muuttanut ullakolle, ja Inna oli suostutellut häntä syömään heidän kanssaan. Ester oli koettanut hangoitella vastaan.

– Minun pitää treenata, hän oli sanonut pää painuksissa.

– Jos et syö, ei auta vaikka treenaisit kuinka paljon tahansa, Inna oli sanonut. – Käy ensin lenkillä ja tule syömään sen jälkeen. Voit lähteä sitten kun olet syönyt. Kukaan ei huomaa, jos nouset pöydästä vähän aikaisemmin.

Ester tuli pöytään kun juhla-ateria oli jo alkanut, pellavaliinojen ja hopeisten ruokailuvälineiden ja kaiken keskelle. Hänellä oli tukka märkänä ja kasvot naarmuilla, kahdesta kohtaa valui verta.

Ebba oli esitellyt hänet kalpeana ja vaivautuneena ja maininnut sellaisia sanoja kuin "taidekoulu" ja "huomiota herättänyt näyttely Lars Zantonin galleriassa".

Innan oli ollut vaikea pidättää nauruaan.

Ester oli syönyt keskittyneenä ja vaieten, kasvot veressä, aivan liian isoja suupaloja ja lautasliina koskemattomana lautasen vieressä.

Kun he menivät aterian jälkeen terassille tupakalle, Diddi sanoi:

– Olen nähnyt että hän juoksee metsän läpi vanhalle laiturille side silmillä. Silloin hänelle tulee noita...

Hän elehti kädellään näyttääkseen kasvoissa olevia naarmuja ja haavoja.

– Minkä takia? yksi Ebban serkuista kysyi.

– Koska hän on hullu? Diddi ehdotti.

– Niin on, Inna myönsi onnellisena. – Kai te ymmärrätte että meidän on saatava hänet taas maalaamaan.

Ester oikaisi nurmikon poikki ja melkein törmäsi Ulrikaan, Ebbaan ja mustaan hevoseen. Ennen hän olisi nähnyt sen siron pienen pään, ääriviivat ja isot kauniit silmät. Hän olisi nähnyt sen selän kaarteen, kun Ebba ratsasti sillä voltissa harjoitusaitauksessa. Hän olisi nähnyt Ebban oman viivan, suoran selän, suoran kaulan, suoran nenän, ohjakset suorina ja tiukkoina kädessä.

Mutta nykyään Ester ei välittänyt tästä. Sen sijaan hän katsoi hevosen lihaksia.

Hän nyökkäsi Ulrikalle ja Ebballe ja ajatteli olevansa arabian-hevonen.

Kevyt on taakkani, hän ajatteli matkalla pieneen metsikköön, joka oli tilan ja Mälarenin välissä. Hän alkoi osata polun ulkoa. Pian hän voisi juosta koko matkan silmät sidottuina törmäämättä yhteenkään puuhun.

Koirat huomasivat ensimmäisinä että äiti oli sairas. Hän salasi sen Esteriltä ja Anttelta ja isältä.

En tajunnut mitään, Ester ajatteli juostessaan silmät kiinni polkua pitkin sankassa vesakossa kohti Reglan säterin vanhaa lai-

turia. Ihmeellistä. Aika ja paikka eivät useinkaan ole läpitunke-
mattomia seiniä vaan lasia, näen suoraan niiden lävitse. Ihmisis-
tä voi tietää asioita, isoja ja pieniä. Mutta äidistä en nähnyt mi-
tään. Olin niin keskittynyt maalaamiseen, olin niin iloinen siitä
kun sain vihdoinkin maalata öljyväreillä että en ymmärtänyt. En
halunnut ymmärtää miksi äiti yhtäkkiä antoi minun pidellä pens-
seliä.

Ester juoksi kovempaa. Joskus oksat repivät hänen kasvojaan.
Se ei haitannut, se tuntui melkein helpottavalta.

– No niin, äiti sanoo. – Olet aina halunnut maalata öljyväreillä,
haluatko nyt opetella?

Hän antaa minun pingottaa kankaan. Venytän kangasta rimo-
jen päälle niin että päätäni alkaa särkeä, haluan että kaikki menee
oikein. Vedän ja taitan ja ammun niittipistoolilla. Kehykset ovat
isän tekemiä. Hän ei halua äidin ostavan halpoja kehyksiä, jotka
on tehty huonosti kuivuneesta ja halkeilevasta puusta.

Äiti ei sano mitään, ja tiedän sen merkitsevän sitä, että olen
pingottanut kankaan hyvin. Hän säästää rahaa ja ostaa halpaa
maalauskangasta, mutta silloin se täytyy pohjustaa temperal-
la. Saan tehdä sen. Sitten hän piirtää apuviivat hiilellä. Seison
vieressä katsomassa. Ajattelen kapinallisesti että sitten kun saan
maalata ihan itse omia taulujani, en aio vetää ainoatakaan viivaa
hiilellä. Aion siirtyä suoraan pensseliin. Päässäni hahmottelen
struktuureja poltetulla umbralla ja caput mortuumilla.

Äiti neuvoo ja maalaan isot värikentät, lumen sekoitetulla val-
koisella ja kadmiuminkeltaisella, vuoren varjon taivaansinisellä.
Kalliosta tulee tummanvioletti.

Äidin on vaikea olla pitämättä itse pensseliä. Hän tempaisee
sen monta kertaa kädestäni.

– Isoja vetoja pensselillä, älä epäröi tuolla tavalla ja tärise kuin
vasikka. Enemmän väriä, älä ole pelkuri. Enemmän keltaista,
enemmän keltaista. Älä pitele pensseliä noin, se ei ole kynä.

Ensin haraan vastaan. Luulisi hänen tietävän että kun väreistä tulee niin räikeitä ja levottomia kuin hän haluaa, niitä on vaikea myydä. Niin on käynyt ennenkin. Isä katsoo illalla valmista maalausta ja sanoo: "Ei käy." Ja sitten äiti joutuu muuttamaan. Kontrastivärit ovat nyt vähemmän levottomia. Siinä tilanteessa sanon lohduttaakseni:

– Oikea tauluhan on siellä alla. Me olemme nähneet sen.

Äiti jatkaa kärsivällisesti maalaamista, mutta pensseli painoi lujasti kangasta.

– Ei se auta, hän sanoo. – Ne ovat idiootteja joka iikka.

Hän muuttui entistä kärsimättömämmäksi, Ester ajatteli juostessaan puiden välissä. Minä en sitä ymmärtänyt. Vain koirat ymmärsivät.

Äiti on keittänyt sakeaa lihasoppaa. Hän panee ison padan keittiönpöydälle jäähtymään. Myöhemmin hän aikoo kaataa keiton pakastusrasioihin. Sillä välin kun keitto jäähtyy, hän menee ateljeehen valamaan keramiikkariekkoja.

Keittiöstä kantautuva ääni saa hänet kuivaamaan saven sormistaan ja menemään keittiöön. Musta on hypännyt pöydälle. Se on työntänyt padasta kannen pois ja tonkii keitosta luita. Keitto on kiehuvan kuumaa, mutta se ei malta olla yrittämättä uudestaan. Se polttaa itsensä ja haukahtaa kiukkuisesti, ihan kuin keitto olisi tahallaan niin kuumaa ja ansaitsisi kuritusta.

– Mitä helvettiä, äiti sanoo ja huitaisee Mustaa kuin häätääkseen sen alas pöydältä tai ehkä läimäyttääkseen sitä.

Musta hyökkää. Se näykkäisee äidin kättä ja paljastaa hampaansa. Sen kurkusta nousee uhkaava murina.

Äiti vetäisee järkyttyneenä kätensä pois. Yksikään koira ei ole ikinä uskaltanut tehdä hänelle noin. Hän ottaa nurkasta harjan ja yrittää hätyyttää Mustan alas pöydältä.

Silloin Musta käy hänen kimppuunsa tosissaan. Lihakeitto on Mustan eikä kukaan saa viedä sitä.

Äiti perääntyy keittiöstä. Tulen samalla hetkellä koulusta, kiipeän portaita ylös ja melkein törmään äitiin yläkerran hallissa. Äiti kääntyy kasvot valkoisina, purtu käsi nyrkissä rintaa vasten. Näen Mustan pöydällä hänen takanaan. Se on kuin pieni musta paholainen, raateluhampaat irvessä ja niskavillat pystyssä. Sen korvat ovat luimussa. Tuijotan koiraa ja sitten äitiä. Mitä ihmettä täällä on tapahtunut?

– Soita isälle että hän tulee kotiin, äiti sanoo tylysti.

Isä ajaa Volvollaan pihalle vartin kuluttua. Hän ei sano paljon, hakee vain pyssyn ja heittää sen tavaratilaan. Sitten hän hakee Mustan. Musta ei ehdi hypätä keittiönpöydältä nähdessään isän, se vinkaisee kivusta ja alistuneena kun isä tarttuu sitä niskavilloista ja hännästä, kantaa sen autoon ja heittää sisään. Musta käy makaamaan kiväärinkotelon päälle.

Auto merkitsee ihania ulkotöitä, Musta ei ymmärrä mikä sitä odottaa. Tämä on viimeinen kerta kun näemme sen. Isä tulee illalla kotiin ilman koiraa emmekä me puhu siitä.

Musta oli ilmetty johtajakoira. Isä oli varmaan surullinen jouduttuaan luopumaan niin etevästä työtoverista. Musta saattoi ampaista tunturiin hakemaan tokasta erkaantuneita poroja ja tuoda ne takaisin parin tunnin päästä.

Musta näki mitä äidille oli tapahtumassa. Se näki että äiti oli heikkenemässä. Tietenkin se yritti viedä äidin paikan lauman johtajana.

Sen iltapäivän äiti istui keittiössä yksikseen. Hän ärisi minulle, niin että pysyttelin kaukana. Ymmärsin että häntä hävetti. Häntä hävetti koska hän oli pelästynyt koiraa. Äidin pelon ja heikkouden takia Musta oli kuollut.

SVEN-ERIK STÅLNACKE KÄVI ruokatunnillaan Airi Bylundin kotona. Sven-Erik oli tarjoutunut tekemään sen, ja Anna-Maria oli helpottunut kun hänen ei tarvinnut. Keittiönpöydän ääressä Sven-Erik kertoi Airille, että Örjan Bylund ei ollut tappanut itseään, hänet oli murhattu.

Airi Bylundin kädet liikehtivät edestakaisin eivätkä tienneet mitä tehdä. Airi pyyhki pöytäliinasta rypyn jota siinä ei ollut.

– Örjan ei siis tappanut itseään, hän sanoi pitkän hiljaisuuden jälkeen.

Sven-Erik avasi takkinsa vetoketjun. Oli lämmin. Airi oli vastikään leiponut. Kissaa ja sen pentuja ei näkynyt.

– Ei niin, Sven-Erik sanoi.

Airi Bylundin suuta nyki. Hän nousi nopeasti ja pani kahvin tulelle.

– Minä ajattelin sitä niin usein, hän sanoi selin Sven-Erikiin. – Mietin miksi. Örjan oli pohtivaa sorttia, mutta jättää nyt minut sillä tavalla... sanaakaan sanomatta. Ja pojat. Hehän ovat aikuisia mutta silti... Että hän vain hylkäsi meidät.

Airi pani pullia vadille ja toi vadin pöytään.

– Olin niin vihainenkin. Herrajumala miten vihainen olin sille miehelle.

– Hän ei tehnyt sitä, Sven-Erik sanoi ja katsoi Airia silmiin.

Airi katsoi tiiviisti takaisin. Hänen silmistään paistoivat viime kuukausien viha, suru ja tuska, nyrkki joka ojentui taivasta kohti, voimaton epätoivo, kysymys johon ei ollut vastausta, syyllisyys.

Airilla oli kauniit silmät, Sven-Erik ajatteli. Ne olivat kaksi mustaa aurinkoa joista lähti sinisiä säteitä harmaalle taivaalle. Kauniit silmät ja upea takapuoli.

Sitten Airi purskahti itkuun. Hän katsoi hellittämättä Sven-Erikiä ja kyyneleet valuivat hänen kasvojaan pitkin.

Sven-Erik nousi seisomaan ja kietoi käsivartensa hänen ympärilleen, piti toisella kädellä Airin takaraivoa ja tunsi pehmeät hiukset kättään vasten. Kissaemo tepasteli makuuhuoneesta, pennut tulivat kintereillä ja alkoivat kiehnätä Sven-Erikin ja Airi Bylundin jaloissa.

– Hyvä isä sentään, Airi sanoi lopulta, niiskautti ja kuivasi silmänsä paidanhihaan. – Kahvi jäähtyy.

– Ei se haittaa, Sven-Erik sanoi ja keinutti häntä hitaasti.

– Lämmitetään se sitten mikrossa.

Anna-Maria astui pääsyyttäjä Alf Björnfotin työhuoneeseen vartin yli kaksi.

– Hei Anna-Maria, Björnfot sanoi iloisesti. – Hyvä kun pääsit tulemaan. Miten menee?

– Oikein hyvin, Anna-Maria sanoi.

Hän mietti mitä asiaa syyttäjällä oli ja toivoi, että Björnfot menisi suoraan asiaan.

Myös Rebecka Martinsson oli paikalla. Hän seisoi ikkunassa ja tervehti Anna-Mariaa lyhyellä nyökkäyksellä.

– Entä Sven-Erik? syyttäjä kysyi. – Missä hän on?

– Soitin hänelle ja sanoin, että halusit tavata meidät. Hän on varmaan tulossa. Saako kysyä mitä…

Syyttäjä kumartui eteenpäin ja heilutti faksia.

– Rikoslaboratorio on saanut valmiiksi analyysin takista, jonka sukeltajat löysivät Tornionjärvestä, hän sanoi. – Oikeasta olkapäästä löytynyt veri on peräisin Inna Wattrangista. Kauluksen sisäpuolelta on saatu DNA. Ja…

Hän ojensi faksin Anna-Maria Mellalle.

– …Ison-Britannian poliisi on saanut sen täsmäämään rikosrekisterissään olevaan DNA-profiiliin.

– Douglas Morgan, Anna-Maria luki.

– Brittiarmeijan laskuvarjojääkäri. Kävi 90-luvun puolivälis-

sä upseerin kimppuun, hänet tuomittiin törkeästä pahoinpite-
lystä ja erotettiin. Hän alkoi tehdä töitä Blackwaterille, yrityk-
selle joka suojelee henkilöitä ja omaisuutta levottomuuspesäk-
keissä eri puolilla maailmaa. Hän on ollut Keski-Afrikassa ja jo
varhain Irakissa. Siellä eräs islamistien vastarintaryhmä vangit-
si ja teloitti hänen läheisen kollegansa runsas vuosi sitten. Arvaa
mikä kollegan nimi oli.

– John McNamara ehkä, Anna-Maria Mella ehdotti.

– Jep. Morgan käytti kuolleen kaverinsa passia kun matkusti
Ruotsiin ja vuokrasi auton Kiirunan lentokentältä.

– Entä nyt? Missä hän on?

– Ison-Britannian poliisi ei tiennyt, Rebecka Martinsson vas-
tasi. – Hän lopetti Blackwaterilla, se on varmaa, mutta sieltä ei
suostuta sanomaan miksi, väittävät että hän vaati sitä itse. Täl-
laisia vartiointiyrityksiä on vaikea saada vastaamaan kysymyksiin
ja tekemään yhteistyötä poliisin kanssa. Ne eivät halua että niitä
tutkitaan. Mutta Douglas Morganin edellinen pomo Blackwate-
rilla sanoi, että luultavasti hän sai töitä jostakin toisesta alan fir-
masta ja häipyi takaisin Afrikkaan.

– Olemme tietenkin tehneet hänestä etsintäkuulutuksen, Alf
Björnfot sanoi. – Mutta on kaikkea muuta kuin varmaa saamme-
ko hänet kiinni. Ellei hän sitten mene kotiin Englantiin…

– Mitä me siis teemme? Anna-Maria keskeytti. – Lopetamme-
ko etsinnät?

– Kaikkea muuta, Alf Björnfot sanoi. – Mies joka vuokraa au-
ton ja matkustaa jonkun toisen passilla…

– …sai rahaa Inna Wattrangin murhaamisesta, Anna-Maria
sanoi. – Kysymys kuuluu keneltä.

Alf Björnfot nyökkäsi.

– Joku tiesi missä Inna oli, Anna-Maria sanoi. – Ja valehte-
li siitä. Velipoika. Inna soitti hänelle turistiaseman puhelinkios-
kista.

– Sinä joudut lähtemään etelään huomisella aamukoneella, Alf
Björnfot sanoi ja katsoi kelloa.

Ovelta kuului lyhyt koputus ja sisään astui Sven-Erik.

– Mene kotiin pakkaamaan, Anna-Maria sanoi. – Saatamme ehtiä takaisin huomenna iltakoneella, muuten ostamme hammasharjat ja... ei mutta mikä sinulla on siinä?

– No joo, minusta on tullut isä, Sven-Erik sanoi.

Hänen poskensa hehkuivat. Takinkauluksesta pilkisti kissanpentu.

– Onko se Airi Bylundin? Anna-Maria kysyi. – Näkyypä olevan. Terve, pukari.

– Voi katsokaa! Rebecka sanoi mentyään Sven-Erikin luo tervehtiäkseen. – Oletko saanut kuonoosi, epeli?

Hän silitti kissanpentua jonka toisen silmän ympärillä oli musta rengas. Se ei välittänyt tervehtimisestä vaan pyrki pois Sven-Erikin takin sisältä tutkimaan uutta ympäristöä. Se kiipesi Sven-Erikin olalle ja tasapainotteli siinä ylimielisesti. Kun Sven-Erik yritti nostaa sen alas, se takertui kiinni kynsillään.

– Minä hoidan sitä sen aikaa kun olette poissa, Rebecka sanoi.

Alf Björnfot, Anna-Maria ja Rebecka säteilivät kuin Messiaan kätkyeen ympärillä.

Sven-Erik nauroi kissalle, joka piti itsepintaisesti kiinni takista ja lähti sitten laskeutumaan alaspäin hänen selkäänsä pitkin, niin että hänen oli pakko kumartua eteenpäin, jotta pentu ei olisi pudonnut maahan. He irrottivat sen pienet kynnet takista.

He kutsuivat sitä pukariksi, riiviöksi, ipanaksi ja vintiöksi.

Ebba Kallis heräsi siihen, että joku soitti ovikelloa puoli kahdelta yöllä. Ulkona seisoi Ulrika Wattrang. Hän tärisi pelkässä pyjamassa ja aamutakissa.

– Anteeksi, hän sanoi epätoivoisella äänellä, – mutta onko sinulla kolmetuhatta kruunua? Diddi on tullut tänne taksilla Tukholmasta, ja kuski on raivona, koska Diddi on hukannut lompakkonsa eikä minulla ole niin paljon rahaa tililläni.

Mauri ilmestyi portaisiin.

– Diddi on tullut, Ebba sanoi katsomatta mieheensä. – Taksilla. Eikä hän pysty maksamaan.

Mauri huokasi ja meni työhuoneeseensa hakemaan lompakkoa.

Kaikki kolme kiiruhtivat pihan poikki Diddin ja Ulrikan talolle.

Diddi ja kuski seisoivat taksin ulkopuolella.

– Ei käy, kuski sanoi. – Tuo ei tule takaisin kyydissäni. Te jäätte molemmat tänne. Ja maksatte matkan.

– Mutta en minä tiedä kuka hän on, Diddi puolustautui. – Minä menen nyt nukkumaan.

– Sinä et mene minnekään, taksikuski sanoi ja tarttui Diddiä käsipuolesta. – Ensin maksat matkan.

– No niin, Mauri sanoi ja astui esiin. – Kolmetuhatta. Oletko varma että mittarilukema on oikein?

Hän ojensi kuskille American Expressinsä.

– Kuule, olen kiertänyt ensin puoli Tukholmaa kuskaamassa ihmisiä, ja siinä oli melkoinen urakka. Jos haluat nähdä ajoreitin, se sopii.

Mauri pudisti päätään ja kuski veti kortin. Sillä välin Diddi nukahti seisaalleen autoa vasten nojaten.

– Entä tuo? kuski kysyi kun Mauri allekirjoitti kuittia.

Kuski nyökkäsi päällään auton takapenkin suuntaan.

Mauri, Ulrika ja Ebba katsoivat autoon.

Siellä nukkui noin 25-vuotias nainen. Hänen hiuksensa olivat pitkät ja blondatut. Vaikka autossa oli melko pimeää, he näkivät että hänellä oli voimakas meikki, irtoripset ja vauvanpunaista huulipunaa. Hänellä oli ohuet kuvioidut sukkahousut ja korkeakorkoiset valkoiset saappaat. Hame oli minimaalinen.

Ulrika peitti kasvonsa.

– Minä en kestä, hän uikutti.

– Hän ei asu täällä, Mauri sanoi kylmästi.

– Jos vien hänet takaisin, kuski sanoi, – se maksaa toisen mokoman. Työvuoronikin on loppunut.

Mauri ojensi uudestaan korttinsa sanaakaan sanomatta.

Kuski meni autoon ja vetäisi kortin toistamiseen, tuli ulos hetken kuluttua ja sai kuittiinsa allekirjoituksen. Kukaan ei sanonut mitään.

– Avaatteko portin? kuski kysyi ja meni autoon istumaan.

Kun hän käynnisti auton ja ajoi tiehensä, autoa vasten nojannut Diddi kaatui päistikkaa maahan.

Ulrikalta pääsi huuto.

Mauri astui Diddin luo ja sai Diddin jaloilleen. He käänsivät hänet selin ulkovalaistukseen ja katsoivat hänen takaraivoaan.

– Hän vuotaa verta, Ebba sanoi. – Mutta ei hätää.

– Portti, Ulrika huudahti ja syöksyi taloon avatakseen portin kaukosäätimellä.

Diddi tarttui Maurin käsivarsiin.

– Olen tainnut tehdä jotakin tyhmää, hän sanoi.

– Ripittäydy kuule jollekulle toiselle, Mauri sanoi tylysti ja repäisi itsensä irti. – Tulla nyt tänne jonkun vitun narkkarihutsun kanssa. Kutsuitko hänet hautajaisiin?

Diddi huojui paikallaan.

– Haista paska, hän sanoi sitten. – Vedä käteen, Mauri.

Mauri kääntyi kannoillaan ja lähti nopein askelin kohti taloa. Ebba kiiruhti perässä.

Diddi avasi suunsa huutaakseen jotakin heidän peräänsä, mutta Ulrika oli yhtäkkiä hänen vierellään.

– Tule, Ulrika sanoi ja kietoi käsivartensa hänen ympärilleen. – Nyt riittää.

Perjantai 21. maaliskuuta 2005

ANNA-MARIA MELLA ja Sven-Erik Stålnacke pysäköivät vuokratun Passatinsa Reglan ulommaisen portin ulkopuolelle. Kello oli kymmenen aamulla. He olivat tulleet Kiirunasta aamukoneella ja vuokranneet auton Arlandasta.

– Mikä linnoitus, Anna-Maria sanoi ja tähysteli kaltereiden välistä seuraavaa porttia ja muuria, joka kiersi tiluksia. – Miten tämä toimii?

Hän tarkasteli hetken porttipuhelinta ja painoi sitten nappia, jossa oli puhelimen kuva. Hetken kuluttua kuului ääni, joka tiedusteli keitä he olivat ja mitä asiaa heillä oli.

Anna-Maria Mella esitteli itsensä ja Sven-Erikin ja kertoi asiansa. He halusivat puhua Diddi Wattrangin tai Mauri Kalliksen kanssa.

Ääni pyysi heitä odottamaan hetken. Sitten kului vartti.

– Mitä siellä oikein on tekeillä? Anna-Maria kivahti ja paineli hullun lailla nappia, mutta kukaan ei enää vastannut.

Sven-Erik meni jonkin matkan päähän puiden lomaan heittämään vettä.

Onpa kaunis paikka, hän ajatteli.

Siellä kasvoi kyhmyisiä tammia ja lehtipuita, joiden nimeä hän ei tiennyt. Lunta ei ollut. Valkovuokot ja skillat olivat alkaneet nostaa päätään viimevuotisten lehtien alta. Täällä tuoksui kevät. Aurinko paistoi. Hän ajatteli kissaansa. Kissaa ja Airia. Airi oli sanonut että voisi hoitaa Pukaria tarvittaessa, mutta Rebecka Martinsson oli ehtinyt tarjoutua ensin. Parempi niin. Mitä Airi olisi ajatellut, jos Sven-Erik olisi ottanut kissanpennun ja tullut jo samana päivänä pyytämään, että Airi hoitaisi sitä.

Anna-Maria huusi rautaportin luota:

– Nyt joku tulee!

Porttia kohti ajoi Mersu. Ulos astui Mikael Wiik, Mauri Kalliksen turvallisuuspäällikkö.

Ison portin vieressä oli pienempi jalankulkijoita varten. Mikael Wiik tervehti ystävällisesti Anna-Maria Mellaa ja Sven-Erik Stålnackea mutta ei avannut kumpaakaan porttia.

– Meillä on asiaa Diddi Wattrangille, Anna-Maria sanoi.

– Se ei valitettavasti käy, Mikael Wiik sanoi. – Diddi Wattrang on Torontossa.

– Entä Mauri Kallis?

– Ikävä kyllä hän on varattu seuraavat päivät. Voinko auttaa teitä jotenkin?

– Kyllä, Anna-Maria sanoi kärsimättömästi. – Voit auttaa meitä antamalla meidän tavata Diddi Wattrangin tai Mauri Kalliksen.

– Saat Kalliksen sihteerin numeron. Hän voi järjestää tapaamisen.

– Älä nyt viitsi, Anna-Maria sanoi. – Päästä meidät sisään. Meillä on murhatutkinta kesken, hemmetti.

Mikael Wiikin ilme koveni aavistuksen verran.

– Tehän olette jo jututtaneet sekä Kallista että Wattrangia. Teidän on syytä ymmärtää, että he ovat hyvin kiireisiä ihmisiä. Voin järjestää teille tapaamisen Mauri Kalliksen kanssa maanantaiksi, vaikka se oikeastaan onkin mahdotonta. En tiedä milloin Wattrang tulee takaisin matkaltaan.

Hän ojensi portin läpi käyntikortin Anna-Marialle.

– Tässä on Mauri Kalliksen sihteerin suora numero. Voinko tehdä jotakin muuta puolestanne? Nyt minun on...

Pidemmälle hän ei päässyt. Puistokujaa pitkin saapui auto. Se oli Chevroletin pakettiauto jossa oli himmennetyt ikkunat. Se pysähtyi Anna-Marian ja Sven-Erikin vuokra-auton taakse. Ulos hyppäsi mies jolla oli tumma puku ja musta poolopaita.

Anna-Maria katsoi hänen jalkineitaan. Ne olivat tukevat mutta kevyet goretex-maastokengät.

Auton etupenkillä istui toinen mies. Hänellä oli lyhyeksi kynitty tukka ja tumma pusakka. Anna-Maria ehti nähdä takapenkillä vähintään kaksi miestä ennen kuin auton ovi painui kiinni. Keitä nämä ihmiset olivat?

Autosta noussut mies ei sanonut mitään, ei esittäytynyt, nyökkäsi vain lyhyesti Mikael Wiikille. Mikael Wiik nyökkäsi lähes huomaamatta takaisin.

– Ellei teillä ollut muuta... Mikael Wiik sanoi Anna-Marialle ja Sven-Erikille.

Anna-Maria taisteli turhautumistaan vastaan. Hän ei mahtanut mitään sille, että Mikael Wiik kieltäytyi päästämästä heitä sisään.

Sven-Erik soi hänelle katseen, joka sanoi "ei kannata".

– Ja keitäs te olette? Anna-Maria kysyi vasta saapuneelta mieheltä.

– Minä siirryn niin että pääsette pois, mies sanoi vain ja meni takaisin pakettiautoon.

Reglassa käynti oli ohi ennen kuin se oli ehtinyt edes alkaa. Astuessaan autoon Anna-Maria huomasi muurin toisella puolella nuoren naisen. Naisella oli lenkkivaatteet ja hän seisoi keskellä valkovuokkoniittyä.

– Mitä hän tekee? Anna-Maria kysyi Sven-Erikiltä ja alkoi peruuttaa autoa kääntääkseen sen.

Sven-Erik tähysteli portin läpi.

– Katselee kukkia, Sven-Erik sanoi, – mutta hän vaikuttaa olevan eksyksissä. Voi voi, tyttö, varo puunjuurta.

Varoitus oli tarkoitettu nuorelle naiselle, joka otti muutaman askeleen taaksepäin katsomatta taakseen.

Ester Kallis katsoi maata. Yhtäkkiä maa kukki. Hän ei ollut huomannut sitä aiemmin. Olivatko kaikki nämä kukat täällä eilen? Hän ei tiennyt. Hän katseli ympärilleen muutaman sekunnin, ei huomannut autoja eikä portin luona olevia ihmisiä.

Sitten hän katsoi tammimetsän läpi.

Silloin hän tunsi sen läsnäolon. Hän tiesi että se oli siellä, ehkä kilometrin päässä, susi joka oli kiivennyt tammeen.

Se tarkkaili heitä kaikkia kiikarillaan. Se piti lukua siitä kuinka moni meni sisään ja kuinka moni tuli ulos. Juuri nyt se katsoi suoraan häneen.

Ester otti pari askelta taaksepäin ja melkein kompastui puunjuureen.

Sitten hän lähti juoksemaan. Hän laukkasi matkoihinsa, pois metsästä ja kukkien luota. Pian tämä varmasti olisi ohi.

On alkukesä. Ester on viidentoista ja päässyt peruskoulusta. Hän on saanut päättäjäislahjaksi piirustuslehtiön ja akvarellivärit. Tunturi kukkii ja hän makaa varvikossa vatsallaan piirtämässä lyijykynällä. Illalla hän tulee kotiin, sääskenpuremia täynnä ja tyytyväisenä, ja tekee äidille seuraa ateljeessa värittääkseen päivän piirustukset. On ihanaa piirtää oikealle paperille, joka ottaa värin vastaan eikä kupruile. Äiti katselee hänen aikaansaannoksiaan: lapinvuokkoja, kaarlenvaltikoita jotka hän oli löytänyt Njuotjanjohkasta, ohutlehtisiä muuraimenkukkia, pulleita keltaisia kulleroita. Ester on nähnyt vaivaa yksityiskohdissa. Äiti kehuu terälehtien herkkiä suonia.

– Ne ovat hienoja, hän sanoo.

Sitten hän kehottaa Esteriä tekstaamaan kukkien tieteelliset nimet saamenkielisten nimien viereen.

– Siitä ne pitävät, hän sanoo.

"Niillä" äiti tarkoittaa tunturiaseman turisteja. Äidin mielestä Esterin kannattaa kehystää kuvat passepartoutilla, "se on halpaa ja hyvännäköistä", ja myydä ne Abiskon turistiasemalla. Ester empii.

– Voit ostaa rahoilla omat öljyvärit, äiti sanoo ja se ratkaisee asian.

Ester istuu turistiaseman aulassa. Malmijuna kulkee ohi Narvikia kohti, hän katselee ikkunasta ulos. Kello on kymmenen aamupäivällä. Ulkona auringossa istuu joukko tunturivaeltajia säätämässä reppujensa olkaimia. Iloinen koira hyörii heidän jaloissaan. Se muistuttaa Mustaa.

Yhtäkkiä Ester vaistoaa että joku katselee hänen kuviaan. Hän kääntää päätään ja näkee keski-ikäisen naisen. Naisella on punainen anorakki ja kitinväriset Fjällrävenin housut, jotka näyttävät aivan käyttämättömiltä. "Ne" ostavat tuhansien kruunujen arvoisia vaatteita päivävaelluksilleen.

Nainen on kumartunut piirustusten puoleen.

– Ovatko nämä sinun tekemiäsi?

Ester nyökkää. Tietenkin hänen pitäisi sanoa jotakin, mutta hän menee lukkoon eikä saa suustaan ainoatakaan ajatusta tai sanaa.

Nainen ei välitä hänen hiljaisuudestaan vaan ottaa piirustukset käteensä ja tutkii niitä tarkkaan. Sitten hän tarkastelee Esteriä silmät sirrillään.

– Miten vanha sinä olet?

– Viisitoista, Ester saa kakistettua pää painuksissa.

Nainen heilauttaa kättään ja hänen vierelleen ilmestyy samanikäinen mies. Mies kaivaa lompakon esiin ja nainen ostaa kolme piirustusta.

– Maalaatko sinä muutakin kuin kukkia? nainen kysyy.

Ester nyökkää ja jotenkin he sopivat, että pariskunta tulee äidin ateljeehen katsomaan.

Illalla he ilmestyvät vuokratulla Audilla. Nainen on vaihtanut ylleen farkut ja villatakin, joka näyttää kalliilta kaikessa yksinkertaisuudessaan. Miehellä on vieläkin tahrattomat Fjällrävenin housut, paita ja cowboy-tyylinen nahkahattu. Hän kulkee vähän naisen takana. Nainen kättelee ensin, sanoo nimekseen Gunilla Petrini ja kertoo äidille olevansa taidehalli Färgfabrikenin kuraattori ja istuvansa valtion taidetoimikunnassa.

Äiti katsoo Esteriä pitkään.

– Mitä nyt? Ester kuiskaa äidille keittiössä sillä välin kun Gunilla Petrini käy läpi laatikkoa, jossa on Esterin kuvia.

– Sinä sanoit että joku turisti halusi tulla katsomaan.

Ester nyökkää. Hehän ovat turisteja.

Äiti penkoo ruokakomeroa ja löytää tarjottavaksi puoli pake-
tillista Marie-keksejä, ja Ester katsoo hämmästyneenä miten äiti
levittää ne sieväksi renkaaksi vadille.

Gunilla Petrini puolisoineen katsoo kohteliaan kiinnostunees-
ti myös äidin tauluja, mutta hän tonkii laatikosta Esterin töitä
kuin jänis pellossa.

Hänen puolisonsa arvostaa niitä piirustuksia, jotka Ester on
tehnyt Kiirunan uimahallissa. Siinä seisoo Siiri Aidanpää silmät
kiinni tukankuivaajan alla. Siirillä on papiljotit päässä ja saame-
laiset hopeakorut korvissa, vaikka hän ei itse saamelainen ole-
kaan. Uhkeat rinnat on sullottu ennätyksellisen isoihin liiveihin,
vatsa ja takapuoli pursuvat.

– Onpa hän kaunis, mies sanoo tuosta seitsemänkymmentä-
vuotiaasta tädistä.

Ester on maalannut isot alushousut lohenpunaisiksi. Se on ku-
van ainoa väriläikkä. Ester on nähnyt vanhoja käsin väritettyjä
valokuvia ja tavoitellut samaa lempeyttä.

Toisissa uimahallin kuvissa on keski-ikäisiä miehiä uimassa pe-
räkkäin kuntoaltaassa ja 60-luvun alun puisia pukuhuoneita, jois-
sa on lepovuode ja pieni vaatekoppi. Suihkujen vieressä olevan
huoneen kyltissä lukee hopeanvärisillä futura-kirjasimilla "kvart-
silamppu". Kaikki muut kuvat ovat Rensjönistä ja Abiskosta.

Miten pieni maailma, Gunilla Petrini puolisoineen ajattelee.

– Minä olen siis Färgfabrikenin kuraattori, Gunilla Petrini sa-
noo äidille.

He puhuvat kahden kesken. Ester ja Gunillan puoliso ovat
katsomassa vetoporoja, jotka ovat aitauksessa rautatien varressa.

– Olen valtion taideneuvoston johtokunnassa ja vastaan suur-
yritysten taidehankinnoista. Minulla on vaikutusvaltaa Ruotsin
taide-elämässä.

Äiti nyökkää. Hän on ymmärtänyt.

– Ester on tehnyt minuun suuren vaikutuksen. Eikä minuun
niin vain tehdä vaikutusta. Hän on käynyt peruskoulun, joten
mitä hän aikoo nyt tehdä?

– Esterillä ei juuri ole lukupäätä, mutta hän on päässyt lähihoitajakoulutukseen.

Gunilla Petrini hillitsee itsensä. Hän tuntee itsensä ritariksi, joka on tullut viime hetkellä pelastamaan tytön. Vai lähihoitajakoulutukseen!

– Ettekö ole ajatelleet antaa hänen opiskella taidetta? hän kysyy kaikkein lempeimmällä äänellään. – Hän on ehkä liian nuori taideakatemiaan, mutta onhan niitä valmistavia kouluja, esimerkiksi Idun Lovénin taidekoulu. Sen rehtori on vanha ystäväni.

– Tukholmaan, äiti sanoo.

– Se on iso kaupunki, mutta tietenkin minä pitäisin huolta hänestä.

Gunilla Petrini kuulee väärin. Ei äidin äänestä kuulla huoli siitä, että Ester on niin nuori ja lähdössä suurkaupunkiin. Äidin äänestä kuultaa levottomuus, se että hän on itse jumissa tässä elämässä perheineen, lapsineen. Äidin äänestä kuultavat kaikki ne maalaamattomat kuvat, jotka ovat sielun sopukoissa.

Myöhemmin illalla he istuvat isän kanssa keittiönpöydän ääressä ja kertovat hänelle.

– Sinä olet heidän mielestään tietenkin eksoottinen, äiti sanoo ja kolistelee tiskiä. – Saamelaiskolttuinen intialaistyttö joka maalaa tuntureita ja poroja.

– En halua lähteä, Ester sanoo yrittäen lepyttää äitiä, vaikka hän ei oikein käsitä miksi.

– Totta kai haluat, äiti sanoo päättäväisesti.

Isä ei sano mitään. Viime kädessä asioista päättää äiti.

ANNA-MARIA MELLA JA Sven-Erik Stålnacke lähtivät ajamaan poispäin Reglasta. Takapeilistä Anna-Maria näki miten Mikael Wiik avasi portin pakettiautolle.

– Keitähän nuo ovat? hän mietti.

Siinä samassa hän käsitti mitä käytännölliset kengät ja Mikael Wiikin ja Chevroletin kuljettajan väliset kollegiaaliset nyökkäykset merkitsivät.

– Turvamiehiä, hän sanoi Sven-Erikille. – Mitähän siellä on tekeillä?

– Ehkä heilläkin on huippukokouksia, Sven-Erik sanoi. – Mutta heitä vartioidaan, toisin kuin ruotsalaisia poliitikkoja.

Anna-Maria Mellan puhelin soi ja Sven-Erik tarttui rattiin sillä välin kun hän penkoi taskuaan. Siellä oli Tommy Rantakyrö.

– Täällä puhelinjaosto, Tommy Rantakyrö sanoi teeskennellyn ruikuttavalla äänellä.

Anna-Maria nauroi.

– Se Inna Wattrangin tilille tehty siirto, Tommy Rantakyrö jatkoi. – Sehän oli maksettu SEB:n konttorista Hantverkargatanilla. Muuan kaveri on soitellut Inna Wattrangin yksityiseen kännykkään osoitteesta, joka on siinä lähellä.

– Laita osoite tekstarina, Sven-Erik hermostuu jos puhun puhelimessa ja kirjoitan muistiin osoitteita samalla kun ajan.

Anna-Maria virnisti Sven-Erikille.

– Hoituu, Tommy Rantakyrö sanoi. – Pidä kädet ratissa.

Anna-Maria ojensi puhelimen Sven-Erikille. Puoli minuuttia myöhemmin nimi ja osoite tulivat tekstiviestinä.

– "Malte Gabrielsson, Norr Mälarstrand 34."

– Mennään sinne, Anna-Maria sanoi. – Eihän meillä ole muutakaan tekemistä.

Tunnin ja kymmenen minuutin kuluttua he seisoivat Norr Mälarstrand 34:n alaoven ulkopuolella odottamassa. He livahtivat sisään samalla ovenavauksella kun eräs nainen tuli ulos koiran kanssa.

Sven-Erik etsi rappukäytävän asukasluettelosta Malte Gabrielssonin nimeä. Anna-Maria katseli ympärilleen. Rappukäytävän toisessa päässä oli ulko-ovi, toisessa sisäpihan ovi.

– Katso, hän sanoi ja nyökkäsi sisäpihalle päin.

Sven-Erik tähysteli pihalle mutta ei ymmärtänyt mitä Anna-Maria tarkoitti.

– Siellä on paperinkeräys. Tule.

Anna-Maria meni sisäpihalle ja alkoi penkoa paperikasseja.

– Bingo, hän sanoi hetken kuluttua ja nosti ylös golflehden, jonka osoitelapussa oli Malte Gabrielssonin nimi. – Tämä kassi kuuluu herra Gabrielssonille.

Hän kaiveli edelleen paperikassia ja ojensi hetken kuluttua Sven-Erikille kirjekuoren. Kuoren takapuolelle oli kirjoitettu ostoslista.

– "Maitoa, sinappia, ranskankermaa, minttua..." Sven-Erik luki.

– Ei vaan katso käsialaa, se on sama kuin pankkisiirtolomakkeessa. "Ei hiljaisuudestasi."

Malte Gabrielsson asui kolmannessa kerroksessa. He soittivat ovikelloa. Hetken kuluttua ovi avattiin raolleen. Kuusikymppinen mies katsoi heitä varmuusketjun yli. Hänellä oli yllään aamutakki.

– Malte Gabrielsson? Anna-Maria kysyi.

– Niin?

– Anna-Maria Mella ja Sven-Erik Stålnacke Kiirunan poliisista. Me haluaisimme vähän kysellä Inna Wattrangista.

– Anteeksi mutta miten te pääsitte rappukäytävään? Alakerrassa on ovikoodi.

– Voimmeko me tulla sisään?

– Epäilläänkö minua jostakin?

– Ei suinkaan, me haluamme vain...

– Olen hirveän vilustunut ja kaikin puolin huonossa kunnossa.
Jos teillä on kysyttävää, sitä täytyy lykätä tuonnemmas.

– Ei se kestä kauan, Anna-Maria aloitti, mutta ennen kuin hän
oli ehtinyt sanoa sanottavansa, Malte Gabrielsson oli paiskannut
oven kiinni.

Anna-Maria nojasi otsaansa ovenpieleen.

– Anna minulle voimaa, hän sanoi. – Juuri nyt olen perin kyl-
lästynyt siihen, että minua kohdellaan kuin näiden ihmisten puo-
lalaista siivoojaa.

Hän hakkasi raivoissaan ovea.

– Ovi auki, perkele! hän karjaisi.

Hän avasi kirjeluukun ja huusi asuntoon:

– Meillä on murhatutkinta kesken. Sinuna minä päästäisin
meidät sisään. Muuten lähetän univormuasuisia kollegoita työ-
paikallesi hakemaan sinut kuulusteluun. Käyn naapureittesi ovil-
la ja kyselen sinusta. Tiedän että maksoit Inna Wattrangille kak-
sisataatuhatta ennen kuin hän kuoli. Voin todistaa sen. Tilisiirto-
lomakkeessa on sinun käsialaasi. En aio antaa periksi.

Ovi avattiin uudestaan, ja Malte Gabrielsson irrotti varmuus-
ketjun.

– Tulkaa sisään, hän sanoi ja katsoi ympärilleen rappukäytä-
vässä.

Yhtäkkiä hän oli itse ystävällisyys. Hän seisoi siinä aamutakki-
sillaan ja ripusti heidän takkinsa naulakkoon. Tuntui kuin hän ei
olisi ikinä yrittänyt päästä heistä eroon.

– Haluatteko jotakin? hän kysyi kun he istuivat olohuonees-
sa. – En ole päässyt kauppaan, koska olen niin vilustunut, mutta
ehkä teetä tai kahvia?

Sohvat olivat valkoiset, matto oli valkoinen, seinät olivat val-
koiset. Ainoastaan isot abstraktit öljyvärimaalaukset ja taide-esi-
neet toivat väriä. Asunto oli hyvin valoisa. Katto oli korkealla, ik-
kunat olivat isot. Yksikään esine ei ollut väärässä paikassa. Oven
nimikyltissä luki vain hänen nimensä. Hän asui siis yksin tässä
koskemattomassa huoneistossa.

– Ei kiitos, näin on hyvä, Anna-Maria Mella sanoi.

Sitten hän meni suoraan asiaan:

– "Ei hiljaisuudestasi", mitä rahoja ne ovat?

Malte Gabrielsson kaivoi aamutakin taskusta kangasnenäliinan, jonka hän oli taitellut pieneksi möykyksi, ja pyyhki hajalle niistetyn nenänsä pienin varovaisin painalluksin. Anna-Mariaa puistatti ajatus, että hän joutuisi koskemaan tuohon räkäiseen rättiin pannakseen sen pesukoneeseen.

– Se oli pelkkä lahja, Malte Gabrielsson sanoi.

– Älä yritä, Anna-Maria sanoi ystävällisesti. – Minähän sanoin etten aio antaa periksi.

– Hyvä on, Malte Gabrielsson sanoi. – Kai se tulee ilmi ennen pitkää kuitenkin. Inna ja minä tapailimme jonkin aikaa. Sitten meille tuli riitaa, ja minä annoin hänelle korvapuustin tai kaksi.

– Vai niin.

Malte Gabrielsson tuntui olevan pahoillaan, hän näytti aamutakissaan surulliselta ja haavoittuvaiselta.

– Luultavasti tajusin että Inna oli kyllästynyt. Hän olisi jättänyt minut joka tapauksessa. En kestänyt sitä. Niinpä annoin itselleni luvan menettää malttini, vai miten sen nyt sanoisi. Tällä tavoin pystyin huijaamaan itseäni, että siitä se johtui. Mutta hän olisi jättänyt minut kuitenkin. Jotenkin tiesin sen. Olen ajatellut sitä paljon jälkeenpäin.

– Miksi annoit hänelle rahat?

– Ehkä se oli vain päähänpisto. Jätin hänen puhelinvastaajaansa viestin. Sanoin näin: "Tämä ei ole hiljaisuudestasi. Olen sika. Jos haluat mennä poliisin puheille, tee se. Osta itsellesi jotakin kaunista, taulu tai koru. Kiitos tästä ajasta, Inna." Halusin ajatella että olin sika, että olin lopettanut suhteemme nostamalla käteni häntä vastaan.

– Kaksisataatuhatta on aika paljon korvapuustista tai kahdesta, Anna-Maria sanoi.

– Rikosnimikehän on joka tapauksessa pahoinpitely. Minä olen asianajaja. Jos hän olisi tehnyt rikosilmoituksen, minut olisi potkittu pois piireistä.

Yhtäkkiä Malte Gabrielsson katsoi Anna-Mariaa ja sanoi terävästi:

– Minä en tappanut häntä.

– Sinä tunsit hänet. Onko ketään joka olisi todella halunnut hänen kuolevan?

– En tiedä.

– Millainen suhde hänellä oli veljeensä?

– Inna ei puhunut veljestään paljon. Sain sen käsityksen että Inna oli häneen aika kyllästynyt. Luultavasti Inna oli kyllästynyt paikkaamaan veljensä erehdyksiä. Miksi ette kysy häneltä itseltään, millainen suhde heillä oli?

– Kysyisinhän minä, mutta hän on työmatkalla Kanadassa.

– Vai niin, Mauri ja Diddi ovat Kanadassa.

Malte Gabrielsson paineli taas nenänalustaansa.

– Heillä ei totisesti ole pitkä suruaika.

– Ei Mauri Kallis ole Kanadassa, ainoastaan Diddi Wattrang, Anna-Maria sanoi.

Malte Gabrielsson lopetti nenänsä niistämisen.

– Diddikö yksin? Tuskinpa vain!

– Mitä tarkoitat?

– Innan kertoman mukaan Mauri ei ollut päästänyt Diddiä omin päin matkalle pitkään aikaan. Diddillä ei ole minkäänlaista arvostelukykyä. Hän on tehnyt erittäin hulluja ja hätiköityjä päätöksiä. Ehei, jos Diddi lähtee matkoille, hän lähtee yhdessä Innan kanssa, niin, tai ei tietenkään enää hänen kanssaan, mutta ennen, tai sitten Maurin kanssa. Ei ikinä yksin. Hän nolaa itsensä. Sitä paitsi en usko että Mauri luottaa häneen.

Päästyään takaisin kadulle Sven-Erik huokasi:

– On sääli ihmisiä.

– Häntäkö? Anna-Maria huudahti. – Älä kuule yritä!

– Oikeastaan hän on hyvin yksinäinen ihminen. Asianajaja ja taatusti hyväpalkkainen, mutta kun hän sairastaa, kukaan ei käy hänen puolestaan ruokakaupassa. Onko tuo asunto muka koti? Hänen pitäisi hankkia kissa.

– Jotta hän voisi panna sen pesukoneeseen? Saamarin naisten-hakkaaja joka säälii itseään, koska Inna olisi kuitenkin jättänyt hänet. Korvapuusti tai kaksi mukamas, näkisi vain. Ehei kuule! Mutta mitä sanot, haukattaisiinko vähän ruokaa?

Inna Wattrang ajaa Reglan säterin rautaportista sisään. On joulukuun toinen päivä. Hän pysäköi entisen pesulan eli nykyisen asuintalonsa eteen ja valmistautuu nousemaan autosta. Se ei ole kovin helppoa.

Hän on tulossa Tukholmasta, ja päästyään perille hän huomaa miten käsivarret valahtavat voimattomiksi. Hän tuskin jaksaa vaihtaa peruutusvaihteelle, jotta pääsisi käsiksi auton avaimeen.

Ihme että hän pääsi kotiin! Hän ajoi pimeässä muiden autoilijoiden takavaloissa kiinni. Hänen toinen silmänsä on muurautunut umpeen, ja hänen on pakko pitää koko ajan kasvojaan koholla, muuten nenästä alkaisi taas vuotaa verta.

Hän hapuilee turvavyötä napsauttaakseen sen auki mutta huomaa, ettei ole kiinnittänytkään sitä. Hän ei ole edes kuullut tikitystä, joka yleensä muistuttaa siitä.

Hän on kangistunut, ja kun hän avaa auton oven astuakseen ulos, rintaa vihlaisee. Kun hän vetäisee henkeä kivusta, vihlaisu tuntuu uudestaan. Se tyyppi on katkaissut hänen kylkiluunsa.

Surkea olo melkein naurattaa häntä. Vaivalloisesti hän kömpii autosta ulos. Hän pitää toisella kädellä ovesta kiinni, ei pysy pystyssä vaan seisoo kumarassa ja hengittää katkenneiden kylkiluiden vuoksi lyhyesti ja huohottaen. Hän penkoo kodin avaimia ja toivoo että nenäverenvuoto ei ala uudestaan, hän pitää tästä Vuittonin laukusta.

Missä helvetissä se avain on? Eihän hän näekään mitään. Hän tähtää kohti mustaa takorautaista lyhtypylvästä, joka on talon päädyssä. Ja juuri kun hän on tullut valokeilaan, hän kuulee ääniä. Siellä ovat Ebba ja Ulrika, Maurin ja Diddin vaimot. Joskus he lähtevät veneellä Hedlandetiin istuakseen iltaa muiden pikkurouvien kanssa, he järjestävät viininmaistajaisia ja tyttöjen päivällisiä ja viettävät laatuaikaa ilman lapsia. Kun he tulevat takaisin veneellä, he yleensä oikaisevat Innan talon kautta, se on lähinnä. Hän kuulee heidän kikattavan ja juttelevan.

Heilläkin on ollut antoisa ilta, Inna ajattelee ja hymyilee vinosti.

Hetken hän miettii luikkisiko pakoon, mutta se vasta olisi näky, kuin ontuva Quasimodo joka katoaisi varjoihin.

Ensimmäisenä hänet huomaa Ulrika.

– Inna! Ulrika huutaa hieman kysyvällä äänellä. Miten Innan laita oikein on, onko hän juovuksissa vai miksi hän seisoo noin oudosti kumarassa?

Nyt kuuluu myös Ebban ääni.

– Inna? Inna!

He kiiruhtavat soran poikki.

Paljon kysymyksiä. Tuntuu kuin olisi jäänyt lukkojen taakse komeroon ampiaisparven keskelle.

Tietenkin Inna valehtelee. Hän on siinä yleensä hyvä, mutta nyt hän on liian väsynyt ja piesty.

Hän kyhää nopeasti kokoon sepustuksen, että nuorisojengi kävi hänen kimppuunsa Humlegårdenissa... niin, häneltä vietiin lompakko... Ei, Ulrika ja Ebba eivät missään tapauksessa saa soittaa poliisille... Minkä takia? Koska hän sanoo niin, helvetti!

– Minun pitää vain päästä pitkälleni, hän yrittää. – Voisiko jompikumpi ottaa sen saatanan avaimen tästä vitun laukusta?

Hän kiroaa sen sijaan että alkaisi itkeä.

– Voi olla vaarallista käydä pitkäkseen, Ulrika sanoo sillä välin kun Ebba etsii laukusta Innan talon avainta. – Potkittiinko sinua? Sinulla voi olla sisäistä verenvuotoa. Meidän pitäisi ainakin soittaa lääkäri.

Inna voihkii hiljaa mielessään. Jos hänellä olisi pistooli, hän ampuisi heidät saadakseen olla rauhassa.

– Ei minulla ole sisäistä verenvuotoa! hän ärähtää.

Ebba on löytänyt avaimen. Hän avaa oven ja sytyttää halliin valot.

– Tässähän sinun lompakkosi on, hän sanoo ja ottaa sen laukusta outo ilme kasvoillaan. Hallin valossa näkee selvästi miten pahasti mukiloitu Inna on. He eivät tiedä mitä uskoisivat.

Inna puristaa esiin hymyn.

– Kiitos. Te olette todella hirveän kultaisia kumpikin...

Perhana, hänhän kuulostaa siltä kuin he olisivat kaksi nallekarhua, ei löydä oikeaa äänensävyä, hän haluaa vain heidän häipyvän.

– ...jutellaan tästä lisää huomenna, nyt minun pitää saada olla rauhassa, kiitos. Olkaa kilttejä älkääkä sanoko mitään Diddille ja Maurille, palataan asiaan sitten huomenna.

Hän sulkee oven heidän järkyttyneiden pienten kauriinkasvojensa edestä.

Hän potkaisee kengät jalasta ja lähtee kömpimään portaita ylös. Hän tonkii lääkekaappia, ottaa Xanoria, kauhoo hanasta vettä käsiinsä saadakseen lääkkeet nieltyä, sitten Imovanea, niitä hän ei niele kokonaisina vaan imee kärsivällisesti kalvon pois, jotta ne vaikuttaisivat nopeammin.

Hän miettii jaksaisiko hakea keittiöstä pullon viskiä.

Hän istahtaa sängyn laidalle ja rojahtaa taaksepäin, suussa maistuu kitkerältä kun Imovane potkaisee. Nyt se alkaa purra. Kaikki on hyvin.

Ovi avataan ja suljetaan alakerran hallissa, nopeita askelia portaista ja Diddin ääni:

– Minä täällä vain.

Se on Diddin vakituinen tervehdys. Hän avaa aina oven ja astuu sisään nimenomaan noiden sanojen säestämänä. Ja sen jälkeen kun Diddi meni naimisiin, Inna on tuntenut itsensä jalkavaimoksi, joka asuu omassa talossaan.

– Kuka? Diddi kysyy vain nähtyään Innan, paidalla olevat veriroiskeet, turvonneen nenän, haljenneen huulen, umpeen muurautuneen silmän.

– Malte, Inna vastaa. – Hän vähän... hän ikään kuin menetti malttinsa.

Inna hymyilee Diddille niin ilkikurisesti kuin pystyy. Naura-
misesta ei tule mitään, kylkiluihin sattuu vieläkin kipulääkkeistä
huolimatta.

– Jos näytän mielestäsi pahalta, näkisitpä Malten olohuoneen
kermanvalkoisen maton, Inna pilailee.

Diddi yrittää hymyillä takaisin.

Luoja miten Diddistä on tullut tylsä, Inna ajattelee. Oikein
vatsaa vääntää.

– Miten menee? Diddi kysyy.

– Eiköhän tämä tästä.

– Pitäisikö sinua vähän hoidella? Diddi kysyy. – Haluatko jo-
takin erityistä?

– Jäitä, muuten näytän huomenna paskalta. Ja yhden viivan.

Diddi järjestää sen mitä Inna haluaa. Inna saa myös viskin ja
alkaa olla olosuhteisiin nähden aika hyvässä kunnossa. Enää ei
satu niin helvetisti, viski rauhoittaa kummasti ja kokaiini saa pään
selviämään.

Diddi avaa Innan paidan napit ja riisuu sen varovasti. Sitten
hän kastaa froteepyyhkeen lämpimään veteen ja pesee veren In-
nan kasvoista ja hiuksista.

Inna painaa silmäänsä astiapyyhkeeseen käärityllä jääpalalla ja
lausuu muutaman Rocky Balboan repliikin:

– "I can't see nothing, you got to open my eye... cut me
Mick... you stop this fight and I'll kill you..."

Diddi istuutuu hänen polviensa väliin ja sujauttaa kätensä hä-
nen hameensa alle, irrottaa sukat sukkanauhaliiveistä, suutelee
hänen polviaan ja vetää häneltä sukat jalasta.

Diddi hivelee sormillaan Innan reisien sisäpintaa. Ne vapise-
vat himosta. Innan alushousut ovat tahmeat toisen miehen sper-
masta. Se on uskomattoman seksikästä.

Yleensä Diddi ja Mauri naureskelevat Innan miesystäville.
Inna tapailee aivan uskomattomia miehiä. Mistä hän heitä löy-
tää? Sitä Diddi ja Mauri miettivät usein.

Jos Inna joutuisi autiolle saarelle, mereltä purjehtisi pian joku heppu peruukki päässä, mekko päällä ja täynnä synkkiä himoja, jotka Inna pystyy täyttämään.

Joskus Inna kertoo huvittaakseen heitä. Kuten edellisenä vuonna kun hän tekstasi eräästä luksushotellista Buenos Airesista. "En ole poistunut hotellihuoneesta viikkoon", viestissä luki.

Kun hän tuli kotiin, Mauri ja Diddi odottivat kuin kaksi toiveikasta labradorinnoutajaa, että hän heittäisi heille luun. "Kerro, kerro!"

Inna nauroi makeasti.

Miesystävä oli venebongaaja.

– Hän kiertää maailman isoja satamakaupunkeja, Inna kertoi.
– Hän majoittautuu johonkin luksushotelliin, josta on näköala satamaan, ja siellä hän istuu viikon kirjaamassa muistiin veneitä. Voitte sulkea suunne siksi aikaa kun kerron.

Mauri ja Diddi sulkivat suunsa.

– Hän myös kuvaa, Inna jatkoi. – Ja kun hänen tyttärensä meni viime vuonna naimisiin, hän näytti häissä nauhoja, joissa veneet saapuivat satamaan ja purjehtivat merelle eri puolilla maailmaa. Esitys kesti kaksikymmentä minuuttia. Vieraat olivat vain kohtalaisen huvittuneita.

Inna liikautti kättään kuvatakseen häävieraiden valjua mielenkiintoa.

– Mitä sinä teit? Mauri kysyi. – Sillä välin kun hän tarkkaili veneitä?

– No, Inna vastasi. – Luin helvetisti kirjoja. Enimmäkseen hän halusi että makaan sängyllä ja kuuntelen hänen juttujaan. Kysy minulta mitä tahansa tankkereista, tiedän niistä vaikka mitä.

He nauroivat. Mutta Diddi ajatteli hellästi, että sellainen hänen siskonsa oli. Innan mielestä kaikki oli okei. Inna löysi itselleen eriskummallisia leikkikavereita. Inna rakasti heitä, piti heitä mielenkiintoisina, auttoi heitä toteuttamaan toiveensa. Ja joskus se oli juuri tuolla tavalla harmitonta.

Oikeastaan kaikki oli Innan mielestä harmitonta.

Me olemme aina leikkineet viattomia leikkejä, Diddi ajattelee nyt ja työntää sormiaan Innan jalkojen väliin. Kaikki on okei, kunhan vain ei vahingoita ketään.

Hän kaipaa tunnetta joka hänellä oli ennen, tunnetta että elämä on haihtuvaa kun eetteri. Jokainen hetki on olemassa vain juuri nyt, sitten sitä ei enää ole. Hän haluaa olla suurisilmäinen lapsi, joka ihmettelee kaikkea.

Hän on menettänyt sen tunteen Ulrikan ja vauvan myötä. Hän ei voi oikein käsittää miten siinä pääsi niin käymään, miten hän tuli menneeksi naimisiin.

Hän haluaa että Inna antaa hänelle kevytmielisyyden ja huolettomuuden takaisin. Hän haluaa kellua elämässä painottomana kuin meressä, ajautua rantaan ja vaellella siellä hetken. Sitten hän löytää kauniin simpukankuoren ja pudottaa sen. Vuorovesi vie sen mennessään. Sellaista elämän kuuluisi olla.

– Lopeta, Inna sanoo ärtyneenä ja työntää hänen kätensä pois.

Diddi ei ota kuuleviin korviinsakaan.

– Minä rakastan sinua, hän mutisee Innan polvien välistä. – Sinä olet ihana.

– Minä en halua, Inna sanoo. – Lopeta.

Kun Diddi ei tottele, Inna sanoo:

– Ajattele Ulrikaa ja pikkuprinssiä.

Diddi lopettaa välittömästi, peräntyy lattialle ja laskee kätensä polvilleen ikään kuin ne olisivat posliiniesineitä jalustoillaan. Hän odottaa että Inna lepyttelisi häntä, valaisi öljyä laineille.

Mutta Inna ei tee niin. Sen sijaan hän kaivaa esiin tupakka-askinsa ja sytyttää savukkeen.

Diddi suuttuu, tuntee itsensä torjutuksi ja loukatuksi. Hänen tekee mieli satuttaa Innaa.

– Mikä sinua vaivaa? hän kysyy närkästyneenä Innan äkillisestä tekopyhyydestä.

Hän on aina rakastanut naisiaan, ja muutamaa miestä, hellästi. Hän ei ymmärrä väkivaltaa ja kovia otteita eikä ole ikinä halunnut satuttaa ketään. Kun seurue on ehdottanut sitä, hän on kieltäytynyt ystävällisesti mutta toivottanut muille mukavia hetkiä. Kerran hän on jopa katsellut silkasta kohteliaisuudesta. Tai ehkä siksi että ei ole jaksanut lähteä ulos yöhön.

Mutta Inna on tehnyt lähes kaikkea. Katsokaa häntä nyt. Mikä häntä oikein vaivaa?

Sitä Diddi kysyy häneltä.

– Mikä sinua oikein vaivaa? Eikö sinua nykyään kiihota muu kuin äärimmäinen pervoilu? Täytyykö sinun saada turpaasi niin kuin joku narkkarihuora?

– Lopeta nyt, Inna sanoo väsyneellä ja anovalla äänellä.

Mutta Diddi on melkein epätoivoinen. Hänestä tuntuu että hän on menettämässä Innan, ehkä on menettänyt jo. Inna on kadonnut maailmaan, joka on täynnä vanhoja pahanhajuisia miehiä kummallisine himoineen, Diddin mieleen nousee kuvia isoista homeisista asunnoista Euroopan pääkaupunkien kalliissa kaupunginosissa. Niissä haisevat liete ja viemäri. Paksut pölyiset verhot ovat aina ikkunassa suojaamassa asuntoja auringonvalolta.

– Mikä niissä ällöttävissä vanhoissa miehissä viehättää sinua? hän kysyy inhoten.

– Lopeta nyt.

– Muistan senkin kerran kun olit kaksitoista ja...

– Lopeta! Lopeta, lopeta!

Inna nousee seisomaan. Aineet ovat nyt vieneet kivun mennessään. Inna lankeaa polvilleen Diddin eteen, tarttuu Diddin leukaan ja tarkastelee veljeään myötätuntoisesti, silittää Diddin hiuksia, lohduttaa häntä. Inna sanoo pehmeällä äänellä sen kaikkein kauheimman asian:

– Sinä olet menettänyt sen. Et ole enää poika. Ja se on niin surullista. Vaimo, lapsi, talo, perhepäivälliset, seuraelämä, se todella pukee sinua. Tukkasikin on alkanut ohentua. Tuo pitkä harittava otsatukka on todella säälittävä. Pian joudut kampaamaan sen kaljusi peitoksi. Sen takia tarvitset nykyään koko ajan rahaa. Etkö näe sitä itse? Ennen sait kaiken ilmaiseksi. Seuraa, kokista. Nyt sinusta on tullut ostaja.

Inna nousee seisomaan ja vetäisee henkoset tupakastaan.

– Mistä sinä saat rahasi? Paljonko törsäät? Kahdeksankymmentätuhatta kuussa? Minä tiedän että olet huijannut yhtiöltä rahaa. Kun Quebec Invest myi ja Northern Exploren arvo laski, tiedän että sinä lauloit siitä. Eräs NSD:n toimittaja soitti minulle ja kyseli kaikenlaista. Mauri tulisi hulluksi jos saisi sen selville. Hulluksi!

Diddi on vähällä purskahtaa itkuun. Miten tässä näin on käynyt? Milloin hänen ja Innan välit ovat muuttuneet tällaisiksi?

Diddin tekee mieli häipyä huoneesta. Toisaalta hän ei halua sitä missään tapauksessa. Hänestä tuntuu että jos hän nyt lähtee, hän ei voi tulla koskaan takaisin.

Inna ja hän ovat aina olleet uskottomia. Tai eivät uskottomia, he vain eivät ole koskaan antaneet kenenkään sitoa itseään. Ihmisiä tulee ja menee elämässä. Heille antaa kaikkensa, ja kun on aika, heidät päästää menemään. Aina tulee aika irrottaa ote, ennemmin tai myöhemmin. Mutta Diddistä on aina tuntunut että hän ja Inna ovat toistensa vastinkappaleita. Siinä missä äiti on aina ollut pelkkä paperikulissi, jota askarruttavat vain raha ja sosiaalinen asema, Inna on ollut lihaa, verta, elämää.

Diddi ei ole Innan vastinkappale. Diddi on erkaantunut Innasta. Inna on sallinut sen tapahtua.

– Mene nyt, Inna sanoo ystävällisellä äänellään, äänellä joka on tarkoitettu kenelle tahansa.

Inna on niin äärimmäisen pehmeä ja ystävällinen.

– Puhutaan tästä huomenna.

Diddi pudistelee vaaleaa päätään. Hän heilauttaa ohentunutta otsatukkaansa, tuntee sen läpsähtelevän ohimoa vasten. Tästä ei puhuta huomenna. Kaikki on sanottu, kaikki on mennyttä.

Diddi pudistelee päätään koko matkan portaita alas, pihan poikki, tilan pimeyden halki kotiin vaimonsa ja pienen poikansa luo.

Ulrika on ovella vastassa.

– Miten Inna voi? hän kysyy.

Pikkuprinssi nukkuu ja Ulrika painautuu Diddiä vasten. Diddi pakottautuu kietomaan kätensä Ulrikan ympärille. Ulrikan yläpuolella hän kohtaa omat kasvonsa hallin kullatusta peilistä.

Hän ei tunnista henkilöä, joka katsoo häntä. Iho on kuin naamari, joka on irronnut kiinnittimistään.

Inna tietää Quebec Investistä, paha juttu, erittäin paha. Mitä Inna sanoikaan? Että joku NSD:n toimittaja oli kysellyt kaikenlaista.

Inna makaa sängyllään ja painaa märkää pyyhettä nenälleen, josta on alkanut uudestaan vuotaa verta. Hän kuulee ulko-oven käyvän taas. Tällä kertaa sieltä kantautuu Maurin ääni:

– Haloo.

Inna voihkaisee, ei jaksa selittää. Eikä hän haluakaan, ei jaksa kieltää heitä soittamasta poliisia ja lääkäriä.

Mauri sentään koputtaa, ensin ulko-ovelle, sitten ovenpieleen alakerrassa ja huutelee samalla yläkertaan. Vähältä pitää ettei hän koputa myös portaiden kaiteeseen huudellessaan että on tulossa ylös. Ja hän koputtaa makuuhuoneen avoimelle ovelle ennen kuin katsoo varovasti sisään.

Hän näkee Innan turvonneet kasvot, ruhjoutuneet huulet, olkavarsien mustelmat ja sanoo:

– Voisitkohan peittää nuo puuterilla? Sinun on pakko lähteä huomenna kanssani Kampalaan tapaamaan elinkeinoministeriä.

Innaa naurattaa. Hänestä Mauri on hurmaava esittäessään kylmää ja pitäessään naamansa peruslukemilla.

KUN INNA JA MAURI LASKEUTUVAT ilmastoidusta lentokoneesta Kampalaan joulukuun kolmantena, helle ja kosteus räjähtävät heidän kasvoilleen kuin auton turvatyyny. Hiki valuu vuolaina virtoina vartaloa pitkin. Taksista puuttuu ilmastointi ja istuimet ovat keinonahkaa, joten pian heidän selkänsä ja takapuolensa ovat litimärät. He yrittävät istua välillä vain toisen kankun varassa välttääkseen kosketusta istuimen kanssa. Taksikuski leyhyttää isoa viuhkaa ja hoilaa kainostelematta autoradiosta raikuvien kappaleiden tahdissa. Liikenne on kaoottista, välillä se pysähtyy kokonaan, ja kuski roikkuu sivuikkunasta jututtaakseen muita taksikuskeja ja huitoakseen pois lapsia, joita ilmestyy kuin taikaiskusta kaupittelemaan jotakin tai vain kerjäämään käsi ojossa. "Miss", he sanovat ja koputtavat anovasti Innan ikkunaa. Inna ja Mauri istuvat takapenkillä suljettujen ikkunoiden takana kuin lasilaatikossa ja hikoilevat kuin elukat.

Mauri on vihainen, sillä heidät piti hakea lentokentältä, mutta siellä ei ollut ketään ja he joutuivat ottamaan taksin. Edellisellä kerralla Kampalassa käydessään hän näki kauniit vihreät puistot ja kukkulat kaupungin ympärillä. Nyt hän näkee vain marabuhaikaroita, joita kerääntyy parvissa talojen katoille inhottavan punaisine kaulapusseineen.

Hallitusrakennuksessa on ilmastointi käynnissä, siellä on vain kaksikymmentäkaksi astetta lämmintä, ja Inna ja Mauri alkavat palella märissä vaatteissaan. Sihteeri ottaa heidät vastaan, ja elinkeinoministeri saapuu heti kun he ovat kiivenneet ylös marmoriportaita, joissa on punainen matto ja eebenpuiset kaiteet. Ministeri on kuusikymppinen leveälanteinen nainen. Hänellä on tummansininen jakkupuku ja suoristetut hiukset, jotka on koottu banaaninutturalle. Hänen mustat avokkaansa ovat kuluneet, pikkuvarpaat pullistelevat nahan läpi. Hän tervehtii heitä hersyvän iloisesti ja kättelee kaksin käsin. Matkalla virkahuoneeseen hän kyselee miten matka on sujunut ja millainen sää Ruotsissa on. Hän pyytää heidät istumaan ja tarjoaa jääteetä.

Hän lyö kätensä yhteen ja tiedustelee kauhistuneella äänellä mitä Innalle on tapahtunut.

– Girl, you look like someone who's tried to cross Luwum Street during rush-hour.

Inna esittää toistamiseen tarinansa siitä miten nuorisojengi kävi hänen kimppuunsa Humlegårdenissa.

– Voin vannoa, hän sanoo lopuksi, – että nuorin ei ollut yhtätoistakaan.

Yksityiskohdat tekevät valheesta erityisen uskottavan, Mauri ajattelee. Inna valehtelee kadehdittavan helposti.

– Mihin tämä maailma onkaan menossa? elinkeinoministeri taivastelee ja kaataa lisää jääteetä.

Sekunnin hiljaisuus. Kaikki ajattelevat samaa mutta eivät ole tietääkseenkään siitä. Naisen pahoinpidellyt ja ryöstänyt nuorisojengi on lauma pyhäkoululaisia verrattuna Pohjois-Ugandan ongelmiin. Sotilaalliset turvallisuusjoukot ja LRA levittävät maan pohjoisosissa kauhua siviiliväestön parissa. Teloitukset, kidutukset, raiskaukset ovat osa arkea. LRA värvää lapsisotilaita väkivalloin, tulee yöllä, tähtää lasten vanhempia aseella päähän, pakottaa lapset tappamaan naapuriperheen "or your mother will die", vie heidät mennessään. Ei tarvitse pelätä että he myöhemmin karkaavat. Minne he palaisivat?

Sieppauksen pelossa maaseudulta vaeltaa joka ilta 20 000 lasta Gulun kaupunkiin nukkumaan kirkkojen, sairaaloiden ja bussiasemien läheisyydessä, ja aamulla he taivaltavat takaisin kotiin.

Mutta Kampala toimii normaalisti, siellä voi istua ulkoilmakahviloissa ja käydä kauppaa. Pohjoisten osien ongelmista ei haluta olla tietääkseenkään. Niinpä Inna, Mauri ja elinkeinoministeri eivät sano enää sanaakaan lapsista ja väkivallasta.

Sen sijaan he lähestyvät tämänpäiväisen tapaamisen aihetta. Sekin on miinoitettua maata. He haluavat päästä sopuun mutta eivät vastapuolen ehdoilla.

Kallis Mining on lopettanut kaivostoimintansa Kilembessä. Viisi kuukautta aiemmin kolme belgialaista kaivosinsinööriä sai surmansa, kun Hema-miliisi hyökkäsi Guluun matkalla olleen bussin kimppuun. Infrastruktuuri on rapautumassa. Kallis Mining on kahden muun kaivosyhtiön kanssa rakentanut tien Luoteis-Ugandasta Kampalaan. Kolme vuotta sitten se oli uusi, nyt se on paikoitellen ajokelvoton. Eri miliisiryhmittymät ovat miinoittaneet ja saartaneet sen, räjäyttäneet sen hajalle. Pimeyden tultua ne pystyttävät tiesulkuja, ja silloin voi tapahtua mitä hyvänsä. Huumatut ja tylsistyneet yksitoistavuotiaat partioivat aseet käsissä, jonkin matkan päässä on heidän vanhempia aseveljiään.

– En perustanut kaivosta antaakseni sitä miliisiryhmien käsiin, Mauri sanoo.

Hänen vartiojoukkonsa ovat paenneet kaivosalueelta jo kauan sitten. Nyt hänen kaivoksessaan louhitaan laittomasti. On epävarmaa ketkä siellä mellastavat, käyttävät kalustoa jota yhtiö ei ehtinyt viedä pois ja tuhoavat koko koneiston. Mauri on kuullut huhuja ryhmistä, jotka ovat liittoutuneet hallituksen joukkojen kanssa. On siis uskottavaa että Museveni varastaa häneltä.

– Se on maanlaajuinen ongelma, elinkeinoministeri sanoo.

– Mutta mitä me voimme tehdä? Ei armeijamme voi olla joka paikassa. Me yritämme suojella kouluja ja sairaaloita.

Paskan marjat, Mauri ajattelee. Jos hallituksen joukot eivät varasta minulta, ne ottavat haltuunsa ja ryöstävät kaivoksia Koillis-Kongosta ja kuljettavat kullan rajojen yli.

Virallisen käsityksen mukaan kaikki ulkomaille myytävä kulta on tietenkin louhittu Ugandan valtion omistamista kaivoksista, mutta jokainen tietää asioiden oikean laidan.

– Teidän on pian vaikeaa houkutella maahan ulkomaisia sijoittajia, Mauri sanoo. – He alkavat aavistaa pahinta kun te ette pysty pitämään pohjoisessa järjestystä yllä.

– Me olemme hyvin kiinnostuneita ulkomaisista sijoittajista. Mutta mitä minä voin tehdä? Olemme tarjoutuneet ostamaan kaivoksenne...

– Pilkkahintaan!

– Samaan hintaan jonka itse siitä aikoinanne maksoitte.

– Sen jälkeen olen sijoittanut yli kymmenen miljoonaa dollaria infrastruktuuriin ja varusteisiin!

– Eivät ne ole enää minkään arvoisia kenellekään! Eivät edes meille. Sillä alueella on paljon ongelmia!

– Tosiaan! Ettekä te tunnu tajuavan, että ongelmista pääsee eroon vain yhdellä tavalla: suojelemalla sijoittajia. Teistä tulisi rikkaita!

– Tulisiko? Miten?

– Infrastruktuuri. Koulut. Yhdyskuntarakenne. Työtilaisuudet. Verotulot.

– Todellako? Niiden kolmen vuoden aikana, joina te harjoititte kaivostoimintaa, yhtiö ei tuottanut yhtään voittoa. Näin ollen siitä ei saatu verotuloja.

– Me olemme käyneet tämän keskustelun ennenkin! Alussa täytyy sijoittaa. Tietenkään ei voi odottaa tuloja ensimmäisellä viisivuotiskaudella.

– Me emme siis saa tästä mitään. Te saatte kaiken. Ja nyt kun teillä on ongelmia, te tulette tänne ja haluatte armeijan apua toimintanne suojelemiseen. Minä sanon: ottakaa valtio yhtiön osakkaaksi. Minun on helpompi irrottaa varoja yhtiön suojelemiseksi, jos olemme itse sen omistajia.

Mauri nyökkää mietteliään näköisenä.

– Ehkä saamme sitten apua myös muihin vaikeuksiimme. Päästöjä koskeva toimilupamme ei yhtäkkiä enää ollutkaan voimassa. Ja sitten jouduimme vaikeuksiin ammattiyhdistyksen kanssa. Ehkä presidentti voisi myös täyttää aiemman sopimuksemme lupaukset. Kun käynnistimme kaivoksen, hän lupasi rakentaa voimalan Albertin Niilin alueelle.

– Harkitkaa tarjoustani.

– Joka on?

– Valtio ostaa viisikymmentäyksi prosenttia Kilembe Goldin osakkeista.

– Maksu?

– Voi, siitä me pääsemme varmasti sopimukseen. Juuri nyt presidentti panostaa sairaanhoitoon ja aids-valistukseen. Me olemme esimerkki naapurimaillemme. Voimme luopua tulevaisuuden voitoista kunnes maksu on suoritettu.

Elinkeinoministeri puhuu äänessään keveyttä, koko ajan ikään kuin he olisivat vanhoja ystäviä.

Terävistä sananvalinnoista huolimatta Maurin äänensävy on tavan mukaan ilmeettömän ja ystävällisen rajamailla.

Yleensä Inna aina keventää tunnelmaa, mutta nyt hän ei oikein jaksa. Hän kuulee heidän ystävällisten ja keveiden ääntensä alta aseiden kalistelua.

Mauri ja Inna kumoavat viskejä hotellin baarissa. Siellä on kattotuuletin ja erittäin huono pianisti, liikaa henkilökuntaa ja liian vähän asiakkaita. Länsimaalaiset tietävät että hinnat ovat kolminkertaiset kaupungin muihin baareihin verrattuna, mutta he eivät välitä. Se on kuitenkin vain murto-osa siitä mitä he maksavat kotona.

Samalla heitä kiukuttaa. Heitä nyljetään, he maksavat liikaa, vain siksi että ovat valkoisia. Hinnoista joutuu koko ajan tinkimään, jos vain jaksaa. Ja silti heitä huijataan.

He ovat tietämättäänkin ärtyneitä, kun yksi tarjoilijoista flirttailee erään baarissa työskentelevän tytön kanssa. Kuka täällä on huvittelemassa, he vai asiakkaat? Kuka maksaa ja kenelle maksetaan?

Mauri juo saadakseen sisäisen pyörteensä loppumaan. Hänen sisällään on kuin sameaa vettä. Jotakin lohkeilevaa nousee koko ajan pintaan. Hän ei halua olla siitä tietääkseenkään, hän haluaa sen asettuvan. Hän haluaa nukkua ja ajatella kaikkea tätä huomenna.

Kunpa Innaa ei olisi hakattu juuri nyt. Silloin kaikki olisi ehkä toisin. Silloin he ehkä puhuisivat yhdessä. Inna saisi Maurin suhtautumaan kevyemmin, ehkä jopa nauramaan ja ajattelemaan: sellaista se on, myötätuulta ja vastatuulta.

Mutta nyt Inna ei jaksa. Hän juo turruttaakseen kasvoissaan jomottavan kivun. Ja hän miettii huulessaan ja silmässään olevia haavoja. Ne eivät ole vielä parantuneet, ja täällä tropiikissa ne tulehtuvat helposti.

Tämän tapahtuman jälkeen Inna muuttuu vaisuksi. Hän ei enää oikein ole oma itsensä. Myöhemmin käy ilmi että siihen on useita syitä.

Mauri herää yöllä pyörteisiin, mustiin saostumiin jotka ovat irronneet reunoilta.

Ilmastointi on mennyt rikki. Hän avaa ikkunan mustaan yöhön, mutta siellä ei ole vilvoitusta, vain sirkkojen sinnikästä kitinää ja kellosammakoiden kurnutusta.

Miten hän voisi selittää kenellekään? Miten kukaan voisi ymmärtää?

Inna tulee juosten Maurin sihteeri vanavedessään ja näyttää ylpeänä *Business Weekin* etusivua. Mauri näkee omat kasvonsa.

Hän ei tunne heidän iloaan. Ylpeyttä? Mikään ei voisi olla kauempana. Häpeä seivästää hänen ruumiinsa paaluun.

Hän on kaikkien peppupoika. Yhtä hyvin hän voisi olla kiertopokaali huipputurvallisessa vankilassa.

Kun Ruotsin elinkeinoelämän keskusliitto ja työnantajien kattojärjestö pyytävät hänet esitelmöitsijäksi ja ottavat kolmekymmentätuhatta kruunua per osallistuja, hän vetää talon täyteen. Silti hän on vain heidän huoransa.

He pitävät häntä näytillä todisteena siitä, että kaikilla on samanlainen tilaisuus. Kuka tahansa voi onnistua. Kuka tahansa voi päästä huipulle kun vain haluaa, katsokaa vaikka Mauri Kallista.

Maurin ansiosta kaikki lähiönuoret ja pohjoisen pitkäaikaistyöttömät saavat syyttää itseään. Vedetään heiltä avustukset pois, tehdään työnteosta kannattavaa. Annetaan ihmisille kiihoke tulla samanlaiseksi kuin Mauri Kallis.

He takovat häntä selkään ja paiskaavat hänen kanssaan kättä, eikä hänestä ikinä tule samanlaista kuin he. Heillä on sukunimet, heillä on perheet ja vanhaa rahaa.

Mauri on nousukas vailla tyyliä ja sellaiseksi hän jää.

Hän muistaa kuinka tapasi ensimmäistä kertaa Ebban äidin. Hänet oli kutsuttu perheen tilalle. Tietenkin se oli suunnattoman vaikuttava, kunnes hän eräänä päivänä näki kirjanpidon ja ymmärsi, ettei tilaa suinkaan vuokrattu kokouskäyttöön sen kulttuuriarvojen vaalimiseksi, kuten Ebban äiti oli sanonut *Gods & Gårdar* -lehdessä, vaan yksinkertaisesti paikan ylläpitämiseksi.

Mauri oli tullut ensivierailulle kukkakimppu ja Aladdin-rasia kainalossa. Hänellä oli puku päällä helteestä huolimatta, oli heinäkuun puoliväli. Hän ei ollut tiennyt mitä muutakaan pukea ylleen, kun oli menossa sellaiseen paikkaan. Se oli kuin linna.

Ebban äiti oli hymyillyt kun Mauri ojensi kukkakimpun ja Aladdin-rasian. Hymy oli ymmärtäväinen ja hiukan huvittunut. Halpa suklaa pantiin tarjolle kahvin kanssa. Siinä se oli puoliksi sulaneena rasiassaan. Kukaan ei ottanut palastakaan. Ebban äidillä oli puutarha täynnä ruusuja ja muita kukkia. Ne oli aseteltu taitavasti isoihin ruukkuihin. Maurilla ei ollut aavistustakaan minne hänen pieni kimppunsa joutui. Luultavasti se päätyi suoraa tietä kompostiin.

Hän ja Ebba lähtivät rantaan tervehtimään Ebban isää. Vanhan uimahuoneen viiri oli pystyssä. Se oli merkki siitä, että isäpappa oli uimassa eikä häntä silloin saanut häiritä. Mutta nyt Ebba toi ensimmäistä kertaa poikaystävänsä kylään, joten isä oli antanut heille luvan tulla rantaan. Helle pakotti Maurin riisumaan puvuntakin. Se roikkui hänen käsivarrellaan. Ylimmäinen paidannappi oli auki ja solmio mytyssä taskussa. Muilla oli vaaleat kesävaatteet, jotka näyttivät rennoilta mutta silti kalliilta.

Ebban isä istui laiturilla aurinkotuolissa. Hän nousi seisomaan ja tervehti sydämellisesti kun he tulivat. Hän oli ilkosillaan eikä vähääkään vaivautunut. Pikkuveli killui velttona jalkojen välissä.

Mauri oli väärässä paikassa.

No, Mauri ajattelee nyt seisoessaan Afrikan kuumassa yössä ja pohtiessaan elämänsä aikana kokemiaan loukkauksia ja nöyryytyksiä. Se oli viimeinen kerta kun Ebban isä esiintyi hänelle alastomana. Kun hän sitten tuli vanhoine kavereineen pyytämään Maurilta, että tämä sijoittaisi heidän rahojaan, heillä kaikilla oli puku päällä ja he tarjosivat lounaan Richessä.

Mauri muistaa ensimmäisen kerran kun hän lensi Pohjois-Ugandan yli.

Kone oli pieni Cessna, sekä Inna että Diddi olivat mukana. Mauri oli alkanut neuvotella Ugandan hallituksen kanssa Kilemben kaivoksen ostamisesta.

He olivat vaihtaneet katseita noustessaan koneeseen. Lentäjä oli ilmiselvästi aineissa.

– Jotkut ovat jo pilvessä, Inna sanoi kovalla äänellä.

Kukaan ei kuitenkaan ymmärtänyt mitä hän sanoi.

He nousivat hihittäen koneeseen ja pitivät kaikin voimin kiinni kevytmielisyydestään. Kuolemalle me nauramme.

Lennon alussa Mauri taisteli pelkoaan vastaan, mutta sitten hän lumoutui tahtomattaankin.

Kaarevia vuorenrinteitä peitti sankka vihreä sademetsä. Vuorten välisissä laaksoissa kiemurteli makeavetisiä jokia. Niissä ui vihreänkimmeltäviä krokotiileja. Vuoret olivat täynnä hedelmällistä punaista multaa ja kultaa, joka voisi ravita kaikki.

Se oli hengellinen kokemus. Mauri tunsi itsensä prinssiksi, joka levitti kätensä ja liiteli valtakuntansa yllä.

Lentokoneen moottoreiden melu varjeli häntä puhumasta ystäviensä kanssa. Yhteyden tunne virtasi hänen lävitseen.

Kuka hänestä voisi koskaan tulla Kanadassa?

Kiirunasta puhumattakaan?

LKAB olisi aina oleva pohjoisen suurin tekijä. Vaikka hän alkaisi louhia, vaikka hän perustaisi kaivoksen, hän tuskin saisi myytyä mitään. Infrastruktuuri oli kovin kapea sektori. Malmijuna oli LKAB:n hallussa eikä hän saisi kuljetettua kaikkea mitä voisi myydä. Koko ajan hän joutuisi seisomaan hattu kourassa ja tyytymään siihen, että hänen ylitseen käveltiin mennen tullen.

Mutta täällä. Täällä hänestä tulisi rikas. Oikeasti. Ensimmäisenä ehättänyt ansaitsisi omaisuuden. Hän rakentaisi kaupunkeja, teitä, rautateitä, voimaloita.

Myöhemmin hän sanoi Diddille ja Innalle:

– Oikeastaan kaivos on vain mutainen kuoppa maassa. Siellä ei ole varusteita, ei edes hakkuja. Siellä kaivetaan käsin. Silti sieltä löydetään tarpeeksi. Siellä on käsittämättömät rikkaudet.

– Ja helvetisti hankaluuksia, Diddi huomautti.

– Niinpä, Mauri sanoi. – Mutta jos hankaluuksia ei olisi, kaikki hätäilijät olisivat jo täällä. Minä haluan olla ensimmäinen. Kongo on liian hullu paikka, mutta tämä! Uganda on ainakin allekirjoittanut kansainvälisiä sopimuksia, jotka suojaavat ulkomaisia sijoittajia, MIGA, OPIC...

– Toivottavasti ne pitävät huolen kehitysapurahoistaan.

– Tänne todella halutaan kaivostoimintaa. Uganda istuu aarteen päällä, mutta heikäläisillä ei ole pätevyyttä saada sitä esiin. Viisi vuotta sitten Hema-miliisi räjäytti juuri tämän kaivoksen dynamiitilla. Muutama geologiparka yritti varoittaa, mutta eihän heitä kukaan kuunnellut. Yli sata henkeä kuoli kaivoskäytäviin kuin rotat.

– Tämä tietää hankaluuksia, Diddi toisti epäluuloisena.

– Totta kai, Mauri vastasi. – Olen varautunut siihen. Tämä on meidän juttumme.

– Sinä olet isäntäni, Inna sanoi. – Mielestäni sinun pitää ostaa se.

Inna on nukkumassa pois kipujaan. Mauri seisoo hotellihuoneensa ikkunassa ja kuuntelee Ugandan yössä kurnuttavia kellosammakoita.

Gerhart Sneyers on ollut koko ajan oikeassa, hän ajattelee.

”Niillä ei ole kapasiteettia hyödyntää itse luonnonvarojaan”, Sneyers sanoo Maurin pään sisällä ja niputtaa kaikki Afrikan maat samaan kastiin, ”mutta ne eivät kestä sitä, että me hoidamme homman kotiin. Silloin ne tulevat väittämään, että luonnonvarat kuuluvat niille. Ei niiden kanssa voi neuvotella."

Silloin Mauria oli kuvottanut Sneyersin puhe, hänen mielestään se oli ennakkoluuloista, Sneyers oli unohtanut kokonaan Afrikan siirtomaahistorian. Sitä paitsi Sneyers ei kaihtanut puhua mutakuonoista, ja hän nimitti Afrikan valtioita jälkeenjääneiksi.

Mutta jo heinäkuussa, sen jälkeen kun belgialaiset insinöörit tapettiin, Mauri ymmärsi että Ugandan ongelmat eivät olleet ohimeneviä. Hän jäädytti Kilemben hankkeen, veti pois länsimaisen työvoimansa, koulutti kaksisataa paikallista miestä ja naista valvomaan kaivosaluetta. Kuukauden kuluttua hän sai raportteja, että he olivat jättäneet kaivoksen oman onnensa nojaan.

Saadakseen mukaan muita sijoittajia Kallis Mining oli luvannut ja taannut hankkeelle vähimmäistuoton. Sijoittajat ottivat välittömästi yhteyttä sanellakseen ehtoja tuleville suorituksille.

Miamin toukokuisen tapaamisen jälkeen Sneyers oli antanut Maurille tilinumeron ja kehottanut siirtämään sille rahoja tulevaisuuden varalle.

– Niitä ei voi jäljittää, hän sanoi.

Mauri oli alkanut jo heinäkuussa siirtää tilille joistakin hajanaisista myynneistä saatuja varoja. Jos ei muuten, ainakin hän saattoi tarvita rahaa maksaakseen Kilemben sijoittajien tulevia saatavia. Hän ei voisi alkaa silloin myydä paniikissa pääoman irrottamiseksi, se vahingoittaisi vakavasti Kalliksen yhtiön mainetta markkinoilla. Kaikki aavistaisivat pahinta. Hän on myös rahoittanut Kadagan joukkoja maan pohjoisosassa. Kadaga on eristänyt alueet Kilemben ja muutaman muun kaivoksen ympäriltä. Mutta, Gerhart Sneyers on sanonut Mauri Kallikselle, se ei ole kestävä ratkaisu. Kadaga voi turvata kaivokset mutta ei infrastruktuuria. On siis mahdotonta kuljettaa kaivoksista mitään turvallisesti. Sitä paitsi louhiminen olisi nykytilanteessa laitonta Mauri Kallikselle. Tarvittavien viranomaislupien voimassaoloaika on mennyt umpeen.

Tämänpäiväinen tapaaminen Ugandan elinkeinoministerin

kanssa ratkaisi asian lopullisesti. Jos Mauri on aiemmin empi-
nyt, hän ei emmi enää. Hän on yrittänyt olla rehellinen tuossa lä-
peensä korruptoituneessa maassa. Mutta nyt naiivius saa loppua.
Gerhart Sneyers on oikeassa. Museveni on umpikuja.
Lisäksi Museveni on diktaattori ja riistäjä. Hänet pitäisi ve-
tää sotaoikeuteen. Hänen raivaamisensa tieltä tuntuu suorastaan
moraalisesti oikeutetulta teolta.
Mauri aikoo puolustaa omaisuuttaan. Hän ei enää nöyriste-
le ketään.

Rebecka Martinsson kävi läpi Örjan Bylundin tietokoneen tiedostot. Hän istui sängyllään kannettava sylissä. Hän oli pukenut pyjaman ylleen ja harjannut hampaansa, vaikka kello oli vasta seitsemän. Pukari tutki huoneesta kaikki sopukat ja nurkat, ja välillä se tuli takaisin Rebeckan luo vain tallatakseen tietokoneen näppäimistöä.

– Kuules nyt, Rebecka sanoi ja nosti kissanpennun pois. – Jos et käyttäydy kunnolla, minä kerron Sven-Erikille.

Tuli räiskyi kamiinassa. Koska Rebecka lämmitti kuusihaloilla, kamiinasta kuului välillä paukahduksia. Pukari hypähti joka kerta kauhistuneen ja samalla uteliaan näköisenä.

Mikä hirviö, se tuntui ajattelevan. Tuli kiilui puoliavoimen ritilän läpi kuin punainen silmä.

Mitä Örjan Bylund oli etsinyt? Kun Rebecka Martinsson googlasi Kallis Miningin, hän sai yli 280 000 osumaa. Hän selasi Örjan Bylundin evästetiedostoja nähdäkseen, millä Kallis Miningin sivustoilla tämä oli käynyt.

Kallis Mining oli pörssinoteeratun kaivosyhtiön Northern Explore AB:n pääomistaja. Syyskuussa osake oli sahannut vuoristorataa. Ensin kanadalainen sijoitusyhtiö Quebec Invest oli myynyt kaikki osakkeensa. Se oli herättänyt levottomuutta, ja kurssi oli romahtanut. Sitten ilmestyi raportti, jonka mukaan Svappavaaran ulkopuolella suoritetut koeporaukset olivat onnistuneet. Silloin kurssi oli hypähtänyt ylöspäin.

Kuka hyötyy vuoristoradasta, hän pohti. Tietenkin se joka ostaa silloin kun kurssi on matala ja myy silloin kun se on noussut. Follow the money.

Örjan Bylund oli ollut kirjoittamassa artikkelia yhtiön uudesta hallituksesta, joka oli valittu ylimääräisessä yhtiökokouksessa sen jälkeen kun kanadalainen yhtiö oli myynyt osakekantansa. Hallitukseen oli valittu eräs kiirunalainen.

"Sven Israelsson Northern Exploren hallitukseen" kuului otsikko.

Silloin Rebeckan kännykkä pirahti soimaan.

Näytöllä oli Måns Wenngrenin kännykkänumero.

Rebeckan sydän teki olympialaisten voimisteluohjelmaa rinnassa.

– Haloo Martinsson, Måns sanoi venyttelevällä äänellään.

– Haloo, Rebecka sanoi yrittäen keksiä jotakin muuta sanottavaa, mutta hänen aivoissaan oli oikosulku.

Mietittyään ikuisuuden hän sai kysyttyä:

– Mitä kuuluu?

– Oikein hyvää. Me ollaan tässä koko jengi Arlandassa menossa matkaselvitykseen.

– Vai niin… sepä mukavaa.

Måns nauroi toisessa päässä.

– Joskus sinulta ei oikein juttu irtoa, Martinsson! Mutta kyllä siellä on varmaan mukavaa. Luonto tosin on parhaimmillaan telkkarissa. Tulethan sinäkin?

– Ehkä. Sinne on pitkä matka.

Seurasi hetken hiljaisuus. Sitten Måns sanoi:

– Tulisit nyt. Haluan tavata sinut.

– Minkä takia?

– Aion yrittää houkutella sinua palaamaan toimistoon.

– Ei onnistu.

– Niinhän sinä sanot. Mutta en ole vielä edes suostutellut sinua. Sinulle on varattu huone lauantain ja sunnuntain väliseksi yöksi. Voit sitten tulla opettamaan meille hiihtoa.

Rebecka nauroi.

– Kai minä sitten tulen, hän sanoi.

Hän huomasi helpottuneena, ettei ajatus toimiston väen tapaamisesta tuntunutkaan rasittavalta. Hän näkisi Månsin. Måns halusi tavata hänet. Tietenkään Rebecka ei osannut lasketella. Hänellä ei ollut varaa siihen pienenä, ja kuka olisi vienyt hänet laskettelurinteeseen? Mutta ei sillä ollut väliä.

– Nyt minun pitää lopettaa, Måns sanoi. – Lupaatko?

Rebecka lupasi. Ja Måns sanoi lämpimällä äänellä:

– Hei sitten, Martinsson. Nähdään pian.

Ja Rebecka kujersi:

– Hei sitten.

Rebecka katsoi taas tietokoneensa näyttöä. Kansainvälisellä tasolla Quebec Investin loikkaaminen Northern Exploresta oli poikinut pienen artikkelin alan englanninkieliseen lehteen nimeltä *Prospecting & Mining*. Uutisen otsikkona oli "Chicken race". "Lähdimme liian aikaisin", Quebec Investin toimitusjohtaja totesi Northern Explore AB:n löydettyä kultaa ja kuparia vähän sen jälkeen kun kanadalainen sijoitusyhtiö oli myynyt osuutensa. Hän lisäsi että koeporausten analyysien puutteet olivat olleet liian suuria ja että Northern Exploren omistajana oli vaikea arvioida, miten todennäköistä olisi löytää louhittavaksi kelpaavia määriä. Kallis Miningin ja Quebec Investin mahdollisen yhteistyön jatkumista Quebec Investin toimitusjohtaja piti "epätodennäköisenä".

Minkä vuoksi? Rebecka mietti. Luulisi heidän kärkkyvän toista tilaisuutta, etenkin kun Kallis Mining oli osoittautunut noin menestykselliseksi.

Ja kuka oli Sven Israelsson, hallituksen uusi jäsen? Miksi Örjan Bylund oli tehnyt niin monta hakua hänen nimellään?

Rebecka teki hänkin tiedonhaun ja löysi mielenkiintoisia artikkeleita. Hän jatkoi lukemista.

Kissanpentu keskittyi nappiin, joka riippui langan päässä hänen pyjamastaan. Pukari löi nappia niin että se heilahti, tarttui siihen molemmilla etutassuillaan ja iski siihen naskalinterävät hampaansa. Pukari oli hengenvaarallinen murhaajakissa. Nappi oli kuoleman karitsa.

Puoli kahdeksalta Rebecka soitti pääsyyttäjä Alf Björnfotille.

– Tiedätkö missä Sven Israelsson oli töissä ennen kuin hänet valittiin Northern Exploren hallitukseen? Rebecka kysyi.

– En, Alf Björnfot vastasi ja sammutti television, hän oli vain selannut kanavia löytääkseen jotakin katsomisen arvoista.

– Israelsson oli alkuaineita analysoivan SGAB:n Kiirunan-päällikkö. Eräs amerikkalainen yritys oli vähällä ostaa yhtiön, mutta Kallis Mining tuli väliin ja osti siitä puolet, ja niin toiminta jäi tänne Kiirunaan. Se on mielenkiintoista kun ottaa huomioon, että kanadalainen sijoitusyhtiö Quebec Invest myi koko osakemääränsä Northern Exploresta viime vuonna vähän ennen kuin Northern Explore tiedotti, että Svappavaaran ulkopuolelta on löytynyt louhittavaksi kelpaavia määriä kuparia ja kultaa.

– Vai niin. Miten se liittyy Sven Israelssoniin?

– Sven Israelsson on päällikkönä yhtiössä, joka analysoi Northern Exploren Svappavaaran ulkopuolella tekemien kaivausten tuloksia. Ilmeisesti hän tuntee suurta lojaalisuutta Kallis Miningia kohtaan, koska Kallis Mining on väliintulollaan pelastanut SGAB:n joutumasta vieraisiin käsiin. He olisivat kaikki menettäneet työpaikkansa tai joutuneet muuttamaan Yhdysvaltoihin. Löysin artikkelin jossa Quebec Investin toimitusjohtaja valittaa, että koeporausten analyysit olivat puutteellisia ja että hänen mielestään on "epätodennäköistä", että Quebec Invest ja Kallis Mining tekisivät jatkossa yhteistyötä. Mikähän häntä mahtaa ottaa päähän?

– Miten niin? Alf Björnfot kysyi. – Yhtiöhän menetti paljon rahaa, koska myi osuutensa liian aikaisin.

– Niin, niin. Mutta nämä sijoittajat ovat tottuneita ottamaan riskejä ja tekemään virhearvioita hermostumatta kun toimittajat soittavat. Sven Israelsson valitaan tytäryhtiö Northern Exploren hallitukseen. Työstötoimiluvan saaminen ja louhinnan aloittaminen vievät oman aikansa, mutta kun se on tehty, Northern Explore on miljoonayritys. Sven Israelsson on kemistinä pienessä analyysiyhtiössä. Miten hän on ansioitunut päästäkseen Northern Exploren hallitukseen? Tässä on nyt jotakin mätää. Varmaankin Sven Israelssonilla oli kaikki maailman mahdollisuudet manipuloida koeporausten tuloksia. Luultavasti hän heikensi kokeita, jotka osoittivat positiivista tulosta. Lisäksi luulen että Kallis Mining sai Sven Israelssonilta apua keplotellakseen toiseksi suurimman omistajan ulos yhtiöstä. Ehkä he lähettivät Quebec Investille viestin, että tulos olisi negatiivinen. Silloin Quebec Invest myi osuutensa kiireen vilkkaa, sillä se pelkäsi tekevänsä ison tappion kun markkinat reagoisivat. Kun Quebec Invest myi, osakkeet romahtivat. Runsas kuukausi myöhemmin Northern Explore julkaisi uutisen positiivisista poraustuloksista. Ehkä Quebec sen takia kiukutteli lehdistölle ja sanoi, ettei yhteistyö jatkossa olisi mahdollista Kallis Miningin kanssa. Quebec tunsi itsensä huijatuksi mutta ei voinut todistaa mitään. Jos joku Kallis Miningin osakas tai Sven Israelsson on ostanut itselleen osakkeita ennen kuin uutinen positiivisista tuloksista julkaistiin, kyse on sisäpiiririkoksesta. Luulen että Sven Israelsson sai hallituspaikan palkkioineen ja bonuksineen päivineen kiitokseksi avusta. Ja sitä paitsi...

Rebecka piti pienen taidepaussin.

– ...hän osti marraskuussa uuden Audin. Silloin Northern Explore AB:n osakkeen arvo oli noussut yli kolmesataa prosenttia laskettuna siltä tasolta, jolla se oli ennen notkahdusta.

– Uuden auton, Alf Björnfot sanoi, nousi sohvalta ja piti langatonta puhelinta korvan ja olkapään välissä samalla kun pani kengät jalkaan. – Aina ne hankkivat uuden auton.

– Tiedän.

– Nähdään vartin päästä, Alf Björnfot sanoi ja puki takin päälle.

– Missä?

– Israelssonin luona tietenkin. Onko sinulla osoite?

Sven Israelsson asui punaisessa puutalossa Matojärvigatanilla. Lapset olivat alkaneet kaivaa luolaa etupihalla olevaan kinokseen.

Maassa lojuvat lapiot todistivat, että työ oli jäänyt kesken kun päivällinen ja lastenohjelmat kutsuivat.

Sven Israelsson oli nelikymppinen mies. Rebecka hämmästyi, hän oli luullut Israelssonia vanhemmaksi. Israelssonilla oli paksut ruskeat hiukset, jotka olivat jo alkaneet harmaantua. Hän näytti hyväkuntoiselta ja jäntevältä, sellaiselta joka harrasti uimista tai juoksemista.

Alf Björnfot esitteli itsensä ja Rebecka Martinssonin titteleitä myöten. Pääsyyttäjä ja ylimääräinen syyttäjä olivat tarpeeksi painavia virkanimikkeitä ihmisten säikyttämiseksi. Sven Israelsson ei näyttänyt pelkäävän. Pikemminkin hänen silmissään häivähti jotakin muuta, melkein kuin antautumista. Aivan kuin hän olisi odottanut, että laki tulisi koputtamaan ovelle. Sitten hän ryhdistäytyi.

– Tulkaa sisään, hän sanoi. – Pitäkää vain kengät jalassa, jos haluatte. Maassahan on vain puhdasta lunta.

– Olet töissä SGAB:ssä, Alf Björnfot aloitti kun he olivat istuutuneet keittiönpöydän ääreen.

– Pitää paikkansa.

– Sen omistaa puoleksi Kallis Mining.

– Niin.

– Viime talvena sinusta tuli Kallis Miningin tytäryhtiön Northern Explore AB:n hallituksen jäsen.

Sven Israelsson nyökkäsi.

– Viime syksynä sijoitusyhtiö Quebec Invest myi kaikki Northern Exploren osakkeensa. Miksi?

– En tiedä. Kai heitä alkoi hirvittää. Ehkä he eivät uskaltaneet odottaa porausten lopullisia koetuloksia. Ehkä he ajattelivat että osakkeen arvo romahtaisi, jos vastaus olisi negatiivinen.

– Quebec Investin toimitusjohtaja sanoi eräässä haastattelussa, että hän ei voinut kuvitella tekevänsä jatkossa enää yhteistyötä Kallis Miningin kanssa, Rebecka sanoi. – Minkähän takia hän sanoi niin?

– En tiedä.

– Sinä ostit marraskuussa uuden Audin, Alf Björnfot sanoi.
– Mistä ne rahat olivat peräisin?

– Epäilläänkö minua jostakin rikoksesta? Sven Israelsson tiedusteli.

– Ei toistaiseksi virallisesti, Alf Björnfot vastasi.

– Moni seikka viittaa siihen, että kyse on törkeästä sisäpiiririkoksesta tai sen avustamisesta, Rebecka sanoi.

Hän nosti peukalonsa ja etusormensa viiden sentin päähän toisistaan.

– Olen näin hilkulla saamaisillani selville, kuka osti osakkeita Quebecin myymisen ja positiivisten koetulosten julkistamisen välisenä lyhyenä aikana, hän sanoi. – Usein sisäpiiririkokset tehdään ostamalla pieniä osakemääriä välikäsien ja hallinnoijien kautta. Silloin se ei näy, jos rahoitustarkastus tekee pistokokeen. Aion seurata jokaista myyntitapahtumaa tuolta ajalta. Ja jos löydän ostajien joukosta sinut tai Kallis Miningin, sinua odottaa syyte.

Sven Israelsson vaihtoi tuolilla asentoa, hän oli sen näköinen kuin yrittäisi keksiä jotakin sanomista.

– Valitettavasti tämä on iso asia, Alf Björnfot sanoi. – Nyt minun pitää kysyä sinulta jotakin. Ole kiltti äläkä valehtele, muista että me voimme tarkistaa tämän tiedon muualtakin. Ottiko toimittaja Örjan Bylund sinuun yhteyttä ja kyseli tapauksesta?

Sven Israelsson mietti hetken.

– Kyllä, hän sanoi sitten.

– Mitä sinä sanoit hänelle?

– En mitään. Vain että hänen pitäisi kääntyä kysymyksineen Kallis Miningin puoleen.

Kallis Miningin tiedotuspäällikkö oli Inna Wattrang, Rebecka Martinsson ajatteli.

– Örjan Bylund murhattiin, Alf Björnfot tokaisi.

– Mitä helvettiä? Sven Israelsson kysyi epäluuloisesti. – Hänhän kuoli sydänkohtaukseen.

– Valitettavasti ei, Alf Björnfot sanoi. – Hänet murhattiin kun hän alkoi penkoa tätä tapausta.

Sven Israelsson kalpeni. Hän tarttui pöydänreunaan kaksin käsin.

– No niin, Alf Björnfot sanoi. – En usko että sinulla oli mitään tekemistä sen kanssa. Mutta koeta nyt ymmärtää että tämä on vakava asia. Etkö kertoisi koko jutun? Saatpa nähdä että paineesi helpottaa.

Sven Israelsson nyökkäsi.

– Meillä oli labrassa yksi kaveri, hän sanoi hetken kuluttua.
– Saimme selville että hän vuoti tietoja Quebec Investille.

– Miten saitte sen selville? Alf Björnfot kysyi.

Sven Israelsson hymyili vinosti.

– Ihan sattumalta. Hän puhui Quebec Investin toimitusjohtajan kanssa kotipuhelimestaan. Hänellä oli kännykkä taskussa, hän oli unohtanut lukita näppäimet, ja se soitti viimeksi soitettuun numeroon, eräälle kollegalle. Kollega kuuli puhelusta tarpeeksi ymmärtääkseen, mistä siinä oli kyse.

– Mitä sinä teit?

– Kollegani kertoi siitä minulle, ja kun tuli oikea hetki, me annoimme vuotajalle väärää tietoa.

– Tarkkaan ottaen mitä?

– Svappavaaran porauksissa oli juuri silloin kriittinen tilanne. Alkoi tuntua siltä ettei Northern Explore löytäisi sieltä mitään. He olivat tehneet useita mittauksia yli seitsemänsadan metrin syvyydestä. Kustannukset karkasivat käsistä. Sitten he tekivät joitakin koeporauksia melkein tuhannesta metristä. Se oli viimeinen toivo sillä alueella. Kaikki riippui niistä tuloksista. Vain suurimmilla tekijöillä on kapasiteettia sen mittaluokan porauksiin. Monilla pienyhtiöillä on varaa tehdä vain lentokartoitus ja lähettää sitten jalkaisin partioita, jotka kaivavat alueelta maanäytteitä.

– Ja sitten sieltä löydettiin kultaa.

– Yli viisi grammaa per tonni, se on erittäin hyvin. Lisäksi pari prosenttia kuparia. Mutta minä väärensin erään raportin, jossa väitettiin että me emme olleet löytäneet mitään ja että sen perusteella ei ollut oletettavissa, että alueella olisi enää louhimisen arvoisia mineraaleja. Pidin huolta siitä että yhtiön vuotaja näki sen.

Quebec Invest myi osuutensa Northern Explore AB:stä tuntia myöhemmin.

– Mitä kollegallesi tapahtui?

– Juttelin hänen kanssaan, ja sen keskustelun jälkeen hän jätti erohakemuksen, ei siitä sen enempää.

Alf Björnfot istui muutaman sekunnin hiljaa ja mietti.

– Puhuitko tästä kenenkään Kallis Miningin työntekijän kanssa? Vuodosta? Väärän tiedon levittämisestä?

Sven Israelsson empi.

– Toimittaja Örjan Bylund on murhattu, Inna Wattrang samaten, Alf Björnfot sanoi. – Emme voi jättää pois laskuista, että nämä tapahtumat liittyvät toisiinsa. Mitä pikemmin totuus tulee julki, sitä suurempi mahdollisuus meillä on saada syyllinen kiinni.

Alf Björnfot nojautui tuolissaan taaksepäin ja odotti. Hänellä oli edessään mies, jolla oli omatunto. Miesparka.

– Se taisi olla minun ja Diddi Wattrangin yhteinen päähänpisto, Sven Israelsson sanoi lopulta.

Hän katsoi heitä anovasti.

– Diddi sai sen kuulostamaan oikealta. Hän kutsui Quebec Investin väkeä pettureiksi. Ja sitten hän sanoi samaa mitä minäkin olen miettinyt monesti ulkomaisista sijoittajista: etteivät he ole kiinnostuneita aloittamaan alueella kaivostoimintaa. Heitä kiinnostaa vain nopea raha. He hankkivat toimiluvat ja käyttöoikeussopimukset, mutta eivät he ole urakoitsijoita. Vaikka louhimisen arvoisia määriä löytyisikin, mitään ei tapahdu. Oikeudet myydään yhdeltä toiselle, mutta kukaan ei halua aloittaa. Joko puuttuu rahaa, kaivoksen perustaminenhan maksaa vähintään neljännesmiljoonan, tai sitten puuttuu sisua. Eikä ulkomaisilla sijoittajilla ole mitään tuntumaa tähän seutuun. Mitä he välittävät työtilaisuuksista ja täkäläisistä ihmisistä?

Sven Israelsson hymyili vinosti.

– Diddi Wattrang sanoi että Mauri Kallis oli täältä kotoisin ja että hänellä oli tahtoa, rahaa ja yrittäjähenkeä. Kun Quebec Invest oli saatu raivattua tieltä, kaivostoiminnan aloittamisen mahdollisuudet olisivat sata prosenttia suuremmat. Olen kyllä miettinyt tätä jälkeenpäin. Joka ikinen päivä. Mutta silloin tuntui siltä, että oli moraalisesti oikein tehdä niin kuin me teimme. Quebec Investin porukat olivat roistoja. Heille vuodettiin. Saamarin rotat, me ajattelimme. Kun varastaa varkaalta ja pettää petturia, he saavat ansionsa mukaan. Eivätkä he paljastaisi meitä, silloin he paljastuisivat itsekin.

Sven Israelsson vaikeni. Rebecka Martinsson ja Alf Björnfot katsoivat miten karmea totuus valkeni hänelle. Nyt hän tajusi sen mikä häntä odotti: työpaikan menetys, syyte, ihmisten puheet.

– Kun sain tarjouksen hallituspaikasta, hän sanoi ja pyyhki nopeasti kyyneleet, jotka puskivat esiin, – se tuntui vain todistavan että Kallis Mining panostaisi tänne pohjoiseen. Paikallista kytköstä pidettiin tärkeänä. Mutta kun sain rahat... kirjekuoressa, en tilille... se ei tuntunut miltään. Ostin auton, ja joka ikinen päivä kun olen istunut siihen...

Hän keskeytti päätään pudistellen.

Mies jolla on omatunto, Alf Björnfot ajatteli taas.

– No niin, siitä sen näkee, Alf Björnfot sanoi poistuttuaan Rebecka Martinssonin kanssa Sven Israelssonin talosta.

– Meidän pitää soittaa Sven-Erikille ja Anna-Marialle ja kertoa heille, Rebecka sanoi. – He saavat ottaa Diddi Wattrangin kuulusteltavaksi törkeästä sisäpiiririkoksesta.

– Anna-Maria soitti aiemmin. Diddi Wattrang on Kanadassa. Mutta soitan hänelle joka tapauksessa. Kun olemme saaneet selville tiedot osakkeiden myyjistä, voimme pyytää Kanadan poliisia auttamaan pidätyksessä.

– Mitä aiot nyt tehdä? Rebecka kysyi. – Haluatko lähteä käymään kanssani Kurravaarassa? Olen luvannut käydä kaupassa naapurini Sivving Fjällborgin puolesta. Ja silloin hän haluaa tarjota kahvit. Hänestä olisi varmasti mukavaa jos sinäkin tulisit.

Sivving ilahtui vierailusta. Hän jutusteli mielellään uusien ihmisten kanssa. Hän ja syyttäjä selvittivät nopeasti, että vaikka he eivät olleetkaan sukua, heillä oli paljon yhteisiä tuttuja.

– Vai niin, sinullahan on täällä hyvät oltavat, Alf Björnfot sanoi katsellen ympärilleen pannuhuoneessa.

Bella makasi murheen murtamana petissään ja katsoi, miten muut istuivat Sivvingin lastulevypöydän ääressä ja popsivat juustovoileipiä.

– Niin, täällä alakerrassa kelpaa elää, Sivving sanoi filosofisesti ja kastoi voileipäänsä kahviin. – Mitä ihminen tarvitsee muuta kuin sängyn ja pöydän? Telkkarikin minulla on täällä, vaikka eipä sieltä paljon tule katsottavaa. Ja vaatteita minulla on kaikkea kaksin kappalein. Ei sen enempää! Jotkut pärjäävät vähemmälläkin, mutta eihän sitä voi jäädä kotiin vain siksi että vaatteet ovat pesussa. Jaa, kalsareita minulla on viidet, samoin sukkia.

Rebecka nauroi.

– Sinulla pitäisi olla vähemmän, hän sanoi vilkaisten merkitsevästi rikkinäisiä sukkia ja loppuun kuluneita kalsareita, joita riippui narulla kuivumassa.

– Äh, ne naiset, Sivving nauroi ja haki katseellaan myötätuntoa Alf Björnfotilta. – Kuka minun alusvaatteistani välittää? Maj-Lis oli aina niin tarkka siitä, että hänellä oli puhtaat ja ehjät alusvaatteet. Ei minun takiani, mutta entä jos hän jäisi auton alle ja joutuisi sairaalaan!

– Aivan oikein, Alf Björnfot nauroi. – Ajatella jos lääkäri saa nähdä potilaan likaisissa alusvaatteissa tai rikkinäisissä sukissa!

– Kuulehan! Sivving sanoi Rebeckalle. – Pane se tietokone nyt kiinni, kun meillä on vieraitakin.

– Ihan kohta, Rebecka sanoi.

Hän istui kannettava sylissä ja tutki Diddi Wattrangin taloutta.

– Maj-Lis, Alf Björnfot kysyi, – oliko hän vaimosi?

– Joo, hän kuoli syöpään viisi vuotta sitten.

– Katso tätä, Rebecka sanoi ja käänsi tietokoneen Alf Björnfo-
tiin päin. – Diddi Wattrangin tili on aina tyhjä kuun lopussa, mii-
nus viisikymmentä, miinus viisikymmentä. Näin on ollut monta
vuotta. Mutta vähän sen jälkeen kun Northern Explore AB löysi
kultaa, hänen vaimonsa nimiin rekisteröitiin Hummeri.

– Aina ne ostavat autoja, Alf Björnfot sanoi.

– Sellaisen minäkin haluaisin, Sivving sanoi. – Mitä se mak-
saa? 700 000?

– Diddi Wattrang on syyllistynyt sisäpiiririkokseen. Mutta
mahtaakohan sillä olla kytköstä Inna Wattrangiin?

– Ehkä Inna Wattrang sai tietää siitä ja uhkasi paljastaa veljen-
sä, Alf Björnfot ehdotti.

Hän kääntyi taas Sivvingin puoleen.

– Sinä ja vaimosi olitte siis Rebeckan isoäidin naapureita?

– Joo, ja asuihan Rebeckakin täällä melkein koko lapsuutensa.

– Minkä takia, Rebecka? Kuolivatko vanhempasi kun olit pie-
ni? Alf Björnfot kysyi sumeilematta.

Sivving nousi nopeasti seisomaan.

– Haluaako joku munia voileivän päälle? Minulla on valmiiksi
keitettyjä jääkaapissa. Ne ovat tämänaamuisia.

– Isä kuoli vähän ennen kuin täytin kahdeksan, Rebecka sanoi.
– Hän ajoi metsäkonetta ja oli eräänä talvena metsässä kun hyd-
rauliletkuun tuli vuoto. Kukaan ei tiedä miten se kävi, hänhän oli
yksin siellä metsässä. Mutta hän nousi kyydistä ja ilmeisesti ko-
keili letkua, ja sitten se irtosi.

– Hyi olkoon, Alf Björnfot sanoi. – Kuumaa hydrauliöljyä.

– Mmm, onhan siinä melkoinen painekin. Hän sai öljysuih-
kun päälleen. Kuulemma hän oli kuollut siihen paikkaan.

Rebecka kohautti harteitaan sen merkiksi, että onnettomuus
oli ollutta ja mennyttä ja että hän oli päässyt sen yli.

– Omaa huolimattomuutta, hän sanoi kevyellä äänellä, – mut-
ta minkäs sille mahtaa.

Ei isä kyllä olisi saanut olla huolimaton, hän ajatteli tuijot-
taen tietokoneen näyttöä. Minä tarvitsin isää. Isän olisi pitänyt

rakastaa minua niin paljon, ettei hänellä olisi ollut varaa olla huolimaton.

– Se olisi voinut sattua kenelle tahansa, Sivving huomautti. Hän ei voinut sallia Rebeckan vähättelevän isäänsä ulkopuolisille. – Kun on väsynyt ja kylmissään, sinä päivänä oli kaksikymmentäviisi astetta pakkasta. Ja stressikin varmaan painoi. Jos kone seisoo, ei tule rahaa.

– Entä äitisi? Alf Björnfot kysyi.

– Vanhempani erosivat vuotta ennen isäni kuolemaa. Olin kaksitoistavuotias kun äitini kuoli. Hän asui Ahvenanmaalla. Minä asuin täällä isoäidin luona. Äiti jäi kuorma-auton alle.

On kevättalvi. Rebecka täyttää pian kaksitoista. Hän on ollut ulkona kylän muiden lasten kanssa. He ovat hyppineet navetan katolta lumeen. Nyt hän on märkä selkää myöten, ja lapikkaat ovat täynnä lunta. Hänen täytyy lähteä kotiin vaihtamaan kuivaa ylle.

Koti on isoäidin luona. Isän kuoleman jälkeen Rebecka asui jonkin aikaa äidin luona, mutta vain runsaan vuoden verran. Äiti oli usein töissä muualla ja kaikki oli sekavaa. Äiti vei Rebeckan isoäidin luo, joskus siksi että hänen piti käydä töissä, joskus siksi että oli väsynyt. Sitten hän kävi hakemassa Rebeckan ja oli vihainen isoäidille, vaikka oli itse pyytänyt isoäitiä hoitamaan Rebeckaa.

Nyt kun Rebecka tulee keittiöön märissä vaatteissa, äiti istuu keittiönpöydän ääressä ja on loistavalla tuulella. Äidin posket hehkuvat ja hiukset on värjätty kampaamossa, ei jonkun ystävättären luona kuten yleensä.

Äiti kertoo tavanneensa uuden miehen. Mies asuu Ahvenanmaalla ja haluaa, että äiti ja Rebecka muuttavat sinne asumaan.

Äiti kertoo että talo on hieno ja että lähistöllä asuu paljon lapsia. Rebecka saa paljon kavereita.

Rebeckan vatsaa kouristaa. Isoäidinkin talo on hieno. Hän haluaa asua siellä eikä muuttaa minnekään.

Rebecka katsoo isoäitiä. Isoäiti ei sano mitään, katsoo vain Rebeckaa tiiviisti.

– Ei ikinä, Rebecka sanoo.

Ja heti kun hän on uskaltanut päästää nuo hiljaiset sanat huuliltaan, hän huomaa niiden olevan totta. Hän ei muuttaisi äidin kanssa ikinä minnekään. Hän asuisi täällä Kurravaarassa. Äitiin ei voi luottaa. Toisinaan äiti on kuin nyt, kavereiden mielestä hän on kaunis ja hienosti pukeutunut, ja hän puhuu koulun pihalla isojen tyttöjen kanssa. Kerran yksi isoista tytöistä huokaili äidin perään, niin että Rebecka kuuli sen: "Tuollaisen äidin minäkin haluaisin, sellaisen joka tajuaa jotakin."

Mutta Rebecka tietää äidistä enemmän. Hän tietää että äiti saattaa maata sängyssä viitsimättä tehdä mitään, ja Rebecka joutuu käymään ruokakaupassa ja elämään voileivillä ja olemaan poissa tieltä, sillä tekipä hän mitä tahansa, se on väärin.

Nyt äiti yrittää parhaansa mukaan kääntää Rebeckan pään. Hän puhuu niin lempeästi kuin osaa. Hän yrittää halata, mutta Rebecka väistää ja panee vastaan, pudistaa koko ajan päätään. Rebecka näkee miten äiti katsoo vaativasti isoäitiä, jotta tämä pitäisi äidin puolia:

– Isoäiti ei jaksa hoitaa sinua täällä koko ajan, ja minä olen sentään sinun äitisi.

Mutta isoäiti ei sano mitään. Ja Rebecka tietää sen tarkoittavan sitä, että isoäiti on Rebeckan puolella.

Kun äiti on aikansa yrittänyt maanitella, hän muuttaa mieltään.

– Antaa sitten olla, hän ärähtää Rebeckalle. – Ei sinun tarvitse minusta välittää.

Ja hän kertoo että on raatanut hullun lailla isän kuoleman jälkeen, jotta Rebecka saisi uuden talvitakin, ja että hän olisi voinut hankkia itselleen koulutukseen, ellei hänellä olisi tätä vastuuta.

Rebecka ja isoäiti vaikenevat.

He vaikenevat vielä pitkään sen jälkeen kun äiti on lähtenyt. Rebecka lähtee isoäidin seuraksi navettaan. Isoäidin lypsäessä hän pitelee lehmän häntää niin kuin piteli pienenä. He ovat hiljaa. Mutta kun Mansikka yhtäkkiä röyhtäisee, heitä molempia naurattaa.

Ja sitten kaikki on melkein niin kuin ennenkin.

Äiti muuttaa. Rebecka saa postikortteja, joissa äiti kertoo miten ihanaa siellä Ahvenanmaalla on. Rebecka lukee kortit, ikävä kouraisee sydäntä. Ei sanaakaan siitä että äidillä on ikävä häntä. Tai että äiti edes pitää hänestä. Korteissa lukee että he ovat olleet veneilemässä tai että tontilla kasvaa omena- ja päärynäpuita tai että he ovat käyneet retkellä.

Keskellä kesää tulee kirje. Sinä saat sisaruksen, kirjeessä lukee. Isoäitikin lukee. Hän istuu keittiönpöydän ääressä nenällään isän vanhat lukulasit, jotka isä oli ostanut huoltoasemalta.

– Jeesus siunakhoon ja Jumala varjelkhoon, isoäiti sanoo luettuaan kirjeen.

Kuka minulle kertoi äidin kuolemasta? Rebecka ajatteli. En muista. Muistan niin vähän siitä syksystä. Mutta joitakin asioita muistan.

Rebecka makaa keittiön alkovin vuodesohvalla. Jussi ei makaa hänen jaloissaan, sillä isoäiti ja Sivvingin vaimo Maj-Lis istuvat keittiönpöydän ääressä, ja silloin Jussi makaa keittiönpöydän alla. Jussi tulee Rebeckan sänkyyn vain silloin kun isoäiti on navetassa tai on mennyt nukkumaan.

Maj-Lis ja isoäiti luulevat että Rebecka on nukahtanut, mutta ei Rebecka ole. Isoäiti itkee. Hän painaa astiapyyhkeen kasvojaan vasten. Rebecka ymmärtää hänen yrittävän vaimentaa ääntä, jotta Rebecka ei heräisi.

Hän ei ole koskaan kuullut tai nähnyt isoäidin itkevän, ei edes silloin kun isä kuoli. Ääni pelottaa ja masentaa häntä. Jos isoäiti itkee, se tietää maailmanloppua.

Maj-Lis mumisee lohdutuksen sanoja.

– En usko että se oli onnettomuus, isoäiti sanoo. – Kuljettaja sanoo että hän katsoi suoraan silmiin ja astui auton eteen.

– Oli varmasti rankkaa menettää molemmat vanhemmat niin pienenä, Alf Björnfot sanoi.

Sivving seisoi vieläkin jääkaapin luona pitäen neuvottomana munia käsissään.

Kun nyt muistelen sitä aikaa, minua hävettää, Rebecka ajatteli. Kunpa minulla olisi päässäni oikeat kuvat. Pieni tyttö haudalla, kyyneliä poskillaan ja kukkia arkulla. Piirustuksia jotka esittävät taivaassa olevaa äitiä tai mitä tahansa. Mutta minä olin aivan kylmä.

– Rebecka, opettaja sanoo.
Mikä sen opettajan nimi olikaan? Eila!
– Rebecka, Eila sanoo. – Sinä et ole taaskaan tehnyt matikanläksyjä. Muistatko mistä puhuimme eilen? Muistatko kun lupasit minulle, että alat tehdä taas läksyjä?
Eila on kiltti. Hänellä on kiharat hiukset ja lempeä hymy.
– Minä yritän, Rebecka sanoo. – Mutta ajattelen vain sitä, että äiti on kuollut. Silloin en pysty.
Hän painaa päänsä, näyttää siltä kuin hän itkisi. Mutta hän on vain itkevinään.
Silloin Eila vaikenee ja silittää hänen hiuksiaan.
– No, no, Eila sanoo. – Kyllä sinä ehdit käydä koulua myöhemminkin.
Rebecka on tyytyväinen. Häntä ei huvita tehdä matikanläksyjä. Eikä hänen tarvitsekaan.

Toinen kerta: hän on mennyt isoäidin halkovajaan piiloon. Aurinko siivilöityy seinänrakojen välistä. Ohut pölyverho tuntuu koko ajan nousevan valoa kohti.
Sivvingin tytär Lena ja Maj-Lis huutavat häntä. "Rebecka!" Hän ei vastaa. Hän haluaa että he etsivät häntä ikuisesti. Kun huutelu lopulta taukoaa, hän on vihainen ja pettynyt.

Vielä yksi kerta: hän on joenrannassa leikkimässä. Hän vasaroi ja nikkaroi laiturilla, hän rakentaa lauttaa. Sillä hän aikoo purjehtia Tornionjokea pitkin. Hän tietää joen laskevan Itämereen. Hän purjehtii lautalla Suomen rannikkoa pitkin Ahvenanmaalle. Siellä hän nousee maihin ja liftaa äidin kaupunkiin, äidin uuden miehen hienoon taloon. Hän soittaa ovikelloa. Ukko tulee avaamaan eikä tajua mitään. "Missä äiti on?" Rebecka kysyy. "Kävelyllä", mies vastaa. Rebecka juoksee. Nyt on kiire. Viime sekunnilla Rebecka tarttuu äitiin, joka on astumassa kadulle. Kuorma-auto ajaa ohi, se melkein hipaisee heitä. Pelastettu! Rebecka on pelastanut äidin. "Olisin voinut kuolla", äiti sanoo. "Reipas tyttö!"

– En muista että olisin ollut surullinen, Rebecka sanoi Alf Björnfotille. – Minähän elin täällä isoäidin kanssa. Elämässäni on kuitenkin ollut monta hyvää aikuista. Taisin jopa käyttää sitä hyväkseni. Kun huomasin että aikuiset säälivät minua, kerjäsin vähän ylimääräistä huomiota.

Alf Björnfot näytti epäilevältä.

– Tyttö pieni, hän sanoi. – Heillä oli syytäkin sääliä sinua. Ja sinä ansaitsit vähän ylimääräistä huomiota.

– Mitä sinä puhut, Sivving sanoi. – Et sinä käyttänyt sitä hyväksesi. Äläkä ajattele sitä nyt. Siitähän on niin pitkä aika.

Ester Kallis istui huoneensa lattialla Reglan ullakolla käsivarret polvien ympärillä ja keräsi rohkeutta.

Hänen oli tarkoitus hakea alakerran keittiöstä kattilallinen makaronia.

Mutta se oli hankalaa. Talo kuhisi ihmisiä. Siellä oli pitopalvelun väkeä ja kokki valmistamassa ruokaa. Pihalla seisoi miehiä radiopuhelimineen ja aseineen. Ester oli kuullut turvallisuuspäällikkö Mikael Wiikin puhuvan hetki sitten heidän kanssaan Esterin puoliavoimen ikkunan alla.

– Haluan aseistetut vartijat portille sitten kun he tulevat. Se tuskin on tarpeen, mutta vieraiden on voitava tuntea olonsa turvalliseksi. Tuliko selväksi? He joutuvat usein matkustamaan levottomilla alueilla, mutta he ovat tottuneet siihen että heillä on turvamiehiä ympärillä myös kotona Saksassa, Belgiassa ja Yhdysvalloissa. Hajaannutaan sopivasti sitten kun vieraat ovat tulleet.

Esterin oli pakko käydä hakemassa alakerrasta makaronikattila. Siinä ei ollut mitään miettimistä.

Hän laskeutui ullakon portaat, ohitti Maurin makuuhuoneen oven ja jatkoi sitten matkaansa alas leveitä tammiportaita pitkin halliin.

Hän kulki hallin leveän persialaisen maton poikki, ohi raskaan 1700-luvun peilin katsomatta omaa kuvaansa ja meni keittiöön.

Ebba Kallis neuvotteli siellä viineistä pitopalvelun kokin kanssa ja antoi samalla ohjeita tarjoiluhenkilökunnalle. Ulrika Wattrang oli marmorisen työpöydän ääressä järjestämässä kukkia valtaviin maljakoihin. Molemmat naiset olivat kuin suoraan muotilehdistä yksinkertaisesti leikatuissa iltapuvuissaan, joiden suojana heillä oli esiliinat.

Ebba seisoi selin Esteriin. Ulrika näki Esterin Ebban olan yli ja kohautti Ebballe merkiksi pari kertaa kulmiaan. Ebba kääntyi.

– Ai hei, Ester, hän sanoi ystävällisellä äänellä, jota säesti äärimmäisen vaivautunut hymy. – En ole kattanut sinulle, ajattelin että et kuitenkaan haluaisi olla mukana, siellä puhutaan vain liikeasioita... erittäin tylsää. Minut ja Ulrika on komennettu palvelukseen.

Ulrika muljautteli silmiään näyttääkseen Esterille, miten rasittavaa oli joutua olemaan paikalla.

– Ajattelin vain hakea makaronini, Ester sanoi hiljaa, pää painuksissa.

Jalkapohjia pisteli. Hän ei voinut katsoa Ulrikaa.

– Voi, totta kai saat jotakin syötävää, Ebba huudahti. – Me lähetämme sinulle ruuan yläkertaan tarjottimella.

– Kuulostaa hyvältä, Ulrika sanoi, – ettekö voisi lähettää minullekin? Saisin sitten vain loikoa, katsoa elokuvaa ja syödä hyvin.

He nauroivat aavistuksen noloina.

– Minä otan vain makaronini, Ester sanoi itsepintaisesti.

Hän avasi jääkaapin oven ja otti ulos ison kattilallisen kylmiä, keitettyjä makaroneja. Paljon hiilihydraatteja.

Sitten Esterin oli pakko katsoa Ulrikaa. Ulrika seisoi siinä kun Ester sulki jääkaapin oven ja kääntyi. Ulrika oli valkoinen kuin lakana. Keskellä kasvoja oli punainen reikä.

Ääni. Ebban tai Ulrikan.

– Onko kaikki hyvin?

Kyllä vain, kaikki oli hyvin. Hänen täytyi vain päästä takaisin huoneeseensa ullakolle.

Ester kapusi portaat ylös ja meni sängylle istumaan. Hän söi makaroneja käsin suoraan kattilasta, oli unohtanut ottaa haarukan. Kun hän sulki silmänsä, hän näki Diddin nukkuvan sikeästi Wattrangin pariskunnan sängyssä vaatteet päällä. Ulrika oli riisunut Diddiltä vain kengät. Ester näki turvallisuuspäällikkö Mikael Wiikin sijoittavan miehiään alueelle. Wiik ei odottanut ongelmia mutta halusi, että vieraat näkisivät vartioinnin ja tuntisivat olonsa turvalliseksi. Ester näki Maurin käyskentelevän edestakaisin työhuoneessa hermostuneena ennen päivällisen alkua. Ester näki että susi oli laskeutunut puusta.

Hän avasi silmänsä ja tarkasteli Tornionjärveä esittävää öljymaalaustaan.

Minä jätin äidin, hän ajatteli. Lähdin Tukholmaan.

Ester matkustaa Tukholmaan junalla. Täti on asemalla vastassa ja näyttää kiiltokuvalta tai filmitähdeltä. Tädin mustat suorat saamelaishiukset on kiharrettu ja spreijattu Rita Hayworthin kampaukseksi, hänen huulensa ovat punaiset. Hame on kapea ja parfyymi imelä ja raskas.

Ester on menossa taidekoulun haastatteluun. Hänellä on anorakki ja lenkkitossut.

Idun Lovénin taidekoulussa on nähty hänen pääsykoetyönsä. Hän on taitava mutta oikeastaan aivan liian nuori. Sen vuoksi johtokunta haluaa tavata hänet.

– Muista sitten puhua, täti kehottaa. – Älä istu tuppisuuna. Vastaa ainakin kun sinulta kysytään. Lupaathan sen!

Ester lupaa turtuneen mielentilansa uumenista. Hänen ympärillään on niin paljon: metro ulvahtaa ja kirskuu saapuessaan asemalle, joka puolella on tekstejä, mainoksia. Hän yrittää lukea mitä niissä sanotaan mutta ei ehdi, tädin korot kopisevat kun he raivaavat tietään ihmisjoukon läpi, eikä Ester näe mitään.

Häntä haastattelee kolme miestä ja kaksi naista. He ovat kaikki keski-ikäisiä. Täti joutuu odottamaan ulkopuolella käytävässä. Ester pyydetään neuvotteluhuoneeseen. Seinillä riippuu isoja maalauksia. Esterin pääsykoetyöt ovat nojallaan seinää vasten.

– Me haluaisimme jutella kanssasi kuvistasi, yksi naisista sanoo ystävällisesti.

Nainen on koulun rehtori. He ovat kätelleet ja kertoneet, keitä he ovat ja mitkä heidän nimensä ovat, mutta Ester ei muista. Hän muistaa vain sen että nyt äänessä oleva nainen on rehtori.

Mukana on vain yksi ainoa öljymaalaus. Se on nimeltään "Juhannusaatto" ja se esittää Tornionjärveä ja perhettä, joka on rannalla nousemassa veneeseen. Keskiyön aurinko ja iniseviä hyttysparvia. Poika ja isä ovat jo veneessä. Äiti vetää tyttöä joka haluaa jäädä rannalle. Tyttö itkee. Hänen kasvoillaan näkyy lentävän linnun varjo. Taustalla on tunturi, sen rinteillä on lumilaikkuja. Ester on tehnyt vedestä mustan. Hän on liioitellut veden välkettä, ja nyt siitä saa sen käsityksen että järvi on lähempänä katsojaa kuin perhettä. Muuten perhe on sommiteltu etualalle. Vesi näyttää uhkaavalta ja suurelta, ja pinnan alla on valkoinen aavistus. Mutta se voi myös olla pilven peilikuva.

– Et ole kovin tottunut maalaamaan öljyväreillä, yksi miehistä sanoo.

Ester pudistaa päätään. Sehän on totta.

– Kuva on mielenkiintoinen, rehtori sanoo ystävällisesti.
– Miksi tyttö ei halua nousta veneeseen?

Ester viivyttelee vastausta.

– Pelkääkö hän vettä?

Ester nyökkää. Miksi hän kertoisi? Silloin kaikki menisi pilalle. Veteen heijastuva valkoinen varjo on vetehishevonen, joka on herännyt juhannusyönä. Pienenä Ester luki koulun kirjastossa vetehishevosesta. Maalauksessa se ui veden alla ja vaanii saaliikseen veteen pudonneita lapsia. Sitten se sieppaa lapset pohjaan ja syö ne. Tyttö tietää olevansa seuraava uhri. Linnunvarjo hänen kasvoillaan on kuukkeli, guovsat, epäonnenlintu. Vanhemmat näkevät vain taivaalla olevan pilven. Poika on saanut luvan ohjata, hän haluaa vesille.

He ottavat esiin muita kuvia. Siinä on Nasti hamsterinhäkissään. Siinä on lyijykynäpiirroksia Rensjönin kodista, sekä sisältä että ulkoa.

Ja he kyselevät niitä näitä. Hän ei tiedä mitä he haluavat kuulla. Ja mitä hän osaisi sanoa? Heillähän on kuvat nenänsä edessä, sen kuin katsovat vain. Hän välttelee selittämistä, vastailee siksi yksitavuisesti ja hidastellen.

Täti ja äiti keskustelevat keskenään hänen päänsä sisällä.

Äiti: Tietenkään töistä ei haluta puhua. Eihän niistä tiedä oikein itsekään mistä ne ovat peräisin. Ehkä sitä ei halua edes tietää.

Täti: Kuule, joskus on pakko tarjota itseään, jos haluaa päästä eteenpäin. Sano jotakin Ester, sinähän haluat päästä kouluun. Muuten he luulevat että olet jotenkin jälkeenjäänyt.

He kaikki katsovat kakkaavia koiria. Kuraattori Gunilla Petrini oli valinnut kuvat, jotka Ester lähetti kouluun. Ja hän piti koirista.

Yhdessä kuvassa Musta potkii ylimielisesti takatassuillaan lunta ulosteensa päälle.

Toisessa on naapurin pointteri Herkules. Se on jäykkä ja melko sotilaallinen metsästyskoira, leveärintainen ja käyräkuonoinen. Mutta kakkaamista varten sen piti jostakin syystä aina etsiä pieni männyntaimi. Sen oli pakko kakata peräaukko puuta vasten. Ester on itse tyytyväinen siihen, miten hän on saanut kuvattua koiran nautinnollisen ilmeen, kun se ponnistaa seisoen selkä köyryssä pikkumännyn yllä.

Ja sitten kuva, jonka hän on kerran piirtänyt Kiirunassa. Siinä nainen vetää pekingeesiään talutushihnassa. Naisesta on kuvattu vain pohkeet takaapäin, ne ovat aika paksut, ja jalassa hänellä on korkeakorkoiset avokkaat. Pekingeesi on kyykistynyt istuma-asentoon. Mutta näyttää siltä että emäntä on kyllästynyt odottamaan ja kiskoo koiraa eteenpäin. Koirakin on kuvattu takaapäin, edelleen kakkaamisasentoon kyyristyneenä, takatassut raastavat maahan jälkiä.

Nyt he kysyvät Esteriltä jotakin. Pään sisällä täti tönäisee häntä kärsimättömästi.

Mutta Ester nipistää suunsa kiinni. Mitä hän sanoisi? Että hän on kiinnostunut kakasta?

Täti haluaa tietää miten kävi. Mistä Ester voisi sen tietää? Hän ei pidä kaikesta siitä puhumisesta. Mutta hän yritti. Niin kuin niistä Nastin kuvistakin. Kyllä hän tajuaa että he yrittävät löytää niistä jonkin syvällisen merkityksen: Nastin vankeuden, sen pienen kuolleen ruumiin. Isän sanat tulvahtivat hänestä: Ne ovat niin herkkiä, hän sanoi. Ne pärjäävät tunturissa, mutta kun ne altistuvat esimerkiksi ihmisten vilustumisbasilleille... Silloin he kaikki katsoivat häntä tutkivasti.

Nyt Ester tuntee itsensä idiootiksi. Omasta mielestään hän on puhunut liikaa. Heidän mielestään hän on sanonut tuskin sanaakaan, sen hän käsittää.

Hänestä tuntuu että se meni päin helvettiä. Hän ei ikinä pääse sinne.

Ester Kallis pani tyhjän kattilan sängyn viereen. Nyt ei auttanut muu kuin odottaa. Tosin hän oli epävarma siitä mitä odotti.

Aika näyttää, hän ajatteli. Se on kuin kaatuisi. Se käy itsestään.

Hän ei saanut sytyttää huoneeseensa lamppua, ei paljastaa itseään.

Alakerrassa heillä oli menossa päivälliset. He olivat kuin laiduntava porotokka, tietämätön siitä että susilauma lähestyy ja tukkii pakotiet.

Ulkona oli sysipimeä yö, ei kuutamoa. Oli yhdentekevää oliko hänellä silmät kiinni vai auki. Vain ulkovalo loi kajoaan Esterin huoneeseen.

Kuolleet lähestyivät. Vai lähestyikö hän kuolleita? Ester tunsi useita äidin puolen sukulaisia, joita hän ei ollut koskaan tavannut.

Innakin tuli, ei niin kaukaa kuin olisi luullut. Ehkä Inna hätäili veljensä puolesta. Mutta sille ei mahtanut mitään. Esterillä oli oma veljensä jota ajatella.

Ei ollut kovin pitkä aika siitä kun Inna oli käynyt täällä Esterin huoneessa. Kasvojen turvotus oli alkanut laskea. Mustelmien väri oli muuttumassa sinipunaisesta vihreänkeltaiseksi.

– Etkö ottaisi palettia esiin ja maalaisi minua? Inna oli kysynyt. – Nyt kun olen näin kirjava.

Inna oli muuttunut. Hän oli pysytellyt viime aikoina viikonloppuisin kotosalla, eikä hän muutenkaan ollut yhtä iloinen kuin ennen. Joskus hän oli käynyt jututtamassa Esteriä.

– En tiedä, hän oli sanonut. – Olen vain niin väsynyt kaikkeen. Väsynyt ja alakuloinen.

Ester oli pitänyt hänestä sellaisena, alakuloisena.

Miksi pitäisi aina olla iloinen? Ester olisi halunnut kysyä Innalta.

Nämä ihmiset olivat iloisia ja hilpeitä, heillä oli paljon tuttuja. Se oli kaikkein tärkeintä.

Mutta silti Inna asetti sen vaatimuksen vain itselleen, ei Esterille.

Siinä mielessä Inna oli samanlainen kuin äiti.

He antavat minun olla sellainen kuin olen, Ester ajatteli. Äiti lupasi opettajalle, että käskisi minua yrittämään parhaani ja opettelemaan matikkaa ja kirjoittamista. "Ester on niin hiljainen", opettajat sanoivat. "Hänellä ei ole kavereita."

Niin kuin se olisi sairaus.

Mutta äiti antoi minun olla. Hän antoi minun piirtää. Hän ei ikinä kysynyt oliko minulla kaveria, jonka voisin tuoda kotiin. Oli luonnollista olla yksin.

Taidekoulussa oli toisin. Siellä piti teeskennellä, ettei ollut yksin. Muuten toiset olisivat olleet vaivautuneita ja tunteneet syyllisyyttä.

Ester aloittaa Idun Lovénin taidekoulussa Tukholmassa. Gunilla Petrinillä on tuttu, jonka Jungfrugatanilla Östermalmilla sijaitsevaa asuntoa remontoidaan. Omistajat viettävät siksi talven Bretagnessa. Pikku Ester saa asua yhdessä huoneessa, se sopii hyvin. Remonttimiehet saapuvat varhain aamuisin, ja kun Ester tulee koulusta kotiin, he ovat lähteneet.

Ester on tottunut yksinäisyyteen. Hänellä ei ollut koulussa ystäviä. Koko viisitoistavuotisen elämänsä hän on elänyt syrjässä, istunut ulkoilupäivinäkin yksikseen ja syönyt eväsleipiään. Hän lakkasi jo varhain toivomasta, että joku tulisi istumaan hänen viereensä bussissa.

Tietenkin se on hänen oma vikansa. Hän on tottumaton lähestymään muita. Lisäksi hän on varma siitä, että hänet torjuttaisiin, jos hän yrittäisi. Ester istuu välitunnit itsekseen, ei pyri juttusille kenenkään kanssa. Taidekoulun muut oppilaat vaistoavat ikäeron ja selittelevät, että Esterillä on varmasti samanikäisiä kavereita, joiden kanssa hän on tekemisissä vapaa-aikanaan. Ester herää yksin. Hän pukeutuu ja syö aamiaisensa yksin. Lähtiessään kouluun hän törmää joskus remonttimiehiin. He nyökkäävät tai tervehtivät, mutta muuten heillä ei ole mitään sanottavaa toisilleen.

Ulkopuolisuuden tunne ei erityisemmin vaivaa Esteriä koulussa. Hän maalaa mallia kontrapostona ja oppii vanhempien kurssitoverien katselemisesta. Kun toiset lähtevät kahville, hän jää usein ateljeehen katselemaan muiden töitä. Hän yrittää keksiä miten jonkun viiva on niin kevyt, miten joku toinen on löytänyt värit.

Kun hänellä on vapaata mallin maalaamisesta, hän käy kävelyllä. Tukholmassa on helppo olla yksin. Kukaan ei näe hänestä, että hän on ulkopuolinen, toisin Kiirunassa, siellä kaikki tuntevat toisensa. Täällä ihmiset rientävät kuka minnekin. On vapauttavaa olla yksi muiden joukossa.

Östermalmilla on vanhoja hattupäisiä tätejä. He ovat vieläkin hauskempia kuin koirat. Lauantaiaamupäivisin Ester kulkee usein tätien perässä luonnoslehtiöineen. Hän piirtää heidät nopeina vetoina, heidän paksuihin nailonsukkiin ja hienoihin takkeihin verhotut hauraat vartalonsa. Pimeän tultua he kaikkoavat kaduilta kuin pelokkaat kaniinit.

Ester menee kotiin ja syö päivälliseksi viiliä ja voileipää. Sitten hän lähtee uudestaan ulos. Syysillat ovat vielä lämpimiä ja mustia kuin sametti. Hän kulkee kaupungin siltojen yli.

Eräänä iltana hän seisoo Västerbronilla ja katsoo sillan alapuolella olevaa asuntovaunuparkkia. Viikon ajan hän palaa katsomaan siellä asuvaa perhettä. Isä istuu telttatuolissa tupakalla.

Asuntovaunujen väliin perheet ovat ripustaneet pyykkiä. Lapset potkivat palloa. He huutelevat toisilleen vieraalla kielellä.

Ester huomaa kaipaavansa heidän luokseen, vaikka ei edes tunne perhettä. Hän voisi hoitaa lapsia, viikata pyykkiä ja kulkea heidän mukanaan Euroopan halki.

Hän yrittää soittaa kotiin, mutta juttu ei oikein luista. Antte kysyy millaista Tukholmassa on. Ester kuulee Antten äänestä, että hänestä on tullut jo Anttelle vieras. Ester haluaisi kertoa Anttelle, että Tukholmassa ei ole yhtään hassumpaa, että syksy on kaunis, lehtipuut ovat kuin ystävällisiä jättiläisiä kirkkaansinistä taivasta vasten. Niiden keltaiset lehdet, suuria kuin Esterin käsi, ajelehtivat kahisevina kasoina kaduilla. Asunnon lähellä on pieni kukkakioski, jota voi pysähtyä katsomaan. Mutta hän tietää, että Antte ei halua kuulla sitä.

Äidillä tuntuu olevan koko ajan kiire. Ester ei keksi mistä puhuisi, niin ettei koko ajan tuntuisi siltä, että äidin tekee mieli katkaista puhelu.

Sitten tulee talvi. Tukholmassa tuulee ja sataa vettä. Tätejä ei enää juuri näy. Ester maalaa sarjan maisemia, tuntureita ja kallioita, eri vuodenaikoja ja valoja. Kuraattori Gunilla Petrini vie muutaman niistä kotiinsa ja näyttää niitä ystävilleen.

– Ne ovat hyvin synkkiä, yksi seurueen jäsenistä sanoo.

– Hänen piirustuksensa ovat erilaisia. Mutta hän ei kaihda synkkyyttä. Hän on sisäistänyt hyvin sen miten pieni ihminen on verrattuna maailmaan ja luontoon, eikö totta? Hän on sellainen myös ihmisenä.

Hän näyttää joitakin piirustuksia. He panevat merkille miten harjaantunut piirtäjä Ester on. Kuinka monella taiteilijalla enää nykyään on sitä taitoa? Ester on kuin suoraan aikakoneesta. He ovat näkevinään Gustaf Fjæstadin veden heijastuksia, Bror Lindhin talvimetsiä. Ja sitten he palaavat taas Esterin luontomaalausten synkkyyteen.

– Hänellä ei ole vaikeuksia olla yksin, Gunilla Petrinin mies sanoo.

He kertovat hänen taustastaan, hänen psyykkisesti sairaasta äidistään, joka sai lapsen toisen, intialaisen potilaan kanssa. He kertovat pienestä intialaisen näköisestä tytöstä, joka on varttunut saamelaisessa perheessä.

Eräs iäkäs mies seurueesta tutkailee tauluja, siirtelee lukulasejaan edestakaisin nenällään. Hän omistaa Söderissä gallerian ja on tunnettu siitä, että hän ostaa nopeasti taiteilijoita ennen kuin heistä tulee suuria. Hän omistaa useita Ola Billgrenejä ja osti Karin Mamma Anderssonia jo varhain. Hänellä on kotinsa seinällä mielettömän iso Gerhard Richter. Gunilla Petrinillä oli taka-ajatus kutsua galleristi tänään kylään. Hän täyttää miehen lasin.

– Tämä vuoren viiva on mielenkiintoinen, mies sanoo. – Maisemassa on aina aukko, halkeama tai laakso tai repeämä. Näettekö? Tässä. Ja tässä.

– Niiden takana on toinen maailma, joku sanoo.

– Narnia ehkä, joku yrittää pilailla.

Niin sovitaan että Ester saa galleriaan oman näyttelyn. Gunilla Petrinin tekee mieli hyppiä ilosta. Huomio on taattu kun ajattelee Esterin ikää, Esterin taustaa.

Rebecka vei Alf Björnfotin takaisin kaupunkiin tämän kämpälle Köpmangatanille. Ei ollut mitään järkeä mennä nukkumaan, Alf Björnfot ei ollut tarpeeksi väsynyt nukahtaakseen. Sitä paitsi hän oli liian tohkeissaan saadakseen unta. Rebecka Martinssonin naapurin luona käynti oli ollut mukava. Hän tunsi sielunveljeyttä Sivving Fjällborgiin, joka oli päättänyt muuttaa pannuhuoneeseen asumaan.

Sen vuoksi hän viihtyi niin hyvin täällä kämpällään Kiirunassa, täällä oli vain kaikki tarpeellinen eikä mitään muuta. Se oli hermolepoa. Kotona Luulajassa oli toisin.

Sukset nojasivat eteisen seinää vasten. Hän voisi yhtä hyvin panna ne kuntoon, jotta voisi lähteä huomenna hiihtämään. Hän nosti ne kahden tuolinselän varaan pohjat ylöspäin, levitti pitopintoihin vessapaperia ja kaatoi päälle pitovoidetta, odotti kolme minuuttia ja pyyhki sen sitten pois.

Hän ehti voidella sukset, lajitella sohvalta pinon pyykkiä ja tiskata ennen kun puhelin soi.

Siellä oli Rebecka Martinsson.

– Minä olen katsonut Kallis Miningin viime kuukausien myyntiä, Rebecka sanoi.

– Oletko sinä töissä? Alf Björnfot kysyi. – Eikö sinulla ollut kotona kissanpoika hoidettavana?

Rebecka ei ollut kuulevinaankaan hänen kysymystään vaan jatkoi:

– Yhtiö on myynyt lyhyessä ajassa aika tavalla eri puolilla maailmaa olevien hankkeiden vähemmistöosakkeita. Coloradossa syyttäjäviranomaiset ovat käynnistäneet esitutkinnan erästä Kallis Miningin tytäryhtiötä vastaan koskien törkeää sisäpiiririkosta.

Tytäryhtiö on ostanut viidellä miljoonalla dollarilla pitkäaikaislainoja. Syyttäjäviranomaisten mielestä kyse on tekaistusta laskusta, eikä maksua ole pystytty jäljittämään väitetylle myyjälle Indonesiaan, vaan se on mennyt erääseen pankkiin Andorraan.

– Niin? Alf Björnfot sanoi.

Hänestä tuntui että Rebecka odotti häneltä jonkinlaista yhteenvetoa äskeisestä, mutta hänellä ei ollut hajuakaan siitä mikä se voisi olla.

– Vaikuttaa siltä että Kallis Miningilla on tarve irrottaa nopeasti rahaa. Mutta he eivät halua herättää huomiota vapauttaessaan pääomaa. Sen vuoksi he myyvät pieniä osakemääriä eri puolilla maailmaa. Ja he tuntuvat tyhjentäneen sen Coloradon yhtiön rahoista. Sen vuoksi rahat siirretään pankkiin Andorraan. Andorrassa on hyvin tiukka pankkisalaisuus. Niinpä minua ihmetyttääkin miksi Kallis Miningin on irrotettava rahaa. Ja miksi rahat talletetaan Andorraan?

– Niin miksi?

– Viime kesänä eräs miliisiryhmä tappoi kolme insinööriä, kun he olivat lähtemässä Kallis Miningin kaivokselta Pohjois-Ugandasta. Pian tämän jälkeen Kallis Mining lakkautti toimintansa siellä, koska alueella oli liian levotonta. Sittemmin tilanne vain paheni, ja kaivos joutui keskenään taistelevien ryhmien käsiin. Sama koskee kaikkia muitakin maan pohjoisosien kaivoksia. Tammikuussa tilanne vakiintui jonkin verran. Kenraali Kadaga hallitsee useimpia pohjoisen kaivosalueita, ja Joseph Cony ja LRA ovat peräytyneet Sudanin eteläosiin. Muut ryhmät ovat vetäytyneet takaisin Kongoon ja jatkavat keskinäisiä taistelujaan siellä.

Alf Björnfot kuuli Rebeckan selaavan papereitaan.

– Ja nyt, Rebecka sanoi, – tulee mielenkiintoinen juttu. Presidentin ja kenraali Kadagan välillä on jo pitkään ollut ristiriitoja. Vuosi sitten Kadaga erotettiin armeijasta. Hän on pysytellyt poissa Kampalasta pelätessään, että presidentti vangituttaa hänet ja asettaa hänet oikeuteen jostakin tekaistusta rikoksesta. Presidentti haluaa päästä hänestä eroon. Kadaga on yrittänyt pärjätä hupenevan sotilasjoukkonsa avulla. Mutta nyt hänen yksityisarmeijansa on kasvanut, ja he ovat jopa onnistuneet valtaamaan isoja alueita pohjoisesta. *New Visionissa* raportoidaan että presidentti Museveni syyttää erästä hollantilaista liikemiestä Kadagan taloudellisesta tukemisesta. Liikemies on nimeltään Gerhart Sneyers, ja hän omistaa yhden niistä Ugandan kaivoksista, joiden on ollut pakko lakkauttaa toimintansa. Sneyers tietenkin torjuu kaikki syytökset. Hän kuittaa ne perusteettomina huhuina.

– Niin? Alf Björnfot sanoi taas.

– Epäilen että Mauri Kallis ja Gerhart Sneyers sekä ehkä muutkin ulkomaiset liikemiehet tukevat Kadagaa. Monet ovat menettämässä sijoituskohteensa alueella. Siksi he vapauttavat pääomaa niin vaivihkaa kuin suinkin voivat. He rahoittavat Kadagan sodankäyntiä vastineeksi siitä, että hän lupaa jättää heidän kaivoksensa rauhaan. Ehkä he toivovat voivansa käynnistää toiminnan uudestaan, jos tilanne vakiintuu. Ja jos Andorrassa sijaitseva pankki maksaa rahaa sotaherroille, pankkisalaisuus suojelee maksajan henkilöllisyyttä.

– Voiko tämän todistaa?

– En tiedä.

– No, toistaiseksi meillä on epäilyksemme Diddi Wattrangin sisäpiiririkoksesta. Aloitetaan siitä, Alf Björnfot päätti.

MAURI KALLIKSEN PÄIVÄLLISVIERAAT saapuivat perjantai-iltana heti kahdeksan jälkeen. Tummalasisia autoja lipui pitkin lehmuskujaa kohti säteriä. Turvallisuuspäällikkö Mikael Wiikin miehet olivat vieraita vastassa porteilla.

Mauri Kallis otti vieraat vastaan vaimonsa Ebban ja Ulrika Wattrangin kanssa. Tulijoita olivat kaivoksen ja öljy-yhtiön omistaja, African Mining Trustin puheenjohtaja Gerhart Sneyers, Gems and Minerals Ltd:n toimitusjohtaja Heinrich Koch, Paul Lasker ja Viktor Innitzer, molemmat Pohjois-Ugandassa sijaitsevien kaivosten omistajia, sekä entinen kenraali Helmuth Stieff. Gerhart Sneyers oli kuullut Inna Wattrangista ja esitti surunvalittelunsa.

– Hullun tekosia, Mauri Kallis sanoi. – Se tuntuu vieläkin epätodelliselta. Inna oli lojaali työntekijä ja perheen hyvä ystävä.

Kättelyn lomassa Mauri kysäisi Ulrikalta:

– Tuleeko Diddi päivälliselle?

– En tiedä, Ulrika vastasi ja antoi Viktor Innitzerille drinkin. – En todellakaan tiedä.

Minä en ole narkkari. Tätä Diddi Wattrang oli hokenut itsekseen yhä useammin viimeisen puolen vuoden aikana. Narkkarit piikittävät itseään eikä hän ollut narkkari.

Maanantaina Mikael Wiik oli jättänyt hänet kyydistä Stureplanilla. Hän oli jäänyt Tukholmaan riekkumaan, ja pörrääminen oli kestänyt maanantaista perjantain vastaiseen yöhön, jolloin hän tuli taksilla kotiin. Nyt hän oli herännyt pimeässä tukka hiestä märkänä. Vasta kun hän onnistui sytyttämään yöpöydän lampun, hän ymmärsi olevansa kotona Reglassa. Menneet päivät ja yöt muistuivat mieleen vain katkelmina. Ne olivat sekavia välähdyksiä: baarissa naurava tyttö, tyypit joiden kanssa hän alkoi jutella ja lähti bileisiin. Hänen omat kasvonsa vessan peilissä, Inna hänen päänsä sisällä juuri silloin kun hän kastelee palan vessapaperia, kaataa sille amfetamiinia, rutistaa paperin palloksi ja nielaisee. Tanssilattia höyryää varastorakennuksessa. Sadat kädet heiluvat ilmassa. Hän herää olohuoneen lattialta yhtiön kämpältä Tukholmassa. Sohvalla istuu neljä henkilöä. Hän ei ole ikinä ennen nähnyt heitä. Hän ei tiedä keitä he ovat.

Sitten hän on varmaankin tilannut taksin. Hän on muistelevinaan että Ulrika auttoi hänet taksista, että Ulrika itki. Mutta saattoihan se yhtä hyvin olla jokin toinen kerta.

Hän ei ollut narkkari, toisin kuin olisi voinut luulla, jos joku olisi nähnyt hänen penkovan lääkekaappia. Hän paiskoi lattialle kipulääkkeitä ja laastaria ja kuumemittareita ja nenätippoja ja tuhansia muita tavaroita etsiessään bentsoja. Hän tonki laatikkonsa ja etsi lipaston takaa kellarista, mutta tällä kertaa Ulrika oli onnistunut löytämään kaiken.

Jotakin oli pakko saada. Bentsojen puutteessa kelpasi kolakin, kolan puutteessa pilvi. Hän ei ollut koskaan perustanut hallusinogeeneista, mutta nyt maistuisi ruoho tai esso. Kunpa olisi edes jotakin pysäyttämään tämän mustan, mikä kiemurteli ja vääntelehti hänen sisällään.

Keittiön jääkaapista hän löysi pullon yskänlääkettä. Hän hörppäsi siitä syviä kulauksia. Sitten joku seisoi hänen takanaan. Lapsenvahti.

– Missä Ulrika on? Diddi kysyi.

Tyttö vastasi irrottamatta katsettaan lääkepullosta, joka oli Diddin kädessä.

Päivälliset. Herrajumala. Maurin päivälliset.

– Mitä mieltä sinä muuten olet Mauri Kalliksesta? hän kysyi tytöltä.

Kun tyttö ei vastannut, hän sanoi liioitellun selvällä äänellä:

– Sano nyt!

Hän likisti tyttöä olkapäästä kuin puristaakseen vastauksen esiin.

– Päästä irti, tyttö sanoi epätavallisen lujasti. – Päästä irti. Sinä pelotat minua, enkä minä pidä siitä.

– Anteeksi, Diddi sanoi. – Anteeksi, anteeksi. Minä... minä en saa...

Hän ei saanut henkeä. Tuntui kuin kurkunpää olisi kuristunut yhteen, aivan kuin olisi hengittänyt pillin kautta.

Yskänlääkepullo tipahti lattialle ja meni rikki. Diddi tempoi epätoivoissaan solmiotaan.

Lapsenvahti irrottautui hänen otteestaan. Diddi lysähti henkeään haukkoen keittiöntuolille.

Pelottaa? Niinkö lapsenvahti oli sanonut? Tyttö ei tiedä mitään, ei mitään oikeasta pelosta.

Diddi muisteli sitä kun oli kertonut Maurille Quebec Investistä ja siitä, että Sven Israelsson oli paljastanut SGAB:n vuotajan.

– Vuotaja kavaltaa koetulokset etukäteen, Diddi oli sanonut Maurille.

Mauri oli valahtanut kalpeaksi ja raivostunut. Sen huomasi vaikka hän ei sanonutkaan mitään.

Kaikki on henkilökohtaista, Diddi ajatteli. Mauri kehuskeli sen olevan vain bisnestä. Pinnan alla väijyy kuitenkin se alemmuudentunne, jonka vuoksi kaikki on loukkaavaa.

Mauri oli sanonut, että sen he voisivat kääntää hyväkseen. Jos koeporauksista saataisiin positiivisia tuloksia, he voisivat antaa vuotajalle väärää tietoa ja ostaa osakkeita sitten kun Quebec Invest myisi ja niiden arvo laskisi.

Diddi saisi huolehtia siitä, ja Maurin nimi pidettäisiin ulkopuolella.

Mutta se oli idioottivarmaa, Mauri oli sanonut. Kuka siitä lavertelisi? Tuskin ainakaan Quebec Invest.

Diddi oli epäröinyt. Jos se oli niin idioottivarmaa, miksi hän joutui hoitamaan asian Maurin sijasta?

Silloin Mauri oli hymyillyt hänelle.

– Koska sinä olet paljon parempi ylipuhumaan, hän oli sanonut. – Meidän täytyy saada Sven Israelsson puolellemme.

Sitten hän oli maininnut miten isoista rahoista saattoi olla kyse Diddin osalta. Vähintään puolesta miljoonasta, hän arveli. Suoraan taskuun.

Se oli ratkaissut asian. Diddi tarvitsi rahaa.

Kaksi viikkoa myöhemmin Inna oli ottanut hänet puhutteluun. Inna oli silloin viimeistä kertaa Reglassa. He istuivat penkillä paistattamassa päivää Innan talon eteläseinustalla. Kevätaurinko raukaisi heitä.

– Mauriko sen teki? Inna oli kysynyt Diddiltä. – Järjesti sen Quebec Investin jutun?

– Älä sinä työnnä nokkaasi tähän, Diddi oli sanonut.

– Olen juuri tutkimassa hänen puuhiaan, Inna oli jatkanut itsepintaisesti. – Luulen että hän ja Sneyers tukevat Kadagaa. Luulen että he yrittävät syrjäyttää tai murhauttaa Musevenin.

– Minun takiani, Inna, Diddi oli sanonut. – Pysy erossa tästä.

Mauri Kallis kävi vieraineen jaloittelemassa ennen jälkiruokaa. Viktor Innitzer kysyi kenraali Helmuth Stieffiltä mitkä mahdollisuudet Kadagalla oli pitää Pohjois-Ugandan kaivosalueiden tilanne hallinnassa.

– Presidentti ei voi sallia sitä, kenraali vastasi. – Ne ovat maan kannalta tärkeitä luonnonvaroja, ja hän pitää Kadagaa henkilökohtaisena vihollisenaan. Heti kun vaalit ovat ohi, hän lähettää sinne lisää joukkoja. Sama pätee muihinkin sotaherroihin. He ovat peräytyneet vain tilapäisesti.

– Me puolestamme tarvitsemme maahan vakaammat olot, Gerhart Sneyers täydensi, – voidaksemme harjoittaa toimintaa. Tarvitsemme energiantuotantoa, toimivaa infrastruktuuria. Museveni ei päästä meitä sinne uudestaan, olisi naiivia uskoa sitä. Kukaan ei ole voinut harjoittaa siellä toimintaa moneen kuukauteen. Miten kauan te pystytte pitämään sijoittajien puolia ja uskottelemaan heille, että tämä on vain ohimenevää? Että pian kaikki on taas kunnossa? Pohjois-Ugandan ongelmia ei ratkaista odotellessamme. Museveni on hullu. Hän panee poliittiset vastustajansa vankilaan. Jos hän saa kaivokset haltuunsa, älkää uskoko että hän antaa niitä meille takaisin. Hän väittää niitä hylätyiksi, siksi ne palautuvat valtion omistukseen. YK ja Maailmanpankki eivät nosta sormeaankaan.

Heinrich Koch kalpeni. Osakkeenomistajat huohottivat hänen niskaansa ihan niin kuin Maurillakin. Sitä paitsi hän oli sitonut niin paljon omaa pääomaansa Gems and Minerals Ltd:iin, että hän olisi mennyttä kalua, jos he menettäisivät kaivoksen.

Huomenna he keskustelisivat avoimesti vaihtoehdoistaan. Gerhart Sneyers oli nimenomaan painottanut, että he eivät olleet diplomaatteja. He luottivat toisiinsa ja puhuivat avoimesti. He keskustelisivat esimerkiksi siitä kuka ottaisi vallan presidentti Musevenin mahdollisesti kuoltua, sekä siitä mitä mahdollisuuksia tulevissa vaaleissa olisi, jos istuva presidentti ei asettuisi ehdolle.

Mauri tarkasteli Heinrich Kochia, Paul Laskeria ja Viktor Innitzeriä. He seisoivat ringissä Gerhart Sneyersin ympärillä kuin ihailevat koulupojat.

Mauri Kallis ei luottanut Sneyersiin. Oli parasta pitää selusta turvattuna. Varsinkin Koch ja Innitzer istuivat Sneyersin polvella. Siihen Mauri ei aikonut suostua.

Oli ollut oikea päätös kääntyä Mikael Wiikin puoleen, kun toimittaja Örjan Bylundin tapaus paljastui. Mikael Wiik oli osoittautunut sellaiseksi mieheksi kuin Mauri oli toivonutkin pestatessaan hänet.

Silloin kun Diddi tuli hulluksi ja alkoi uhkailla.

Diddi Wattrang ravaa edestakaisin Maurin työhuoneessa. On joulukuun yhdeksäs päivä. Mauri ja Inna ovat juuri tulleet takaisin Kampalasta. Mauri on eri mies kuin se, joka lähti sinne. Hän oli elinkeinoministerin tapaamisen jälkeen raivoissaan, mutta nyt hän on täysin rauhallinen.

Hän istuu kirjoituspöytänsä reunalla ja hymähtelee Diddille.

– Tajuatko sinä, Diddi sanoo. – Se Örjan Bylund on kysellyt Kallis Miningista ja Quebec Investin kaupoista. Nyt minulle kävi kalpaten.

Hän painaa nyrkillä palleaansa, vaikuttaa siltä kuin hänellä olisi kipuja.

Mauri yrittää tyynnytellä häntä.

– Kukaan ei voi todistaa mitään. Quebec Invest ei voi laverrella, koska he ovat yhtä syyllisiä kuin mekin. Heidän lorunsa loppuisi siihen paikkaan, jos tämä paljastuisi. Ja sen he tietävät! Samoin Sven Israelsson, hän on sitä paitsi saanut isännältä ison luun. Rauhoitu nyt äläkä keikuta venettä.

– Älä sinä käske minua rauhoittumaan, Diddi ärähtää.

Mauri kohottaa ihmeissään kulmiaan. Hän ei ole nähnyt Diddin raivokohtausta sen koommin kun Diddi tuli hänen opiskelija-asuntoonsa pyytämään rahaa, silloin kun se espanjalainen nainen oli antanut Diddille kenkää. Voi luoja, siitä on kokonainen ihmisikä.

– Älä luulekaan että aion ottaa syyt niskoilleni, jos tämä juttu paljastuu, Diddi murisee. – Aion osoittaa sinua, siitä saat olla varma.

– Siitä vain, Mauri Kallis sanoo tylysti. – Mutta nyt sinun pitää mennä.

Hän jää hetkeksi miettimään sen jälkeen kun Diddi on paiskannut oven kiinni perässään. Diddi on vähän säikäyttänyt häntä, mutta hän ei aio hätääntyä. Hän tietää toimivansa rationaalisesti ja harkiten.

Kaikkein viimeiseksi hän tarvitsee nyt lehtimiehen, joka nuuskii yhtiön asioita. Jos tapahtumia penkoo jonkin verran taaksepäin, Mauri Kallis löytyy niiden joukosta, jotka ostivat Northern Exploren osakkeita pian Quebec Investin vetäytymisen jälkeen ja myivät ne heti kun raportti kullan löytymisestä oli julkaistu. Jos joku seuraa yhtiön maksuliikennettä ja näkee, että rahaa siirretään erääseen pankkiin Andorraan, hän joutuu pulaan. Ja jos joku saa käsiinsä asetoimittajan, joka vuotaa tietoa siitä, että Kadagan aseet on maksettu Andorrasta…

Puhuessaan seuraavan kerran turvallisuuspäällikkönsä kanssa Mauri Kallis sanoo:

– Minulla on ongelma. Tarvitsisin sitä ratkaisemaan jonkun hienovaraisen miehen, jolla on sinun pätevyytesi.

Mikael Wiik nyökkää. Hän ei sano mitään, nyökkää vain. Seuraavana päivänä hän antaa Maurille puhelinnumeron.

– Ongelmanratkaisija, hän sanoo lyhyesti. – Sano että olet saanut numeron läheiseltä ystävältä.

Lapussa ei ole nimeä, ainoastaan numero. Maatunnus viittaa Hollantiin.

Mauri tuntee olevansa kuin hölmössä elokuvassa soittaessaan seuraavana päivänä numeroon. Puhelimeen vastaa nainen sanomalla "Hello". Mauri kuuntelee jännittyneenä naisen ääntä, ääntämystä, hän kuulostelee taustaääniä. Nainen puhuu hänen mielestään murtaen, lisäksi ääni on käheä. Tupakoiva nelikymppinen nainen Tšekistä?

– Olen saanut numeronne eräältä ystävältä, Mauri sanoo.
– Läheiseltä ystävältä.

– Konsultaatio maksaa kaksituhatta euroa, nainen sanoo.
– Sen jälkeen saatte tarjouksen.

Mauri ei neuvottele hinnasta.

Mikael Wiik antoi turvamiesten syödä vuoroissa. Kokouksen järjestelyissä ei ollut huomautettavaa. Hänen omin käsin valitsemansa ruotsalaispojat arvostivat häntä. He kadehtivat hänen työpaikkaansa, tämä oli unelmahomma. Hän oli huomaavinaan eroa myös Sneyersin kavereiden suhtautumisessa. Se oli aiempaa suurempaa kunnioitusta.

– Nice place, yksi heistä sanoi heilauttaen päätään kuin viitatakseen koko säteriin.

– Parempi kuin ansiomitali Ranskan puolustusministeriltä, toinen sanoi.

He siis tiesivät. Siitä tämä uusi kunnioitus johtui. Se merkitsi myös että Gerhart Sneyers oli perillä asioista, sekä Kalliksesta että tämän läheisistä.

Ja he olivat oikeassa. Oli parempi tehdä töitä Kallikselle kuin valmiusjoukkojen leivissä.

– Siellä taisi olla kovat paikat? Tarvitaan paljon ennen kuin ranskalaiset antavat mitalin ulkomaalaiselle.

– Pomohan sen mitalin sai, Mikael Wiik vähätteli.

Hän ei halunnut puhua siitä. Hänen avovaimonsa herätti hänet joskus yöllä ja ravisteli häntä. "Sinä huudat", avovaimo sanoi. "Herätät koko talon."

Silloin Mikael Wiikin oli pakko nousta. Hän oli hiestä märkä. Muistot kävivät päälle. Ne vaanivat kunnes hän nukkui. Ne eivät olleet haalistuneet ajan myötä, pikemminkin päinvastoin. Äänistä tulee selvempiä, väreistä ja hajuista terävämpiä.

Jotkin äänet olivat tehdä hänet hulluksi. Esimerkiksi kärpäsen surina. Joskus häneltä meni koko aamupäivä kärpästen hätistämiseen avovaimon kesämökiltä. Mieluiten hän halusi viettää kesät kaupungissa.

Kärpäsparvia. He ovat Kongo-Kinshasassa, eräässä kylässä Bunian lähellä. Mikael Wiikin ryhmä on tullut liian myöhään. Kyläläiset makaavat jo tapettuina ja silvottuina talojensa edustalla. Ruumiit ovat ilman vaatteita, lapsilta on puhkaistu vatsat. Kolme syyllisen miliisiryhmän jäsentä nojailee läheisen talon seinään. He eivät ole lähteneet omiensa mukana. He ovat huumeista tokkurassa ja tuskin tajuavat, että heitä puhutellaan. Kuoleman kuvottava haju ja ruumiiden yllä pörisevät kärpäspilvet eivät haittaa heitä.

Mikael Wiikin päällystö yrittää eri kielillä, englanniksi, saksaksi, ranskaksi. "Nouskaa ylös! Keitä te olette?" Miliisit jäävät istumaan talon seinustalle. Heidän silmänsä ovat sameat, ja lopulta yksi heistä tarttuu aseeseensa, joka on lojunut maassa hänen vieressään. Hän on ehkä kaksitoistavuotias. Hän tarttuu aseeseensa, ja silloin he ampuvat hänet siihen paikkaan.

Sitten he ampuvat hänen kaksi toveriaan. He kaivavat ruumiit maahan ja raportoivat, että kaikki miliisit olivat paenneet kun he tulivat paikalle.

Joskus häntä ärsytti ikkunaan hakkaava sade. Pahinta oli silloin, jos alkoi sataa yöllä kun hän nukkui. Hän alkoi nähdä unta sadekaudesta.

Sade ryöppyää viikkotolkulla. Vesi valuu vuorenkylkiä pitkin ja kuljettaa savea mukanaan. Rinteet syöpyvät rikki. Tiet muuttuvat punaisiksi joiksi.

Mikael Wiik ja hänen kollegansa laskevat keskenään leikkiä että kenkiä ei uskalla ottaa jalasta, koska varpaat ehkä jäävät kenkiin. Jokainen hiertymä tulehtuu. Iho möyhentyy hajalle, muuttuu valkoiseksi, irtoaa isoina riekaleina.

GPS ja radiopuhelin lakkaavat toimimasta. Teknisiä varusteita ei ole tehty tällaista sadetta varten, niitä ei voi suojata.

He operoivat Naton ranskalaisen päällystön alaisina, heidän on määrä vartioida erästä tietä, mutta nyt he ovat juuttuneet sillalle. Ja missä helvetissä ranskalaiset ovat? Ryhmässä on vain kymmenen jäsentä ja he odottavat tukea. Ranskalaisten on tarkoitus vartioida tien toista puolta, mutta ei tiedetä keitä siellä nyt on. Aiemmin päivällä nähtiin kolme maastoasuista miestä, jotka katosivat viidakkoon.

Heitä alkaa vaivata epämiellyttävä aavistus, että ympärillä mobilisoituu miliisijoukko.

Mikael Wiik kaivoi esiin tupakka-askin ja tarjosi Sneyersin miehille.

Sillä kertaa seurauksena oli ollut tulitaistelu. Hän ei tiedä kuinka monta tappoi. Hän muistaa vain pelon kun ammukset olivat loppumaisillaan, vanhat jutut siitä mitä ne hullut tekivät vihollisilleen, ne herättivät hänet öisin. Sen kerran jälkeen he olivat saaneet mitalin.

Siitä tuli omituinen tapa elää. Toimeksiantojen välillä he oleskelivat kaupungeissa ja notkuivat baareissa kollegojensa kanssa. He tiesivät juovansa liikaa, mutta ennen heillä ei ollut koskaan ollut näin paljon todellisuutta kestettävänä. Mustat pikkutytöt, lapsia vasta, tarjosivat itseään heille, "mister mister". Heitä sai naida lähes ilmaiseksi. Mutta ensin piti juoda pää täyteen kavereiden kanssa. Niinpä tytöt hätistettiin pois kuin koirat, ja baarimikolle sanottiin, että jos siellä ei saanut olla rauhassa, he lähtisivät muualle. Silloin baarimikko ajoi tytöt ulos.

Kadulla oli aina useita odottamassa. Myös kaatosateessa heitä seisoskeli talojen seinustoilla, sen kuin vain poimi heitä mukaan hotelliin.

Eräässä baarissa hän tapasi majurin, joka oli jäänyt eläkkeelle Saksan Bundeswehristä. Mies oli viisissäkymmenissä ja omisti yhtiön, joka tarjosi turvapalveluja yksityishenkilöille. Mikael Wiik tiesi hänet.

– Kun kyllästyt ryömimään mudassa, majuri oli sanonut ja antanut hänelle käyntikortin, jossa oli pelkkä numero. Ei muuta.

Mikael Wiik oli hymyillyt ja pudistanut päätään.

– Ota se, majuri oli vaatinut. – Tulevaisuudesta ei voi tietää. Kyse on vain lyhyistä yksittäisistä toimeksiannoista. Niistä maksetaan hyvin. Ja ne ovat paljon yksinkertaisempia kuin nämä teidän äskeiset hommanne.

Mikael Wiik oli pannut kortin taskuun, lähinnä saadakseen keskustelun loppumaan.

– Mutta tuskin sentään YK:n sanktioimia? hän oli kysynyt.

Majuri oli naurahtanut kohteliaasti, lähinnä sen merkiksi ettei hän loukkaantunut. Hän oli läimäyttänyt Mikaelia selkään ja poistunut.

Kolme vuotta myöhemmin, sen jälkeen kun Mauri Kallis oli tullut Mikael Wiikin luo ja sanonut että hänellä oli ongelma, joka pitäisi ratkaista lopullisesti, Mikael oli ottanut saksalaiseen majuriin yhteyttä ja sanonut, että eräs hänen ystävänsä tarvitsi heidän palvelujaan. Majuri oli antanut hänelle puhelinnumeron, johon Mauri voisi soittaa.

Mikaelilla oli ollut merkillinen tunne, että se maailma oli edelleen olemassa. Levottomuudet, sotaherrat, huumeet, malaria, tyhjäkatseiset räkänokat olivat jossain kaukana hänestä.

Minä vetäydyin ajoissa, Mikael Wiik ajattelee. Jotkut eivät ikinä pysty elämään toisenlaista elämää. Mutta minulla on avovaimo, oikea nainen jolla on kunnon työpaikka. Ja minulla on asunto ja hyvä työ. Arki ja rauha riittävät minulle.

Ja jos en olisi antanut Kallikselle puhelinnumeroa, hän olisi saanut sen jostakin muualta. Ja mistä minä tiedän, mihin hän sitä käytti? Luultavasti hän ei käyttänyt sitä mihinkään. Hänhän sai sen joulukuun alussa, kauan ennen kuin Inna murhattiin. Ja Inna... se ei ollut voinut olla ammattilaisen työtä. Jälki oli liian likaista.

Mauri Kallis maksaa 50 000 euroa eräälle tilille Nassauhun Bahamalle. Hän ei saa vahvistusta maksun perillemenosta eikä siitä, että toimeksianto on suoritettu toiveiden mukaan. Ei mitään. Hän on sanonut että haluaa Örjan Bylundin tietokoneen kovalevyn tyhjennettäväksi, mutta ei saa tietää miten siinä on käynyt.

Viikon kuluttua rahojen maksamisesta hän lukee NDS:stä pienen uutisen, että toimittaja Örjan Bylund on kuollut, ilmeisesti sairauskohtaukseen.

Se kävi kovin helposti, ja sen jälkeen mentiin eteenpäin, Mauri Kallis ajatteli ja hymyili, kun hänen vaimonsa kilisti maljoja Gerhart Sneyersin kanssa.

Inna oli ollut vaikeampi tapaus. Mauri oli pohtinut vaihtoehtojaan sata kertaa viime viikon aikana. Hän oli aina tullut siihen tulokseen, että vaihtoehtoja ei ollut. Se oli ollut välttämätön askel.

On torstai, maaliskuun kolmastoista päivä. Vuorokauden kuluttua Inna Wattrang on kuollut. Mauri on Diddin kotona. Diddi makaa sängyssään.

Ulrika soitti Maurin ja Ebban ovikelloa. Hän itki eikä hänellä ollut päällystakkia, pelkkä villatakki. Lapsi oli hänellä sylissä vilttiin käärittynä kuin pakolainen.

– Sinun pitää puhua hänen kanssaan. En saa häntä hereille, Ulrika sanoi Maurille.

Maurin ei tehnyt mieli lähteä. Quebec Investin kauppojen ja Örjan Bylundin tapauksen jälkeen he eivät enää ole mielellään olleet tekemisissä keskenään, eivät varsinkaan kahden kesken. Nyt kun he ovat rikoskumppaneita, he käyttävät kaiken taitonsa vältelläkseen toisiaan. Yhteinen syyllisyys ei ole lähentänyt heitä, pikemminkin päinvastoin.

Nyt Mauri seisoo siinä Diddin ja Ulrikan makuuhuoneessa ja tarkastelee nukkuvaa Diddiä. Hän ei yritäkään herättää tätä. Miksi hän yrittäisi? Diddi on käpertynyt sikiöasentoon.

Mauria ärsyttää vimmatusti kun hän näkee Diddin.

Hän katsoo kelloa ja miettii miten kauan hänen täytyy seisoa siinä ennen kuin hän voi mennä takaisin. Miten kauan aikaa häneltä menisi yrittää herättää Diddi? Ei kai kovin kauan?

Ja juuri kun hän kääntyy kannoillaan lähteäkseen, puhelin soi.

Mauri luulee että Ulrika soittaa kysyäkseen kuulumisia, joten hän nostaa kuulokkeen ja vastaa.

Soittaja ei olekaan Ulrika vaan Inna.

– Mitä sinä siellä teet? Inna kysyy.

Mauri ei kuule miten erilaiselta Inna kuulostaa, hän tulee ajatelleeksi sitä vasta myöhemmin. Mauri ilahtuu kuullessaan Innan äänen.

– Hei, Mauri sanoo. – Missä sinä olet?

– Kuka sinä oikein olet? Inna kysyy vieraalla äänellään.

Ja nyt Mauri kuulee sen. Siellä on joku toinen Inna. Ehkä Mauri tietää jo nyt.

– Mitä sinä tarkoitat? Mauri kysyy vaikka ei halua tietää.

– Mitäkö tarkoitan!

Inna hengittää raskaasti kuulokkeeseen, ja sitten se tulee.

– Jokin aika sitten toimittaja Örjan Bylund kyseli miksi Quebec luopui Northern Explore AB:n osakkeista. Hän kyseli vähän muistakin asioista. Hän kuoli vähän sen jälkeen.

– Niin?

– Älä kuule yhtään yritä! Luulin ensin että se oli Diddi, mutta hän ei ole tarpeeksi fiksu. Hän haluaa vain rahaa, ja sen takia häntä on helppo käyttää hyväksi, eikö olekin? Olen tutkinut sinua, Mauri. Se oli yksinkertaisempaa minulle kuin toimittajalle, minähän olen yhtymän palkkalistoilla. Olet pumpannut yhtiöstä rahaa, isoja summia! Osa maksuliikenteen perusteista on pelkkää ilmaa. Rahat katoavat salaiselle tilille Andorraan. Ja tiedätkö mitä? Suunnilleen samaan aikaan kun sinä aloit tyhjentää yhtymää rahoista, kenraali Kadaga rupesi mobilisoimaan joukkojaan. Useita rosvoporukoita liittyi mukaan, koska sieltä lähti leipä. Lojaalisia ollaan vain sille, joka maksaa. Kukaan ei lue Keski-Afrikan ulkopuolella uutisia, että aseita salakuljetetaan rajan yli niille ryhmille. Lentokoneella! Miten niillä on siihen varaa? Ne ovat ottaneet haltuunsa Kilemben kaivosalueenkin. Sinä olet maksanut niille, Mauri. Sinä olet maksanut Kadagalle ja keskenään liittoutuneille sotaherroille, jotta he suojelisivat kaivostasi eivätkä ryöstäisi ja tuhoaisi sitä. Kuka sinä olet?

– En tiedä mistä olet saanut päähäsi...

– Tiedätkö mitä muuta olen tehnyt? Tapasin Gerhart Sneyersin Indian Metal Conferencessa Mumbaissa. Me otimme illalla muutaman drinkin. Kysyin häneltä: "Vai niin, nyt sinä ja Mauri olette taas Ugandan kuvioissa mukana." Tiedätkö mitä hän sanoi?

– En, Mauri vastaa.

Hän on istahtanut sängylle nukkuvan Diddin viereen. Koko tilanne on absurdi.

Tämä ei voi olla totta, jokin huutaa hänen sisimmässään.

– Sneyers ei sanonut mitään! Hän kysyi vain: "Mitä Mauri on sanonut sinulle?" Minä aloin pelätä häntä. Ensimmäistä kertaa hän ei jauhanut sitä samaa, että Museveni oli uusi Mobutu, uusi Mugabe. Hän ei sanonut sanaakaan Ugandasta. Minäpä sanon sinulle mitä olen saanut selville. Olen saanut selville, että sinä ja Sneyers varustatte Kadagaa rahalla ja aseilla. Olen saanut selville, että te suunnittelette Musevenin syrjäyttämistä. Olenko oikeassa? Jos valehtelet minulle, vannon että kerron kaiken tietämäni jollekulle oikein nälkäiselle mediaryhmälle, ottakoot ne sitten totuudesta selvää.

Pelko käy Maurin kimppuun kuin eläin.

Hän nielaisee. Hän vetää henkeä.

– Se on yhtiön omaisuutta, hän sanoo. – Minä turvaan sen. Sinä kun olet juristi, oletko kuullut hätävarjelusta?

– Oletko sinä kuullut lapsisotilaista? Sinä annat niille sekopäisille hulluille rahaa huumeisiin ja aseisiin. Ne ihmiset, jotka suojelevat sinun omaisuuttasi maksua vastaan, sieppaavat lapsia ja tappavat lasten vanhemmat.

– Jos pohjoisen sisällissota ei lopu, Mauri yrittää, – jos levottomuudet vain saavat jatkua, väestön keskuuteen ei ikinä saada rauhaa. Silloin lapsisotilaita tulee sukupolvi toisensa jälkeen. Mutta nyt, juuri nyt on tilaisuus saada se loppumaan. Presidentti ei saa kehitysapua, Maailmanpankki on jäädyttänyt sen. Hän on heikentynyt. Armeijalla on pulaa rahasta. Ja armeija on jakautunut. Musevenin veli ryöstää Kongon kaivoksia. Jos maahan saadaan toisenlainen hallitus, huomispäivän lapsista ehkä tulee maanviljelijöitä. Tai kaivostyöläisiä.

Inna hiljenee hetkeksi. Hän ei enää ole vihainen. Pikemminkin hänen äänensä on hellä. He ovat kuin pariskunta, joka päättää myrskyjen jälkeen lopultakin lähteä omille teilleen. Silloin ajatus kääntyy nykyhetkestä siihen mitä on ollut. Kaikki ei ole ollut huonosti.

– Muistatko pastori Kindun? hän kysyy.

Mauri muistaa. Pastori Kindu työskenteli kaivosyhdyskunnassa Kilemben lähellä. Kun hallitus alkoi häiriköidä, jätehuolto lakkasi toimimasta ensimmäisenä. Sitä sanottiin lakoksi, mutta oikeasti armeija uhkaili jätekuskeja. Vain muutaman viikon jälkeen yhdyskunta peittyi mätänevien jätteiden imelään hajuun. Rottia alkoi olla ongelmaksi asti. Mauri, Diddi ja Inna kävivät paikalla. He eivät käsittäneet, että se oli vasta alkua.

– Sinä ja pastori hommasitte jostakin kuorma-autoja ja kuljetitte jätteet pois kaupungista, Mauri sanoo, hänen äänestään kuultaa surullinen hymy. – Kun tulit takaisin, löyhkäsit hirveältä. Minä ja Diddi panimme sinut talon seinää vasten ja ruiskutimme sinut vesiletkulla puhtaaksi. Lähitalojen naiset naureskelivat meille pihan puolen ikkunasta.

– Pastori Kindu on kuollut. Hänet murhasivat samat miehet, joille sinä maksat. Sitten he sytyttivät hänen ruumiinsa palamaan ja raahasivat sitä auton perässä.

– Niin, mutta sellaista on sattunut siellä koko ajan! Älä ole noin naiivi.

– Voi Mauri, minä todella kunnioitin sinua.

Mauri yrittää. Viimeiseen asti hän yrittää pelastaa Innan.

– Tule kotiin, hän vetoaa. – Tule tänne niin jutellaan.

– Kotiin? Reglaanko? En aio ikinä tulla sinne takaisin. Etkö sinä ymmärrä?

– Mitä aiot tehdä?

– En tiedä. En enää tiedä kuka olet. Toimittaja Örjan Bylund…

– Niin, mutta et kai luule, että minulla on mitään tekemistä sen kanssa?

– Älä valehtele, Inna sanoo väsyneesti. – Minähän sanoin sinulle, ettet valehtelisi.

Mauri kuulee kilahduksen kun Inna laskee kuulokkeen. Se kuulostaa vanhanaikaiselta puhelinautomaatilta. Missä ihmeessä Inna on?

Maurin on pakko ajatella selkeästi. Tässä voi käydä hyvin huonosti. Jos totuus tulee julki…

Hänen mieleensä nousee kuvia. Hänestä tulee persona non grata länsimaissa. Yksikään sijoittaja ei halua olla tekemisissä hänen kanssaan. Pahempia kuvia: tutkimuksia joihin sekaantuu Interpol. Hän itse joutuu kansainvälisen ihmisoikeustuomioistuimen eteen.

Ei kannata katua askelia, jotka on ottanut aiemmin. Kysymys kuuluukin mitä on välttämätöntä tehdä nyt.

Missä Inna oikein on? Puhelinkioskissa?

Kun Mauri ajattelee puhelua, hän muistelee kuulleensa jotakin taustalta...

Koiria! Ulisevien, laulavien, haukkuvien koirien kuoron. Vetokoiria. Koiravaljakon joka on juuri lähdössä.

Ja silloin hän tietää täsmälleen missä Inna on. Inna on lähtenyt yhtiön mökille Abiskoon.

Mauri laskee puhelimen kuulokkeen varovasti paikalleen. Nyt hän ei halua herättää Diddiä. Sitten hän tarttuu taas kuulokkeeseen ja pyyhkii sen lakanankulmaan.

Ester työnsi tyhjän makaronikattilan sängyn alle. Olkoon siellä. Hän pukeutui mustiin vaatteisiin, jotka hänellä oli ollut äidin hautajaisissa, poolopaitaan ja Lindexin housuihin.

Täti olisi halunnut hänen pukeutuvan hameeseen, mutta ei ollut jaksanut hankkia sitä. Ester oli ollut hiljaisempi kuin tavallisesti. Eikä se johtunut yksinomaan surusta. Kiukkuakin siinä oli. Täti oli yrittänyt selittää:

– Äitisi ei halunnut meidän sanovan sinulle mitään. Hän halusi että maalaisit näyttelyä varten etkä hätäilisi hänen puolestaan. Hän kielsi meitä sanomasta mitään.

Niinpä he eivät sanoneet mitään ennen kuin se oli aivan välttämätöntä.

Esterin näyttelyn avajaiset. Siellä on paljon ihmisiä juomassa glögiä ja syömässä piparkakkuja. Ester ei ymmärrä miten he näkevät tauluja tungoksessa, mutta ehkä se ei ole tarkoituskaan. Häntä haastatellaan ja kuvataan kahteen lehteen.

Gunilla Petrini kuljettaa häntä tervehtimässä tärkeitä ihmisiä. Esterillä on mekko ja kummallinen olo. Hän ilahtuu kun täti tulee galleriaan.

– Tämä on uskomatonta, täti kuiskaa häikäistyneenä ja katselee ympärilleen.

Sitten hän irvistää huomattuaan, että glögi on alkoholitonta.

– Oletko puhunut äidin kanssa? Ester kysyy.

Silloin tädin ilme muuttuu. Hänen kasvoiltaan paistaa epäröinti, tai ehkä hän väistää katsetta niin että Ester kysyy:

– Mitä nyt? Mikä hätänä?

Ja hän haluaa että täti vastaisi: ei mikään.

Mutta täti sanoo:

– Meidän pitää jutella.

He vetäytyvät nurkkaan. Galleria on nyt täynnä ihmisiä, jotka suutelevat toisiaan poskille ja kättelevät, katselevat välillä Esterin tauluja. Siellä alkaa olla meluisaa ja lämmintä, ja Ester tajuaa vain katkelmia tädin puheesta.

– Olethan huomannut miten äitisi on alkanut tiputella tavaroita... eikä hän jaksa pidellä pensseliä... antoi sinun maalata pohjustuksen... ei halunnut sinun tietävän, nyt kun sinulla on näyttely ja kaikkea... lihassairaus... lopulta keuhkot... ei voi enää hengittää.

Ester haluaisi kysyä miksi kukaan ei ole sanonut mitään. Näyttely! Miten kukaan voisi luulla, että hän välittää siitä hemmetin näyttelystä?

Äiti kuolee joulupäivänä.

Ester on jättänyt hyvästit. Hän ja täti ovat siivonneet Rensjönin taloa kuin hullut ja käyneet välillä Kiirunan sairaalassa. Ester yrittää löytää äidin sairauden lamauttamista kasvoista eatnážanin. Lihakset ovat lakanneet toimimasta ihon alla.

Äiti pystyy puhumaan, mutta hänen puheensa on epäselvää, ja hän väsyy nopeasti. Hän haluaa tietää miten näyttelyn avajaiset sujuivat.

– Eivät ne tajua mitään, täti ärähtää.

Näyttely on saanut vain muutaman arvostelun. Ne eivät ole olleet hyviä. Otsikon "Nuorta, nuorta, nuorta" alla kriitikko on kirjoittanut että Ester Kallis on taitava ikäisekseen, mutta hänellä ei ole mitään sanottavaa. Esterin pienet luontokuvat eivät kosketa arvostelijaa millään tavalla.

Sitä samaa sanovat kaikki muutkin. Ester Kallis on lapsi. Mikä näyttelyn tavoite oli? Yksi arvostelijoista kyseenalaistaa sekä galleristin että Gunilla Petrinin. Hän kirjoittaa että Ester ei ole se nuori nero, jonka he toivoivat tämän olevan, ja valitettavasti hinnan heidän huomionkaipuustaan saa maksaa Ester.

Gunilla Petrini soitti Esterille samana päivänä kun ensimmäiset arvostelut ilmestyivät.

– Älä välitä niistä, hän sanoi. – Riittää kun onnistuu saamaan arvostelun lehteen, monet eivät saa edes sitä. Mutta puhutaan tästä joskus toiste paremmalla ajalla. Hoida sinä nyt äitiäsi. Kerro minulta terveisiä.

– Mitäs tästä pidät? täti kysyy ja lukee ääneen yhtä arvostelua.

– Tässä sanotaan että Ester Kallis on "varttunut saamelaisten parissa". Mitä ne sillä tarkoittavat? Suunnilleen niin kuin Mowgli, susien parissa kasvanut, mutta eihän Mowglista voi tulla susi, se on rotujuttu.

Äiti katsoo Esteriä vierailla, ilmeettömillä kasvoillaan, hän ponnistelee löytääkseen sanat.

– Onpa hyvä, hän sanoo terävästi. – Onpa hyvä ettei sinulla ole saamelaista nimeä ja ettet sinä näytä saamelaiselta. Ymmärrätkö? Jos he luulisivat sinua saamelaiseksi, kukaan ei olisi uskaltanut haukkua sinua. Kuvasi olisivat olleet...

– ...hyviä ollakseen lappalaistytön tekemiä, täti täydentää.

Äiti haluaa selittää tarkemmin:

– ...eksoottisen kulttuurimme ilmaus, eivät oikeaa taidetta. Sinua ei olisi ikinä arvioitu samoilla ehdoilla. Ehkä siitä saa alussa vähän etumatkaa ja ilmaista huomiota. Mutta pidemmälle ei pääse...

– ...kuin Luulajaan, täti sanoo ja penkoo laukustaan tupakka-askia, hänen on pian päästävä parvekkeelle sauhuille.

– Ehkä he eivät omasta mielestään osaa arvioida taidettamme kunnolla. Ehkä keskinkertaiset saavat sen takia suunnilleen samanlaisen arvion kuin parhaat. Ja se on hyvä puolilahjakkaille, kun taas sinä...

– ...joudut kilpailemaan parhaiden kanssa, täti sanoo lopuksi.

– Minulle se oli häkki. Kenenkään mielestä tekemiseni eivät olleet kiinnostavia muiden kuin turistien tai saamelaisten kannalta.

Hän tarkastelee Esteriä. Ester ei pysty tulkitsemaan hänen katsettaan.

– Sinussa on niin paljon isoäitiämme, hän sanoo.

– Tiedän, täti sanoo. – Ihan niin kuin áhkku. Sitä minä olen aina sanonut.

Ester kuulee tädin itkevän takanaan.

– Monta kertaa kotona Rensjönissä, äiti sanoo. – Muistan kuinka katsoin sinua miten sinä liikuit ja hoidit eläimiä. Ajattelin että voi luoja, noin pikku isoäitikin teki. Mutta sinähän et ikinä ehtinyt tavata häntä.

Ester ei tiedä mitä vastaisi. Hänen varhaisimmissa muistoissaan keittiössä oli aina kaksi naista. Toinen heistä ei ollut täti, sen verran hän tietää. Täti ei käytä jorbotia, ei kukikasta nappimekkoa eikä esiliinaa.

Sitten äiti kuolee. Niin, ei heti keskustelun jälkeen, mutta viikon kuluttua se on ohi. Isä ja Antte vievät hänet takaisin. Kuolleena äiti on vain heidän: Antten äiti, isän vaimo. Ester ei saa olla mukana pesänjaossa, ei myöskään täti.

Hautajaiskahvien jälkeen isä ja täti alkavat riidellä. Ester kuulee heidät seurakuntatalon keittiön oven läpi.

– Talo on liian iso minulle ja pojalle, isä sanoo. – Ja mitä minä ateljeella teen?

Hän kertoo aikovansa myydä kaiken, porotkin. Hänellä on kaveri, joka omistaa mökkikylän Narvikin ulkopuolella. Isä ja Antte voivat ryhtyä osakkaiksi ja tehdä töitä kokopäiväisesti.

– Entä Ester? täti ärähtää. – Minne hänet pannaan?

– Hänellähän on omat menonsa, isä puolustautuu. – Hänhän käy sitä taidekoulua. Mitä minun pitäisi tehdä? Enhän minä voi muuttaa Tukholmaan hänen kanssaan. En myöskään voi pitää tätä paikkaa häntä varten. Samanikäisenä minunkin piti seistä omilla jaloillani.

Illalla täti, isä, Antte ja Ester istuvat television ääressä kotona Rensjönissä. Isä kaivaa esiin lompakkonsa, irrottaa kumilenkin sen ympäriltä ja ottaa erilleen kaksikymmentä viidensadan kruunun seteliä, jotka hän antaa Esterille.

– Käy katsomassa ateljeesta haluatko viedä sieltä jotakin, hän sanoo.

Hän käärii Esterin setelit rullalle. Ester saa kumilenkin niiden ympärille.

– Hyi hemmetti, täti sanoo ja pomppaa pystyyn niin kiivaasti että kahvikupit kilisevät pöydällä. – Puolet kaikesta tästä oli hänen. Kymmenentuhatta! Sekö on sinun mielestäsi Esterin oikeudenmukainen osuus?

Isä vastaa vaikenemalla.

Täti ryntää keittiöön ja vääntää vesihanat täysille tiskatakseen, ja Ester, isä ja Antte kuulevat kolinan ja veden kohinan läpi, että hän itkee kovaäänisesti.

Ester katsoo Anttea, Antte on vitivalkoinen kasvoiltaan, sininen television valossa. Ester yrittää hillitä itseään, hän ei halua tietää. Mutta hän nousee kattoon television valossa kuin sinisen veden läpi. Ja sieltä ylhäältä hän katselee Anttea ja isää. Televisio on sama mutta olohuone on toinen. Huonekalut ovat erilaiset.

Asunto on pieni. He loikoilevat sohvalla toljottamassa televisiota. Antte on muutaman vuoden vanhempi ja lihonut melkoisesti. Isän suun ympärillä on katkera juonne. Ester näkee että isä toivoi löytävänsä uuden naisen ja luuli sen olevan helpompaa, jos oli töissä mökkikylässä Narvikin ulkopuolella.

Ei naista, Ester ajattelee. Ei myöskään mökkikylää.

Ester laskeutuu keittiön lattialle. Täti on lakannut itkemästä ja polttaa tupakkaa liesituulettimen alla. Hän puhuu siitä miten Esterin käy, hän on vihainen isälle. Sitten hän puhuu uudesta miesystävästään.

– Jan-Åke on pyytänyt minut mukaansa Espanjaan. Hän pelaa golfia talvisaikaan. Minä voin kysyä voitko tulla sinne nyt ennen kuin lukukausi alkaa. Asunto ei ole suuren suuri, mutta kyllä me jotenkin mahdumme.

– Ei tarvitse, Ester sanoo.

Täti on helpottunut. Ilmeisesti hänen ja Jan-Åken rakkaus ei ole senlaatuista, että se kestäisi murrosikäistä lasta.

– Varmastiko? Minä voin kysyä.

Ester vakuuttaa olevansa tosissaan. Täti jankuttaa vielä sen verran, että Esterin on pakko valehdella ja sanoa, että hänellä on Tukholmassa kurssikavereita, joiden luona hän voi käydä.

Silloin täti on lopulta tyytyväinen.

– Soitellaan, hän sanoo.

Hän puhaltaa savua suustaan ja katsoo talven pimeyteen.

– Viimeistä kertaa tässä talossa, hän sanoo. – Sitä on vaikea käsittää. Oletko käynyt katsomassa ateljeessa mitä haluat ottaa sieltä?

Ester pudistaa päätään. Seuraavana päivänä täti pakkaa Esterin matkalaukun täyteen väriputkiloita ja pensseleitä ja laatupaperia. Hän pakkaa mukaan jopa savea, joka on tuhottoman painavaa.

Ester ja täti hyvästelevät toisensa keskusrautatieasemalla. Tädillä on lippu ja hän haluaa viettää uudenvuodenaaton miehen kanssa, mikä sen nimi nyt olikaan. Ester on jo unohtanut.

Ester raahaa lyijynraskaan laukkunsa Jungfrugatanin huoneeseen. Asunto on hiljainen ja tyhjä. Remonttimiehet ovat ottaneet vapaata joulunpyhiksi. Koulu alkaa vasta kolmen viikon päästä. Ester ei tunne ristin sielua. Hän ei tapaa ketään sitä ennen.

Hän istahtaa tuolille. Hän ei ole vieläkään itkenyt äitiä. Mutta tuntuu hyvin epävarmalta itkeä tässä tilanteessa, nyt kun hän on täysin yksin. Hän ei yksinkertaisesti uskalla.

Ja siinä hän istuu pimeässä. Hän ei tiedä kuinka kauan.

Ei juuri nyt, hän sanoo itsekseen. Joskus toiste. Ehkä huomenna. Huomenna on uudenvuodenaatto.

Niin kuluu viikko. Joskus Ester herää ja ulkona on valoisaa. Joskus hän herää ja ulkona on pimeää. Joskus hän nousee ylös keittämään teevettä. Hän katsoo kattilaa kun vesi kiehuu. Joskus hän ei muista ottaa kattilaa levyltä, seisoo vain katsomassa vettä, joka kiehuu kuiviin. Sitten hän joutuu aloittamaan teeveden keittämisen alusta.

Eräänä aamuna hän herää ja häntä huimaa. Silloin hän huomaa, ettei ole syönyt pitkään aikaan.

Hän lähtee 7-Eleveniin. On epämiellyttävää mennä ulos. Tuntuu kuin ihmiset katsoisivat häntä. Mutta hänen on pakko. Sateinen sää. Puunrungot ovat kostean mustia. Jalkakäytävillä on märkää soraa, hajonneita koirankakkoja ja roskia. Taivas on paksu ja lähellä. On mahdotonta kuvitella, että aurinko on siellä, että pilvipeite on yläpuolelta kuin lumimaisema kevättalven päivänä.

Kioskilla häntä vasten lyö makean vastaleivotun vehnäleivän ja grillimakkaran tuoksu. Vatsaa kouristaa niin että sattuu. Häntä alkaa taas huimata, hän tarttuu hyllyn reunaan, mutta se on pelkkä muovilista, johon on merkitty tuotteiden nimet ja hinnat, ja hän kaatuu lattialle lista kädessä.

Toinen asiakas, kylmätiskin luona seisonut mies, panee nopeasti tavarakorinsa pois ja kiiruhtaa Esterin luokse.

– Miten kävi, pikku ystävä? mies kysyy.

Mies on vanhempi kuin äiti ja isä mutta ei vanha. Hänellä on huolestuneet silmät ja sininen pipo. Lyhyen hetken ajan Ester on melkein hänen sylissään, kun hän auttaa Esterin jaloilleen.

– Tässä, käy istumaan. Haluatko jotakin?

Ester nyökkää, ja mies tuo hänelle kahvia ja vastapaistetun pullan.

– Oijoi, mies nauraa kun Ester ahmii kaiken suuhunsa, juo kahvia isoina kulauksina, vaikka se on hyvin kuumaa.

Ester muistaa että hänen täytyy maksaa, mutta tajuaa että ehkä hänellä ei ole rahaa mukana. Miten hän saattoikin lähteä kotoa ajattelematta sitä? Hän etsii takintaskuista ja siellä ovat isän antamat rahat. Rulla jossa on kaksikymmentä viidensadan kruunun seteliä ja kumilenkki ympärillä.

Hän ottaa sen esiin.

– Jessus, mies sanoo. – Minä tarjoan kahvit ja pullan, mutta käytä noita yksi kerrallaan.

Hän irrottaa yhden seteleistä ja panee sen Esterin käteen. Loput rahat hän panee Esterin taskuun ja vetää huolellisesti vetoketjun kiinni, aivan kuin Ester olisi pieni lapsi. Sitten hän katsoo kelloa.

– Pärjäätkö nyt itse? hän kysyy.

Ester nyökkää. Mies lähtee, ja Ester ostaa viisitoista pullaa ja kahvia kotiin Jungfrugatanin huoneeseen.

Seuraavana päivänä Ester menee takaisin 7-Eleveniin samaan aikaan ja ostaa pullia. Mutta mies ei ole siellä. Eikä hän tule seuraavanakaan päivänä. Eikä sitä seuravana. Ester palaa ja toivoo neljänä päivänä, sitten hän lakkaa käymästä siellä.

Ester nukkuu edelleen päivisin. On raskasta olla valveilla. Hän ajattelee äitiä, sitä ettei hän enää kuulu kenellekään tai minnekään. Hän miettii onko Rensjönin talo jo tyhjennetty.

Täti soittaa kerran hänen kännykkäänsä.

– Miten menee?

– Ihan hyvin, Ester sanoo. – Entä sinulla?

Samalla kun hän kysyy, hän tietää tädin itkevän salaa sillä välin kun Jan-Åke käy pelaamassa golfia.

Kumma juttu, Ester ajattelee. Me kaikki suremme äitiä niin kovasti. Miten meistä tuli niin yksinäisiä surussamme?

– Ihan hyvin, täti sanoo. – Eikä Lars-Tomas tietenkään ole soittanut.

Ei, isä ei ole soittanut. Ester miettii pystyvätkö isä ja Antte puhumaan keskenään. Eivät. Isän lausahdukset, kuten "Täytyy katsoa eteenpäin" ja "Eiköhän tämä tästä", ovat vaientaneet Antten.

Eräänä aamuna Ester herää, ja matkalla hallin poikki teenkeittoon hän törmää remonttimieheen. Miehellä on siniset työhousut ja paksu nailontakki.

– Oi, mies sanoi. – Jopas minä säikähdin. Tulin vain hakemaan tavaroita. Kylläpä ulkona on satanut lunta.

Ester katsoo häntä ihmeissään. Onko siellä satanut lunta?

– Lunta on varmaan metrin verran, mies sanoo. – Katso ikkunasta niin näet. Meidän piti jatkaa täällä tänään, mutta kukaan ei päässyt tulemaan.

Ester katsoo ikkunasta ulos. Siellä on toinen maailma.

Lunta on satanut ehkä koko yön ja kauemminkin. Hän ei ole huomannut mitään. Autot näkyvät vain pieninä lumipeitteisinä kumpareina. Joka paikassa on paksulti lunta. Katulampuilla on paksut valkoiset talvimyssyt päässä.

Ester kompuroi ulos valkeuteen. Häntä vastaan kahlaa nainen vetäen lastaan pulkassa. Keskellä tietä hiihtää mies pitkässä päällystakissaan. Esteriä hymyilyttää kun mies onnistuu pitämään kiinni sauvoista ja salkusta yhtä aikaa. Mies hymyilee takaisin. Kaikki Esterin tapaamat ihmiset hymyilevät. He pudistelevat päätään epäuskoisina miten paljon lunta voi tulla. Kaikki tuntuvat ottavan rauhallisesti. Kaupunki on kovin hiljainen. Autot eivät pääse kulkemaan.

Puissa on pikkulintuja. Nyt kun kaduilla ei kulje autoja, Ester kuulee ne. Ennen hän on nähnyt vain naakkoja ja puluja, harakoita ja variksia.

Lumi on kunnon vitilunta, saamen kielellä vahca. Irtonaista, kylmää, untuvaista pohjaan saakka. Eikä sen alla ole vetistä loskaa.

Hän tulee takaisin tunnin kuluttua. Hänen päänsä on täynnä lumikuvia. Suru on ottanut askeleen taaksepäin.

Hän tarvitsisi kankaan, oikein ison, ja paljon valkoista maalia.

Remonttimiehet ovat purkaneet ruokahuoneen ja vanhan palvelijanhuoneen välistä seinän. Se makaa lattialla melkein yhtenä kappaleena. Ester tarkastelee sitä. Se on vanha seinä. Vanhat seinät on tehty pingotetusta kankaasta.

Hallissa on kipsisäkkejä, sen hän tietää varmasti.

Tuntuu kuin hänessä syttyisi tuli. Hän saa toiminnan kipinän, hän etsii muovisangon ja raahaa yhden kipsisäkeistä sisään. Se on raskas, hänelle tulee hiki.

Hän siivilöi kipsin sormiensa välissä ja hämmentää sitä käsivarrellaan, värjäytyy valkoiseksi kyynärpäätä myöten.

Mutta jos hänen ruumiinsa on kuumeessa, hänen päänsä on täynnä jääkylmää lunta, lunta ja tuulta joka pyyhkii tunturin yli. Valo on sumuisen harmaata ja väritöntä. Oikeassa reunassa saattaa näkyä joitakin harittavia kuusenoksia. Kuvan keskellä makaa vaadin vasansa kanssa. Ne ovat nukkuneet makuupaikallaan ja jääneet yön aikana lumen peittoon. Tuore syvä lumi eristää pakkaselta.

Ester kaataa kipsin varovasti seinän päälle ja levittää sen käsillään. Hän työskentelee vaiheittain, kuva on niin suuri. Kun kipsi alkaa jähmettyä mutta ei ole vielä ehtinyt muuttua kirkkaaksi, se on tahmeaa ja siihen voi piirtää. Ester piirtää suoraan sormillaan, käyttää vähän roskia ja rakennuspölyä saadakseen sarviin rosoa, hän repii tapetinjäänteitä riekaleiksi ja muovaa etualalle puunoksia.

Kuvan tekeminen kestää monta päivää. Ester työskentelee ahkerasti. Kun kipsi on jähmettynyt, hän etsii asunnosta pohjamaalia. Maalarit ovat pohjustaneet makuuhuoneen katon ja jättäneet maalin paikoilleen. Se sopii täydellisesti. Pohjamaalin jälkeen hän voi levittää pigmenttiä ilman että kipsi halkeaa. Hän hakee matkalaukusta äidin maalit, maalaa monta kerrosta, ensin ohuen ohuesti, paljon tärpättiä ja vähän pigmenttiä putkilosta. Ei öljyä, kuvasta ei saa tulla kiiltävä. Mattaa, kylmää, sinistä. Ja makuupaikan varjoon keltaista, ruskeaa, umbraa. Täytyy näyttää siltä, että niillä on hyvä olla yhdessä lumen alla.

Hän levittää paksuja maalikerroksia, vähän tärpättiä. Nyt hänen on odotettava maalin kuivumista. Hän nukahtaa vaatteet päällä, herää ja levittää uusia maalikerroksia. Tuntuu kuin taulu herättäisi hänet sitten kun se on valmis ottamaan vastaan uuden kerroksen. Hän kiertelee sitä, syö mitä sattui ruokakomerosta löytämään. Hän juo teetä. Ulos hän ei voi mennä. Keli on lauhtunut, kaikki lumi on sulanut pois. Sitä hän ei näe. Hän elää lumen maailmassa, isossa valkoisessa taulussaan.

Sitten eräänä päivänä häntä ei herätäkään taulu vaan kuraattori Gunilla Petrini.

Lukukausi on alkanut. Idun Lovénin taidekoulun rehtori on soittanut Gunillalle ja kysynyt Esteriä. Gunilla Petrini on soittanut tädille. Hän on soittanut Esterillekin, mutta Esterin kännykästä on loppunut akku. Täti ja Gunilla ovat huolestuneet. Gunilla Petrini on soittanut vanhoille ystävilleen, joiden huoneistossa Ester asuu. Ystävät ovat antaneet Gunilla Petrinille remontista vastaavan urakoitsijan nimen, mies on tullut avaamaan oven. Nyt mies seisoo oviaukossa kun Gunilla Petrini vaipuu helpottuneena Esterin sängyn reunalle.

Voi luoja, miten huolissaan he ovat olleet. He luulivat että Esterille oli sattunut jotakin.

Ester jää sängylle makaamaan. Hän ei nouse istumaan. Heti kun Gunilla Petrini herätti hänet, oikea maailma tuli takaisin. Hän ei halua nousta ylös. Hän ei jaksa nousta jaloilleen ja surra äitiä.

– Minä luulin että olit perheesi luona, Gunilla Petrini sanoi.
– Mitä sinä olet tehnyt täällä?

– Olen maalannut, Ester sanoo.

Sanottuaan sen hän tietää, että se on hänen viimeinen taulunsa. Hän ei aio enää maalata.

Gunilla Petrini haluaa nähdä, joten Ester nousee sängystä ja he menevät ruokahuoneeseen. Urakoitsija seuraa perässä.

Ester katsoo taulua ja ajattelee helpottuneena, että tulihan siitä valmis. Hän ei tiennyt sitä mutta näkee sen nyt.

Gunilla Petrini ei sano ensin mitään. Hän kiertää valtavaa taulua, joka makaa lattialla. Vaadin ja vasa lumen alla. Sitten hän kääntyy Esterin puoleen. Hänen katseensa on tutkiva, ihmettelevä, ihmeellinen.

– Muotokuva sinusta ja äidistäsi, hän sanoo.

Ester ei kykene vastaamaan. Hän varoo tarkasti katsomasta taulua.

– Hieno, urakoitsija sanoo hartaasti. – Ehkä vähän ison-lainen.

Hän katsoo epäillen oviaukkoa ja sitten ikkunaa, pudistaa huolestuneena päätään.

– Minun on saatava se ulos, Gunilla Petrini sanoo maailman-hallitsijan äänellä. – Minun on saatava se yhtenä kappaleena. Purkakaa tarvittaessa vaikka seinät.

Minne minä nyt joudun? Ester kysyy.

Tietoisuus siitä, ettei hän ikinä enää maalaa, laskeutuu hänen sisimpäänsä raskaan ankkurin lailla.

En enää maalaa. En mene takaisin kouluun.

ANNA-MARIA MELLA JA Sven-Erik Stålnacke istuivat Vanadis Hotelissa juttelemassa. Huoneessa oli perinteinen sisustus, kokolattiamatto ja kukikas synteettinen päiväpeite.

– Huomenna jututetaan Inna Wattrangin vanhempia, Anna-Maria sanoi. – Ja yritetään uudestaan Diddi Wattrangia. Vähän minua ihmetyttää mitä siellä Abiskon mökillä tapahtui. Niin moni asia on auki. Miksi hänellä esimerkiksi oli ne ylelliset alusvaatteet treenikamppeiden alla?

Inna Wattrang penkoo matkalaukkuaan. On maaliskuun neljästoista. Hän on puhunut eilen illalla Maurin kanssa puhelimessa, mutta sitä hän ei jaksa ajatella juuri nyt.

Kahden tunnin ja viiden minuutin kuluttua hän on kuollut.

On niitä muitakin työpaikkoja, hän ajattelee.

Ja hän ajattelee Diddiä. Hänen täytyy saada Diddi käsiinsä. Hänen on puhuttava Ulrikan kanssa.

Hän aikoo pitää nenänvalkaisukuukauden, hän aloittaa ensi viikolla, ja hän rupeaa myös treenaamaan. Hän on pakannut mukaan vähän treenivaatteita, mutta kun hän nyt käy läpi matkalaukkuaan, hän huomaa unohtaneensa urheilualusvaatteet. Ei sillä ole väliä. Hän voi treenata tavallisissa alusvaatteissa ja huuhdella ne sitten myöhemmin.

Lenkkitossut jalkaan.

Hän juoksee lumikelkan jälkiä pitkin Tornionjärvelle. Ihmiset ovat arkeissaan pilkillä, tai sitten he istuvat porontaljojen päällä lumikelkkansa reessä ottamassa aurinkoa. Aurinko helottaa, ja Innalle tulee hiki. Silti hän tuntee itsensä vahvaksi. Maurin aiheuttama pettymys haihtuu.

Täällä on kaunista, hän ajattelee. On olemassa elämää Kallis Miningin ulkopuolella.

Järven vastarannalla oleva tunturi hehkuu vaaleanpunaisena iltapäivän auringossa. Rotkot ja jyrkänteet ovat sinisten varjojen peitossa. Jokunen pilvenhattara on tarttunut tunturin laelle, ne näyttävät pieniltä villavilta pipoilta.

Kaikki järjestyy, hän ajattelee.

Kun hän tulee takaisin, aurinko on laskemassa. Näyttää melkein siltä kuin siihen olisi tullut reikä, ja sen hohtava sisällys valuu taivaalle horisonttia kohti. Hän on niin keskittynyt katsomaan aurinkoa, että huomaa vasta pihalle tultuaan miehen, joka seisoo mökin ulkopuolella.

Yhtäkkiä mies on siinä ohuessa vaaleassa päällystakissaan.

– Excuse me, mies sanoo ja selittää että hänen autonsa on pysähtynyt tielle ja että hänen puhelimessaan ei ole kenttää.

Voisiko hän lainata Innan puhelinta?

Inna tietää että mies valehtelee. Inna tajuaa sen heti ja vaistoaa, että mies on vaarallinen.

Miehellä on syvä rusketus ja liian ohut päällystakki. Hänen kasvoilleen kohoaa irvistys, joka on olevinaan hymy, mutta hänen silmänsä ovat elottomat. Mies lähestyy Innaa koko ajan puhuessaan.

Inna ei ehdi tehdä mitään. Mies näkee avaimen hänen kädessään ja on siinä samassa Innan luona. Mies ei ole edes puhunut loppuun asti. Kaikki käy nopeasti.

Mies on nimeltään Morgan Douglas. Hänen passissaan lukee John McNamara.

Morgan Douglas heräsi maaliskuun neljännentoista päivän vastaisena yönä siihen, että hänen kännykkänsä soi. Soittoääni, lukulampun virrankatkaisimen napsahdus, tavanomainen rapina kun torakat pakenivat valoa, vieressä nukkuva tyttö joka mumisi jotakin unissaan, nosti käsivarren silmilleen ja nukahti uudestaan, ja sitten puhelimesta kuului tuttu ääni.

Nainen tervehtii hyvin kohteliaasti ja pyytää anteeksi, että häiritsee sopimattomaan aikaan. Pian nainen pääsee asiaan.

– Yksi keikka pitää tehdä heti. Pohjois-Ruotsissa.

Morgan Douglas ilahtuu kuullessaan naisen äänen, hän ponnistelee puhuakseen hitaasti vastatessaan, jotta ei vaikuttaisi epätoivoiselta. Hänellä on ollut rahapula jo pitkään, hän on tehnyt tilapäishommia, perinyt velkoja ja sen sellaista. Mutta niistä töistä selviää kuka tahansa mutakuono, niillä ei rikastu. Tämä tietää rahaa. Hän voisi elellä jonkin aikaa mukavasti, muuttaa tästä paikasta johonkin parempaan.

– Maksu tavan mukaan tilillenne tehtävän suorittamisen jälkeen. Kartta, tiedot, valokuvat ja viidentuhannen euron matkaennakko ovat Coffee Housessa Schipholissa. Kysykää Johannaa ja kertokaa terveisiä...

– Ei, Morgan Douglas sanoo. – Haluan kaiken jo N'Djilin lentokentälle. Mistä tiedän ettei tämä ole huijausta?

Nainen vaikenee. Sillä ei ole väliä, uskokoon että hän on vainoharhainen. Totuus on se ettei hänellä ole varaa ostaa lentolippua Kinshasasta Amsterdamiin, mutta sitä hän ei aio tunnustaa.

– Ei hätää, sir, nainen sanoo muutaman sekunnin kuluttua.

– Me järjestämme sen toiveenne mukaisesti.

Nainen lähettää terveisiä majurilta ja katkaisee puhelun. Morgan Douglas on mielissään. Nainen puhuttelee häntä kunnioittavasti. Ne ihmiset tajuavat mitä on olla brittiarmeijan entinen laskuvarjojääkäri. Monet ihmiset eivät tajua paskan vertaa eivätkä ole ikinä kokeneet mitään.

Morgan Douglas pukeutuu ja ajaa partansa. Vessan peilissä kukkii niin paljon tummia läikkiä, että siitä tuskin näkee omaa kuvaansa. Hana yskähtelee, putket kolisevat ja alussa vesi on ruskehtavaa. Eräänä aamuna kun hän tuli vessaan kuselle, siellä oli valtava rotta, joka kääntyi veltosti katsomaan häntä. Sitten se kumartui ja kömpi kiirettä pitämättä kylpyammeen alle ja katosi.

Aamupesun jälkeen hän herättää tytön, joka nukkuu vieläkin.

– You have to leave, hän sanoo.

Tyttö istahtaa unisena sängynlaidalle, Morgan Douglas noukkii hänen vaatteensa lattialta ja heittää ne hänelle. Pukeutuessaan tyttö sanoo:

– My little brother. He must go to doctor. Sick. Very sick.

Tietenkin tyttö valehtelee, mutta Morgan Douglas ei sano siitä mitään vaan antaa hänelle kaksi dollaria.

– You have a little something for me, yes? tyttö kysyy ja katsoo ahnaasti tuolia, jonka päällä Morgan Douglasilla oli eilen lasipiippu. Sen Morgan Douglas on jo käärinyt kankaaseen ja työntänyt vaatteiden alle. Hänen on pakko pakata matkatavarat takintaskuihin ja vaatteiden alle. Laukku on jätettävä, muuten vastaanoton kaveri nostaa metelin huoneen laskusta ja syyttää häntä maksamatta lähtemisestä, ja niinhän hän aikoo tehdäkin. Tämä on paskapaikka eikä huonetta ole edes siivottu niinä viikkoina, jotka hän on asunut siellä. Maksun he saisivat unohtaa.

– Ei minulla ei ole mitään, hän sanoo ja häätää tytön huoneesta.

Hän hyssyttää tyttöä kun he laskeutuvat portaita pitkin alakertaan. Portieeri nukkuu tiskin takana, luultavasti hänellä on toinen päivätyö. Yövartijaa ei näy. Kai hänkin on jossain nukkumassa.

Loisteputki surisee ja vilkkuu.

– I stay here, tyttö kuiskaa. – Until tomorrow. It's not safe in the streets you know.

Tyttö osoittaa hotellin ankean aulan nojatuolia. Se on niin kulunut, että jouset sojottavat kankaan läpi.

Morgan Douglas kohauttaa harteitaan. Jos vastaanoton kaveri herää ennen tyttöä, hän vie tytöltä rahat, mutta se ei ole Morgan Douglasin ongelma.

Hän ottaa taksin lentokentälle. Kahden tunnin kuluttua sinne tulee mies, joka näyttää lähetystön virkamieheltä. Odotushallissa ei ole paljon väkeä. Pukumies tulee suoraan Morgan Douglasin luo ja kysyy onko heillä yhteinen tuttu.

Morgan Douglas vastaa niin kuin pitääkin, ja pukumies antaa hänelle A4-kirjekuoren, kääntyy ja poistuu saman tien.

Morgan Douglas avaa kuoren. Kaikki tiedot ovat siinä, ja ennakko on dollareissa, ei euroissa. Hyvä. Kone lähtee puolentoista tunnin kuluttua. Matkasta tulee pitkä.

Hän ehtii käydä ostoksilla, vain voidakseen rentoutua matkan aikana, niin että jaksaisi. Hän joutuu olemaan jalkeilla varmasti kolme vuorokautta putkeen. Hän tarvitsee sitä työn takia.

Hän istahtaa taas taksiin ja ajaa esikaupunkiin. On vielä pimeää, kun hän tulee diilerinsä luo. Diileri ei ehdi sanoa "ei luottoa", kun Morgan Douglas jo sujauttaa muutaman taittelemattoman setelin ovenraosta.

Kun aamu tulee ja ilma väreilee helteestä, Morgan Douglas istuu Amsterdamin koneessa. Hepoa. Ei jäykistelyä, vain tyyntä onnea. Hänellä menee pirun hyvin.

Amsterdamissa hän ostaa kaksi pulloa Smirnoffia ja juo toisen niistä Tukholman koneessa. Kun kaikki muut nousevat seisomaan, hänkin nousee.

Sitten hän on jossakin muualla. Monet kulkevat ohi sinne tänne. Joku tarttuu häntä käsipuolesta.

– Mr. John McNamara? Mr. John McNamara?

Se on lentoemäntä.

– Boarding time, sir. The plane to Kiruna is ready for take-off.

Puolentoista tunnin kuluttua hän huuhtelee miestenhuoneessa niskaansa kylmällä vedellä. Hänen on reipastuttava. Hänellä on kurja olo. Kyllä, hän on Kiirunan lentokentällä. Hän vuokraa auton ja sanoo itsekseen: "E10 pohjoiseen." Hän hoitaa tämän homman äkkiä alta pois. Hän tarvitsisi nyt jotakin saadakseen itsensä kuntoon, jaksaakseen olla.

Morgan Douglas katsoo Inna Wattrangia. Hänen jalkojaan paleltaa. Hän on odottanut ikuisuuden ja alkaa hermostua. Hän on varma että auto ei käynnisty sitten kun hänen pitää lähteä takaisin. Mutta nyt Inna Wattrang on siinä, samannäköisenä kuin valokuvassa. Vähän yli metri seitsemänkymmentä, kuusi–seitsemänkymmentä kiloa. Ei hätää. Inna Wattrangilla on talon avain kädessä.

Morgan Douglas puhuu ja elehtii siirtääkseen huomion siitä tosiseikasta, että lähestyy Inna Wattrangia nopein ja pitkin askelin.

Siinä samassa hän on Inna Wattrangin luona. Hän astuu naisen selän taakse ja kietoo vasemman käsivartensa tämän kaulaan. Hän nostaa Inna Wattrangia ylöspäin juuri sen verran, että kipu saa tämän varpailleen.

Innasta tuntuu kuin niska katkeaisi, joten hänen on pakko sipsuttaa takaperin Morgan Douglasin otteessa. Mies kuljettaa häntä vaivattomasti perässään.

Morgan Douglas menee ovelle. Vapaalla kädellään Morgan Douglas avaa oven. Inna ei ole edes huomannut, että mies on vienyt häneltä avaimen.

Inna huomaa että hänestä on miehelle yhtä vähän vaivaa kuin vanhalle tädille käsilaukustaan. Mies ei ole hullu, hän oivaltaa, eikä raiskaaja.

Ammattilainen, Inna ajattelee.

Morgan Douglas katselee ympärilleen eteishallissa, ja lähtiessään kohti keittiötä Inna edelleen tiukassa otteessa hän horjahtaa, sillä kengänpohjiin on tarttunut lunta. Hän pääsee kuitenkin pian takaisin tasapainoon ja panee Innan tuoliin istumaan. Hän seisoo Innan takana, ote kaulasta kiristyy ja Inna kuulee äänen kun teippiä revitään rullasta.

Se käy tavattoman nopeasti. Mies teippaa Innan ranteet tuolin käsinojiin ja jalat tuolinjalkoihin. Hän ei leikkaa eikä katkaise teippiä, vaan juoksuttaa rullaa kädestä toiseen ja sieltä jalkoihin yhtenä pitkänä palana, tiputtaa lopulta rullan lattialle.

Douglas Morgan menee Innan eteen.
– Please, Inna sanoo. – Do you want money? I have...

Pidemmälle hän ei pääse. Mies lyö häntä nenään. Se on kuin hanasta vääntäisi. Veri valuu lämpimänä kasvoja pitkin ja kurkkuun. Inna nieleskelee.

– Sinä vastaat vain kun minä kysyn. Muuten pidät suusi kiinni. Tuliko selväksi? Jos ei, minä teippaan sinulta suun kiinni. Sitten voit yrittää hengittää verta vuotavan nenäsi kautta.

Inna nyökkää ja nielaisee taas. Sydän takoo korvien välissä.

Morgan Douglas katselee ympärilleen. Hän olisi tappanut Innan heti, ellei työhön olisi kuulunut myös ottaa selville oliko Inna kertonut kenellekään... mikä sen kaverin nimi nyt olikaan, taisi olla saksalainen. Nimi oli kuoressa.

Nyt on peloteltava Inna puhumaan. On yksinkertaista pelotella naisia, jos voi näyttää heille kuvia heidän lapsistaan, mutta kuoressa ei ollut lasten kuvia. Kyllä hän silti pystyy tuota naista säikyttelemään. Tämän pitäisi käydä nopeasti.

Hän penkoo keittiönlaatikoista veistä mutta ei löydä.

Hän menee halliin. Hallin lipaston päällä on lamppu. Hän vetää pistokkeen seinästä ja repäisee johdon irti. Samalla hän tarkistaa kuoresta mitä hänen pitikään kysyä. "Gerhart Sneyers", siinä lukee. Ja "Uganda".

Hän raahaa Innan tuoleineen päivineen paikkaan, josta yltää pistorasiaan.

Inna katsoo silmät selällään, kun hän purkaa johdon hampaillaan, kuorii muovikuoren pois, irrottaa toisistaan molemmat kuparilangat ja kääri toisen niistä Innan nilkan ympärille.

Hänellä on matalat kengät. Kun hän kumartuu, housunlahje nousee ylös. Inna näkee jäljet hänen nilkkanivelessään.

– Minulla on käsilaukussa top notch kolaa, Inna sanoo nopeasti.

Morgan Douglas keskeyttää puuhansa.

– Missä laukku on? hän kysyy.

– Hallissa.

Morgan Douglas vie laukun vessaan lähinnä vanhasta tottumuksesta. Hän on vetänyt kaikkea mahdollista sadoissa vessoissa. Kotona Lontoossa hän pelotteli pikkutyttöjä, teeskenteli olevansa siviiliasuinen poliisi, painoi heidät seinää vasten kun he tulivat diilerinsä luota, vei heiltä kamat ja kysyi rutiininomaisesti "näitkö siellä aseita" ja "montako niitä oli", oli olevinaan reilu, päästi heidät sanomalla saatteeksi "miksi sinä teet näin itsellesi, hae apua". Sitten hän paineli suoraa tietä lähimpään vessaan vetämään kaikki heidän paskansa.

Nyt hän kaivaa Inna Wattrangin Pradan laukkua kuin muurahaiskarhu termiittikekoa. Hän sieppaa myös Innan kännykän, senkin vanhasta tottumuksesta: ota kaikki mikä on helppo myydä. Sitten hän löytää kolme pientä valkoista taitettua paperia. Hänen sydämensä läpättää helpotuksesta ja ilosta. Puhdasta hienoa lunta. Hän tekee kaksi viivaa Innan käsipeilin päälle ja vetää kaiken, ei tässä kannata säästellä. Kestää vain kaksi sekuntia ja hän on taas huippuvedossa.

Hän seisoo peilin edessä ja tuntee itsensä rauhalliseksi ja teräväksi.

Takaisin keittiöön. Siellä Inna yrittää irrottaa käsiään teipeistä. Tietenkin se on mahdotonta. Miksi Inna häntä luulee? Amatööriksikö? Morgan Douglas työntää pistokkeen rasiaan. Mutta juuri kun hän aikoo kysyä onko Inna kertonut kenellekään, hän liukastuu. Lumi on sulanut Innan ja hänen kengistä, ja vesi on tehnyt lattiasta liukkaan.

Hän romahtaa takalistolleen. Hän ehtii ajatella vettä ja virtaa johtavaa kaapelia ja sätkii kuin kala yrittäessään päästä jaloilleen, hän pelkää saavansa sähköiskun.

Inna Wattrang purskahtaa nauruun, tai ehkä se on itkua, se vain kuulostaa hysteeriseltä naurulta. Inna nauraa voimatta hillitä itseään. Kyyneleet valuvat kasvoja pitkin.

Mies näyttää niin koomiselta kaatuessaan, ihan kuin joku olisi vetänyt maton jalkojen alta. Sitten mies kömpii takaisin pystyyn. Se on kuin suoraan jostakin puskafarssista, aivan hulvatonta. Inna nauraa. Hän on hysteerinen. On ihanaa olla hysteerinen. Pelko väistyy ja tilalle tulee mielipuolisuus, hullun nauru.

Morgan Douglas pelästyy. Siksi hän suuttuu. Hän pääsee jaloilleen ja tuntee itsensä idiootiksi. Mitä tuo nainen nauraa. Morgan Douglasin päässä ei ole kuin yksi ajatus: nainen on vaiennettava. Hän noukkii kaapelin ja painaa sen Innan kaulaa vasten. Virtapiiri kulkee Innan ruumiin läpi nilkkaan. Nauru loppuu siihen paikkaan, Innan pää lennähtää eteenpäin, sormet harittavat, Morgan Douglas painaa kaapelia kaulalle, hän saa Innan vaikenemaan. Ja kun hän ottaa kaapelin pois, Innan pää jatkaa nytkimistään edestakaisin. Kädet puristuvat nyrkkiin ja avautuvat, puristuvat nyrkkiin ja avautuvat. Ja sitten Inna oksentaa paidalleen.

– Lopeta, Morgan Douglas sanoo, hän ei ole vielä ehtinyt kysyä siitä Sneyersistä.

Tuoli kaatuu nurin. Morgan Douglas hyppää sivuun. Innan silmät muljahtavat ympäri ja leuat jauhavat jauhamistaan. Kestää muutaman sekunnin ennen kuin Morgan Douglas tajuaa, että Inna puree hajalle omaa kieltään.

– Lopeta! Morgan Douglas huutaa ja potkaisee Innaa vatsaan.

Mutta Inna ei lopeta, ja silloin Morgan Douglas käsittää, että tästä on nyt tehtävä loppu. Hän joutuu raportoimaan, että Inna ei ollut kertonut kenellekään.

Olohuoneessa takan luona oli teline, jossa oli rautainen grillivarras. Morgan Douglas juoksee hakemaan sen. Kun hän tulee takaisin, Inna makaa vieläkin selällään tuoliin sidottuna ja kouristelee. Morgan Douglas iskee vartaan Innan sydämen läpi.

Inna kuolee välittömästi. Silti lihakset jatkavat supisteluaan.

Morgan Douglas katsoo ympärilleen, hänelle tulee hämärä tunne, että tämä ei sujunut kovin hyvin. Hänelle oli annettu ohjeet, että sen piti näyttää sattumanvaraiselta teolta. Ei saanut herättää epäilystä, että Inna tunsi murhaajan. Innaa ei saanut löytää mökistä.

Tämä meni nyt vähän huonosti, mutta ei se mikään katastrofi

ollut. Keittiössä ei ole kovin sotkuista, ja muu osa talosta on ihan koskematon. Kyllä hän tämän hoitaa. Hän katsoo kelloa. Aikaa on vielä runsaasti. Pian tulee pimeä. Hän vilkaisee ikkunasta ulos ja näkee koiran juoksevan irrallaan. Hän on nähnyt täällä useita koiria. Jos hän jättää ruumiin ulos, jokin koirista löytää sen. Ja silloin hän saa poliisit peräänsä ennen kuin kone on noussut. Mutta kyllä hän jotakin keksii. Jäällä on pieniä jalasmökkejä. Hän voi kantaa Innan johonkin niistä sitten kun on tullut pimeä. Ja kun ruumis löydetään, hän on täältä kaukana.

Inna on lakannut liikkumasta.

Vasta nyt Morgan Douglas huomaa missä veitset ovat. Ne riippuvat magneettilistasta lieden vieressä. Hyvä. Nyt hän voi leikata Innan irti.

Pimeän tultua Morgan Douglas kantaa Inna Wattrangin jäällä olevaan arkkiin. Lumikelkan jättämä jälki on kova, sitä pitkin on hyvä kävellä. Arkki on helppo tiirikoida auki. Hän jättää ruumiin laverille. Taskussa hänellä on taskulamppu, jonka hän löysi siivouskaapista. Hän levittää ruumiin päälle peiton. Kun hän kohottaa olkaansa, hän huomaa takissaan punaisen tahran. Hän riisuu takin yltään, ja kun hän nostaa lattiassa olevaa luukkua, hän näkee jäässä avannon, jota peittää vain ohut jääriite. Sen saa rikottua nopeasti. Hän työntää takin avantoon, se ajelehtii tiehensä jään alla.

Tultuaan takaisin taloon hän siivoaa sen. Hän viheltelee pyyhkiessään keittiön lattiaa. Hän heittää Innan tietokoneen, kokoon rutistetun teipin, lattiarievun ja grillivartaan muovipussiin, jonka hän ottaa mukaansa autoon.

Matkalla Abiskosta Kiirunaan hän pysähtyy tienposkeen ja nousee autosta. Tuuli on yltynyt. On pirun kylmä. Hän astuu lumipenkkaan heittääkseen pussin menemään ja uppoaa välittömästi nietokseen, lunta on melkein vyötäröön saakka. Hän heittää pussin metsään. Lumi peittää sen pian. Luultavasti sitä ei löydetä koskaan.

Hän heittää menemään myös Innan puhelimen. Mitä hän oikein ajatteli ottaessaan sen mukaansa?

Sitten hänellä on täysi työ päästä ylös ojasta. Hän kömpii takaisin autoon ja onnistuu jotenkuten pudistelemaan pois suurimman osan lumesta.

Työ on tehty. Tämä on helvetin kylmä maa.

Rebecka Martinsson oli mennyt joksikin aikaa työpaikalleen vietyään Alf Björnfotin kaupunkiin. Kun hän itse palasi kotiin, Pukari hyökkäsi hänen kimppuunsa jo eteisessä ja iski terävät kyntensä hänen kalliisiin Wolfordin sukkiinsa. Hän puki nopeasti ylleen farkut ja vanhan paidan. Puoli kymmeneltä hän soitti Anna-Maria Mellalle.

– Herätinkö minä sinut? hän kysyi.

– Et toki, Anna-Maria vastasi. – Makailen tässä puhtaiden lakanoiden välissä hotellisängyssä ja odotan, että pääsen huomenna aamiaiselle.

– Miksi naiset haaveilevat hotelliaamiaisista? Munakokkelia, halpaa makkaraa ja viineriä. En tajua sitä.

– Muuta pariksi päiväksi meille ukkoni ja lasteni luo, niin etköhän ala tajuta. Onko tapahtunut jotakin?

Anna-Maria nousi istumaan ja sytytti yöpöydän lampun. Rebecka kertoi Sven Israelssonin kanssa käymästään keskustelusta, Quebec Investin osakekaupoista ja siitä, että ilmeisesti Kallis Miningin varat oli tyhjennetty Ugandan sotilastoimien rahoittamiseksi.

– Voitko todistaa sen? Anna-Maria kysyi.

– En vielä, mutta olen lähes täysin varma siitä, että olen oikeassa.

– Okei, onko sinulla riittävästi aineistoa pidätykseen tai kotietsintään? Tai voisinko vedota johonkin, jotta minut päästettäisiin sisään Reglaan? Kävin siellä tänään Sven-Erikin kanssa ja jouduin kääntymään portilta takaisin. Siellä sanottiin että Diddi Wattrang oli Kanadassa, mutta luulen hänen piileskelevän kotosalla. Haluan kysellä häneltä puhelusta, jonka Inna soitti hänelle päivää ennen murhaansa.

– Diddi Wattrangia epäillään törkeästä sisäpiiririkoksesta. Voit pyytää Alf Björnfotilta pidätysmääräyksen, hänhän on esitutkintajohtaja.

Anna-Maria hyppäsi alas sängyltään ja alkoi vetää farkkuja jalkaan likistäen samalla puhelinta olkapään ja korvan välissä.

– Sen minä teen, hän sanoi. – Lähdenkin sinne saman tien.

– Ota rauhallisesti, Rebecka sanoi.

– Minkä takia? Anna-Maria ärähti. – Minua vituttaa.

Heti kun Rebecka oli lopettanut puhelun, puhelin soi uudestaan. Siellä oli Maria Taube.

– Hei, Rebecka sanoi. – Joko te olette Riksgränsenillä?

– Joo! Etkö kuule mikä meno täällä on? Ehkä me ei olla kovin hyviä hiihtämään, mutta ainakin me tiedetään, mitä baarissa tehdään!

– Vai niin, silloin Måns ainakin viihtyy.

– Oikein hyvin, uskoisin. Hän on parkkeerannut baarimikon läheisyyteen ja saanut Malin Norellin kaulaansa roikkumaan. Siitä päätellen luulisin, että hänellä menee erittäin hyvin.

Kylmä nyrkki kouraisi Rebeckan sydäntä.

Hän ponnisteli kuulostaakseen iloiselta. Iloiselta ja normaalilta. Iloiselta ja kevyeltä, vain kohteliaasti kiinnostuneelta.

– Malin Norell, hän sanoi. – Kuka se on?

– Yritysjuristi, siirtyi meille Wingesiltä puolitoista vuotta sitten. Hän on vähän vanhempi kuin me, jotain kolmekymmentäseitsemän, kolmekymmentäkahdeksan. Eronnut, kuusivuotias tytär. Luultavasti hänellä ja Månsilla oli vipinää silloin kun hän tuli taloon, mutta en tiedä… Tuletko sinä huomenna?

– Huomennako? Enpä usko, minulla on niin paljon töitä juuri nyt, ja olen vähän huonossa kunnossa. Taidan olla vilustumassa.

Hän kirosi hiljaa mielessään. Kaksi valhetta on aina liikaa. Yksi veruke riittää, jos aikoo päästä kiipelistä.

– Voi kun ikävää, Maria sanoi. – Olisin halunnut tavata sinut.

Rebecka nyökkäsi. Tämä puhelu täytyi lopettaa. Nyt.

– Nähdään, hän sai sanottua.

– Mikä hätänä? Maria kysyi kuulostaen yhtäkkiä huolestu-
neelta. – Onko jotakin sattunut?

– Ei suinkaan. Kaikki on ihan hyvin. Minä vain…

Rebecka keskeytti. Kurkkua kuristi, aivan kuin siellä olisi ollut
möhkäle sanojen tiellä.

– Jutellaan joskus toiste, hän kuiskasi. – Soitellaan.

– Ei, odota, Maria Taube sanoi. – Rebecka?

Mutta hän ei saanut vastausta. Rebecka oli katkaissut puhelun.

Rebecka seisoi vessassa peilin edessä. Hän katsoi arpea joka
ulottui huulesta nenään.

– Mitä sinä kuvittelit? hän kysyi itseltään. – Mitä helvettiä sinä
kuvittelit?

Måns Wenngren istui Riksgränsen Hotellin baarissa. Malin No-
rell istui vieressä. Måns oli juuri sanonut jotakin, ja Malin oli
nauranut ja koskettanut Månsin polvea ja vetänyt sitten kätensä
takaisin. Se oli lyhyt merkki. Malin oli hänen, jos hän halusi.

Måns toivoi tosissaan, että olisi halunnut. Malin Norell oli hy-
vännäköinen ja fiksu ja hauska. Tultuaan taloon Malin oli osoitta-
nut selvästi kiinnostustaan. Ja Måns oli vastannut hänen kiinnos-
tukseensa. Sitä oli kestänyt hetken. He olivat viettäneet uutta-
vuotta Barcelonassa.

Mutta Måns oli ajatellut koko ajan Rebeckaa. Rebecka oli
päässyt pois sairaalasta. Måns oli soittanut hänelle silloin kun hän
oli sairaalassa, mutta hän ei ollut halunnut puhua Månsin kans-
sa. Ja lyhyen suhteensa ajan Måns oli ajatellut, että samapa tuo.
Måns oli ajatellut, että Rebecka oli liian mutkikas, liian masentu-
nut, liian rasittava.

Mutta Måns oli ajatellut Rebeckaa koko ajan. Kun hän oli viet-
tämässä Malinin kanssa uuttavuotta Barcelonassa, hän soitti Re-
beckalle kun Malin oli hetken poissa.

Malin oli suurenmoinen, ei itkenyt eikä rettelöinyt kun suh-
de loppui. Måns oli keksinyt muutaman verukkeen, ja Malin jät-
ti hänet rauhaan.

Jos Måns halusi, Malin oli käytettävissä, käsi hänen pol-
vellaan.

Mutta Rebecka tulisi huomenna.

Oikeastaan toimisto olisi halunnut lähteä Åreen. Mutta Måns
oli vaatinut, että he lähtisivät Riksgränsenille.

Hän ajatteli Rebeckaa koko ajan. Hän ei mahtanut sille
mitään.

– AUTA MINUA, Diddi sanoi lapsenvahdille.

Hän istui keittiönpöydän ääressä ja katsoi avuttomana, kun tyttö noukki lattialta rikkinäisen yskänlääkepullon, heitti palat roskapönttöön ja pyyhki lattian talouspaperilla.

Diddi oivalsi että tytön silmissä hän oli pelkkä ukko. Tyttö oli väärässä, mutta miten hän saisi tämän tajuamaan sen?

– Ehkä sinun pitäisi mennä nukkumaan, tyttö sanoi.

Diddi pudisti päätään karkottaakseen äänet, joita sen sisältä oli alkanut kuulua. Ne eivät olleet kuviteltuja ääniä, eivät mielikuvituksen tuotetta vaan muistoja. Hänen oma äänensä oli kimeä ja innokas, hengästynyt ja loukkaantunut. Toinen ääni oli afrikkalaisen naisen, pehmeä mutta päättäväinen. Se kuului Ugandan elinkeinoministerille.

Diddi vihasi Mauria. Hän vihasi sitä omahyväistä pikku paskiaista. Hän tiesi että Mauri oli tappanut Innan. Hän tajusi sen heti. Mutta mitä hän voisi tehdä? Hän ei pystynyt todistamaan mitään. Ja vaikka hän käräyttäisikin Maurin talousrikoksista, hän oli itse samassa jamassa. Mauri oli ollut tarpeeksi fiksu pitääkseen siitä huolen. Ja olihan Diddilläkin perhe, joka oli otettava huomioon.

Hän oli liemessä. Tunne oli suurin silloin kun Inna kuoli. Totta kai hän tunsi myös surua, mutta eniten häntä vaivasi se, ettei hän päässyt pakoon. Se oli kuin Estonia painumassa pinnan alle. Kaikki uloskäynnit on tukittu, maailma kaatuu ja vesi ryöppyää sisään.

Hän oli juhlinut kolme vuorokautta. Hän oli juossut baarista toiseen, ihmisen luota ihmisen luo, juhlista juhliin, tieto kintereillään, tieto Innan kuolemasta.

Viime päivät alkoivat palautua hänen mieleensä.

"Minä en voi kostaa", hän oli sanonut kuolleelle Innalle. Vaikka hän oli pohtinut tuhatta keinoa Maurin tappamiseksi ja kiduttamiseksi, hän oli tajunnut ettei ikinä pystyisi siihen. "Minä olen pelkuri", hän oli sanonut Innalle.

Muistot palasivat hänen mieleensä. Ne saivat alkunsa Ugandan elinkeinoministerin äänestä.

Diddi oli halunnut päästä Maurin kimppuun. Ja hän oli tehnyt jotakin hullua ja vaarallista.

Hän oli soittanut Ugandan elinkeinoministerille. Se oli varmaankin eilen. Vai oliko?

Puhelu oli yhdistynyt vaivatta. Kallis Miningin yritysnimen mainitseminen riitti. Diddi kertoi elinkeinoministerille että Mauri rahoitti Kadagan varustelua.

Ministeri ei uskonut häntä.

– Ne ovat järjettömiä väitteitä, ministeri oli sanonut. – Me luotamme vakaasti Kallis Miningiin. Meillä on hyvät suhteet ulkomaisiin sijoittajiimme.

Diddi muisti miten hänen oman äänensä muuttui kimeäksi. Hän oli tuohtunut, koska ministeri ei uskonut häntä. Hän yritti niin hanakasti olla vakuuttava, että alkoi suoltaa tarinaa ja tuli sanoneeksi kaiken, mitä tiesi.

– He haluavat saada aikaan vallankaappauksen tai murhauttaa presidentti Musevenin. He siirtävät varoja salaiselle tilille. Rahat maksetaan sieltä. I know this for a fact. He killed my sister. He's capable of anything.

– Vallankaappaus? Ketkä "he" haluavat saada aikaan vallankaappauksen? Kaikki tuo on pelkkää puhetta.

– En tiedä keitä he ovat. Gerhart Sneyers! Hän ja Kallis ja joitakin muita. He aikovat pitää kokouksen ja keskustella Pohjois-Ugandan ongelmista.

– Keitä muita kuin Sneyers? Minä en usko sanaakaan puheistanne! Missä tämä kokous on määrä pitää? Missä maassa? Missä kaupungissa? Te panette omianne vain solvataksenne Kallis Miningia. Miten voitte olettaa, että ottaisin teidät tosissani? Ja milloin? Milloin tämä mainittu kokous on määrä pitää?

Diddi Wattrang painoi suljettuja silmiään sormenpäillään. Lapsenvahti tarttui häntä varovasti käsipuolesta.
– Autanko minä sinut yläkertaan? tyttö kysyi.
Diddi vetäisi kärsimättömästi käsivartensa pois.
Voi luoja, hän ajatteli. Kerroinko minä että kokous pidettäisiin täällä? Sanoinko että se olisi tänä iltana? Mitä minä kerroin?

Ugandan elinkeinoministeri Mrs Florence Kwesiga, presidentti Museveni ja kenraali Joseph Muinde kokoontuvat hätäneuvotteluun.

Elinkeinoministeri on tehnyt selkoa Diddi Wattrangin puhelusta.

Hän kaataa ohuesta posliinikannusta teetä, jonka seassa on paljon maitoa ja sokeria. Presidentti nostaa kätensä kieltäytymisen merkiksi. Kenraali Muinde ottaa toisen kupillisen. Elinkeinoministeriä huvittaa nähdä hento pieni kuppi kenraalin isoissa kourissa. Miehen etusormi ei mahdu kupin korvasta sisään, joten hän joutuu pitämään kuppia kämmenellään.

– Minkä vaikutelman te saitte Wattrangista? presidentti kysyy.
– Hän oli epätoivoinen ja sekava, Mrs Kwesiga sanoo.
– Hullu?
– Ei, ei hullu.
– Olen saanut vahvistettua kaksi asiaa, kenraali Muinde sanoo.
– Yksi: Mr Wattrangin sisko on murhattu. Siitä on kirjoitettu ruotsalaisissa sanomalehdissä. Kaksi: Gerhart Sneyersin koneella on laskeutumislupa Schipholiin ja Arlandaan huomenna.

– Aikaa on alle vuorokausi, Mrs Kwesiga sanoo. – Mitä voimme tehdä?

– Aiomme tehdä sen mikä on ehdottoman välttämätöntä, presidentti sanoo. – Emme tiedä keitä tässä on mukana Sneyersin ja Kalliksen lisäksi. Tämä on ehkä ainoa tilaisuutemme. Itsepuolustukseksi on joskus käytävä sotaa toisen alueella. Sen jos minkä olemme oppineet israelilaisilta ja amerikkalaisilta.

– Heihin pätevät toiset säännöt, Mrs Kwesiga sanoo.

– Ei tällä kertaa.

– Sain vakuutettua Mr Wattrangille, että en uskonut häntä, Mrs Kwesiga sanoo kenraalille. – Minä jopa nauroin. Hänestä varmaan tuntui, että häntä ei otettu tosissaan. Niinpä hän ei mitenkään voi odottaa, että ryhdymme toimiin. Mikäli hän tulee katumapäälle ja kertoo muille ottaneensa meihin yhteyttä, he eivät muuta suunnitelmiaan, jos hän sanoo etten uskonut häntä.

– Toimitte aivan oikein, kenraali Muinde sanoo. – Erittäin hyvin.

Hän laskee varovasti teekupin käsistään.

– Alle vuorokausi, hän sanoo. – Aikaa ei ole paljon. Lähetämme matkaan viiden hengen ryhmän, ei omia miehiäni. Se on parasta, mikäli sattuu tulemaan komplikaatioita. Meillä on aseita Kööpenhaminan suurlähetystössä. He saavat laskeutua sinne ja viedä ne autolla Ruotsiin. Rajanylitys on täysin riskitön.

Hän nousee seisomaan kumartaen kevyesti.

– Minulla on asioita hoidettavana, joten suottehan...

Hän tekee kunniaa. Presidentti nyökkää mietteissään.

Kenraali poistuu huoneesta.

Diddi ilmestyy Reglan säterin päivällisille kesken jälkiruokaa. Yhtäkkiä hän seisoo ruokasalin oviaukossa. Hänen solmionsa roikkuu löyhästi kaulassa, paita tursuaa puoliksi housunkauluksesta, puvuntakki riippuu toisesta etusormesta. Ehkä hän oli aikonut pukea sen ylleen mutta unohti koko jutun, ja nyt hän raahaa sitä perässään kuin loukkaantunutta häntää. Koko seurue hiljenee ja katsoo häntä.

– Anteeksi, excuse me, hän sanoo. – Olen pahoillani.

Mauri nousee seisomaan. Hän on raivoissaan mutta hillitty.

– Sinun olisi paras poistua heti, hän sanoo ruotsiksi äärimmäisen ystävälliseen sävyyn.

Diddi seisoo oviaukossa kuin lapsi, joka on herännyt nähtyään pahaa unta ja häiritsee vanhempiaan kesken päivällisen. Hän on liikuttava pyytäessään kohteliaasti englanniksi, että saisi puhua hetken vaimonsa kanssa.

Sitten hän jatkaa Maurille ruotsiksi, samaan pehmeään sävyyn:

– Muuten minä järjestän kohtauksen, Mauri. Ja Innan nimi tulee mainittua, tajuatko?

Mauri nyökäyttää päätään Ulrikalle merkiksi, jotta tämä menisi miehensä luo. Ulrika pyytää anteeksi ja nousee pöydästä. Ebba suo hänelle nopean myötätuntoisen hymyn.

– Domestic problems, Mauri selittää pöydässä istuvalle seurueelle.

Herrat hymyilevät. Niitähän on kaikilla.

– Anna minun edes vaihtaa kengät, Ulrika valittaa kun Diddi lähtee retuuttamaan häntä pihan poikki.

Hän tuntee kosteuden tunkeutuvan suoraan Jimmy Choon kimaltelevien remmisandaalien läpi.

Sitten hän purskahtaa itkuun. Hän ei välitä vaikka verannalla talon edessä istuva Mikael kuulee hänet. Diddi raahaa häntä pihalle, pois ulkovalaistuksen paisteesta.

Ulrika itkee, sillä Diddi on tuhoamassa heidän elämänsä. Mutta hän ei sano mitään. Se ei kannata, hän on lakannut yrittämästä. Mauri potkaisee Diddin pois yhtiöstä. Silloin heillä ei ole leipäpuuta eikä asuntoa.

Minun on jätettävä Diddi, Ulrika ajattelee. Ja silloin häntä itkettää vieläkin enemmän. Hän rakastaa Diddiä vieläkin, mutta tämä ei vetele, tästä ei tule mitään. Mitä Diddi on nyt saanut päähänsä?

– Meidän on päästävä pois täältä, Diddi sanoo hänelle kun he ovat tulleet jonkin matkan päähän talosta.

– Diddi kiltti, Ulrika sanoo yrittäen hillitä itsensä. – Puhutaan tästä kaikesta huomenna. Minä menen takaisin syömään jälkiruokani ja...

– Sinä et nyt ymmärrä, Diddi sanoo ja tarttuu häntä ranteista.
– En tarkoita että meidän pitää muuttaa. Tarkoitan että meidän on päästävä pois täältä. Nyt!

Ulrika on nähnyt Diddin sekoilevan ennenkin, mutta tämä on pelottavaa.

– En voi selittää, Diddi sanoo niin epätoivoissaan että Ulrikaa alkaa taas itkettää.

Tämä elämä oli niin täydellistä. Ulrika rakastaa Reglaa. Hän rakastaa heidän kaunista taloaan. Hänestä ja Ebbasta on tullut hyvät ystävät. He tuntevat paljon mukavia ihmisiä ja tekevät kaikkea hauskaa yhdessä. Ulrika kaappasi Diddin, luoja ties miten moni oli yrittänyt sitä häntä ennen. Se oli kuin olympiavoitto. Mutta nyt Diddi hylkää kaiken, tuhoaa kaiken.

Diddi mumisee jotakin Ulrikan hiuksiin, pitelee häntä sylissään.

– Ole kiltti, Diddi sanoo. – Luota minuun. Häivytään täältä, mennään hotelliin. Voit kysyä minulta huomenna miksi.

Diddi katselee ympärilleen. Kaikkialla on pimeää ja hiljaista. Mutta levottomuus hiipii hänen kimppuunsa.

– Sinun pitää hakea apua, Ulrika nyyhkyttää.

Diddi lupaa tehdä sen, kunhan Ulrika nyt vain lähtee mukaan. Nopeasti. He hakevat pojan ja ottavat sitten auton ja häipyvät täältä.

Eikä Ulrika jaksa panna vastaan. Jos hän nyt tekee niin kuin Diddi sanoo, ehkä Diddin kanssa voi puhua huomenna. Päälliset ovat joka tapauksessa pilalla hänen osaltaan. On vain hyvä ettei hänen tarvitse palata pyytelemään anteeksi ja kohdata Maurin katseita.

Kymmenen minuutin kuluttua he istuvat uudessa Hummerissaan matkalla porteille. Ulrika ajaa. Pikkuprinssi nukkuu turvaistuimessa hänen vieressään. Portille on kahden minuutin ajomatka, mutta kun Ulrika painaa ulompien porttien kaukosäädintä, ne eivät avaudu.

– Taasko ne temppuilevat, hän sanoo Diddille ja pysäyttää auton muutaman metrin päähän.

Diddi nousee autosta ja lähtee kävelemään portille. Hän astuu ajovalojen loisteeseen. Ulrika näkee hänen selkänsä. Sitten Diddi kaatuu päistikkaa maahan.

Ulrika voihkaisee sisimmässään. Hän on niin väsynyt tähän. Hän on väsynyt Diddin ryyppäämiseen ja rälläämiseen ja krapuloihin ja ahdistukseen, katumukseen, surkeuteen, ripuleihin ja ummetukseen, yliseksuaalisuuteen ja impotenssiin. Hän on väsynyt siihen että Diddi kaatuu eikä pääse ylös. Hän on kyllästynyt riisumaan Diddiltä vaatteet ja kengät. Hän on väsynyt Diddin unettomiin kausiin ja maaniseen valvomiseen.

Ulrika odottaa että Diddi nousisi jaloilleen. Mutta Diddi ei nouse. Ulrika kimmastuu. Johan nyt on piru. Hän ajattelee että hänen pitäisi ajaa Diddin yli, edestakaisin muutaman kerran.

Sitten hän huokaisee ja nousee autosta. Ilkeiden ajatusten herättämä huono omatunto tekee hänen äänestään pehmeän ja huolehtivaisen.

– Haloo ystäväiseni! Miten kävi?

Mutta Diddi ei vastaa. Ulrika huolestuu. Hän ottaa muutaman askeleen Diddiä kohti.

– Diddi, Diddi, miten sinun kävi?

Hän kumartuu Diddin ylle, laskee kätensä Diddin lapaluiden väliin ja ravistaa. Hänen kätensä kastuu.

Hän ei tajua. Hän ei koskaan ehdi tajuta.

Ääni. Ääni tai jokin saa hänet nostamaan katseensa ja kääntämään päätään. Ajovaloissa näkyy siluetti. Ennen kuin hän ehtii nostaa kätensä silmien suojaksi, hän on kuollut.

Hänet ampunut mies kuiskaa kuulokemikrofoniinsa:

– Male and female out. Car. Engine running.

Mies valaisee autoa taskulampulla.

– There's an infant in the car.

Toisessa päässä ryhmänjohtaja sanoo:

– Mission as before: everybody. Shut the engine and advance.

Ulrika makaa kuolleena soralla. Hänen ei tarvitse kokea sitä.

Ja yläkerran huoneensa pimeydessä Ester seisoo ikkunassaan ja ajattelee:

Ei vielä. Ei vielä. Ei vielä. Nyt!

Rebecka makaa hangessa isoäitinsä talon ulkopuolella Kurravaarassa. Hänellä on yllään isoäidin vanha sininen nailontakki, mutta se on auki. Paleleminen tekee hyvää, se helpottaa oloa. Taivas on musta ja tähtikirkas. Kuu on hänen yläpuolellaan sairaalloisen keltainen, kuin turvonnut naama jonka iho on kuoppainen. Jostakin hän on lukenut että kuunpöly löyhkää, se haisee vanhalta ruudilta.

Miten voi tuntea näin toista ihmistä kohtaan? Rebecka ajattelee.

Miten voi tuntua että haluaa kuolla, koska toinen ei rakastakaan? Hänkin on vain ihminen.

Tiedätkö, Rebecka sanoo jumalalleen. En halua valittaa, mutta kohta en enää halua olla mukana tässä pelissä. Minua ei rakasta kukaan, ja sitä on hyvin raskasta kestää. Pahimmassa tapauksessa elän vielä kuusikymmentä vuotta. Mitä minulle tapahtuu, jos olen yksin kuusikymmentä vuotta?

Näithän sinä että minä pääsin jaloilleni. Teen töitä. Nousen ylös joka aamu. Pidän kaurapuurosta puolukkahillon kera. Mutta nyt en tiedä haluanko sitä enää.

Äkkiä hän kuulee lumesta tassujen töminää. Siinä samassa Bella on hänen vieressään, se juoksee kierroksen hänen ympärillään, hyppää sitten päälle, tallaa häntä kipeästi palleaan, tuuppaa nopeasti kuonollaan, tarkistaa onko hän kunnossa.

Sitten Bella haukahtaa, raportoi tietenkin isännälleen. Rebeckalle tulee hätä nousta pystyyn, mutta Sivving on nähnyt hänet ja kiiruhtaa hänen luokseen.

Bella on jo jatkanut matkaansa. Se ryntää onnessaan vanhan niityn poikki, vitilumi tupruaa.

– Rebecka! Sivving huutaa onnistuen vain huonosti peittämään äänestään kuultavan hädän. – Mitä sinä teet?

Rebecka avaa suunsa huutaakseen, laskeakseen leikkiä että katselee tähtiä, mutta ei saa sanottua mitään.

Hänen kasvonsa eivät jaksa teeskennellä, hänen vartalonsa ei tee mitään yrittääkseen salata. Hän vain pudistaa päätään.

Sivving haluaa auttaa häntä. Kyllä Rebecka ymmärtää että Sivving on hänestä huolissaan. Kenen muun kanssa Sivving voi puhua nyt kun Maj-Lis on kuollut.

Rebecka ei jaksa. Hän ei halua nähdä Sivvingin toivetta, että Rebecka olisi iloinen, että kaikki menisi hyvin, että Rebecka olisi onnellinen.

Minä en jaksa olla onnellinen, hän haluaa sanoa. Tuskin jaksan olla edes onneton. Pystyssä pysyminen on suuri haasteeni.

Nyt Sivving aikoo pyytää häntä kävelylle tai kotiinsa kahville. Muutaman sekunnin kuluttua Sivving sanoo sen, ja Rebeckan on pakko kieltäytyä, se ei käy. Sitten Sivving riiputtaa päätään, ja Rebecka on tehnyt hänetkin onnettomaksi.

– Minulla on asioita, Rebecka sanoo. – Pitää lähteä viemään haastehakemus eräälle naiselle Lomboloon.

Se on niin älytön ja huono valhe, että hän tuntee melkein erkanevansa ruumiistaan. Toinen Rebecka tulee hänen vierensä ja kysyy:

– Mistä helvetistä sinä tuonkin keksit?

Mutta Sivving tuntuu nielaisevan sen. Hänellähän ei ole aavistustakaan millaista työtä Rebecka oikeastaan tekee.

– Vai niin, Sivving sanoo vain.

– Kuule, Rebecka sanoo. – Minulla on kissa hoidossa. Voisitko huolehtia siitä?

– Totta kai, Sivving sanoo, – mutta aiotko olla poissa pitkäänkin?

Ja kun Rebecka lähtee autolleen, Sivving huutaa hänen peräänsä:

– Etkö aio vaihtaa takkia?

Rebecka kääntyy Kiirunaan vievälle tielle ja huomaa, ettei edes mieti minne on menossa. Hän tietää sen. Hän aikoo ajaa Riksgränsenille.

– Mikä se oli? Anna-Maria Mella kysyy.

Sven-Erik Stålnacke istuu etupenkillä ja tähystelee Reglan säterin ulompien porttien suuntaan. Passatin valonheittimien loisteessa hän näkee Hummerin, joka on pysäköity porttien sisäpuolelle keula heihin päin.

– Ovatko nuo turvamiehiä? hän kysyy.

He pysähtyvät portin ulkopuolelle. Anna-Maria vaihtaa vapaalle, nousee autosta ja antaa moottorin käydä.

– Haloo! hän huutaa.

Sven-Erik Stålnacke nousee hänkin autosta.

– Jeesus, Anna-Maria sanoo. – Voi Jeesus Kristus!

Tiellä makaa kaksi ruumista vatsallaan. Anna-Maria kaivaa takin alta asettaan.

– Mitä helvettiä täällä on tapahtunut? hän ihmettelee.

Sitten hän astahtaa pois heidän autonsa valonheittimien loisteesta.

– Pysy poissa valosta, hän sanoo Sven-Erikille. – Ja sammuta moottori.

– Enkä, Sven-Erik sanoo. – Hyppää autoon niin ajetaan pois täältä ja soitetaan vahvistusta.

– Joo, tee se, Anna-Maria sanoo. – Minä käyn vähän katsomassa.

Ulompi portti sulkee vain tien, ja muuri alkaa vasta sisemmän portin kohdalta. Anna-Maria kiertää portinpylvään mutta pysähtyy jonkin matkan päähän ruumiista. Hän ei halua mennä edemmäs niin kauan kuin he ovat auton valokeilassa.

– Peruuta autoa, hän sanoo Sven-Erikille. – Minä käyn vain vähän katsomassa.

– Tule autoon, Sven-Erik murisee, – niin soitetaan vahvistusta.

Heille tulee riitaa. He rähisevät keskenään kuin vanha pariskunta.

– Minä käyn vain vähän katsomassa, mene pois tai sammuta se hemmetin moottori, Anna-Maria ärisee.

– Tästä on olemassa säännöt. Autoon siitä! Sven-Erik komentaa.

Epäammattimaista touhua. Sitä he miettivät myöhemmin. Heidät olisi voitu ampua. Aina kun tulee puheeksi se miten hankalaa on reagoida kiperissä tilanteissa, heidän ajatuksensa palaavat tänne.

Lopulta Anna-Maria astuu suoraan ajovalojen loisteeseen. Sig Sauer toisessa kädessä hän kokeilee maassa makaavien kaulaa. Ei sykettä.

Hän harppoo kyyryssä muutaman askeleen kohti Hummeria ja katsoo sisään. Turvaistuin. Lapsi. Kuollut pieni lapsi. Ammuttu pienten kasvojensa läpi.

Sven-Erik näkee Anna-Marian ottavan vapaalla kädellään tukea auton ikkunasta. Anna-Marian kasvot ovat tuhkanvalkoiset Passatin ajovalojen loisteessa. Hän katsoo suoraan Sven-Erikin silmiin niin epätoivoisen näköisenä, että Sven-Erikin sydäntä kouraisee.

Mitä? Sven-Erik kysyy.

Siinä samassa hän tajuaa, ettei ole lausunut sanaakaan.

Sitten Anna-Maria kumartuu eteenpäin. Koko hänen vartaloaan kouristaa. Ja hän katsoo Sven-Erikiä, ihan kuin tämä olisi Sven-Erikin syytä.

Ja sitten Anna-Maria on poissa. Hän on juossut Passatin ajovalojen loisteesta kuin kettu, eikä Sven-Erik tiedä minne hän on mennyt. Ulkona on niin pirun pimeää. Paksut yöpilvet tukkivat kuunvalon.

Sven-Erik kumartuu sammuttamaan moottorin. Kaikkialla on hiljaista ja mustaa.

Hän nousee autosta ja kuulee askelten äänen. Ne kaikkoavat säterin suuntaan.

– Anna-Maria, jumalauta! hän huutaa.

Mutta hän ei uskalla huutaa kovin lujaa.

Hän on vähällä lähteä Anna-Marian perään. Mutta sitten hän hillitsee itsensä.

Hän soittaa vahvistusta. Piru periköön Anna-Marian. Puhelu kestää kaksi minuuttia. Sven-Erik pelkää henkensä edestä puhuessaan puhelimessa. Häntä pelottaa että joku kuulee hänet, että joku ampuu häntä kalloon. Hän kyyristelee auton vieressä koko puhelun ajan. Hän yrittää kuulostella ja nähdä jotakin pimeässä. Hän poistaa aseestaan varmistimen.

Puhelun päätyttyä hän juoksee Anna-Marian perään. Hän yrittää katsoa Hummeriin nähdäkseen mikä sai Anna-Marian reagoimaan sillä tavalla, mutta on liian pimeää nyt kun Passatin ajovalot on sammutettu. Hän ei näe mitään.

Hän pysyttelee tien vieressä lähtiessään juoksemaan hiljaa ruohikossa kohti säteriä. Jos hänen oma hengityksensä ei puhisisi niin paljon, hän voisi ehkä kuulla jotakin. Hän on niin peloissaan että voi pahoin. Mutta mitä helvetin valinnanvaraa hänellä on? Missä Anna-Maria on?

Ester näkee jonkun peilistä. Se muistuttaa häntä itseään. Niin pitkälle kuin tiede onkin edennyt, meissä ei ole mitään pysyvää. Ihminen on pelkkiä väriseviä rihmoja. Ja ilma ympärillämme on sekin pelkkiä väriseviä rihmoja. Kumma kun me emme päivittäin kävele suoraan muurien läpi ja sulaudu toisiimme.

Hän on luovuttanut itsensä mutta ei tiedä mille. Hän vain vaistoaa sen ymmärrystään syvemmissä kerroksissa. Sopimus on allekirjoitettu jokaisella askeleella. Hän muutti Maurin yläkertaan. Hän on treenannut ruumistaan. Hän on latautunut hiilihydraatein. Ja nyt pää saa seurata jalkoja eikä päinvastoin.

Pää saa levätä kun jalat juoksevat kellarinportaita alas.

Viisi miestä lähestyy samaan aikaan Reglan säteriä. Heillä kaikilla on mustat vaatteet. Ester on ajatuksissaan kutsunut ryhmänjohtajaa Sudeksi. Hän ja kolme muuta ovat aseistautuneet pienin konepistoolein. Miehistä viides on tarkka-ampuja.

Tarkka-ampuja laskeutuu ruohikkoon turvallisuuspäällikkö Mikael Wiik tähtäimessään. Hänen ei tarvitsisi käydä makuulle, kohde on täysin liikkumatta.

Mikael Wiik seisoo säterin portailla ja kuulostelee tielle päin. Diddi lähti vaimoineen autolla Reglasta. Ilmeisesti Diddi oli riitautunut Maurin kanssa. Hemmetin harmillista, mutta Diddi on nykyään aivan arvaamaton.

Hän kuuli auton pysähtyvän ulomman portin luo, ja sitten he sammuttivat moottorin. Hän miettii miksi he eivät jatkaneet matkaa. Luultavasti heillä on autossa vuosisadan riita.

Minä hoidan oman työni, Mikael Wiik ajattelee. Eikä tämä ole minun työtäni.

En sekaannu tähän, hän ajattelee. En ole sekaantunut ennenkään, en edes Innan tapauksessa. Annoin Maurille puhelinnumeron mutta en sekaantunut siihen mitä sen jälkeen tapahtui.

Hän oli katsonut Innan ruumista Kiirunan ruumishuoneella. Siinä oli ollut pahannäköinen pistohaava.

Se ei voinut olla ammattilaisen työtä, hän vakuuttaa itselleen. Inna kuoli jostakin muusta syystä. Se ei liittynyt mitenkään Kallis Miningiin.

Hän vetää henkeä. Yöilma enteilee kevättä. Tuulet ovat lämpimiä ja tuovat mukanaan vihreän tuoksua. Hän aikoo ostaa kesäksi veneen ja viedä avovaimon saaristoon.

Sen enempää hän ei ajattele. Kun hän kaatuu eteenpäin ja osuu kiviportaaseen, hän on jo kuollut.

Tarkka-ampuja vaihtaa paikkaa. Hän siirtyy talon toiselle puolelle ja laskee huoneiden lukumäärän. Ruokasalin seinustalla seisoo vain yksi vartija. Vieraat ovat kuin tarjottimella. Hän raportoi tilanteesta kuulokemikrofoniinsa.

Ester Kallis sammuttaa sähkökeskuksesta päävirtakatkaisimen. Muutamalla nopealla liikkeellä hän ruuvaa irti sulakkeet ja heittää ne läheisen hyllyn alle. Hän kuulee kuinka ne vierivät lattiaa pitkin ja pysähtyvät. Pimeys on täydellinen.

Hän vetää henkeä. Jalat tuntevat tien portaita ylös. Hänen ei tarvitse nähdä. Jalat juoksevat pitkin mustaa polkua.

Ja sillä välin kun jalat seuraavat mustaa polkua, hän itse elää toisessa maailmassa. Sitä voisi kutsua muistoksi, mutta se tapahtuu nyt. Taas. Se tapahtuu yhtä paljon nyt kuin silloin.

Hän seisoo tunturinrinteellä eatnážanin kanssa. On myöhäiskevät, vain muutama lumilaikku jäljellä. Ilma on täynnä huutavia lintuparvia. Aurinko lämmittää heidän selkäänsä. He ovat avanneet villatakkiensa napit.

He katselevat tunturipurolle päin. Se on paisunut sulamisvesistä monta metriä leveäksi. Nyt se on hyvin vuolas. Vaadin laskeutuu veteen ja ui toiselle rannalle. Maihin päästyään se mölisee vasalleen. Se houkuttelee niin kauan, että vasa lopulta uskaltautuu veteen. Mutta virta on liian voimakas. Vasa ei jaksa uida vastarannalle. Ester ja äiti näkevät kuinka virta vie vasan mennessään. Silloin vaadin hyppää takaisin veteen ja ui ajelehtivan vasansa kiinni. Se ui vasan ympärillä, painaa sitä vartalollaan virtaa vasten, ja ne uivat rinta rinnan. Virta on voimakas, vasan kaula on ojossa vedenpinnan yläpuolella. Se on kuin hätähuuto. Kun ne pääsevät vastarannalle, vaadin ui paikallaan, jotta vasa pääsee kömpimään maihin. Lopuksi ne molemmat seisovat rannalla.

Ester ja äiti jäävät katselemaan niitä. Vaatimen rohkeus, sen voimakkaat tunteet vasaa kohtaan ja vasan luottamus tekevät heihin syvän vaikutuksen. Vasa heittäytyi veteen vaikka pelkäsikin virtaa. He eivät sano mitään lähtiessään takaisin poronvartijan tuvalle.

Ester kulkee äidin perässä. Hän yrittää ottaa pitkiä askeleita, jotta hänen jalkansa osuisivat äidin jalanjälkiin.

Mauri Kallis kysyy vierailtaan mitä he haluavat kahvin kanssa. Gerhart Sneyers haluaa ison konjakin, Heinrich Koch ja Paul Lasker samoin. Viktor Innitzer juo calvadosta ja kenraali Helmuth Stieff pyytää single maltin.

Mauri kehottaa vaimoaan istumaan ja sanoo kaatavansa itse vierailleen avecit.

– Minä vaihdan kynttilät, Ebba sanoo ja vie kyntteliköt keittiöön. Häntä ärsyttää kun pitopalvelun väki ei ole huomannut, että ne ovat palaneet melkein loppuun.

Ruokasalissa seisoo henkivartija. Hän tekee töitä Gerhart Sneyersille. Ohittaessaan hänet Mauri Kallis panee merkille miten huomaamattomasti hän on hoitanut tehtävänsä. Mauri ei ole edes ajatellut, että hän on seisonut siinä koko päivällisen ajan.

Sen vuoksi onkin lähes koomista, kun henkivartija kaatuu ja vetää kaatuessaan 1500-luvulta peräisin olevan seinävaatteen mukanaan lattialle. Mauri ehtii muistaa pojan, joka pyörtyi koulun Lucia-kulkueessa kolmannella luokalla. Siinä samassa hänen tajuntaansa kantautuu pirstoutuvan lasin ääni. Sen jälkeen hän näkee ovella kaksi miestä ja kuulee konekiväärien naurettavaa papatusta.

Sitten sammuvat kaikki valot. Pimeässä kuuluu Paul Laskerin hillitön tuskanhuuto. Myös joku toinen huutaa hysteerisesti ja hiljenee sitten kesken kaiken. Luotisade lakkaa ja muutaman sekunnin kuluttua kuuluu napsahdus, kun taskulamppu etsii huoneesta ryömiviä, huutavia, konttaavia ihmisiä jotka yrittävät väistää ja selvitä hengissä.

Kenraali Helmuth Stieff on saanut käsiinsä kuolleen henkivartijan aseen ja ampuu valoa päin, joka kaatuu lattialle ja taskulamppu sammuu.

On pilkkopimeää. Mauri huomaa makaavansa maassa. Hän yrittää nousta seisomaan mutta ei pääse. Hänen kätensä on märkä, paitakin on märkä.

Minua on ammuttu vatsaan, hän ajattelee. Sitten hän huomaa olevansa viskin peitossa. Koska hän ei näe mitään, äänet kuulostavat kovilta. Naiset kiljuvat peloissaan keittiössä, kuuluu taas papatusta ja Mauri ajattelee Ebbaa ja sitten sitä, että hänen on päästävä pois täältä, ja se on hänen ainoa ajatuksensa. Täältä on päästävä pois.

Hän kuulee kuinka tunkeilijat napsuttavat virtakatkaisimia hallissa eikä mitään tapahdu. Koko Regla on pimennetty.

Paul Lasker huutaa taukoamatta. Muutama herra törmää pöydän alla toisiinsa. On kysymys sekunneista ennen kuin muut palaavat ruokasaliin.

Mauria on ammuttu lonkkaan, mutta hän pääsee raahautumaan eteenpäin käsiensä avulla. Ruokasali ja salonki ovat peräkkäin, ja koska baarikaappi on salongin kaakeliuunin vieressä, hän tietää olevansa lähellä salongin oviaukkoa. Hän vetää itsensä kynnyksen yli, täällä heidän piti juoda kahvit ja avecit. Kahden metrin päässä hänen voimansa ovat ehtyneet.

Silloin joku laskee varovasti kätensä hänen selälleen. Hän kuulee Esterin kuiskaavan hänen korvaansa:

– Ole hiljaa jos haluat elää.

Kenraali pitää vieläkin puoliaan ruokasalissa, oviaukolta ammutaan sokeasti halliin päin. Joku seisoo oviaukossa hallin puolella ja pitelee taskulamppua sillä välin kun toinen ampuu. Paul Lasker hiljenee. Kenraali ampuu mutta säästeliäästi. Hänellä ei ole monta ammusta jäljellä, pian he voivat mennä sisään ja tehdä selvää kaikista.

Ester nostaa Maurin istuma-asentoon kovalle 1700-luvun sohvalle. Esitutkintapöytäkirjassa mainitaan myöhemmin veriläikkä, jonka Mauri jättää jälkeensä, ja se herättää erinäisiä arvailuja. Ester kyykistyy Maurin eteen ja hinaa hänet pystyyn palomiehenotteella.

Nyt minä nostan, Ester ajattelee. Yksi, kaksi, kolme.

Mauri ei ole kovin painava. Salonki on kirjaston jatkeena, ja kirjaston takana on varastohuone täynnä tavaraa. Siellä on ovi joka johtaa puutarhaan. Ester avaa sen ja astuu pitkin askelin ulos pimeyteen.

Hän tuntee tien. Hän on juossut monta kertaa sidotuin silmin pienen metsikön poikki vanhalle laiturille. Puunoksat ovat naarmuttaneet hänen kasvonsa, mutta nyt hän tuntee mustan polkunsa. Kunhan hän vain ensin pääsisi pihan ja nurmikon poikki metsikön reunaan.

Ryhmänjohtaja valaisee taskulampulla ruokasalissa olevia miehiä. Valokeila vaeltaa kasvoilta kasvoille. Kenraali Helmuth Stieff on kuollut, samoin Paul Lasker.

Heinrich Koch retkottaa seinää vasten. Hänen kätensä puristaa veriläikkää, joka kasvaa hänen valkoisella paidanrintamuksellaan. Hän tuijottaa kauhuissaan miestä, jolla on mustaksi maalatut kasvot ja vasemmassa kädessään taskulamppu. Hänen hengityksensä on lyhyttä, nopeaa huohotusta.

Ryhmänjohtaja vetää esiin Glockinsa ja ampuu häntä silmien väliin. Nyt kahdesta eloonjääneestä tulee puheliaita. Hän panee merkille, että Viktor Innitzer parahtaa kauhusta.

Innitzer vaikuttaa fyysisesti vahingoittumattomalta. Hän istuu seinään nojaten, käsivarret rintaa vasten.

Gerhart Sneyers makaa kyljellään pöydän alla.

Ryhmänjohtaja liikauttaa päätään ja yksi miehistä tarttuu Sneyersin jalkoihin ja vetää hänet ryhmänjohtajan jalkojen juureen. Siinä Sneyers sitten makaa kyljellään, polvet koukussa ja kädet reisien välissä. Hiki tihkuu ihon läpi hänen otsalleen, se helmeilee ja valuu kasvoja pitkin. Hänen koko vartalonsa tärisee kuin horkassa.

– Nimi? ryhmänjohtaja kysyy englanniksi. Sitten hän vaihtaa saksaan.

– Ihr Name! Ja keitä nuo muut olivat?

– Rot op, Sneyers vastaa, ja kun hän avaa suunsa lausuakseen sanat, veri pulppuaa hänen suustaan.

Ryhmänjohtaja kumartuu ampumaan myös hänet. Sitten hän kääntyy Viktor Innitzerin puoleen.

– Please don't kill me, Innitzer kerjää.

– Who are you? Ja keitä nuo muut olivat?

Innitzer kertoo nimensä ja myös muiden nimet siinä järjestyksessä kuin taskulampun valo lankeaa heidän kuolleille kasvoilleen. Ryhmänjohtaja pitää esillä pientä nauhuria, ja Innitzer puhuu niin selvästi kuin kykenee, hän vilkuilee koko ajan hädissään ryhmänjohtajaa.

– Puuttuuko täältä ketään kokouksen osanottajaa? ryhmän-
johtaja kysyy.

– En tiedä... en tiedä! Jos ette valaisisi minua kasvoihin tasku-
lampulla, niin minä... Kallis! Mauri Kallis!

– Ei muita?

– Ei.

– Missä Kallis on?

– Hän seisoi äsken tuossa!

Viktor Innitzer osoittaa pimeässä baarikaapin suuntaan.

Ryhmänjohtaja valaisee baarikaappia, sitten baarikaapin vie-
ressä olevaa oviaukkoa. Hän suuntaa pistoolin Innitzerin päätä
kohti, miehestä ei enää ole hyötyä, ja painaa liipaisinta. Sitten
hän viittaa muut mukaansa ja juoksee salonkiin.

He käyvät salongin järjestelmällisesti läpi taskulamppujensa
avulla. He liikkuvat selät vastakkain, pyörivät ympyrää kuin etu-
käteen harjoitellussa tanssissa, taskulamppujen valot osoittavat
eri suuntiin.

He tarvitsisivat enemmän valoa, etenkin jos Kallis on ehtinyt
ulos. Täytyy toivoa että hän on haavoittunut.

– Hae Hummeri, ryhmänjohtaja sanoo kuulokemikrofoniin-
sa. – Sillä voi ajaa maastossa.

Anna-Maria Mella on juuri nähnyt Hummerissa Diddi Wattran-
gin kuolleen pojan. Hän juoksee Reglaa kohti. Tai oikeastaan hän
ei juokse, sillä ulkona on täysin pimeää. Hän lönkyttelee nostel-
len kunnolla jalkojaan, jotta ei kompastuisi mihinkään, häntä ei
huvita kaatua varmistamaton ase kädessä.

Mitä täällä on tapahtunut? hän ajattelee.

Ulkovalaistus on sammutettu. Säterin talot lepäävät säkki-
pimeässä.

Edettyään jonkin matkaa hän näkee taskulampun valon. Joku
valaisee tietä edessään ja juoksee häntä kohti kovaa vauhtia.
Anna-Maria heittäytyy sivuun ja loikkaa ojaan. Hän riisuu tak-
kinsa, joka on täynnä heijastimia, ja heittää sen maahan vuori

ylöspäin. Hän ei ehdi juosta pakoon sen kauemmaksi, muuten tulija kuulee hänet. Hän kyyristelee ojassa. Viimevuotinen ruoho on painunut litteäksi maata vasten eikä tarjoa suojaa, mutta ojassa kasvaa vähän pensaikkoa, vähän oksia. Jos tulija ei suuntaa taskulamppuaan häneen, hän saattaa selviytyä.

Ojassa on vettä kämmenenleveyden verran. Hän tuntee sen imeytyvän kenkien ja farkkujen läpi. Hän kaivaa vapaalla kädellään mutaa ja tuhrii sillä kasvonsa, jotta ne eivät hohtaisi valkoisina taskulampun valossa. Hänen on pakko nostaa katseensa, varautua ampumaan, jos tulija huomaa hänet ja osoittaa häntä aseella. Hän pitelee pistoolia kaksin käsin. Sitten hän on ihan hiljaa. Sydän lyö kuin kirkonkello.

Mies ohittaa hänet kahden metrin päässä, ei näe häntä. Tulija on selvästikin mies, Anna-Maria katsoo hänen peräänsä kun hän on juossut ohi, ja näkee leveäharteisen siluetin. Maastokenkien töminä soralla hiljenee.

Ystävä vai vihollinen? Anna-Marialla ei ole aavistustakaan. Onko se joku Kalliksen turvamiehistä? Onko se sama mies, joka vastikään ampui Diddi Wattrangin perheineen?

Anna-Maria ei tiedä. Ja mies juoksee portille, autolle jonka etupenkillä on kuollut lapsi. Sven-Erik on siellä!

Anna-Maria nousee jaloilleen ja kiipeää tielle, takki jää ojaan. Hänen polvensa ja jalkansa ovat litimärät.

Hän lähtee miehen perään kohti Hummeria ja pysyttelee ruohikossa tien vieressä. Jos mies vetää aseen ja suuntaa sen kohti Sven-Erikiä... Niin, silloin Anna-Maria tietää. Silloin hän ampuu miestä selkään.

Mies tulee Hummerin luo, menee autoon istumaan ja käynnistää sen. Ajovalot syttyvät ja koko seutu tuntuu yhtäkkiä kylpevän kylmässä valossa. Kylläpä kaksi ajovaloa voivatkin olla tehokkaat!

Sven-Erikiä ei näy.

Mies peruuttaa. Anna-Maria tajuaa ettei hän aio tuhlata aikaa auton kääntämiseen vaan peruuttaa sen koko matkan kartanolle.

Anna-Maria heittäytyy taas ojaan ja makaa matalana, kunnes auto on ajanut ohi. Sitten hän nousee kyykkyyn ja katsoo miehen perään. Miehellä on täysi työ pitää silmällä tietä taaksepäin, eikä hän voi katsoa Anna-Marian suuntaan. Melkoinen ajaja! Hän peruuttaa auton täysillä lehmuskujaa pitkin säterille. Hän ajaa lujaa ja viivasuoraan.

Sitten Anna-Maria muistaa että miehen vieressä etupenkillä on turvaistuin ja siinä päähän ammuttu lapsi. Se on vastenmielinen ja inhottava ajatus. Millaisia ihmisiä nuo oikein ovat?

– Sven-Erik! Anna-Maria huutaa hiljaa, – Sven-Erik!

Mutta vastausta ei kuulu.

Sven-Erik on juuri soittanut vahvistusta.

Nyt hän lähtee etenemään ruohikkoa kasvavaa tienpiennarta pitkin. On vaikeaa kun ei näe mitään, mutta hänellä on usean vuoden kokemus marjametsästä. Hän on monet kerrat liikkunut maastossa sysipimeällä. Nyt hänellä ei ole edes konttia selässä.

Hänen kulkunsa on hiipivää ja vaivatonta. Hän pikemminkin tuntee kuin näkee tien toisella puolella ja lehmuskujan toisella.

Kun mies juoksee taskulamppu kädessä ohi, Sven-Erik ei pudottaudu ojaan vaan painautuu lehmuksen taakse ja pysyy siinä, kunnes mies on mennyt.

Anna-Maria ja Sven-Erik kohtaavat tietämättään, mutta he juoksevat eri puolilla tietä. Anna-Maria juoksee taskulamppumiehen perässä. Sven-Erik on menossa toiseen suuntaan kohti säteriä. Heidän välissään on vain runsaat neljä metriä, mutta he eivät näe toisiaan. Ja he kuulevat vain omat askeleensa, oman hengityksensä.

Ester on päässyt puutarhaan. Hän pitää Maurin käsivartta ja säärtä lujassa otteessa, Mauri makaa ikeenä hänen harteillaan. Talon pohjoispäätyyn tultuaan Ester näkee salongin ikkunoiden läpi taskulamppuja. He eivät ole kaukana perässä. Mutta Ester on nyt pimeän suojassa. On liikuttava hiljaa. Hän oikaisee pihan poikki, vältelee soraa.

Hän aikoo oikaista omenalehdon halki sankkaan metsään ja sen läpi vanhalle laiturille. Seitsemänsataa metriä vaikeaa maastoa ja toisen ihmisen paino kannettavana, mutta vauhtia voi hidastaa heti kun pääsee puiden lomaan.

Kun hän on tullut melkein omenalehtoon, pihalle ajaa Hummeri. Ester näkee sen tulevan kuin punasilmäinen eläin, kestää sekunnin ennen kuin hän ymmärtää, että se johtuu takavaloista. Hummeri tulee peruuttaen lehmuskujaa pitkin.

Ester joutuu ajovalojen loisteeseen. Yhtäkkiä hän näkee omenapuiden ryhmyiset varret valossa, ottaa nopeasti muutaman raskaan askeleen päästäkseen pakoon. Eteenpäin! Takaisin mustalle polulle. Metsää kohti.

Hummerin kuljettaja tiedottaa kuulokemikrofoniinsa, että hänellä on tähtäimessä kaksi pakenijaa. Hän ajaa auton suoraan istutusten yli, nurmikon poikki kohti omenalehtoa.

Ennen omenalehtoa hänen on pakko pysähtyä. Se on liian jyrkkä, hän ei voi ajaa kiviterassia alas, muuten hän juuttuu kiinni.

Hän peruuttaa runsaan metrin verran, kääntyy ja ajaa jonkin matkaa eteenpäin. Hän käyttää autoa valonheittimenä, tutkii aluetta järjestelmällisesti, käskee kollegoitaan pitämään kiirettä. Kaksi ilmoittaa olevansa tulossa. Toiset kaksi ovat menneet taloon hoitelemaan loputkin. He ovat juuri ampuneet lapsenvahdin, joka oli sytyttänyt kynttilöitä olohuoneeseen ja etsiskellyt kirjahyllystä luettavaa, koska televisiokin oli lakannut toimimasta.

Anna-Marialla on henki kurkussa. Hummeri on ajanut puutarhan läpi ja pysähtynyt omenalehdon reunaan. Ajovalojen loisteessa Anna-Maria näkee jonkun kantavan toista ihmistä harteillaan ja suuntaavan kohti metsää. Hän näkee heidät sekunnin ajan, sitten he ovat kadonneet valokeilasta. Hummeri kääntyilee taitavasti ja tuntuu etsivän heitä, kaukovalot ovat päällä. Kaksi mustapukuista henkilöä ilmestyy auton viereen, pysähtyy muutamaksi sekunniksi ja tähystelee lehtoon päin.

Anna-Maria kyykistyy ja yrittää olla läähättämättä. Hän on

heistä alle kahdenkymmenen metrin päässä.

He eivät voi kuulla minua moottorin äänen yli, hän ajattelee.

Siinä samassa pakeneva henkilö joutuu taas valoon, ja yksi miehistä ampuu häntä kohti. Toinen kohottaa kiväärin olalleen mutta ei ehdi laukaista, kun henkilö katoaa taas pimeään. Hummeri peruuttaa, kääntyy, se kestää muutaman sekunnin.

Konepistoolimies lennähtää terassin poikki kuin pantteri ja lähtee pakenijoiden perään. Tarkka-ampuja jää auton viereen täydessä valmiudessa.

Anna-Maria yrittää nähdä jotakin, mutta ajovalojen aavemaisessa loisteessa ei näy muuta kuin puunrunkoja ja niiden harittavia oksia.

Oikeastaan Anna-Maria ei ajattele. Hän ei ehdi tehdä päätöstä.

Sisimmässään hän tietää, että pakenijat ammutaan pian, ellei hän tee jotakin. Ja tuossa autossa, joka kääntyilee etsivine murhaajavaloineen kuin kone jolla on oma elämä, tuossa autossa on kuollut pieni lapsi.

Anna-Marian askelissa on epätoivoista raivoa, kun hän juoksee auton luo ase esillä. Hänen jalkansa kaivavat maata, tuntuu kuin olisi unessa, jossa vain juoksee eikä pääse ikinä perille.

Mutta hän pääsee perille, todellisuudessa se kestää vain muutaman sekunnin.

He eivät ole huomanneet häntä, heidän huomionsa on toisaalla. Hän ampuu tarkka-ampujaa selkään. Mies kaatuu eteenpäin. Vielä kaksi nopeaa askelta ja Anna-Maria ampuu autonkuljettajaa päähän sivuikkunasta.

Auton moottori pysähtyy mutta kaukovalot jäävät päälle. Anna-Marialle ei tule mieleenkään, että heitä voisi olla useampia, hän ei edes pelkää vaan juoksee täydessä valaistuksessa terassille, kohti lehtoa, puiden väliin. Hän seuraa konekiväärimiestä, joka vainoaa sitä, joka kantaa toista ihmistä olallaan.

Anna-Marialla on seitsemän laukausta jäljellä. Siinä kaikki.

Sven-Erik Stålnacke kyykkii pimeässä kun Hummeri peruuttaa kohti säteriä. Hän näkee kuinka se ajaa kohti terassia ja pysähtyy omenalehdon yläpuolelle, peruuttaa ja ajaa eteenpäin, peruuttaa ja ajaa eteenpäin. Hän ei näe henkilöä, joka kulkee vaivalloisesti omenalehdon poikki toinen ihminen selässään, mutta hän näkee konekiväärimiehen, joka ampuu jotakin kohti ja juoksee sitten kiviterassia alas. Hän näkee tarkka-ampujan, joka seisoo valmiina ja tähystelee Hummerin vieressä. Hän katsoo kelloa ja miettii kauanko kestää ennen kuin kollegat ovat paikalla.

Hän tuskin ehtii ymmärtää näkemäänsä kun kuulee jo laukauksen ja tarkka-ampuja kaatuu eteenpäin, sitten joku ampuu autonkuljettajan. Hän ei ymmärrä että se on Anna-Maria, ennen kuin hän näkee tämän juoksevan alas omenalehtoon auton ajovalojen loisteessa.

Sven-Erik nousee seisomaan. Hän ei uskalla huutaa Anna-Mariaa.

Voi luoja, Anna-Maria on valokeilassa kuin tarjottimella. Hullu akka. Sven-Erik suuttuu.

Ja kesken kaiken tarkka-ampuja nousee seisomaan. Pelko kiirii Sven-Erikin läpi pakokauhun aaltona. Anna-Mariahan ampui miehen. Sitten Sven-Erik ymmärtää, että miehellä on luotiliivit.

Siinä Anna-Maria juoksee kuin elävä maalitaulu keskellä valoa.

Sven-Erik ryntää matkaan. Ikäänsä ja elopainoonsa nähden hän liikkuu hyvin hiljaa ja nopeasti. Kun tarkka-ampuja kohottaa aseensa Anna-Mariaa kohti, Sven-Erik pysähtyy ja kohottaa omansa. Hän ei ehdi tämän lähemmäs.

Kyllä se onnistuu, hän vakuuttaa itselleen.

Hän pitelee asetta molemmin käsin, vetäisee henkeä syvään, tuntee miten tärisee kauttaaltaan pelosta, rasituksesta ja jännityksestä. Hän pidättää hengitystä samalla kun painaa liipaisinta.

Yksi konekiväärin luodeista osuu Esteriin. Ester tuntee kuinka luoti lävistää olkavarren. Se nytkähtää ja tuntuu olevan kuin tulessa. Laukaus menee luun ohi. Se menee isojen verisuonten ohi.

Se pyörii hänen kudoksissaan.

Vain muutama pieni verisuoni katkeaa, ja ne supistuvat sokista. Kestää jonkin aikaa ennen kuin verenvuoto alkaa. Luoti menee käsivarren läpi ja pysähtyy ihon alle toisella puolella. Siihen se kovettuu eikä tule läpi.

Ester kuolee verenvuotoon. Ei pidä väheksyä pieniä haavoja eikä köyhiä ystäviä. Mutta siihen menee aikaa. Jonkin matkaa hän vielä kantaa Mauria.

Nimeni on Ester Kallis. Tämä ei ole minun kohtaloni. Tämä on minun valintani. Kannan Mauria selässäni ja pian me olemme metsässä. Vielä on jäljellä neljäsataa metriä.

Mauri on ihan hiljaa, mutta en ole huolissani. Tiedän että hän jää henkiin. Minä kannan häntä. Kannan sitä pientä poikaa, jonka näin silloin kun tapasimme ensimmäistä kertaa. Hän on se kaksivuotias poika, joka ripustautui aikuisen miehen selkään, sen joka astui äitimme. Hänen pieni laiha valkoinen selkänsä pimeässä. Sitä lasta minä kannan.

Käsivarren kipu on pistävä ja punainen, väri on caput mortuumia ja krappilakkaa tässä pimeässä, jossa me nyt liikumme. Mutta en aio ajatella käsivarttani. Piirrän päässäni kuvia samalla kun jalkani kantavat meitä eteenpäin polulla, jonka ne tuntevat entuudestaan.

Piirrän Rensjönin.

Teen yksinkertaisen lyijykynäpiirustuksen äidistä, kun hän istuu talon ulkopuolella muokkaamassa nahkoja, kaapii irti karvat nahasta joka on lionnut niin kauan, että hiustupet ovat mädäntyneet.

Äiti on keittiössä kädet tiskivedessä ja ajatukset kaukana vaelluksella.

Piirrän Mustan kun se hajottaa porotokan kahtia kuin veitsellä leikaten, rohkeana niin kuin aina, se kiilautuu niiden jalkojen väliin, näykkäisee sitten hidastelijoita.

Piirrän itseni. Olen päässyt iltapäivällä koulutaksin kyydistä kotona Rensjönissä, tuuli puree poskiani ja juoksen tieltä taloa kohti. Istun kesällä rannalla piirtämässä ja huomaan vasta illalla miten hyttysenpuremilla olen, itken ja raavin ja äiti joutuu puhdistamaan ihoni.

Näen myös Maurin kuvia. Niin käy kun koskettaa toista. Minähän sen tiedän.

Hän istuu toimistossaan jossakin toisessa maassa. Hän pelkää miehiä jotka nyt ajavat meitä takaa, miehiä jotka ovat lähettäneet nämä miehet peräämme, joten hän joutuu piileskelemään lopun ikäänsä.

Hänen kätensä ovat iän täplittämät. Aurinko paistaa terävästi. Ei ilmastointia, vain tuuletin. Pihalla kuoputtaa kanoja punaisessa tomussa. Laiha kissa kiiruhtaa kuivan nurmikon yli.

Mukana on nuori nainen. Hänen ihonsa on musta ja pehmeä. Kun Mauri herää öisin, nainen laulaa hänelle virsiä hiljaisella, tummalla äänellä. Se rauhoittaa Maurin. Joskus nainen laulaa lastenlauluja heimokielellään. Hänellä ja Maurilla on tytär.

Se tyttö.

Kannan häntäkin. Hän on vielä pieni eikä tiedä, että on väärin avata ja sulkea talossa ovia koskettamatta niitä.

Näen Ruotsissa poliisitalon. Näen pinoittain kansioita. Ne sisältävät kaiken mitä saadaan tietää Inna Wattrangin ja kaikkien näiden Reglassa kuolleiden murhista. Mutta ketään ei aseteta vastuuseen. Syyllistä ei koskaan saada kiinni. Näen keski-ikäisen naisen jonka silmälasit riippuvat nyörissä kaulasta. Vuoden päästä hän jää eläkkeelle. Hän ajattelee sitä lastatessaan kaikkia näitä murhatutkinnan kansioita vaunuun, jonka hän sitten vie arkistoon.

Pian olemme vanhan laiturin luona.

Minun täytyy pysähtyä hetkeksi, päässäni mustenee muutamaksi sekunniksi.

Jatkan vaikka minua yhtäkkiä huimaa.

Nyt käsivarteni takaosasta vuotaa runsaasti verta. Se on tahmeaa, lämmintä, epämiellyttävää.

Eteneminen on raskasta. Askel painaa. Minua paleltaa ja pelkään kaatuvani. Tuntuu kuin kahlaisin lumessa.

Vielä yksi askel, ajattelen. Juuri niin äitikin sanoi silloin kun inisin kuolemanväsyneenä tunturissa. "Kas noin, Ester. Vielä yksi askel."

Lumi on syvää. Vielä yksi askel, Ester. Vielä yksi askel.

Ebba Kallis hämmästyy itseään. Yksi keittiön ikkunoista on raollaan. Siellä oli kuuma kun pitopalvelun väki laittoi päivällistä. Kun kaikki pimenee ja hän kuulee laukaukset, hän ei ajattele sekuntiakaan. Hän hivuttautuu keittiön ikkunasta ulos. Sisällä kaikki huutavat kauhuissaan. Ja hetken kuluttua he hiljenevät.

Mutta silloin hän makaa jo ruohikossa ikkunan ulkopuolella. Hän pääsee jaloilleen ja juoksee poispäin, kunnes tulee tiluksia ympäröivälle muurille. Hän seuraa sitä rantaan. Hän kulkee haparoiden rantaa pitkin vanhalle laiturille. Se ei käy nopeasti korkeakorkoisissa kengissä. Häntä palelee ohuessa iltapuvussa. Mutta hän ei itke. Hän ajattelee poikiaan, jotka ovat hänen vanhempiensa luona, ja hän jatkaa matkaa.

Hän tulee vanhalle laiturille, kapuaa veneeseen ja alkaa penkoa laatikkoa. Jos hän löytäisi taskulampun, hän voisi etsiä veneen moottorin avaimen. Muuten hän joutuu soutamaan. Juuri kun hänen kätensä sulkeutuu taskulampun ympärille, hän kuulee laiturilta askelia, ne ovat hyvin lähellä.

Ja hän kuulee äänen joka sanoo jotakin sellaista kuin "Ebba" tai "Ebba, hän..." Tai jotakin.

– Ester? Ebba kysyy varovasti, nousee veneessä ja kurkistaa laiturin reunan yli. Hän ei näe pimeässä mitään.

Kun hän ei saa vastausta, hän ajattelee että mitä helvettiä ja sytyttää taskulampun.

Ester, Mauri harteillaan. Ester ei tunnu edes reagoivan taskulamppuun. Sitten hän lysähtää maahan.

Ebba raahautuu laiturille. Hän valaisee molempia tajuttomia sisarpuolia taskulampulla.

– Herrajumala, hän sanoo. – Mitä minä teille teen?
Ester tarttuu hänen silkkipukuunsa.
– Juokse, Ester kuiskaa.
Silloin Ester näkee puiden lomassa taskulampun valokeilan.
Nyt on henki kyseessä.
Ebba tarttuu Maurin puvuntakkiin ja raahaa Maurin laiturin poikki. Maurin kengänkannat tömisevät laiturin lankkuja pitkin. Ebba kumoaa Maurin veneeseen. Mauri putoaa sinne tömähtäen, se on kuin jymähdys Ebban korvissa. Hän toivoo että Mauri ei pudonnut kasvoilleen. Taskulampun valo osoittaa hänen suuntaansa. Ester on parasta unohtaa. Ebba kahlaa veneen perässä, työntää sen vesille. Lopulta se on niin kaukana, että vesi kantaa sitä. Ebba on ratsastuksen ansiosta voimakas, mutta silti hän pääsee vain hädin tuskin veneeseen.

Hän saa airot käsiinsä, panee ne hankaimiin. Voi luoja miten ne kolisevat. Koko ajan hän ajattelee: nyt meidät ammutaan. Sitten hän alkaa soutaa. Hän on kaukana rannasta. Hän on hyvässä kunnossa ja pitää päänsä kylmänä. Hän tietää täsmälleen minne voi viedä Maurin. Hän tajuaa kyllä, että tämä on hoidettava ilman sairaalaa ja poliisia, kunnes Mauri itse pystyy sanomaan mitä haluaa.

Taskulamppu kädessä juokseva mies, joka on tulossa laiturille, ei ehdi ajoissa perille. Hän saa kuulokemikrofoniinsa määräyksen, että tehtävä keskeytetään. Kaksi ryhmän jäsenistä on ammuttu, loput kolme poistuvat Reglan säteristä. Ennen kuin poliisi tulee paikalle, he ovat häipyneet.

Sataa lunta. Ester tarpoo syvässä hangessa. Pian hän ei enää jaksa. Silloin hän on erottavinaan jotakin tuolla edessä. Joku tulee häntä vastaan lumipyryssä, pysähtyy jonkin matkan päähän.
Hän huutaa äitiä. "Eatnážan!" hän huutaa, mutta tuuli vie hänen äänensä ja se katoaa.
Hän vaipuu maahan. Lunta pyryttää hänen ylleen, yhdessä silmänräpäyksessä hän on ohuen valkean kerroksen peitossa. Ja

maatessaan siinä hän tuntee kasvoillaan läähätyksen.

Poro. Kesy poro tuuppii häntä, puhaltaa häntä kasvoihin.

Tuolla edessä ovat äiti ja joku toinen nainen. Ester ei näe heitä ilmassa viuhuvan lumen läpi, mutta hän tietää heidän odottavan häntä. Ja hän tietää että se toinen nainen on eatnážanin isoäiti. Hänen áhkkunsa.

Hän nousee jaloilleen, kiipeää poron selkään. Hän jää makaamaan siihen poikittain. Hän kuulee koirien tuttua haukuntaa. Musta juoksentelee naisten jaloissa ja haukkuu innoissaan, se haluaa matkaan. Esteriä pelottaa että he lähtevät ilman häntä, katoavat.

Juokse, hän sanoo porohärälle. Juokse. Hän tarttuu kädellään sen paksuun karvapeitteeseen.

Ja silloin se lähtee liikkeelle.

Pian hän saa heidät kiinni.

Anna-Maria Mella huomaa harhailevansa hiljaisessa mustassa metsässä. Hän on lakannut juoksemasta jo kauan sitten. Hän tajuaa että hänellä ei ole aavistustakaan miten kauan hän on vaeltanut ympäriinsä, ja hän tajuaa myös ettei löydä täältä ketään. Hänestä tuntuu että kaikki on ohi.

Sven-Erik, hän ajattelee. Minun on mentävä takaisin.

Mutta hän ei löydä takaisin. Hänellä ei ole aavistustakaan missä hän on. Hän vaipuu puunrunkoa vasten.

Minun on pakko odottaa, hän ajattelee. Pian tulee valoisaa.

Kuolleen lapsen kuva on syöpynyt hänen mieleensä. Hän yrittää häätää sitä pois.

Hänellä on kova ikävä Gustavia. Hän haluaa pidellä poikaa, tämän pientä lämmintä vartaloa.

Gustav elää, hän sanoo itselleen. He ovat kotona. Jos hänellä olisi takki päällä, hän voisi soittaa Robertille, puhelin on takin sisätaskussa mutta takki jäi ojaan.

Hän kietoo käsivarret ympärilleen ja puristaa käsillään olkavarsiaan estääkseen itkua tulemasta. Itseään syleillen hän nukahtaa siihen paikkaan, niin uupunut hän on.

Ja kun hän jonkin ajan kuluttua herää, hän huomaa päivän valjenneen. Hän nousee jäykin jaloin seisomaan ja lähtee kävelemään säterille päin.

Pihalla on kolme poliisiautoa ja hälytysbussi, joka kuuluu kansalliselle valmiusjoukolle. Joukko on eristänyt alueen ja lähtenyt maastoon.

Anna-Maria saapuu talolle oksia hiuksissaan ja naama savisena. Kun kollegat suuntaavat aseensa häntä kohti, hän ei tunne muuta kuin väsymystä. Kädet ylös, häneltä viedään pistooli.

– Sven-Erik? hän kysyy. – Sven-Erik Stålnacke?

Vieras poliisi pitää häntä löyhästi käsivarresta mutta uhkaa kiristää otettaan, jos hän alkaa temppuilla.

Kollega on vaivautuneen näköinen, Sven-Erikin ikiä mutta pidempi.

– Sven-Erik on kunnossa, mutta et saa puhua hänen kanssaan nyt, kollega sanoo. – Valitettavasti.

Anna-Maria ymmärtää. Hän on ampunut kaksi ihmistä, ja herra tietää mitä muuta täällä on tapahtunut. Totta kai hänen tekonsa tutkitaan. Mutta hänen on pakko nähdä Sven-Erik, lähinnä ehkä itsensä takia. Hänen on pakko nähdä joku josta hän pitää, joku joka pitää hänestä. Hän haluaa vain että Sven-Erik näkee hänet ja nyökkää sen merkiksi, että kaikki kyllä järjestyy.

– Älä viitsi, Anna-Maria vetoaa. – Ei tämä ollut mikään eväsretki. Haluan vain tietää että hän on kunnossa.

Poliisi huokaisee ja antaa periksi. Miten hän voisi kieltäytyäkään?

– Tule tänne, hän sanoo. – Mutta muistakin että ette saa vaihtaa tietoja siitä mitä täällä tapahtui eilen illalla.

Sven-Erik nojailee poliisiautoon. Nähdessään Anna-Marian hän kääntää päänsä pois.

– Sven-Erik, Anna-Maria sanoo.

Silloin Sven-Erik kääntyy katsomaan Anna-Mariaa.

Anna-Maria ei ole ikinä nähnyt häntä noin raivoissaan.

– Sinä ja sinun helvetin päähänpistosi, Sven-Erik huutaa.
– Piru sinut periköön, Mella! Meidän olisi pitänyt odottaa vahvistusta. Minä...

Hän puristaa kätensä nyrkkiin ja heristää niitä vihoissaan ja turhautuneena.

– Minä sanon itseni irti! hän huutaa.

Ja juuri sillä hetkellä Anna-Maria näkee kuinka kollegat valaisevat Hummerin luona tarkka-ampujaa. Mies makaa maassa, häntä on ammuttu päähän.

Mutta minähän ammuin häntä selkään, Anna-Maria ajattelee.

– Vai niin, hän sanoo hajamielisenä Sven-Erikille.

Silloin Sven-Erik istahtaa poliisiauton konepellille ja purskahtaa itkuun. Hän ajattelee kissaansa, Pukaria.

Hän ajattelee Airi Bylundia.

Hän ajattelee että jos Airi ei olisi irrottanut miestään hirttoköydestä ja saanut lääkäriä valehtelemaan kuolinsyystä, Örjan Bylundille olisi tehty ruumiinavaus ja he olisivat aloittaneet murhatutkinnan, eikä tätä ehkä olisi tapahtunut. Eikä hänen olisi silloin tarvinnut tappaa ketään.

Ja hän miettii miten kestää tämän, niin että saisi rakastaa Airia. Hän ei tiedä.

Ja hän itkee sydämensä kyllyydestä.

REBECKA MARTINSSON NOUSEE autosta Riksgränsen Hotellin edessä. Hän on niin hermostunut että vatsaa kipristää.

Ei sillä ole väliä, hän sanoo itselleen. Minun on pakko tehdä tämä. Minulla ei ole muuta menetettävää kuin ylpeyteni. Ja ajatellessaan ylpeyttään hän näkee kolhiintuneen, loppuun kuluneen kapistuksen jolla ei ole mitään arvoa.

Mene sisään siitä, hän sanoo itselleen.

Baarissa on täysi meno päällä. Heti kun hän astuu ovesta sisään, hän kuulee bändin soittavan cover-versiota eräästä Policen vanhasta piisistä.

Hän jää vastaanottoon ja soittaa Maria Taubelle. Jos Rebeckalla on onnea, Marialla on joku mies tähtäimessä ja hän vahtii puhelintaan vuorokauden ympäri.

Rebeckalla on onnea. Maria Taube vastaa.

– Minä täällä, Rebecka sanoo.

Hänen äänensä on hieman hengästynyt ja hermostunut, mutta siitäkään hän ei välitä.

– Voitko etsiä käsiisi Månsin ja pyytää häntä tulemaan vastaanottoon?

– Mitä ihmettä? Maria sanoo. – Oletko sinä täällä?

– Joo, täällähän minä. Mutta en halua tavata ketään muuta, vain hänet. Oletko kiltti ja pyydät häntä tulemaan?

– Okei, Maria sanoo viivytellen ja tajuaa samalla, että jotakin on jäänyt häneltä väliin, että hän ei ole ymmärtänyt kaikkea. – Minä etsin Månsin.

Siihen menee pari minuuttia.

Kunpa kukaan muu ei tulisi tänne, Rebecka ajattelee.

Hänellä on pissahätä, hänen olisi pitänyt käydä ensin vessassa.

Lisäksi hänellä on kova jano, miten hän voisi puhua kun kieli on kuivunut kitalakeen.

Hän näkee itsensä peilistä ja huomaa kauhukseen, että hänellä on päällä isoäidin vanha sininen toppatakki. Hän näyttää erakolta joka asuu metsässä ja harjoittaa luomuviljelyä ja on jatkuvasti kahnauksissa kaikkien viranomaisten kanssa ja huolehtii hylätyistä kissoista.

Hänen tekee mieli juosta autolle ja häipyä, mutta silloin puhelin soi. Siellä on Maria Taube.

– Måns tulee nyt, Maria sanoo lyhyesti ja katkaisee puhelun.

Ja sieltä Måns tulee.

Rebecka tuntee itsensä akvaarioksi jossa on sähköankerias.

Måns ei sano "terve Martinsson" tai mitään muutakaan. Hän tuntuu tajuavan että nyt on tosipaikka. Hän näyttää hyvältä niin kuin ennenkin. Häntä näkee harvoin farkuissa.

Rebecka kerää rohkeutta ja yrittää unohtaa liian pitkäksi venähtäneet hiuksensa, jotka pitäisi siistiä, leikata, värjätä. Hän yrittää unohtaa arpensa. Ja sen saamarin toppatakin!

– Lähde mukaan, hän sanoo. – Olen tullut hakemaan sinut meille.

Hän ajattelee että hänen pitäisi sanoa jotain muutakin, mutta ei jaksa sanoa muuta kuin tämän.

Måns hymyilee mutta vakavoituu sitten. Ja ennen kuin hän ehtii sanoa mitään, Malin Norell seisoo hänen takanaan.

– Måns? Malin kysyy ja katsoo vuoroin Månsia, vuoroin Rebeckaa. – Mitä täällä on tekeillä?

Måns pudistaa valitellen päätään.

Rebecka ei tiedä kummalle Måns pudistaa päätään, Rebeckalle vai takanaan seisovalle naiselle.

Mutta sitten Måns hymyilee hänelle ja sanoo:

– Minun pitää hakea takki.

Rebecka ei aio päästää Månsia nyt käsistään. Ei sekunniksikaan.

– Ota minun, hän sanoo.